별빛 속의
계절

* 이 책은 대한민국예술원의 지원으로 출간되었다.

한말숙 소설집

별빛 속의 계절

솔과학

차례

작가의 말

〈별빛 속의 계절〉은 1956년 내가 25세 때 처음으로 쓴 단편 소설이다. 그해 여름에 써서 '현대문학'지에 보냈더니, 12월호에 김동리 선생님이 제1회 추천작으로 발표하셨다. 처음 쓴 것이 바로 추천되어서 참 기뻤다.

올해가 2016년이니까 딱 60년이 되었다. 자그마치 60년…. 그 긴 세월이 어느새 가버렸는지 모르겠다.

이 책을 내느라고 그 단편을 60년 만에 읽어 보니까, 어휘며 표현 방법도 지금과는 다른 것이 꽤 있다. 앞으로 몇 십 년 지나면 더 달라질 것 같다. 화폐 단위도 당시는 '원'이 아니고 '환'이었다.

여기에는 50년대, 60년대, 70년대…. 이렇게 발표한 단편 중에 몇 편씩을 골라서 10년 단위로 묶어 보았다.

이런 식으로 하면 버리고 싶은 것을 버리더라도, 단편집이 두 권 더 있겠고, 장편이 셋, 수필집이 두 권은 될 것 같다.

90년대는 한 편도 못 썼다. 너무도 일 많은 10년이었다. 남편의 해외 공연이 더 잦아졌는데, 언제나 동행했다. 미국 유학간 아들 둘이 박사과정 중에 귀국해서 군 복무를 마쳤다. 남편이 대장암 수술을 했다.

92세의 시어머니가 돌아가셨고, 친정 오빠와 언니 둘이 타계했다.

2남 2녀를 모두 결혼시켰고, 예쁜 외 손, 친 손들이 태어났다.

1993년 바르샤바에서 열린 제38차 세계도서 전시회에 초청되어가서, 폴란드어로 번역된 장편 〈아름다운 영가〉의 싸인회와 낭독회도 가졌다.

〈아름다운 영가〉며 단편집을 번역하겠다하며, 해외의 외국인들이나 교포의 번역 허락서 요청도 빈번했다. 95년에는 프랑스 문학 포럼에도 참석했다.

아이들을 만나러 미국에 가서 즐거운 시간을 보냈었는데, 그 때 보고 들었던 것이 2000년대에 두 편의 소설을 쓰게 했다. 문학 외의 일에 몰두한 것 같으나, 문학은 늘 내 곁에 있었던 것 같다.

발표 연대순으로 읽어 보니까, 쓸 때는 전혀 의식하지 못했었는데 시대의 변천상이 나타나 있어서 흥미로웠다. 문학은 시대의 증언이라는 말을 수긍하지 않을 수 없었다.

작품 수는 적으나 주부 작가인 내게는 문학만 생각하고 있을 시간은 거의 없었다. 나에게는 내 문학보다도 가정이 언제나 우선이었다.

작품을 구상하고 쓸 때의 즐거움과 동서고금의 명작을 읽고, 감동

하고, 그 많은 사연들이며 인물들을 알게 되고, 그래서 사람을 더욱 아끼고 존중하게 되고, 이해하게 되고, 겸손하게 되고, 사람과 인생과 신에 대해서까지 사색하게 하는 문학, 고맙다.

나를 낳고 길러주신 부모님부터 고맙고, 스승이며 선후배 동료들, 알 수 없는 독자들에게도 감사하고 싶다.

눈 나빠진다며 컴퓨터 본다고 화내는 남편과 책 내는 것 보다도 건강을 생각하시라 하며 걱정하는 아들들도 고맙다.

바쁜데도 시간을 내서 교정을 보느라고 수고해 준 딸들도 너무나 고맙다.

고마움 속에 나를 있게 해 준 하늘에 깊이 고개 숙여 감사드린다.

2016년 5월 30일

한말숙

1950년대

1

별빛 속의 계절

수위실 귀하

  305호 관사 하우스 보이, 장영식, 16세.

  위에 적은 사람은 오늘 한 해고하였으므로 임시 정문통과를 허가하시기 바랍니다.

  ×月 ×日 캡틴 포드

영식은 누운 채 허리를 외로 조금 비틀며 바지 뒤 포켓에서 해고 장을 꺼냈다. 그것을 얼굴에 하나 가득 대고 코를 풀었다. 엷은 타이핑 용지가 삑삑삑 하고 소리를 냈다. 그것을 또 꽁꽁 뭉쳐서 발치께로 힘껏 내던진 다음

"아아—."

하고 입을 되도록 크게 벌려서 하품을 하며, 기지개를 켰다. 산뜻한 기운이 노곤했던 전신에 쭉 끼치는 것 같다. 기분이 좋았다.

'몇 시간이나 잤을까?'

잔디가 촉촉히 젖어 있다. 밤이 깊은 듯 했다. 새까만 하늘에는 흠뻑 뿌려진 수억의 별들이 수선스럽게 반짝이고 있다.

오른 손바닥에서 흐르던 피가 자는 사이에 검붉게 말라붙어 버렸다. 대수롭지 않은 상처였던 모양이다.

약 육 미터 간격으로 가지런히 늘어 서 있는 미 장교 관사(美 將校官舍)에서는 창마다 불빛이 흘러 나왔다. 파란 형광등이 어두운 잔디에 아롱지는 것이 꿈 같이 아득하다. 먼 라디오에서 맘보가 은은히 들려온다. 숨 막히도록 길게 빼는 색소폰과 함께 무르익은 앨토가 흘러나온다.

라라라, 라랄라, 랄라, 맘보 맘보 ……

여느 때 같으면, 틀림없이 어깨 죽지가 으쓱여지는데 오늘은 도시 흥이 나질 않았다. 그것은 목 잘려서 맥이 풀려 버린 까닭이 아니라, 배가 고픈 것이 더 절실한 원인인 성 싶었다.

점심 저녁 두 끼니를 굶었다! 고 생각하니, 그는 부쩍 시장기가 치미는 것 같았다. 영식은 혹시나 하고 노랑 체크의 아로하 샤쓰(지금의 남방 셔쓰) 호주머니에 손을 넣어 보았다. 아무 것도 없다. 바지의 옆 주머니에서 꼬깃꼬깃 구겨진 때 묻은 손수건이 하나 나왔을 뿐이다.

"씨양, 비스켓 부스러기도 없어. 쯧"

영식은 약이 오를 때나 못 마땅한 일이 있으면, 으래 씨양 …… 쯧

하고 혀를 차는 것이 버릇이다. 그는 언뜻 생각나는 것이 있어 바지와 허리 사이에 손을 넣어 보았다. 딱딱한 것이 만져 졌다. 초콜릿이었다. 경자가 꾹 찔러 넣어 준 것이다. 가운데서 두 동강이 난 것은 혁대 새에 끼어서이리라. 경자가 한없이 고마웠다.

'경자도 목 잘리고 시장했을 때가 있었는지도 몰라.'

영식은 가슴이 콱 막히며 새삼스레 경자가 그리워졌다. 그는 초콜릿을 아끼며 조금씩 한 모퉁이부터 핥기 시작했다.

쨍 ……

어디에선가 석수(石手)의 돌 찍는 소리가 났다. 그 단조롭고 깨끗한 소리가 축축한 밤의 공기를 통해서 영식의 가슴에 싸늘하게 스며들었다. 또,

쨍 ……

그 소리가 오늘 따라 유달리 구슬피 울리는 것은, 영식의 잠을 깬 흐릿한 머리에 목 잘리고, 갈 곳이 없다는 사실이 다시금 또렷이 의식되어졌기 때문이다.

코 푼 종이가 뽀얗게 전등 빛에 떠 보이는 곳은 공교롭게도 305호 관사의 뒤꼍 쯤 되는 것 같다. 그 푸른 창가에, 머리를 길게 흐트린 경자의 그림자가 보일 듯도 했다. 어디선가 가까운 창에서 깔깔하고 여자의 자지러지는 웃음 소리가 터져 나왔다. 304호의 하우스 걸임 (house girl, 지금의 여자 도우미) 에 틀림없다.

"주책 바가지, 쯧쯧."

영식은 핥고 있던 초콜릿을 입에서 잠시 빼물며, 여느 때처럼 뇌까렸다. 그는 이 영희를 미워했었다. 그녀가 걸을 때 마다 수선스레

흔들리는 허리통에서부터 흡사 고깃간에 걸린 고기덩이 같은 엉덩이가 흐늘적거리는 것이 질색이었다. 한 때는 멋진 걸음걸이라고 무척 신기하게 여긴 적이 없던 것은 아니지만, 그 보다도 말할 때마다 무언가 생각을 품은 듯이 꿈적이는 젖은 듯한 커다란 눈을 아름답게 여긴 적도 있기는 있다. 그러나 경자의 머리채를 휘어잡고 난리를 핀 후로는 영식은 도무지 그 눈이 구정물에 젖은 유리 알 같이만 보였고, 더구나 뒤흔드는 엉덩이를 보면 구역질이 나올 것 같았다.

뻘겋게 칠한 얄팍한 입술사이로 쏟아지는 욕설 또한 정떨어지는 것이었다.

"기집 애가 입이 험해, 쯧, 기집 애는 말이 고와야 이쁜 것이야. 쯧."

하고 영식은 긴 속 눈썹을 스르르 내려 감으며 제법 어른인 양 속으로 영희를 꾸짖었다.

영식의 욕설은 한국 것 미국 것을 합해서 그 종류가 열댓가지는 예사로 쓰고도 남았지마는, 영희의 그것은 영식의 지식외의 것도 하나 둘이 아니었다.

"이 벼락을 맞을 년이, 한 놈만 잡고 있을 것이지, 모조리 집어 삼킬 작정이야, 이 죽일 년이."

하고 영희는 경자의 파란 원피스의 치마 자락을 잔뜩 붙잡은 채 떠들어 대었다.

이 구내(構內)에서는 흔히 볼 수 있는 양공주들의 싸움인성 싶었다. 장교와 동거하고 있는 어엿한 양공주나, 옆집의 영희 처럼 하우스 걸인지 양공주인지 알송달송한 여자들이 다투어서 장교들에게 추파를 던졌다. 그래서 추파를 던지는 대상이 우연히 같을 때에는 틀림없이 싸움이 벌어지는 것이다. 그들에게는 미군 장교들은 오로지 「딸라」의 가치 밖에는 아무것도 아니었다. 그 「딸라」를 뺏느냐 뺏기느냐 하는 것이 싸움을 자아내는 것이었다.

건너 편 204호의 하우스 걸과 그 뒷 집 하우스 보이와 영식은 파랭이 이겨라 노랭이 이겨라 하고 응원할만한 아무런 흥미도 솟지 않는 채, 느름한 오후의 햇빛을 등에 흠뻑 쪼이며, 나즈막한 울타리에 걸터앉아서 멍하니 구경만 하고 있었다. 영식처럼 낯익은 이웃집 하우스 보이들이 말 한 마디도 편들지 않고 앉아 있는 꼴에 약이 바짝 올랐음인지 영희는 한층 목청을 돋구어 악을 썼다.

영희의 말인즉, 이 여자는 106호의 메이자(少領)와 살고 있으면서, 때로 군것질삼아 다른 장교들과도 관계를 맺고 있다는 것이다. 그 집의 하우스 걸들이 모조리 이 여자를 진저리 치는 까닭은,

"이 년만 왔다 가면, 그처럼 후하던 장교들이 세수 비누 반 쪽이나 눈깔 사탕 한 알갱이도 줄 생각을 안 하니, 이년이 필경 저 혼자만 먹어 치우자는 심사야. 우리 집 장교가 요즘 낮에 집에 곧잘 들리기에, 어쩐 일일까 했더니, 아 요년이 슬슬 오는 게 아니야?"

영식들에게 적지 아니 실망된 것은 상대방의 여자가 일언 반구도 없이 옷 자락을 붙잡힌 채 천연스레 서 있다는 것이다. 이런 경우에 서로 쥐어 뜯으며 싸울 때는 영식은 무척 신이 났다. 영식은 말리는체 하고 양 편을 다 한 주먹씩 먹여 붙임으로써 평소에 꼴 사납던 양공주들에 대한 체증을 단번에 날릴 수 있기 때문이다. 월급 일급 이백 환에서 한 푼의 에누리도 없는 영식에게는 어떻게든지 해서 부수입이 많은 여자들이 여간 눈꼴 사나운 것이 아니었다. 영식에게

도 주인이 가끔 일, 이불씩 팁을 주기도 했지만…

싸움은 기어코 영희가 경자의 머리카락을 한 주먹이나 쥐어 뜯은 것으로 끝이 났으나, 영희의 희 번득이는 눈은 입으로 쏟아지는 욕설보다도 더욱 밉고 죽이고 싶다는 듯이 독을 품고 있었다. 경자는 머리를 흐트린채 영식의 집으로 뛰어 들어 갔다. 라디오에서 흐르는 맘보에 맞추어서 다리가 전 후 좌 우로 흔들리는 대로 내 맡기며 멍청히 앉아 구경만 하던 영식은 깜짝 놀라, 울타리에서 펄쩍 뛰어 내려서 재빠르게 이 처음 보는 여자를 뒤따라 붙었다.

양공주에 틀림 없으리라 생각했지만 싸늘한 눈초리와 어디인지 깨끗한 기품이 어리는 여자와 맞선 영식은 주춤하며

"누구요?"

하고 물었다. 여자는 알아도 소용없다는 듯이, 소파에 걸터 앉으면서

"포드 있어?"

하고 딴전을 치며, 이마에 얽힌 서너 가닥의 머리카락을 걷어 올렸다.

ㅍ 발음이 좀 세찬 것으로 미루어 숨 가쁘리라 짐작되었으나, 그토록 봉변을 당한 사람으로서는 놀라울 만치 부드럽고 침착한 음성이었다.

"포드요?"

"캡틴 말이야."

"캡틴의 이름이 포드에요?"

"……."

경자는 말하기 귀찮다는 듯이 일어서서 거울 앞으로 갔다.

"아직 안 들어오셨어요."

"음!"

경자는 경대 설합에서 빗을 꺼내어 태연하게 머리를 빗기 시작했다. 날씬한 몸매였다. 어깨로부터 드러낸 팔이 매끈하게 희다.

영식은 거의 이태를 305호의 하우스 보이로 있었다. 하우스 보이는 집 안팎을 치우고, 커피를 끓이고, 빨래를 세탁소에 나르는 정도의 잔심부름을 했다.

그 사이 주인이 셋이 바뀌었다. 한 사람이 귀국하면 다른 장교가 잇달아서 들어왔다.

맨 처음의 장교는 코넬(中領)이었다. 영식은 그 사람의 이름을 몰랐다. 알 필요도 없었다. 그저 코넬하고 그의 계급만 부르면 그만이었다. 다음에 온 주인은 메이저(少領)였다. 이 사람도 메이저라고 부르면 '으응' 또는 '예스'로 응해 주었다. 이 번 주인도 매 한가지이었다. 한 지붕 아래 다만 한 쌍의 주종(主從)이 사는 데에는 이름이 필요치 않았다.

더구나 미국 말을 눈치로 알아 차릴 정도의 영식은 그와 마주 앉을 기회도 없거니와, 주인과 마주 앉으면 공연히 없던 험이라도 드러날 것만 같아서, 되도록 캡틴이 그를 부르지 않는 것을 최상의 다행으로 여겼던 것이다. 캡틴은 영식을 '헤이'하고 부르고 영식은 그를 이름도 성도 없이, 그저 '캡틴'이라고 불렀다.

'그런데, 이 여자는 어떻게서 캡틴을 알까? 한번도 본 일이 없는데? 스탠드 바에서 알았을까? 수영장에서 만났나? 아니 아니, 내가

곤드레만드레 잠든 사이에 밤 중에 잠간씩 우리 집에 왔다 가는 것이 아닐까?'

영식은 아까 들은 영희의 말을 참고 삼아 조그만 머리 속에 되는 대로 상상을 짜내어 보았다. 그러나 새 맑은 경자의 눈이 영식에게 쉽사리 값싼 상상을 허락하지 않았다.

굵직하게 파도치는 머리를 어깨까지 빗어 내리고 경자는 오른 발을 왼편 무릎 위에 턱 걸치며 소파에 번듯이 드러 누웠다. 그리고 콧노래를 불렀다. 요즘 한창인 미국 유행가였다. 그 부드러운 음성이 영식의 온 몸을 째릿째릿하게 마비시키는 듯 했다. 영식은 어쩐지 엉덩춤도 안 나왔다.

'쯧, 남의 집에 와서 제 집 같이 굴어 씨양, 쯧쯧'

하고 영식은 속으로 뇌이며, 커피를 끓이러 갔다.

거실과 잇닿은 부엌으로 흘러 나오는 경자의 노래 소리가 아까 본 그녀의 싸늘한 눈초리와 얽히어서, 영식의 가슴을 조금씩 조아 메는 듯이 괴롭혔다. 캇트글라스 속에서 보글거리는 커피가 오늘 따라 더 디 끓는 것 같고 그것을 시간을 재며 섰노라니 더욱 지리한 초조감이 이는 것은 이상한 노릇이었다. 경자가 가까이 와서 영식의 굵직한 팔 등을 지긋이 눌렀을 때는 영식은 정말 숨이 꽉 막히는 것 같았다.

영식은 제 딴엔 제법 어른이 다 된 것으로 생각하고 있었다.

우선 304호의 영희도 영식을 '미스터 장'하고 간드러지게 부르는 것이 그에게 아양을 떠는 것임에 틀림없고 …… 이는 영식을 하나의 남성으로 본 것이 분명하지 않은가 ……!

204호의 하우스 걸한테 전 주인인 메이저와 똑 같은 투로, 농을 걸어 본 일도 있었다.

메이저는

"헬로, 다아링."

하고 오른 편 눈을 살며시 감았다가 뜨는 것이었다.

그러나 그 하우스 걸은 메이저한테 '헬로'하고 머리를 갸우뚱하며 웃어보였던 대신에 어이없다는 듯이 노랑 첵크의 아로하샤쓰와 영식이 제 손으로 줄인다는 것이 지나치게 잘라 버려서 얼추 정강이 가운데까지 다 드러나 보이는 희끗 희끗한 퍼런 작업 바지를 아래 위로 훑어 보고는, 눈을 싹 흘겨 뜨고 지나갔다. 그래도 영식은 메이저처럼 휘휙하고 휘파람을 불어 제치는 것까지 결코 빼놓지는 않았다. 그리고 멋들어지게 나온 자기의 휘파람에 저으기 만족했었다.

'어떠냐, 미스터 장의 솜씨가?'

영식의 팔을 가만히 누르고 있는 경자의 숨결이 그의 뺨에 닿는 듯 했다. 볼통한 젖가슴이 얇은 원피스 속에서 할락 할락 뛰는 것도 짐작되었다. 영식은 팔을 뒤로 당김으로서 경자의 손을 그의 팔뚝에서 걷어 내기는 했다. 그러나 가슴이 두근 댈 뿐 씨양 소리도 윙크도 휘파람도 나오지 않았다.

경자는 잠자코 그 새 맑은 눈동자를 영식의 눈에 잠시 멈추었다가, 천정으로 냉장고로 선반에 있는 위스키 병으로, 그리고 부엌 한 구석에 세워둔 접이식 침대로 굴렸다. 그리고는

"싱겁다. 쯧."

하고 혀를 차며, 진정 할 일 없다는 듯이 상반신을 설레 설레 흔들다가 어리둥절한 채 서있는 영식에게 빙긋 웃음을 던지고 거실로 가

버렸다 ……. 웃음이라는 것 보다도 그것은 하나의 가벼운 안면 운동이었다. 아무런 동요도 엿 볼 수 없는 싸늘한 눈 망울을 밑으로 쑥 내렸다가 도루 올리며 입술의 양끝이 웃는듯이 조금 움직였을 따름이다.

남을 조롱하는 것인지 스스로를 비웃는 것인지, 또는 진정 싱겁고 지루한 시간이 속절없다는 뜻인지, 알아 차릴 수 없는 표정이었다. 그러나 얄팍한 눈등을 살살 내려감으며 간드러지게 웃는 영희의 웃음보다는 여간 영식의 마음에 드는 것이 아니었다.

캡틴이 퇴근했을 때에도 경자는 예의 그 안면운동을 던졌을 뿐, 소파에서 일어나 그를 맞으려는 기척도 없었다.

경자가 오는 밤이 거듭할수록 영식은 어쩐지 슬퍼지기만 했다. 그녀가 현관에서 빙긋 한번 예의 그 웃음을 던지고 거실로 들어서고 나면, 영식은 갑자기 무엇인가 잃은 듯이 마음의 공허를 느꼈다. 그때까지는 경자가 어디에서 어떻게 한 나절을 지내 왔건, 지금부터 내일 아침까지는 캡틴의 경자임을 그의 눈앞에 보기 때문인지도 모른다.

캡틴이 미웠다가 또 그와 정다운 듯 나란히 앉는 경자가 그보다도 열 배나 서른 배나 더 밉살머리스럽기도 했다. 그래도 그녀가 늦게 오는 밤이면, 자꾸만 유리 창 밖을 슬금슬금 내다 보며 기다려졌다. 캡틴이 기다리는 양은 또한 야단스러운 것이었다. 시계를 몇 번이나 쳐다 보고 그 육중한 몸집을 방에서 거실로, 거실에서 또 방으로 부산하게 드나들다가, 그래도 경자가 오지 않으면, 공연히 영식에게 짜증을 내기 시작했다.

"이게 무어야, 이게, 비뚤어졌어."

하며 반듯이 다려진 바지의 골을 가리키며 트집을 잡으려 들면

"세탁소에서 다린 것이에요."

하고 영식은 시치미를 뗐다.

"오늘 커피는 잘 못 끓였어. 십분만 끓이랬더니!"

"십분 간 끓였어요."

"십 오분이나 끓였다. 틀림없다!"

하고 캡틴은 기름이 흐르듯이 유들유들한 얼굴에 황소 같이 큰 잿빛 눈을 부릅 뜨며 테이블을 쳤다.

"아이 암 쏘리."

영식은 그 까짓 말 한마디쯤이야 하며 얼른 항복을 하면서도, 캡틴이 골나는 까닭을 아는 그는 정말 안 온다면 ……? 하고 한편으로 마음이 내키지는 않으나, 경자야, 오지 마라, 이 황소 속 좀 타게, 경자야 오지 마라 하고, 씨름 판에서 응원이나 하듯이 신난 투로, 속 노래를 부르며 야단 맞은 분풀이를 하곤 했었다.

쨍 …….

이따금 들리는 돌 찍는 소리가 산울림하여 먼 산에 구슬피 꼬리를 끈다. 밤은 상당히 깊은 것 같았다. 창가의 불빛도 하나 둘 씩 꺼져 갔다.

그토록 아끼며 핥아 먹던 초콜릿도 어느틈엔가 다 먹어 버렸다.

쨍 …….

깨끗한 밤바람이 영식의 털구멍 사이 사이로 스며들었다. 어느 때

엔가, 그를 가만히 안아주던 경자의 살결처럼 산뜻한 감각이 난다. 그대로 경자를 꿈속에 청해서 잠 들고 싶었다.

사실 잠드는 것은 희한안 일이었다. 영식은 언제나 생각이 겹쳐 들어 마음이 서성될 때에는 어김없이 잠으로써 모든 것을 잊어 버렸다. 늦게 오는 경자를 기다릴 때에도 안타까움에 지치면 소파에서 자는 것이 일쑤였었다. 캡틴이 소제를 잘 못 했느니, 커피를 덜 끓였느니 하고 생 트집을 잡으며, 잔소리를 끓어 부을 때에는

"아이 암 쏘리, 써어."

하고는 화도 치밀고 캡틴에게 대꾸하는 것이 성가시고 귀찮고 해서, 이불을 머리 끝 까지 뒤집어쓰며 잠을 청했다. 자고 잊어버리고, 눈을 뜨면 다시 곰곰이 생각을 한다. 괴로움은 나중에!

토요일 밤마다 장교 식당에서 열리는 찬란한 댄스 파티를 그의 키의 갑절이나 높은 창턱에 기어 올라 가서 엿보는 것이 영식에게는 유일의 오락거리라고도 할 수 있었다.

가까스로 창턱에 기어올라서, 자옥히 낀 담배 연기 속에, 파란 불빛이 뽀얗게 흐르는 실내를 하우스 보이들이 목을 길게 빼서 들여다 볼 때쯤 되면 어김없이 경비원이 나타나서 소리를 쳤다.

"저 놈들 ……!"

후다닥 뛰어 내리며, 걸음아 날 살려라 하고 모조리 제 집을 향해서 뛰는 것이다. 요행히 경비원에게 잡히지 않는 날은(잡힌다 하더라도 한껏 해야, 주인한테 일러서 목 잘른다고, 으르릉댈 뿐이지만) 그 아슬아슬한 스릴이 재미나서 영식은 건너편 205호의 하우스 보이와 서로 등을 치며 웃어 대었다.

"오늘 밤의 쑈에 나온 여자 말이지, 젖퉁이가 굉장히 크더라."

"응, 바가지만 하더라."

하고, 그들은 눈을 휘둥그렇게 뜨며 잠시 웃음을 멈추었다가 또 하하 하고 웃음을 터뜨리곤 했다.

밥은 세탁소 옆에 있는 한국인 종업원 구내식당에서 무료로 먹고, 속 셔쓰나 윗옷 같은 것은 주인들이 주거나 버린 것을 줄여서 입으니까 헐벗지는 않았다. 질(質)보다는 양(量)을 위주로 하는 영식의 위장은 장교식당에서 산더미처럼 남아 나오는 미제 빵이랑 고기며 과일이며 과자들을 쓰고 단 것을 가릴 나위도 없이 무턱 대고 다른 관사의 하우스 보이들과 함께 먹어대었던 것이다.

전쟁 통에 어찌어찌 부산 까지 홀로 밀려 내려와서 부둣가에서 노숙을 하던 신세였었는데, 미국 군인을 우연히 만나서, 이 부대에서 거의 이태 동안 추위와 굶주림을 모르는 더 바랄 것 없이 만족스럽던 영식이었다. 게다가 요즈음 나타난 경자의 존재는 그에게 또한 기쁨을 갖다 주었다. 그녀의 잠잠한 눈동자와 차디찬 웃음이 영식은 얼마나 좋은지 몰랐다. 영식에게는 이 부대 밖의 세상이 도대체 어떻게 돌아가고 있는지 알 수가 없었다. 부대 안의 미군들을 미루어 보면 전쟁은 끝난 것 같지 않았다.

203호에 새로 들어 온 하우스 보이의 말에 의하면, 도저히 하루에 한 끼니를 채우는 것도 힘든 생활난이라고 했다. 나이는 영식 보다 두 살 아래인 열네살이라고 했다.

"도적보담도 깡통을 찬 거지가 더 많은 것은 그 편이 훨씬 쉬운 노릇이닌께"

그는 침을 꿀꺽 삼키며

"아, 배 고프니, 남의 것이나 먹고 보자는디, 깡통을 차면, 아무리 성가시게시리 졸라 대어도 끼껏해야 욕지거리나 얻어 먹지 별 탈은 없지마는, 잠간 틈 타서 몸을 날리면 덜커덕 걸리지 …… 허지만 누구치고 하고파 하는 건 아니니께, 챙피할 건 없고. 없는 게 원수여, 전쟁이 원수여!"

하며, 콧등을 찡긋거리는 것이 마치 그의 체험담 같기도 하고, 서울에서 삼년이나 살았다는 그가 전라도 사투리를 그대로 내 뽑으며 자못 심각한 표정으로 말하는 것을 보면, 그럴싸한 세상(世相)의 설명 같기도 했었다.

새까만 하늘에는 별이 수선스럽다.

밤이 깊어 갈수록 영식은 막다른 골목에서 쫓기는 토끼모양 불안함을 느꼈다. 부대 밖으로 어서 나가야만 했다. 경비원에게 들키면 도둑 취급을 당할 것이다.

'무엇허러 이런 으슥한 곳에서 멈칫거리는 거야? 이자식, 아무래도 수상하다. 이름 대 봐, 몇호 관사에 있었다고? …… 정말이야?'

숨 쉴 겨를도 없이 몰아 세울 것이다. 그것도 목 잘리어서 버젓이 내보일 증명서가 없는 탓이다.

어서, 어서. 그러나 어디로 향해 가야 옳단 말인가? 이렇게 자문하자 취조 당하는 장면을 상상하던 긴장이 금시에 확 풀려 버렸다. 영식은 옷꾸러미를 다시 머리 밑에 고였다. 멀리서 취침 나팔이 은은히 흘러왔다. 자정이다. 캡틴이 자는 시간이다. 커튼을 친 305호의 창가에서 푸른 빛이 새어 나왔다. 샛하얀 비치는 속 치마를 입은 호릿한 경자의 허리가 떠오른다.

영식이가 목 잘린 것은 지금부터 꼭 댓 시간 전의 일이다.

경자가 여느 때 보다도 좀 일찌감치 왔었다. 캡틴은 무척 기쁜 모양이었다.

"헤이, 커피 좀 갖다 다우"

하고 캡틴은 어성 뿐 만이 아니라 말투까지도 사뭇 부드러웠다.

영식은 경자를 본 기쁨과 또한 서운함이 뒤범벅이 되는 얄궂은 기분으로 부리나케 커피를 끓여서 쟁반에 포트와 찻잔과 크림과 설탕그릇을 놓은 채, 캡틴의 방문을 열었다.

그리고는 주춤 멈추었다.

캡틴은 황소처럼 넓적한 등판을 영식에게 비스듬히 보이며, 굵직한 손으로 경자의 허리께를 잡고 그녀의 입술을 빨고 있었다. 경자는 샛맑은 눈을 말똥말똥 뜬채 있다가 영식에게로 눈 망울을 굴리더니 빙긋 웃었다. 예의 그 안면운동이었다. 그러나 이번에는 밑으로 쑥 내렸다가 다시 뜨는 눈이 여느때 보다도 더 강렬히 냉소를 품은 것 같았다.

현장을 들킨 도둑보다도 그것을 본 주인이 더욱 무서움에 질리듯이 쟁반을 손에 든채 어리둥절해서 멍하니 서있는 영식은 어쩐지 부끄러워졌다. 양 쪽 뺨이 화끈 달아 올랐다. 그러나 경자의 샛하얀 얼굴에는 붉은 기 하나도 보이지 않았다. 태연했다. 영희에게 머리카락을 한 주먹이나 뜯겨서 이 집에 뛰어 왔을 때와 매 한 가지인 얼굴이었다. 급작한 포옹에 놀랐으나, 이내 멀어지는 경자를 무엇인지 모자라는 마음으로 바라 보던 그에게 빙긋 한 번 웃고 돌아 서던 때와 꼭 같은 싸늘한 눈초리였다.

경자는 부끄럽지도 않은가? 그녀의 생활이 부끄러움을 모르게끔 만들었는지? 또는 그녀의 감정 속에는 애당초에 수치라는 것은 생겨 본 일도 없었던 것일까? 그렇더라도 어째서 그런 일이 부끄럽지도 아무렇지도 않단 말인가? 어째서 경자는 부끄럽지 않다는 것이냐 말이다. 영식은 또, 어찌해서 반드시 부끄러워 해야 할 까닭은 무엇인가 하고, 스스로 반문해 볼 틈도 없이 무턱대고 화가 머리끝까지 치밀었다.

경자의 얼음장처럼 싸늘한 눈초리는 잠잠히 천정만 바라 보고 있다. 영식은 그토록 이끌리던 경자의 차거움의 매력이 등에 냉수라도 끼얹힌듯 선뜻하게 두려워짐을 느꼈다.

그보다도 캡틴에 대한 증오감이 더 세찼다. 설사, 그것이 살이 드레 드레 찐 황소 같이 비대한 캡틴이 아니더라도 매한가지이었다. 본능에 도취하고 있는 동물의 꼴이란 차마 보기에 견딜 수 없을만치 흉한 것이었다.

'개 새끼!'

하고, 속으로 뇌이며, 영식은 손에 들었던 쟁반을 방 바닥에 털썩 내 팽개쳤다.

연녹색 비니루 장판에, 커피는 검붉은 피처럼 흘러 퍼졌다. 영식은 그래도 여전히 꼼짝 않는 캡틴을 향해서, 발 끝으로 커피 포트를 힘껏 걷어 찼다. 불과 이 삼 미터 저편에 있는 그의 바지에 깨진 찻잔 한 조각이 탁 때리고 떨어졌다.

캡틴은 귀찮다는 듯이, 뒷발질을 하고, 경자의 허리를 힘껏 끌어

당겼다. 비치는 속 치마를 입은 경자의 허리가, 얇은 종이쪽 모양 그의 팔 속으로 꾸겨져 들어 갔다.

영식은 더 이상 그 곳에 머무를 수가 없었다. 영식은 그 방을 후다닥 뛰쳐 나와서 거실을 지나 부엌으로 쏜살같이 뛰어 갔다. 그리고 손에 닿는 것은 무엇이든 모조리 내 던졌다.

'저 따위 개 새끼 밑에서는 일은 안 할테다! 할 게 무어야, 할게 무어야! 굶어 죽더라도!'

선반에 있던 캇트글라스와 위스키 병이 탁, 쨍, 탁, 소리를 내며, 속 시원히 깨어져 나갔다.

공중으로 마구 휘둘러 대는 그의 팔을 지그시 잡아 누르는 손이 있었다. 보기보다는 훨씬 힘이 센 경자의 손이었다. 영식은 어쩐지 그것을 뿌리칠 수가 없었다. 영식이 저항할 힘이 김 빠지듯 없어졌는지도 모른다. 집이라도 두드려 부술만치 온 몸에 화가 뻗치던 영식은 다만 거치른 숨결만 씩씩대고 있었다.

육중한 캡틴의 몸이 나타났다. 그는 부엌 바닥에 너저분히 흩어진 유리 조각을 쓱 훑어 보고는 조용히

"갯 아웃(나가라)!"

하고 돌아서서 거실로 갔다. 이윽고 타이핑을 치는 소리가 들렸다. 영식은 그가 치는 것이 무엇인가를 눈치 챌 수 있었다. 경자는 나지막히

"못난이!"

하고 돌아섰다.

목 잘려진 못난이라는 뜻이다. 까닭은 어디에 있든 간에, 쫓겨난

다는 것은 분명히 못난이 부류에 속하는 일인지도 모른다. 못난이건 목이 잘렸건 영식은 화도 한숨도 나오지 않았다.

'너희는 키스를 했고 나는 병을 깨뜨리고, 캡틴은 내 목을 잘르고, 나는 실직을 했다. 그 뿐이다. 누가 더 못 나고 잘 났는지 알 게 무어야, 쯧.'

그러나 평화로운 것이 더욱 줄기 찬 잔인성을 지니고 있음을 영식은 어렴풋이 깨달았다.

경자의 얼굴은 여전히 차갑고 잠잠했다. 캡틴 역시 얼굴에 노기(怒氣) 한 점도 띄우지 않았었다. 커피를 오분간쯤 덜 끓였다고, 찻잔을 내던지며, 목에 핏대를 세우던 캡틴 보다도, 깨끗한 타이프라이터 용지의 해고장을 다정스레 손에 쥐어주는 그가 백 배나 무서운 사람처럼 보였다.

어둠의 장막이 잔디에 살며시 스며드는 땅거미 질 무렵이었다. 창마다 째즈가 흘러 나왔다. 간드러지는 여자의 웃음 소리도 끊임 없이 들려 왔다.

이태를 살아 오던 305호의 부엌문으로 나온 영식은 자칫하면 흘러내릴 것 같은 코를 훌쩍 들어 마시며, 창고 뒤까지 걸어 갔다. 마흔다섯 채나 되는 관사에서 겨울에 쓰는 오일 스토브를 보관해 둔 큰 창고다. 잔디가 부드러웠다. 거기서 정문까지는 오분 남짓을 걸어야 할것 같았다. 정문을 나서서 어디로? 그는 잔디에 몸을 내던지며, 조그만 옷 꾸러미를 머리 밑에 고였다. 그제서야 오른 편 손바닥에서 피가 서너 군데 베어 나오는 것을 깨달았다. 위스키 병이 깨어지면서 남긴 상처였다.

무섭게 둘러 싼 철망 밖은 끝 없이 어두운 밭이다. 새까만 하늘에 별이 하나 둘씩 반짝이기 시작했다.

하우스 걸들은 퇴근해서 돌아갔고 하우스 보이들은 부엌 한 구석에서 부스럭 부스럭 접이식 침대를 펴며 잠자리를 마련하고 있을 때다. 술도 커피도 마시고 나면, 주인에게는 하우스 보이는 한낱 집지키는 존재에 지나지 않았다.

깔깔깔하고 자즈러지는 여자의 웃음이 멀리서 굴러 온다. 라디오에서는 째즈가 은은히 흘렀다.

이 구내(構內) 밖은 영식에게 있어 분명히 딴 세상이었다. 부모도 형제도 없는 영식은 거의 이태 동안을 이렇다 할 외출을 한 일이 없었다. 고아원에서 임시로 맺어진 형제들이야 수 십 명이나 된다. 그러나 그와 한 방에 있던 심술쟁이니, 대머리니, 들창코니, 황여우니 하는 별명을 가진 이름만의 아우 형들을 찾아 보고 싶은 마음은 전연 없었다. 더욱이 황여우에 대해서는 …… 날이면 날마다 희멀건 죽만 먹던 영식이 고아원 원장실에서 책상에 놓인 크림 빵을 하나 훔쳐 내어서 그의 옷 상자 속 깊이 그야말로 쥐도 새도 모르게 감추어 둔 것을 그 별명처럼 여우모양 약삭빠른 황경태가 어찌 냄새를 맡았는지, 그것을 찾아 내어서 겨우 여덟 살 난 어린 영식의 바로 코 앞에서 어기적거리고 먹던, 그때의 발을 구르고 싶을만치 분하고 원통했던 심경을 영식은 지금도 잘 기억하고 있다.

그들도 역시 영식 처럼 6.25 전쟁이 나서 고아원이 경영난에 봉착하자, 깡통을 하나씩 허리에 찬 채 참새 떼 모양 뿔뿔이 흩어지고 만

것이다.

영식은 그가 고아원에서 자라기 전에, 너덧 살까지는 어떻게 생명을 이을 수 있었을까 새삼 의아스러워졌다. 뼈도 살 가죽도, 굳지 않은 채 이 세상에 홀로 내던져졌을 때에도 그는 살아 온 것이었다. 하물며 뼈도 살 가죽도 돌덩이처럼 단단해진 지금이야 살아 가는 것이 그다지 어려울 것 같지는 않았다.

'어떻든 나는 꼬박 십육 년을 살아났지 않은가?'

추위와 굶주림만이 고스란히 기억에 새겨진 십여년이라는 오랜 세월을 살아 온, 그의 줄기찬 생존력을 상기함에 영식은 힘이 부쩍 솟는 것 같았다.

"제기랄 ! 못 살게 뭐람!"

그러나 301호에 새로 들어 온 하우스 보이가 하던 말이 다시금 생각났다.

사층 오층이나 되는 큰 빌딩이 밤이면 쥐 새끼 하나도 없이 텅 비는 데도 숱한 사람들이 잘 곳이 없어서 거리에서 헤맨다는 얘기였다.

"그 눔의 관청이니 은행이니 하는 집들은 무엇허러 텅 텅 비어 두는 것이어?"

형용할 수 없는 불안이 그의 가슴을 뒤덮어 갔다. 오늘 밤은 어디에서? 내일은 또 어디에서 지낼까? 정문을 나서면 오른 편 길로 갈까, 왼 쪽으로 갈까. 그 길가에 올망졸망 총총 들이 늘어서 있는 판자집들. 그 집마다 노란 팽키(페인트)로 '오프 리밑'(출입금지)이라고 쓰인 간판들. 빈대떡 이십환. 찹쌀 막걸리 십환, 국수 십환. 이라고 지저분하게 다닥다닥 써 붙인 찌그러진 유리창들—영식은 머리가 점점 복잡해지는 것이 귀찮았다. 우선 한 잠 자고 보자!

영식의 뺨을 스치는 바람이 싸늘했다. 초여름이라고는 하나, 삼경(三更)에 접어 든 밤바람은 자못 차갑다.

하늘에는 흠뻑 뿌려진 수억의 별들이 서로서로의 거리를 지닌채, 부산히 반짝이고 있다. 그 서로의 거리가 어쩐지 절대적인 존엄성을 지니고 있는 것만 같았다. 어느 별이 하나 타서 죽어 버린다 하더라도, 그들은 모른체 하고 여전히, 더 가까워지지도 멀어지지도 못할, 그 마련된 거리에서 저마다 혼자서 반짝일 것이다.

'나는 목이 잘려졌고, 캡틴은 경자를 안고 있고, 경자는 속으로 딸라를 계산하고, 301호에 새로 온 하우스 보이는 부엌에서 꿈을 꾸고, 라디오는 째즈를 내뿜고, 잔디는 …….'

이렇게 생각하니 영식은 사람도 별과 한가지로 이미 마련된 서로의 거리를 지닌채 꼼짝못할 절대적인 위치에서 홀로 살다가 죽는 것만 같았다. 웃음도 울음도 저 별들처럼 소리 없는 안타까운 눈짓에 지나지 않는것 같았다.

이제는 거의 시꺼먼 덩어리로 변한 관사와 관사 사이를 영식은 이리 저리 뚫고 나갔다.

흑인 문지기가 우스워 죽겠다는 듯이 무엇인가 껄껄대며 지껄이다가, 영식을 보고 패쓰를 보이라고 했다. 영식은 턱 바로 밑에 오른손을 갖다 대고 넷째 손가락과 세째 손가락을 엄지 손가락에다 세게 비벼 붙였다. 딱! 하고 소리가 났다. 목 잘리었다는 시늉이었다. 흑인 이등병은

"오케이"

하고 싱긋 웃으며, 초콜릿을 한 입 으슥 베어 물었다.

　정문 수위실 라디오에서는 길게 빼는 색소폰과 함께, 암 짐승의 울부짖음과 같은 앨토가 영식의 뒤통수를 마구 두들겼다.

　…… 라라라 라랄라 랄라 맘보 맘보 ……

(1956년 『현대문학』)

2
신화의 단애

새까만 거리에는 헤드라이트의 행렬이 한결 뜸해졌다. 밴드는 다시금 왈츠로 바뀌었다. 시간은 마구 흘러간다. 진영(眞英)은 별로 초초해지지도 않는다. 애당초에 댄서로 취직할 것을 잘못했다는 생각도 해본다. 그러나 한 달 동안 일을 한 후에야 겨우 월급을 탄다는 것은 안 될 말이다. 오늘 저녁을 먹고 이 한 밤을 여관에서 잠자기 위한 돈이─그것도 단 돈 이천 환이면 되지만─필요한데 한 달 후가 다 무엇이냐.

이대로 서 있자. 지난 봄에도 늦어서 오는 손님이 있지 않았던가. 그때처럼 한 열흘을 벌어서 또 다시 반년을 살고 보자.

춥다. 추워서 움츠려진 조그만 젖꼭지가 스웨터 위에 뾰조록이 솟아 버렸다. 그 뿐만은 아니다. 배도 고프다. 생각해 보니 오늘은 거의 절식 상태이다. 추위와 굶주림. 진영은 그 속에서 여전히 생존하고 있는 스스로를 뚜렷이 깨닫는다. '지금 나는 살고 있다' 하고 그녀는 생각한다. '살고 있다' 하고 되씹어 본다.

오 층 빌딩의 높은 창턱에서 내려다보는 서울의 밤은 아늑하고 다정스럽다.

"들어 가실까요?"

누군가 어깨를 툭 친다. 돌아다보니 해말쑥한 청년이 웃고 서 있다.

홀에는 자욱한 담배 연기에 샹들리에가 희미하다. 그 속에서 밴드는 흐르고 춤꾼들은 마시고 웃고 떠들고 있다. 초만원이라 채 몇 발자국 떼기 전에 다른 쌍과 맞부딪쳐 버린다.

리드는 서툴고 맘보는 재미없었다. 그래도 진영은 밴드에 맞추어서 열심히 춤을 추었다. 그렇게 해서 추위나 덜어 볼까 하는 속셈이었다. 홀드는 차츰 가까워졌다. 술 냄새가 진영의 얼굴에 확 끼친다. 뺨에 남자의 수염이 까칠까칠 닿는다. 귀찮다. 팁은 얼마나 주려나.

"징병기피자를 적발해야 할텐데요."

청년은 술 때문에 조금 혀꼬부랑 소리다.

"왜요?"

"직업상 ……."

"직업?"

"난, 형사야."

"그러세요?"

진영의 말끝은 힘없이 흐려진다. 그처럼 어린 형사에게 돈이 있을 것 같지 않기 때문이다.

'기껏, 하나 잡았나 했더니.'

구슬픈 블루스보다도 진영의 스텝은 맥이 없다.

…… 카네이션 꽃잎 지던 밤 ……

스테이지에서는 가수가 앞가슴을 허옇게 드러낸 채 노래를 부르고 있다.

"나도 기피자인데 남을 잡으려니 양심이 찔리지만, 그렇다고 이대로 있으면 내 목이 달아나고."

…… 추억에 울던 ……

"내일까지는 꼭 하나 적발해야 할텐데 ……. 자, 그리고 보니 모조리 기피자 같기도 하고 또 아닌 것 같기도 하고. 후유."

남자가 풍기는 술 냄새는 견딜 수가 없다. 진영은 스텝을 밟으며 무턱대고,

"저기 있지 않아요? 기피자."

하고 소리쳤다. 형사는 진영의 뺨에 부벼대고 있던 얼굴을 번쩍 들며,

"어디?"

한다. 진영은 턱으로 아무 데나 가리켜 보였다.

"저 - 기."

마침 저 편에서 키 큰 청년이 깨끗한 뒤통수를 이쪽으로 보인 채 멋있게 턴을 하고 있었다.

"정말?"

"으응."

진영은 긍정도 부정도 아닌 대답을 했다. 진영은 그 청년이 누구

인지도 물론 모르는 것이다. 따라서 그가 기피자인지 아닌지는 전혀 알 바가 못 되었다. 다만 술 냄새와 까칠까칠한 수염을 면했으니 다행이라고 생각했다.

블루스는 멋었다. 진영은 위스키를 마셨다. 목에는 차나 이내 몸은 후끈해진다. 마지막 곡이 시작되었다. 형사는 화장실에서 아직 돌아오지 않았다. 진영은 담배 연기 속에서 멍하니 앉아 있었다.

"아르바이트?"

하며, 눈이 어글어글한 어떤 청년이 진영의 앞에 우뚝 섰다. 진영은 고개를 끄덕였다.

"너무 늦었는걸."

테이블 사이를 누비며 센터로 나가는 청년의 뒤통수를 보자 진영은 가슴이 쿵 내려앉는 것 같았다. 아까 턱으로 아무렇게나 기피자라고 가리킨 바로 그 깨끗한 뒤통수였기 때문이다.

리드는 멋있었다. 진영의 등에 얹었던 팔이 차차로 허리에 와서 감긴다. 그의 눈은 정열적이면서 어딘가 냉냉하다.

"아까부터, 허리가 좋다고 생각했었지."

'……?'

"추면서 남이 안고 있는 여자를 감정하는 것은 재미있는 일이야."

'…….'

"학생? 미쓰?"

진영은 연달은 질문에 대답 대신 웃고 있었다. 청년은 진영이가 둘 다 긍정한 줄로 안 모양이다.

"일주일만 살까?"

하고 웃는다.

"십만 환이면 되지? 내일부터."

사뭇 뻐기는 어조다.

"흥!"

진영은 어이없다는 듯이 코웃음을 쳤다.

십만 환이 다 무엇이냐. 내게는 지금 당장에 단 돈 이천 환만 있으면 충분한데. 그러나 웃음의 뜻을 잘못 알아차린 청년은

"비싼데, 그럼, 이십만 환!"

"흥?"

진영은 더욱 답답하고 기막혔다.

"그러면, 삼십만 환."

밴드는 멎고 홀드는 풀렸다. 진영은 아무 말도 하지 않았다. 내일부터 일주일간의 일을 살 것인가 말 것인가 하고 지금 생각할 여유가 없다. 오늘밤을 어찌하나 그것조차 해결하지 못하고 있는 진영이 아닌가.

어느 사이엔가 진영의 손에는 지폐가 쥐어져 있다. 육백 십 환이다.

"남은 게 그것밖에는 없어."

두 사람은 다른 춤꾼들 사이에 끼어 묵묵히 층계를 내려갔다.

거리는 추웠다. 이내 온 몸이 오싹해지면서 떨린다.

"내일, '호심'으로 오시오. 아홉 시 반."

청년은 말을 뚝 자르고 돌아섰다.

아홉 시 반이라면 자고 일어나서 나오기에 알맞은 시간이라고 진영은 생각했다. 그렇지 않고 오후나 저녁 몇 시라고 한다면 진영은

그것을 지킬는지가 의문이다. 그동안의 시간에 혹시 하루를 살 수 있는 돈이 생긴다면 구태여 그를 기다려야 할 까닭은 없는 것이다.

진영도 돌아섰다. 몹시 배가 고프다. 통금 예비 사이렌이 불고 난 거리에 음식이 있을 리 없다. 그뿐 아니라 명동에는 거의 불빛이 없다. 검은 하늘에 조각달이 걸려 있다. 진영은 지금이 밤이라는 것을 인식했다.

성당 쪽으로 가는 언덕 길가에, 군고구마 장수가 부스럭대며 갈 준비를 하고 있었다. 석유 등잔이 가물가물 켜져 있다. 진영은 남은 고구마를 다 털었다. 대여섯 개 밖에는 안 된다. 진영은 군고구마를 먹으며 걸었다. 여간 맛있지 않다. 주린 배에는 이토록 맛난 것이 또 있으랴 싶다.

어디로 갈까? 오백 환으로 재워줄 여관은 없다. 설혹 재워준다더라도 불을 지펴 줄 리는 없다. 이토록 추운 밤에 내 몸을 꽁꽁 얼려 재우다니. 죽으면 썩는 몸이다. 살아 있는 이 순간 다시는 없을 이 지극히 소중한 순간을 나는 내 몸을 하필이면 얼려 재워야만 한다는 말인가? 그것은 안될 말이다. 진영은 경일한테 가서 자리라고 생각했다. 그 방도 냉돌임에는 틀림없겠지만 그래도 같이 자면 한결 따뜻할 것이 아닌가.

손바닥만한 방에 책과 화구(畫具)가 하나 가득 흩어져 있다. 진영은 어디에 발을 디뎌야 할지 잠시 망설였다. 경일은 언제나 그렇지만 오늘도 모른 채 하고 캔버스만 보고 있다. 진영은 먹다 남은 군고구마를 책상 위에 놓으며 요 밑으로 발을 넣었다. 뜻밖에도 바닥이 더웠다. 그림이 팔렸나?

"웬일이세요? 방이 더워."

경일은 갑자기 몸을 돌려서 다짜고짜로 진영의 등을 한 번 때린다.

"왜 이래, 왜 이래?"

"준섭(俊燮)이가 장작을 사 온거야."

"좋겠군요. 친구 잘 두어서."

"엊저녁 얘기 다 들었다. 준섭이가 여기서 잔 거야."

"내가 그래 어쨌다는 거에요. 어쨌다는 ……."

진영은 경일의 눈을 뚫어져라 흘겨본다. 경일은 눈 한 번 깜짝이지 않고 시무룩한 얼굴로 진영의 등을 주먹으로 또 한 번 때렸다.

어저께 저녁 일이다. 한 달 밀린 밥값 대신 화구 일체와 책 전부를 빼앗긴 채 하숙을 쫓겨나온 진영은 통금 사이렌을 듣자 어쩔 수 없이 준섭의 하숙을 찾아갔던 것이다. 그곳은 경일의 하숙보다 가깝고 파출소보다는 갈 만한 곳이었기 때문이다.

진영은 시민증을 잃은 지 벌써 반년이 넘는다. 그것이나마 있었다면 또 모르겠는데 x미술대학 학생증만으로는 파출소 가기는 꺼림칙했다. 꺼림칙 이상으로 싫었다고 하는 편이 옳을 것이다.

"오늘 밤 재워주세요."

진영은 파자마 채로 당황하는 준섭을 빤히 들여다보며 말했었다.

"저 ……."

준섭은 눈 둘 곳을 모르고 있었다.

"……?"

"저, 김 군이, 저 ……."

"미스터 김이 어쨌단 말씀이세요?"

"저 ……."

머뭇거리며 망설이고는 있으나 준섭의 눈에는 무엇인지 기쁜 빛이 가득 차 있었다. 진영은 그것이 메스껍고 화가 났다.

"누가, 누가, 당신하고, 무슨, 연애 유희라도 하고 싶어 온 줄 아세요? 천만에! 잘 데가 없어서 하룻밤만 자겠다는 거예요."

진영은 꼿꼿이 선 채 말했다.

"그런 게 아니라, 저 ……, 김 군이 알면 또 오해나 ……."

"오해를 하면 어떻단 말이에요. 지금 갈 데가 없다는데 오해 따위가 다 무엇이란 말이에요!"

준섭은 한참 동안 잠자코 서 있다가 못에 걸렸던 외투를 어깨에 걸치고 밖으로 나가 버렸다.

'잡을까? 내버려두자'

외투가 없어진 못에는 머플러가 걸려 있다. 여자의 것이다. 때로 자러 오는 여자가 있다더니 그녀의 것일지도 모른다. 그녀는 그 분홍 빛깔이 무척 자극적이라고 느껴졌다.

준섭은 바로 그저께도 진영에게 또 알쏭달쏭한 편지를 보내왔었다.

'경일군과의 관계는 다 이해하겠습니다. 조금도 나무라지는 않겠습니다. 중략(中略). 덧없는 일인 줄 아오나 어쩔 수 없이 적은 글입니다.'

내용은 대개 이렇게 적혀 있었다. 무슨 소리인지 도무지 답답한 얘기이다. 아마도 같이 살자는 말인 성싶다. 그렇다면 왜 좀 더 알아듣기 쉽게 쓰지 못한단 말인가. 또 어째서 지금 이대로 잠자코 나가 버리고 마는 것인가. 오늘 밤만은 나를 마음대로 할 수도 있는 것이 아닌가. 밖으로 나간 준섭은 돌아오지 않았다. 진영은 따뜻한 이부자리에서 한 밤을 고이 잤었다. 그러나 준섭이가 경일에게 가서 잤으리라고는 미처 생각을 못했었다.

"그만 때려, 그만, 그만."

그러면서도 진영은 경일의 주먹을 피하려고는 하지 않았다. 도무지가 맞아도 아프지도 않거니와 무엇보다도 추위에 옴츠려뜨려서 어깨가 아팠는데, 맞고 보니 시원한 것을 어떻게 하랴. 주먹이 멈추었다. 방바닥은 뜨겁고 몸은 후끈거렸다.

"매 맞고 나니 더워졌어요."

진영은 솔직히 말했다. 아프라고 때렸는데 더워서 좋다니. 경일은 성난 얼굴이다. 그는 마치 보기 싫은 물건을 다루듯이 발바닥으로 진영을 아랫목 쪽으로 밀어 붙였다. 진영은 종이쪽 모양 주르르 밀려간다.

경일은 다시 붓을 들었다. 진영은 스웨터와 스커트를 벗어서 차근히 개어 놓았다. 구겨진 옷으로는 댄서가 될 수 없기 때문이다. 내일은 일찍부터 나가서 꼭 돈을 벌어야 하지 않느냐고 그녀는 속으로 다짐한다.

몸이 풀리고 나니 맞은 데가 뻐근한 것 같다. 지난 봄에도 댄서로 나갔다고 해서 이렇게 맞았었다. 이번에는 준섭의 하숙에 자러 갔다고 해서 맞았지만. 편지마다 사랑하노라고 적어 보내는 준섭 보다는 말없이 때리기만 하는 경일이 오히려 더욱 벅차게 가슴에 오는 것은 무슨 까닭일까.

군고구마로 굶주림은 면했고, 따뜻한 방에 누워 있으니까, 진영은 무한히 행복한 것 같다.

'지금 나는 행복하다.'

이제 잠만 자면 그만이다. 이렇게 머리 속이 텅 비게 될 때면 진영은 언제나 사랑이라는 것이 그리워지는 것이다. 나는 누구를 사랑하고 있지 않을까? 경일을 사랑하는 것이 아닐까? 진영은 '경일이' 하고 입속으로 속삭여 본다. 나의 애인, 그리운, 그리운 사람! 하고 생각해 본다. 그러니까, 정말 그리워지는 것 같다. 그리워 못 견딜 것같다. 그립다, 그립다. 그 그리움이 그립다. 아 아.

"키스할까?"

진영은 요 밑에 엎드린 채 중얼거린다.

"시끄러!"

경일은 소리를 꽥 지른다. 진영은 벽을 향해서 돌아누우며, 좀 전에 헤어진 청년을 생각해 보기로 했다. 삼십만 환! 삼만 환의 열 배다. 내일을 생각지 않는 진영에게는 오히려 벅찰 만치 많은 돈이다. 하숙비를 내고, 아니 자취를 하자. 등록비도 걱정 없구.…… 그러나 진영은 그 이상 더 생각을 이을 수가 없었다. 경일이 그녀를 와락 껴안았기 때문이다. 경일의 포옹은 언제나 기분이 좋다. 그러나 그 깨끗한 뒤통수의 청년의 홀드 또한 부드럽고, 기분 좋은 것이었다고 진영은 생각한다.

멀리서 아홉 시를 치는 소리가 났다. 경일은 벌써 나가고 없었다. Y극장 뒤의 창고가 그의 출근처다. 영화의 간판을 그리는 것이다. 그나마 어저께 가까스로 얻은 아르바이트 자리다. 책상 위에는 군고구마가 뎅그렇게 하나 놓여 있다. 진영은 그것을 먹으며 경일의 하숙을 나섰다.

걸음이 성당 앞에 이르렀을 때 진영은 교인은 아니나 무엇이라도 한번 기도를 해도 괜찮을 것 같은 기분이 들었다.

"성모 마리아, 나에게 애인을 하나 마련해 주세요. 영원한 애인을요."

진영은 경건한 마음으로 속삭였다. 그러나 이내 그 마리아 상(像)의 졸렬한 조각이 눈에 띄어 기분이 나빠졌다. 그래서 진영은,

"마리아, 좀 더 기다리세요. 내가 당신을 조각해 드리겠어요."

했다.

찬 하늘 아래 홀로 하얗게 서 있는 마리아가, 도저히 씻을 수 없는 고뇌로 해서 스스로를 매질하고 있는 것만 같다. 애틋하기 한이 없다. 처녀가 애기를 낳다니! 사랑의 기쁨도 모르면서 진통만 겪다니! 가엾어라, 가엾어라.

시간이 이른데도 다방에는 손님이 많았다. 오일 스토브가 벌써 벌겋게 달아 있다. 누가

"안녕하세요."

한다. 어제 저녁의 그 청년이었다. 하얀 턱에 쉐이빙을 한 자국이 파랗다.

"자!"

하며 그는 테이블 위에 자그마한 보따리를 올려놓는다.

"현금이야, 삼십만 환. 수표면 부도난 것이 아닌가 할까봐 바꿔 왔어. 큰 돈으로 바꾸느라고 애썼지. 어때 그 정성이? 하하하."

그는 거리낌 없이 큰 소리로 웃는다. 진영은 아무 말도 하지 않았

다. 물만 마시고 싶다. 군고구마를 먹어서 목이 바싹 말라버렸다. 그래서 우선 커피나 마시고 보자고 했다. 진영은 커피를 두 잔이나 마셨다.

"가자."

하며 그는 일어섰다. 그는 댄스홀에서 보다도 훨씬 더 미남같이 보였으며 더욱 점잖다고 진영은 느껴졌다. 진영도 뒤따라 일어섰다. 앞뒤 테이블의 손님들이 진영과 그를 번갈아 보고 있다.

택시 안에서 그는 왼팔로 진영의 허리를 감았다. 호텔의 현관은 어마어마한 것이었다. 주홍빛 양탄자가 눈부셨다. 기둥이랑 천장에 현대적인 감각이 확 끼친다. 프론트 데스크에서 청년은 일주일 방값을 선불했다.

"309호실."

하고 사무원이 말하니까, 보타이를 맨 보이가 성큼 나선다. 진영은 손에 든 지폐의 무게와, 그녀와 나란히 층계를 올라가는 청년의 로션 냄새와, 주홍빛의 양탄자를 인식했다. 층계의 커브를 돌 때다.

"여보슈."

하고 아래에서 누가 소리쳤다. 형사라는 것이었다. 형사는 청년의 신분증을 조사하더니 가자고 한다. 징병기피자라는 것이었다. 지금 꼭 가야 한다는 것이다. 청년은 형사를 비웃는 듯 싱긋 웃으며,

"갑시다!"

하고 늠름한 걸음으로 층계를 도로 내려간다. 깨끗한 뒤통수가 몹시 사랑스럽다. 진영은 당황하며 뛰어 갔다.

"여보세요."

"?"

"이것."

진영은 돈 보따리를 내밀었다. 청년은 싱긋 웃는다.

"가지시우. 약속을 어기는 것은 이쪽이니까."

"너무 많아요."

"애당초 삼십만 환은 너의 허리 때문이 아니야. 이걸 봐, 이렇게 죽음이 쫓아다니지 않아? 나는 일 년을 살 돈이 있으면, 그것으로 우선 하루라도 살고 보아야 해. 살 시간이 없어. 바뻐."

하고 빙긋이 웃으며 돌아선다. 진영은 청년에게 바싹 다가섰다. 진영의 표정은 자못 심각해졌다.

"가지 마세요!"

청년은 웃으며 말했다.

"나는 너를 사랑해."

진영의 입에서 앵무새처럼 말이 흘러 나왔다.

"저도 사랑해요."

말을 하고 보니, 진영은 정말 그를 사랑하는 것 같다.

"가지 마세요. 가지 말아요!"

"돈으로 안 되는 일 없지. 곧 온다."

그는 진영의 뺨을 슬쩍 쓰다듬고 호텔을 나가 버렸다. 형사가 뒤따라 나갔다. 그때 프론트 데스크에서 해말쑥한 청년이 담배를 피우며 진영에게로 다가왔다. 진영은 낯익은 얼굴이라 생각했다. 누구일까? 아차! 엊저녁의 그 형사로군! 그렇게 생각하니, 그녀는 모든 일이 우연히 된 것이 아님을 깨달았다. 진영은 자기도 모르는 사이에

매섭게 쏘아붙이고 있었다.

"당신이군요! 비겁한!"

"왜 그러슈, 남편?"

진영은 입을 한일자로 다문 채 머리를 세게 흔들었다.

"그럼, 애인?"

"아니!"

"그러면?"

"남자!"

하고 진영은 돌아섰다. 형사는 뒤따라 오며

"내가 논산으로 갈 때엔 나도 프로포즈 할 생각이야."

"어림없어!"

하고 쏘아붙이며 진영은 앞을 똑바로 본 채 층계를 올라갔다.

진영은 호텔의 레스토랑에서 프라이드 치킨을 먹었다. 맛있는 것을 먹는 즐거움이 없다면 인생은 한결 쓸쓸하리라고 생각하며.

외투와 구두를 샀다. 립스틱도 샀다. 이것을 바르고 아르바이트를 하러 댄스홀로 갈 날이 머지않아 또 있으리라 생각했다. 핸드백도 샀다. 그래도 돈이 남았다.

진영은 하숙으로 갔다. 주인 아주머니는 샀 뜨개질을 하고 있었다. 아이를 셋이나 딸린 전쟁 미망인이다. 방바닥은 얼음 같고, 떡 벌어진 문틈이 사뭇 한데이다. 밀린 밥값을 치렀는데도 진영의 마음 한 구석 어딘지 개운치 못한 데가 있다. 오만 환을 더 내놓았다. 주인은 고맙다고 하며 이내 흑흑 흐느껴 운다. 삼십만 환을 얻었는데도 고마운지를 몰랐던 진영은 하숙 주인이 오히려 우스꽝스럽다. 그녀를 도와주려는 것이 아니었다. 진영은 그 여자의 가난이 끼친 울적한 기분을 털어 버리고 싶을 따름이었던 것이다.

　진영은 화구를 샀다. 모두 사만 환이다. 갑자기 붓이 들고 싶어진다. 어서 그려야지. 국전에서 모 장관상을 탄 경일의 그림이 생각난다. 그녀는 그 구성이 참으로 잘 되었다고 다시금 생각한다. 학교의 성적은 진영이 수석이나, 국전에서는 낙선했었다. 시기와 비슷한 불길이 몸 어느 모퉁이에서부터인지 소리 없이 이는 것 같다.

　'그려야 한다.'

　진영은 거리의 책점에 들렸다. 고흐의 소묘집(素描集)이 있다. 진영은 책장을 들춰보았다. 까마귀가 날고 있다. 사육(死肉)을 파먹고 산다는 날짐승. 금새라도 썩은 물이 악취를 풍기며 뚝뚝 떨어질 것 같다. 진영은 자기 자신이 까마귀 같다는 느낌이 온다. 팁으로 해서 살아 있는 그녀의 살이 까마귀의 살만 같다. 진영은 진저리를 치며 몸을 흔들었다. 볼통한 젖가슴이 육중하게 흔들린다. 진영은 다만 그녀의 실존을 재확인할 따름이다.

　진영은 위스키를 한 병 사들고 호텔로 갔다. 더블 베드는 지나치게 호화로웠다. 그녀는 일주일 여기서 홀로 사는 것이다. 고요 속에서 붓을 들 수 있는 것이다. 그러나 그 청년이 온다면? 돈으로서 안 되는 일이 있겠는가고 했었는데. 오면 오는 것이고, 그때 일을 지금 생각지 말자.

　진영은 위스키를 더블로 해서 마셨다. 이내 몸이 상쾌해진다. 푹신한 베드에 엎드려 본다. 기분이 여간 좋지 않다. 그녀는 귀신이라도 농락해 보고 싶을 만치 삶에 대한 자신이 강력히 솟구친다. 무서울 것도 꺼릴 것도 없다. 오로지 그려야 한다는 의욕만이 파아랗게 불탈 뿐이다.

진영은 준섭에게 편지를 썼다. 베드가 부드러우니, 그 여자와 하룻밤 자러 오라는 얘기를 썼다. 그저께 한 밤 따뜻이 재워 준 은혜를 갚기 위해서이다. 다음은 경일에게 글을 썼다. '사랑해요'라고 쓰기 시작했으나, 도무지 펜이 움직여지지 않는다.

사랑, 사랑 …… 진영은 그 말의 감각을 느껴보려 했으나, 그 추상명사가 마치 숫자처럼 그녀의 머리 속에서 나열될 따름이다.

사랑이라는 말은 필요치 않았다. 다만, 진영은 지금 경일을 포옹하고 싶을 뿐이었다. 그래서 진영은 '경일 씨 어서 오세요, 보고 싶어요' 라고 편지의 끝을 맺었다.

진영은 베드에서 일어나서 높은 창가에 스케치북을 들고 앉았다. 창 밖은 밤이었다. 무수한 불빛이 어둠 속에서 별빛처럼 명멸하고 있었다.

(1957년 『현대문학』)

3
장마

나흘째 비가 쏟아지더니, 내가 넘어서 논밭이 모두 흙탕물에 뒤덮여버렸다. 앞으로 사흘만 이대로 비가 계속된다면 태식의 집도 홍수에 휩쓸릴 것 같다. 태식은 툇마루에 서서 윗마을이 홍수에 떠내려가는 것을 보고 있다. 흙탕물 위를 초가지붕이 둥둥 떠간다. 벌레 먹은 나무기둥도 떠간다. 모두 같은 방향으로 세차게 굽이치며 흘러간다. 농짝, 문짝, 나무 솥뚜껑 …….

태식은 아무 말 없이 그것들을 보고만 있다. 부뚜막에 앉아서 태식의 뒷모습을 바라보고만 있는 새댁도 말이 없다.

그들은 엊저녁에 첫날밤을 지낸 사이였다. 아침도 함께 먹었으나 새댁은 아직까지 한 번도 남편을 정면으로 본 일이 없다. 그녀는 부끄러워서 남편을 볼 수가 없었다. 태식도 부끄러워서인지 통 말이 없다. 밥 먹을 때 그는 제 밥을 듬뿍 숟갈로 퍼서 두 번 새댁의 밥그 릇에 보태어주었을 뿐이다. 두 술을 주어야만 정든다는 말을 생각하 고 새댁은 뺨이 화끈 달았다.

쥐가 댓 마리 우 몰려서 부엌에서 툇마루로 달려갔다가 기둥에 기어오르더니 다시 툇마루 밑으로 찍찍거리며 부산하게 달음질을 친다. 홍수에는 쥐가 가장 예민하다고 한다. 물이 쥐구멍을 막는 탓 이리라.

새댁은 집이 홍수에 휩쓸릴지도 모른다는 불안도 없었다. 그녀는 부뚜막에 앉은 채 남편을 관찰하기에 골똘하고 있다.

결혼하기 전에 그들은 꼭 한번 만나본 일이 있으나, 새댁은 태식 의 발만 보고 있었다. 엊저녁에도 새댁은 남편을 보지 못했다. 때문 에 새댁은 함께 한 밤을 보냈으나 남편이 어떻게 생겼는지 모른다. 키는 중이고 건장한 몸집임은 짐작할 수 있으나 눈이 어떻고, 코가 어떻게 생겼는지는 모르는 것이다. 중매 노인의 말에 의하면, 어떻 든 그만큼 '사나이답게' 생긴 남자도 보기 드물 것이라 했다.

태식은 어릴 때부터 윗마을 이 지주 댁의 머슴으로 있었다. 부지런 하고 곧아서, 주인이 각별히 아껴주었다. 새댁은 살결이 검고, 예쁜 편은 아니었으나, 마을 남자들이 그녀의 젖은 듯한 검은 눈만 보면, 왠지 몸이 째릿하고, 숨이 턱 막힐 것 같다는 말을 하던 처녀였다.

그들의 혼인은 말이 있은 지 열흘 만에 간단히 성사되어버렸다. 태식은 새댁을 본 일은 없었으나 고를 것 없이 첫 번째의 통혼이니 한다는 것이었고, 새댁은 집이 어려워서 하나라도 식구를 빨리 덜어 야 하는 급한 사정에서였다.

태식의 주인은,

"아따 그놈, 끔찍이도 장가가고 싶었던 모양이구나."

하고 웃었다. 주인집 산지기가 살던 초가 한 칸 방에 주인은 부랴부랴 신문지로 도배를 해주었다.

비가 쏟아져서 혼인식인데도 별다른 음식도 못하고, 태식과 새댁은 주인집 대청에서, 상 위에 떡 한 접시, 쌀밥 두 그릇, 국 두 그릇을 올려놓고 맞절을 두 번씩 했을 뿐이다. 손님도 없었다. 그래도 태식은 좋아서 어쩔 줄을 모르는 것 같았다.

새댁은 혼수라고는 넝마 한 조각도 없었다. 식이 끝나자 태식은 솥에 숟갈 둘, 젓갈 네 자루, 밥그릇 둘, 고추장 한 깡통, 간장 한 깡통을 넣고, 그것을 등에 지고, 산을 넘어서 산지기가 살던 초가로 갔다.

새댁은 주인집에서 준 유일한 침구인 모포 두 장과 베개 하나를 똘똘 뭉쳐서 머리에 이고 주인집의 우산 하나를 중매 노인과 함께 쓰고 새 집으로 온 것이다.

빗줄기가 조금 가늘어진 듯하더니 다시금 후다닥 쏴 하고 퍼붓기 시작했다. 그 빗소리에 새댁은 흠칫 놀랐다가 홀로 미소를 짓는다. 그녀는 놀란 것을 남편에게 들키지 않아서 다행이라고 여겼다.

천장에서 노래기가 한 마리 부엌 바닥에 뚝 떨어지더니 흰 뱃가죽을 훌렁 뒤집는다. 그놈이 수십 개나 되는 발로 다시 지꺽지꺽 기어가려고 할 때 새댁은 신발로 꽉 눌러서 죽여 버렸다. 그러나 또 한 마리가 새댁의 어깨에 뚝 떨어진다. 그녀는 그것을 손으로 털어 내려 역시 꽉 밟아버린다. 날이 습하니까 지붕의 짚 사이에 노래기가 우글우글하다.

한여름 내내 매미소리 한번 먼 귀뜸으로라도 들을 수 없는 벌거숭이산이고 보니, 물의 피해는 맡아 놓은 고장이기는 하나, 숲이 없는 탓으로 뱀이 없는 것만은 천만다행이다. 물에 못 견디면 뱀은 사람에게 감기기가 일쑤다. 때문에 홍수도 무서우나 한층 더 두려운 것은 홍수 때의 뱀이다.

'뱀 없는 것만도 다행이다.' 하고 새댁은 생각한다.

쥐가 댓 마리 우 몰려서 찍쩍거리며 부엌에서 툇마루 아래로 달음질을 쳤다.

새댁은 툇마루 끝에 버티고 선 남편의 굵직한 검은 정강이를 보니 왠지 든든하다. 그녀는 엊저녁을 생각하고 얼굴을 붉히고 오늘밤을 생각하고 수줍음에 가슴이 뛴다.

세차게 흐르는 홍수에는 아까보다도 떠내려오는 물건이 훨씬 많아졌다. 장독이 떠가다가 흙탕물 속으로 푹 가라앉는다. 옷보따리, 베개, 갈쿠리, 냄비, 양은솥이 뒤집힌 채 떠내려간다.

태식이 가지고 싶은 것만이 유독 그의 눈에 띄는지도 모른다. 태식은 눈을 점점 더 크게 뜨고 상류로부터 하류로 시선을 옮기고, 그의 시선이 쫓는 대상물이 안 보이게 되면 다시금 상류로 눈을 돌린다.

허여멀건한 것이 떠내려 왔다. 그 뒤에 울긋불긋한 것도 보인다. 이불하고 요다. 새끼로 동여맨 것이 풀어졌는지 언저리에 새끼가 너절하게 흩어져서 떠내린다. 이불과 요! 이불과 요. 태식은 마음속으로 몇번이나 이 말을 되풀이해 본다. 이불과 요. 그것은 참으로 그에게 필요한 것이었다. 이불과 요는 차츰 태식의 집 앞으로 흘러온다.

태식의 커다란 눈에 빛이 번쩍였다. 그는 고개를 획 돌려서 새댁을 보았다. 그 찰나, 새댁의 젖은 듯한 검은 눈이 그의 시선과 마주쳤다. 태식의 몸이 짜릿하고 저렸다. 새댁은 두 손으로 얼굴을 가렸다. 새댁의 얼굴이 불덩이처럼 탔다. 새댁은 지금 처음으로 남편의 시선과 마주친 것이다.

이불과 요. 태식은 이불과 요가 서로 가까워졌다 멀어졌다 하며 하류로 멀리 사라지자 다시금 상류로 눈을 돌렸다.

새댁은 부끄러움에 깜빡 숨이 막힐 것 같았으나 이번에는 한층 대담히 남편의 뒷모습을 바라볼 수 있었다. 그리고 입 속으로 말해 본다.

"내 서방님 ……."

그때 갑자기

"히 —."

하고 태식이 괴상한 외마디 소리를 지르더니 쿵 소리를 내며 툇마루에서 뛰어내려 빗속을 달음질친다. 새댁은 깜짝 놀라 벌떡 일어섰다. 태식은 불과 열 걸음도 뛰기 전에 흙탕물 속으로 풍덩 뛰어 들어갔다. 새댁은 툇마루 끝에서,

"여보!"

하고 불렀으나, 그것은 말로 되어 나오지 않았다. 그녀는 어떡할까 어떡할까 하고 가슴만 조인다.

쫘 하고 빗줄기가 다시 퍼붓기 시작했다.

태식은 순식간에 물 한가운데까지 헤엄쳐가서, 서너 간 남짓한 돼지우리를 붙들고 있다. 새댁은 비로소 남편의 행동을 이해했다. 차

차 돼지 새끼 한 마리를 줄 테니 먹여보라고 하던 태식의 주인의 말이 생각났다.

새끼 돼지는 여섯 달이면 새끼를 낳는다. 한 번에 대여섯 마리를 낳기도 한다. 그것들이 반년이면 또 새끼를 낳는다. 암놈은 두고 수놈은 판다. 암놈은 두고 수놈은 …… 적어도 만 환에서 만 오천 환으로 나간다. 뿐 아니다. 돼지의 거름은 비료 중에서도 가장 좋은 것이다. 내 논에는 돼지거름만 주어야지, 돼지거름만! 그러나 태식은 돼지우리를 장만할 수 없었다. 웬만큼 튼튼한 것이 아니면 돼지가 밖으로 뛰어나간다. 밖으로 나가다니? 안되지, 안되어! 잃어버리면, 애초 없는 것만도 못 해! 태식은 돼지우리의 한 모퉁이를 움켜쥐고 기슭으로 끌기 시작했다. 물살이 세서 우리는 끌어도 도로 내려간다.

우리는 두 자 남짓한 단단한 나무토막으로 되어 있다. 그 나무토막을 철사가 잇고 있다. 게다가 넓이가 서너 칸 남짓하니 돼지 열 마리는 넉넉히 기를 것 같았다. 우리로서는 다시 없이 좋은 것이었다.

"이 눔, 이 눔."

하며 태식은 있는 힘을 다 짜내어 기슭으로 끌었다. 태식의 머리에서 빗물이 줄줄 흘러내렸다. 눈과 코에 마구 흐르는 빗물을 태식은 굵직한 손등으로 쓱쓱 닦아 내었다.

물이 허리까지 찬다. 빗발이 세서 흙탕물의 수면은 들끓고 있다.

어쩌다가 파도가 밀리는 통에 우리가 저절로 기슭에 올라간다. 태식은

"허이─이."

하고 홀로 환성을 올리며 기슭으로 뛰어올라 우리를 끌었다. 그러

나 다시 물결이 밀렸다가 나가는 통에 우리는 흙탕물 속으로 스르르 미끄러져 들어간다.

"어, 어, 이 눔이, 이 눔이."

하고 태식은 당황하며 우리를 잡았다. 우리는 덥석 한 번 물결을 타더니 세차게 흐르기 시작한다. 태식도 우리와 함께 떠내려갔다. 태식은 우리를 놓을 수도 잡을 수도 없게 되었다. 놓으면 물이 깊어서 익사할지도 모르는 일이었다. 그러나 잡고 있으려니까 어디까지 떠내려갈지 막연하고 기막혔다.

태식은 살려달라고 고함을 치려고 했으나, 그것은 헛수고임을 알았다. 기슭에는 인가도 없고 빗속에 나다니는 사람도 없다. 태식의 집도 안 보인다.

태식은 혹시 뗏목이 없을까 하고 물 위를 두리번거려 보았다. 뗏목은 홍수 때에 한 몫 보는 일이 많았다. 물건을 건져두었다가 팔아서 곧잘 사는 사람도 있었다.

빗발이 가늘어져서 강 위는 훤히 보이나, 뗏목은 보이지 않았다.

우리는 세차게 굽이치며 떠내려갔다. 우리가 물살에 굽이칠 때마다 태식은 흙탕물을 머리로부터 뒤집어썼다. 그럴 때면 태식은 흙탕물이 들어갈까 봐 눈을 질끈 감고 입을 꽉 다물었다. 우리가 잠잠해지면 비가 얼굴의 흙탕물을 씻어 내렸다. 그렇게 하여 얼마를 표류했는지 모른다. 기슭에 있는 얕은 산들도 도무지 눈에 익지 않다. 태식은 자신이 어디쯤에 있는지조차 몰랐다. 그는 차차 불안해졌다.

태식은 이제 돼지우리를 생각할 여유는 조금도 없다. 어서 기슭으로 올라가서 집으로 가야겠다는 생각뿐이었다. 물은 가슴까지 찼다.

태식의 피부에 소름이 쭉 끼쳤다. 태식은 무엇보다 추워지는 것이 곤란한 일이었다. 떨리면 헤엄칠 수가 없기 때문이다. 그는 이제 초조해졌다. 다시금 물 위를 두루 살폈다. 그는 고개를 한번 돌리고는,

"어이, 사람 살려 ……."

하고 소리쳤다. 그의 눈에서 광채가 번득였다. 불과 오십 미터도 안 되는 곳에 뗏목이 보였기 때문이다. 남자가 둘이 타고 있다.

뗏목은 태식의 소리를 듣고도 모른 체하는지, 못 들었는지 태식을 구하려는 눈치가 없다. 뗏목은 사람에게 냉정하다는 말을 들어 태식은 분개했다. 아무리 돈이 좋기로서니 사람을 구하지 않는다니! 태식은,

"어이(이 염병해서 고꾸라질 놈들아) 사람 살려!"

하고 소리치며 돼지우리를 놓고 뗏목 쪽으로 헤엄쳐갔다. 물결을 거슬러 오르기 때문에 헤엄치는 데 여간 힘이 들지 않는다. 흙탕물이 눈으로, 귀로, 코로 사정없이 들어온다. 태식은 코를 풀고, 고개를 들고 헤엄쳐갔다.

한참 헤엄치다보니까 뗏목은 도리어 하류 쪽으로 내려가고 있다. 태식은 화가 바짝 치밀었다. 그는 뗏목만 붙들면 거기에 탄 두 놈을 당장에 물속에 거꾸로 집어넣을 테니 두고 보라고 단단히 마음먹었다. 태식은 뗏목을 향해 도로 물결을 타고 내려가는데, 물에 파묻혀서 위만 조금 남은 둑이 보였다. 태식은 그 위에 올라섰다. 물에서 나오니까 그는 살 것 같았다. 그는 두 손을 벌리고 몇 번이나 심호흡을 했다. 팔도 흔들어보고, 고개도 돌리고 허리도 굽히며 운동을 했다. 둑이 홍수의 한가운데쯤 있으니 홍수의 강폭이 내의 두 배는 되는 성싶다.

빗줄기는 한결 가늘어졌다. 태식은 뗏목을 향해 다시 소리쳤다.

"사람 살려(이 물귀신에 잡혀갈 놈들아!). 사람 살려 ……."

그러나 뗏목에서는 아무런 반응도 없다. 뗏목에 탄 사람이 갈퀴 같은 것으로 물 위의 무엇을 건지고 있다.

"사람 살려 ……."

태식은 분해서 숨이 막힐 것 같았다.

빗발이 굵어지더니 쏴 하고 퍼붓기 시작한다. 그러자 태식의 발 밑의 둑이 우르르 무너지며 물속으로 꺼져버렸다. 태식은 깜짝 놀라 헤엄치기 시작했다. 눈겨냥으로 재어보니 기슭보다는 뗏목이 훨씬 가깝다.

태식은 맹렬히 헤엄을 쳤다. 그는 기어이 뗏목을 붙들고 말았다. 뗏목 위의 사람이 놀라며 그를 잡아 올려준다.

"어, 이 웬일이여? 이 영감댁의 새신랑 아니여?"

하며 또 한 남자가 태식에게 다가온다. 태식은 그들이 누구인지 모른다. 아마도 윗마을 사람인 것 같다.

태식은 아무 말도 없이 심호흡을 몇 번 하고는 뗏목 위에 누워 버렸다. 기진맥진해 버린 것이었다. 그는 뗏목만 붙들면 거기에 있는 사람을 물속에 거꾸로 집어넣겠다던 생각은 까맣게 없어졌다.

태식은 한참 동안 눈을 감고 누웠다가 일어났다. 일어나서 몸을 살펴보았다. 윗옷은 오른편 소매만 어깨에 붙어 있고 나머지 부분은 어디로 갔는지 없다. 물살에 찢겨 흘러간 모양이다. 바지 역시 한가지다. 몸에 붙어 있는 것은 가죽 혁대와 혁대 근처에 떨어져 나간 바지의 남은 헝겊이 나불나불 달려 있을 뿐이다. 그는 전연 벌거숭이였다.

뗏목 위에는 솥, 냄비, 괭이, 삽 같은 것이 건져져 있다. 그러나 태식의 몸을 가릴 만한 것은 없다. 태식은,

"여기가 어디메 쯤 되오?"

하고 물었다. 한 사람이,

"당 고을 조금 지났어."

한다. 그렇다면 태식의 집과 얼마 안 떨어진 셈이다. 그리고 보니 기슭의 산이 바로 그의 집이 있는 산임을 그는 짐작할 수 있었다. 태식은 지금 그 산의 남쪽에 있고 그의 집은 산 고개 너머에 있는 것이다. 태식은 조금 마음이 놓였다.

날이 어둑하다. 저녁 때도 넘은 것 같다. 태식은 거의 반나절을 물에서 보낸 셈이다.

"그런데 어저께가 날 잡은 날이라는데, 장개는 갔어?"

하고 뗏목사람이 태식에게 묻는다.

"야."

하고 대답했다.

"비가 오는디?"

"야."

뗏목은 기슭으로 가까워갔다. 태식을 내려주고 그들은 좀더 일을 한다고 한다.

뗏목이 거의 기슭에 가까워 갔을 때 태식은 흙탕물 속으로 풍덩 뛰어 들었다. 그는 아까 그 돼지우리가 기슭에 걸려 있는 것을 보았기 때문이다. 그의 얼굴에 기쁜 빛이 가득 퍼졌다.

"고마워유."

태식은 놀라서 눈만 휘둥그렇게 뜨고 있는 뗏목 사람들에게 한마디를 던지고 기슭으로 뛰어올라갔다.

그는 돼지우리를 끌었다. 우리는 물에 젖어서 여간 무겁지 않다. 그대로는 도저히 집까지 끌고 갈 수 없을 것 같았다.

그는 나무토막을 잇고 있는 철사의 마디를 찾았다. 철사를 푸니까 돼지우리는 이내 부서졌다. 그는 나무토막을 가지런히 쌓고 철사로 동였다. 무겁기는 하나, 운반하기 쉽게 되었다. 태식은 벌거벗은 채 그것을 끌며 집으로 향했다. 그러나 그는 추워서 견딜 수가 없었다. 빗줄기는 가늘지만 반나절을 물 속에서 언 몸에는 얼음같이 차다. 비가 다시금 쫙 하고 쏟아지더니 태식의 몸의 흙탕물을 깨끗이 씻어 내린다.

태식을 보자, 툇마루 끝에서 홍수만 보고 섰던 새댁이 눈물을 확 쏟는다. 얼마나 울었는지 눈 등이 부어 있다. 태식은 새댁을 보고 웃으려고 했으나 그만 방바닥에 쓰러져버렸다.

태식의 전신이 와들와들 떨렸다. 새댁은 모포를 깔고 또 하나의 모포로 태식을 덮어주었다. 그러나 태식은 여전히 떨었다. 더이상 덮어 줄 것이 없었다. 새댁은 울고 싶었다. 방에 불을 때려고 해도 땔 것이 모두 젖어서 타지 않는다. 새댁은 도로 방으로 들어갔다.

모포가 들썩거렸다. 태식이 몹시 떨고 있는 것이다. 태식은 아무 것도 모르는 것 같았다. 어떻게 하면 춥지 않게 해줄까 하고 새댁은 가슴을 조였다. 새댁은 남편의 손을 잡아보았다. 부끄러운 것 같았으나 하는 수 없었다. 손이 싸늘했다. 그녀는 깜짝 놀라 태식의 손을 비벼주며, 몸을 남편 몸에 바짝 대었다. 그녀의 가슴이 조금 두근거렸다. 그녀는 체온으로 추위를 덜어줄까 하고 생각한 것이다. 그러나 태식은 점점 더 떨었다.

새댁은 당황하여 손으로 태식의 몸을 여기저기 마구 쓸기만 하다가 저고리를 벗고 남편의 가슴에 몸을 대어 주었다. 남편은 그래도 떨었다. 새댁은 초조해졌다. 그녀는 치마도 벗고 속옷도 벗었다. 새댁은 이제 부끄러움을 느낄 겨를이 없었다. 어떻게 해서든지 남편을 따뜻하게 해주어야겠다는 생각뿐이었다. 새댁은 벗은 몸을 남편의 언 살에 밀착시켰다.

새댁은 온 몸으로 태식의 몸을 포근히 쌌다. 꽁꽁 언 어깨와 팔꿈치와 무릎은 겨드랑이와 오금으로 싸주었다. 새댁은 태식의 새파란 입술에 입술을 갖다 대었다.

태식의 입술은 얼음같이 차다. 태식은 눈을 감은 채 인사불성이었다. 태식의 입에 입을 대고 있노라니까 그의 인중이 빳빳이 굳어가는 것을 새댁은 느꼈다. 새댁은 깜짝 놀랐다. 사람이 죽을 때에는 인중이 굳어진다는 말을 들은 적이 있기 때문이다. 새댁은 남편의 인중이 굳지 않도록 인중과 콧날을 빨기 시작했다. 그리고 한편, 손으로 남편의 몸을 쓸었다. 그녀는 그녀의 몸 외에는 남편을 위한 다른 아무런 수단이 없다. 약도 없고 불도 없고 이불도 없었다. 도움을 청할 이웃도 없었다.

한밤중이었다. 비는 부슬부슬 내리고 있다.

"죽지 말아유, 죽지 말아유."

새댁은 속으로 말했다. 눈물이 그녀의 젖은 듯한 검은 눈에 하나 가득 고였다.

새댁은 팔이 떨어져나갈 듯이 아팠다. 입술도 아팠다. 그러나 그녀는 빨기를 멈추지 않았다.

이윽고 태식의 몸이 더워지기 시작했다. 그리고 점점 뜨거워갔다. 나중에는 불덩이처럼 끓었다. 태식은 무엇인지 자꾸만 헛소리를 했다. 그의 입술이 바지직바지직 탔다. 새댁은 이제 그의 입술을 빨았다. 태식의 입술은 고열에 자칫하면 말라 버리려고 한다.

비는 밤새도록 그치지 않았다.

날이 샐 무렵에 비로소 태식의 열이 내렸다. 새댁은 미음을 끓였다. 태식은 얼굴을 씻었다. 하룻밤 사이에 그의 얼굴이 축이 났으나 여전히 씩씩했다.

새댁은 그 얼굴을 사랑스러운 듯이 보았다. 태식은 씩 웃고 밥상에 앉았다. 쏴 하고 비가 퍼붓기 시작했다. 천장에서 노래기 한 마리가 상 위의 간장에 뚝 떨어졌다. 남편이 먹기도 전에…! 새댁은 울상이 되었다.

태식은 굵직한 손가락으로 간장 종지에서 노래기를 집어서 방 밖으로 휙 내던진다. 그리고 그 간장을 미음에 쭉 붓고 미음 한 그릇을 단숨에 마셔버렸다.

태식은 밥상을 들어서 툇마루에 내놓고, 일어서려는 새댁의 치마를 불끈 잡고 끈다. 새댁의 그 젖은 듯한 검은 눈이 활활 타며 태식의 눈에 감기고 입술에 감긴다. 태식은 숨이 턱 막히는 것 같다.

쥐가 댓 마리 들창문 밖으로 주르르 달음질쳤다.

비가 다시금 쏴 하고 쏟아진다.

(1959년 『사상계』)

4

거문고

보름달은 처절하도록 맑았다. 궁도(弓道)는 말 없이 지당(池塘)의 물을 들여다 보고 있다. 달빛이 흐르는 물은 싸늘하게 맑다. 맑음으로 해서 오히려 그 깊이를 헤아릴 수 없는 것 같았다. 그 깊은 물 속에, 지금 막 그친 준용(俊龍)의 거문고의 가락이 속속들이 서려있는 듯 하였다. 다소곳이 세운 한 쪽 무릎 위에 두 손을 얹은 채 그녀는 꼼짝도 안 하였다. 일각, 이각 …… 무엇인지 안타까웠다.

휘영청 밝은 저 달처럼 내 마음의 갈피 갈피를 밝혀 보았으면 …….

궁도는 후유하고, 무거운 한숨을 토해 본다. 그러나 가슴은 여전히 답답하기만 하다. 그녀는 스스로 제 마음을 알 수가 없는 것이다. 준용의 모습과 거문고의 가락이 그녀의 머리 속에서 엇섞이며 자꾸만 자꾸만 떠오르는 것이었다.

연 이틀 침식을 잊을만치, 마음을 사로 잡은 남자라면, 여느때의 궁도 같으면 이미 제 손에 넣고 말았을 것인데, 준용에게는 아직 말 한 마디조차 건네 보지도 못한 것이었다. 그것은 준용이 대감의 아들이고 궁도가 그의 서모(庶母)라는 위치에 있으므로 그런 것은 아니다. 천기(賤妓)인 궁도의 몸이 순결한 동정의 준용이 부끄러워서도 아니며, 가까이 할 수 없는 준용의 인품 때문도 아니었다. 그것은 오로지 그녀가 제 스스로의 마음을 알지 못하기 때문이다.

만일 준용을 사랑한다면, 궁도는 아무것도 꺼릴 것 없이, 그 사랑을 위하여 갖은 수단을 다 했을 것이요, 답답할 리도 안타까울 리도 없다.

열 네살부터 기생으로 나선 궁도는 위로는 재상으로부터, 아래로는 사찰의 동승(童僧)에 이르기까지, 가지 가지의 사랑을 알고 온 것이다.

사랑은 할 적마다, 첫 사랑 같기만 했다. 이번이야말로 참된 사랑이라고 느껴졌던 것이다. 그러나 그 이번이라는 것이 이미 수십회를 거듭하고 보니, 그 어느 사랑도 다 헛된 광대놀이에 지나지 않는 것 같았다. 작고한 영의정(領議政), 월명선사(月明禪師), 선각사(先覺寺)의 동승, 수많은 풍류객(風流客)들 …… 그녀의 애인은 하루가 멀다 하고 바뀌었다. 지금의 애인인 예조판서(禮曹判書)도 그중의 한 사람임에 지나지 않았다. 궁도는 이제 이 세상의 사랑에는 싫증이 난 것이다. 그러나, 그럴수록 그녀의 정열은 더욱 더 불길처럼 피어 사랑으로 사랑으로 타오르는 것이었다.

지당의 아득한 저편 기슭까지 걸어간 준용은 문득 걸음을 멈추어 중천의 달을 쳐다보고는 이내 서실(書室)로 향해, 석계(石階)를 올라간다. 그 검은 그림자가 버들가지 사이로 아른거린다. 넋을 잃은 듯이 앉아 있던 궁도는 그제서야 준용이 타던 거문고를 무릎 위에 얹고, 하염없이 줄을 타기 시작했다. 둥글고도 청랑(淸朗)한 그 소리가 잠시 구슬피 흐르더니, 어느덧 뜨거운 가락이 되어 마치 달도 물도 버들도, 난초랑 정향(丁香), 그리고 준용의 그림자까지도 다 함께 불사르고 말 듯이 힘차게 울려 퍼진다.

이윽고 그 가락은 스스로의 정열에 지쳤음인지, 비조(悲調)로 변하여, 저문 길을 누비며 이슬처럼 달빛 속으로 스며든다.

석계를 올라가는 준용은 단 한번도 걸음을 멈추지도 않고, 뒤돌아보지도 않는다. 궁도 역시 그것을 바라지 않았다. 어제 밤도, 그제께 밤도 그러했기 때문이다. 달 아래 이 못 가에서, 단 한 곡조의 준용의 거문고를 듣는다는 것, 그것만으로서도 궁도는 흡족한 것이다. 그나마 내일 밤 밖에는 없을 기회였다. 내일 밤이 지나면 달놀이 간 시항(時恒)이 돌아 오기 때문이다.

"기망(旣望)이 지나면, 곧 돌아올 것이니, 몸 조심하고, 되도록 문 밖을 나가지 않도록 하오."

시항은 사흘전에 집을 나갈 때, 궁도에게 이렇게 당부한 것이었다. 궁도는 그토록, 제 몸을 못 잊어 하는 시항의 마음이 귀엽게 느껴졌다. 시항은 예조판서이기는 하나, 궁도보다 대 여섯 밖에는 손위가 아닌 애띤 대감인 것이다. 그는 과감한 청년 정치가이며 뛰어난 학자이었다. 그는 천기를 어찌 대감의 첩으로 들여 앉히느냐는 여러 친구들의 비난도 듣지 않았거니와, 세인(世人)은 물론, 가내의 하인들까지도 비쭉거리는 것을 일체 무관하고 궁도를 첩으로 들인 것이었다. 상처하고 십여년 동안, 쏟아지는 혼담에도 도무지 귀를 기울이지 않고, 준용과 더불어 글만 읽고 있는 대감이라고, 세간의 선망을 한 몸에 지녔던 터이라, 궁도와의 일이 더욱 시끄럽게 풍문을 자아 내었던 것이리라. 궁도는 이번이야 말로, 진정코 목숨을 내던져도 좋은 사랑이라고 생각했던 것이다.

그러나 그토록 이끌리던 적나라한 시항의 애욕의 표현도, 달포 남짓이 지난 후로는 아무런 매력도 느껴질 수 없는 궁도였다.

궁도는 덧없고, 외로웠다. 아무리 뼈가 으스러지도록 시항에게 힘껏 껴안겨 보아도, 마음 속은 텅텅 비어 가기만 했다. 그 빈 틈바구니를 궁도는 서화(書畵)나 음률(音律)로 메꾸려는 것이었다.

달놀이 가는 시항을 전송한 궁도는 아무리 짧은 별리(別離)라고는 하나 조금도 서운한 느낌을 느낄 수 없음을 깨달았을 때, 스스로 한없는 외로움을 느꼈던 것이다.

그 밤은 달빛도 외로웠다.

이 외로움을 무엇으로 메꿀까, 궁도는 이 밤은 향란원(香蘭苑)을 거닐어 보리라 생각했다. 궁도가 이 댁에 들어 온 것도 석달이 채 못 되지만 이 뜰을 거닐은 것도 두번 밖에는 없었다. 향란원은 그 이름이 세상에 알려진 뜰이다.

중문(中門)을 나서서 외당(外堂)의 뒷뜰을 한참동안 돌면 조그마한 사잇문이 나선다. 그 사잇문을 들어서면 향란원이다. 이 뜰에는 큰 못이 한가운데 자리 잡고 있다. 못가에는 정향나무와 난초잎이 청아(淸雅)하다. 건너편 기슭에는 세 그루의 버드나무가 가지를 늘어 뜨리고, 그 뒤 언덕에는 송림(松林)이 우거져 있다. 그 소나무 가지 사이로 서실의 단청(丹靑)이 달빛 속에서 그림처럼 고요하다. 정향의 향기가 감돌고, 호심(湖心)을 비치는 달은 교교하고 처량했다.

궁도는 언뜻 한 토막의 얘기가 생각났다. 그것은 이댁의 한 여종이, 어느 달밤에 아무런 까닭도 없이 이 지당에 몸을 던져죽었다는 것이다. 그 여종이 평소에,

"나는 준용 도련님보다 지당의 물이 훨씬 좋단다."

하고 같은 여종들 한테 말한 적이 있다 해서, 어쩌면 준용을 짝사랑하다가 소녀다운 감상으로 그러했거니, 또는 별 까닭은 없고 그 소녀가 물에 홀렸을 것이라는등 하여, 그 당시 소문이 자자했었다.

달빛이 속속들이 비친 물은 맑고, 깊고, 차갑고, 유유하다. 어느 신비로운 넋과, 속깊이 감춘 달의 마음이 하나로 융합되어 소리없이 물 속에 풀려 있는 것만 같다. 그 속에 거문고의 가락이 하나 가득 서렸다가, 금시에라도 무궁 무진한 가락이 되어 울려 나올 것만 같다.

'한번 풍덩 몸을 던져 보고 싶고나!'

궁도는 따라온 몸종더러 거문고를 가져 오라고 했다. 그녀는 난촛 잎이 청아하게 늘어진 못가에 화문석(花紋席)을 펴게 한 후 몸종에게 물러 가라고 했다. 사잇 문이 삐걱하고 여닫혔다.

몸종이 물러 가고 없는 지당은 한층 고요해졌다. 궁도는 홀로 거문고를 타기 시작했다. 거문고가 한참 무르녹을 무렵, 난데없는 그림자가 화문석에 뚜렷이 떨어졌다. 궁도는 깜짝 놀라 고개를 들었다. 그 앞에 연옥색 비단 바지 저고리를 입은 낯선 도령이 우뚝 서 있

었다. 단정한 몸매에는 어딘지 높은 기품이 감돌고, 맑은 눈동자에는 무한한 예지(叡智)가 잠겨 있는 것 같았다. 궁도는 한 눈에 그가 시항의 단 하나의 아들 준용임을 짐작했다.

"서모는 거문고의 명인이니, 네가 가서 견주어 보려므나."

하고 시항이 궁도와 준용을 대면시키려 했을 때

"기생으로서라면 모르되 서모로서는 만나보고 싶지 않습니다."

하고 강경히 잡아 떼었다는 그 준용이었다. 시항은 "허허" 하고 그 말을 웃어버렸지만 궁도를 기생이라고 업수이 여긴다는 것이 아니라, 준용이 애비의 사랑을 빼았긴 것 같은 마음에서 궁도를 꺼려 하는 것이라고 시항은 생각했다.

'내 아무리 궁도를 사랑할망정 준용을 꿈에라도 잊을 일이 있겠는가.'

하고 그는 그 꿋꿋한 아들의 기상이 무한히 대견스러웠다.

스물이 채 못 되어서 대과 급제하여, 그 이름을 떨쳤을 뿐 아니라 나라에서 높은 벼슬자리를 내렸을 때도 '인격도야를 한 연후에'라는 이유로 물리침으로 해서 더욱 그 이름이 높은 준용이었다. 만권의 시서를 다 통하였는데도 여전히 서실에서 글을 하며 때로 풍악으로 그 피로를 푼다는 소문이었다. 또한 그의 거문고는 귀신도 홀린다는 얘기였다.

그러한 허다한 소문보다 실물은 한층 더 훌륭하다고 궁도는 속으로 탄복하였다. 마치 태산이 솟아 있듯 무위자연(無爲自然) 그대로의 태도로 의젓이 서있는 준용 앞에서 궁도는 갑자기 풋처녀처럼 수줍어짐을 느꼈다.

궁도는 어찌할 바를 몰랐다. 그녀는 말없이 거문고를 준용에게로 내밀었다. 준용은 묵묵히 궁도를 내려다보고 있다가 신을 벗고 화문석에 올랐다. 그리고 꺼리지도 서둘지도 않고 잠자코 거문고를 받아 무릎에 얹고 잠시 줄을 골랐다. 이윽고, 흡사 장탄식과도 같은 가락이 쟁쟁이 흘러 나왔다. 그것은 마치 말 없는 물과 달과 버들과 난초와 정향과 그리고 궁도 자신의 모든 것이 또 온 누리의 애환(哀歡)이 모두 한 가락이 되어 흐르는 듯했다. 조(調)가 바뀌어서는 혹은 허덕이는 애욕처럼 혹은 비웃음처럼 은은한 환희처럼, 몇 만년 우거진 숲 속에서 메아리 되어 울리는 듯하다 할까, 수 만길 깊은 물 속에서 우러나는 듯한 소리라 할까 …… 궁도는 물 위에 눈을 떨어뜨린 채, 잠시 넋을 잃었다.

갑자기 거문고가 뚝 멎었다. 궁도는 문득 정신을 차리고 준용에게로 머리를 돌렸다. 어느 사이 벌써 준용은 서실로 향해 유유히 걸음을 옮기고 있었다.

이 밤도, 이 못가의 풍경은 지난밤과 한가지였다. 오로지 다른 점이 있었다면 그것은 간밤보다는 달이 더 밝아짐으로 해서, 화문석에 떨어진 준용의 그림자가 좀 더 길었다는 것과, 준용의 거문고가 전과는 전연 다른 가락으로 온갖 정취를 마디마디 풀어내었다는 것이다.

내일, 내일 하룻밤 밖에 다시는 기회가 없는 것이다. 시항이 돌아오기 때문이다.

밤이 이슥토록 거문고를 타던 궁도는 잠시 손을 멎고 지당의 물을 들여다보았다. 지금도 그 속에서 준용의 가락이 들리는 것만 같다. 그 들리는 듯 잡을 수 없는 가락을 그녀는 가슴 깊이 간직하고 싶었다. 그러나 모습이 없는 그 소리가 잡힐 리는 없었다. 그 모습 없는 그 소리 …… 말 없는 그 뜻 …… 궁도는 그것이 그리웠다. 그것은 궁도의 온갖 정열에 불을 켜대고는 흔적도 없이 사라지고 말았다. 궁도는 그의 청춘도 또한 그 소리와 같이 모든 정열을 불러일으킨 채 자취도 없이 흘러가 버렸음을 문득 깨달았다.

서른 고개를 넘어 선 궁도는 덧없이 저무는 청춘이 한없이 애석했다.

보름달은 또 무엇이 애석해선지, 밤은 깊을 대로 깊었는데도 좀해서 선뜻 지지 않는다.

고요한 물결 위에 다시금 궁도의 거문고가 흘러갔다.

"궁도! 궁도!"

시항의 음성은 차차로 불타듯 간절했다.

"궁도!"

궁도는 고개를 들고 아랫목 보료 위에 앉은 시항을 보았다.

"궁도!"

시항은 의혹에 가득 찬 눈으로 궁도의 눈을 꿰뚫듯 바라본다.

며칠전만 하더라도 시항이 출타하였다가 돌아오면, 궁도는 사나이를 짐짓 애태우듯이, 저만치 비켜서서

"안녕히 돌아 오셨습니까."

하고 깍듯이 절을 했었다. 그리고는 불길처럼 되어 기다리는 시항에게로 와락 매달리며 뺨을 비볐었다.

"대감 ……."

하고 궁도가 애틋이 부르면, 시항은 미친듯이 궁도를 껴안았다.

"궁도!"

시항은 절이 끝났으니, 여느 때와 같이 궁도의 애무를 바라고 있음이 분명했다. 그러나 궁도는 꼼짝도 안 했다.

"그대가 그리워서, 신병이라 칭하고 하루 일찍 왔소."

"……."

"궁도!"

말 없이 시항을 보는, 타는 듯한 궁도의 눈 속에, 시항은 어딘지 얼음처럼 싸늘한 것을 느꼈다.

"궁도, 웬일인가?"

시항은 참다못해, 단정히 앉은 궁도에게로 다가가서 그녀의 손목을 잡았다.

"궁도!"

그리고는, 시항은 궁도의 온 얼굴에 입술을 퍼부었다. 그러나 아무런 반응이 없다. 궁도는 다만 차고 고요했다.

"궁도, 무엇을 생각하는 건가?"

시항은 미친 듯이 그녀를 잡아 흔들었다. 그녀는 여전히 아무런 반응도 없이 오히려 쓸쓸해 보였다.

"궁도! 무엇을 생각하는 건가?"

시항은 반 울음 섞인 음성이다. 그제서야 궁도는 조용히

"대감 ……." 한다.

여느 때처럼 시항의 정욕에 불을 켜대는 음성은 아니다. 그것은 마치 '속절 없어, 그만두시오' 하는 듯, 잔잔하면서도 싸늘했다.

시항은 번개같이 머리에 떠오르는 것이 있었다. 그것은 아까 마중 나와 절하던 준용의 얼굴이었다. 침착하나마 어딘지 검은 그림자가 비친듯한 준용의 얼굴이었다.

'무슨 일이 있었구나!' 하고 느껴지자, 연이어

'음, 고약한 놈!'

하고 시항은 분결에 온 몸이 부르르 떨림을 느꼈다.

양반집에서 서모와 전실자식이 간통하였다는 망칙한 추문(醜聞)이 나면 어떡하나 하는 염려보다도 격렬된 시항의 질투심은 단칼로 준용을 베고만 싶었다. 그럴 줄이야 천만 생각도 못했던 준용이었고 또 그다지도 믿고 사랑했던 궁도였기 때문에 시항의 타격이 한결 더 컸었는지도 모를 일이다.

자리에 든 시항은 밤새 한잠도 이루지 못했다.

준용을 없애야만 옳단 말인가? 내 온갖 뜻을 다 기울여 길러 낸 그 자식을 정말 없애야만 한단 말인가? 애비는 이품(二品)밖에 못되나, 자식은 정일품(正一品)감이라고들 떠드는 그 준용을 ……. 그 글은 만인의 심금을 흔들고, 그 인품은 만인의 머리를 수그리게 한다는 내 자식이 아닌가? 준용이 빛나는 곳에는 틀림 없이 시항도 빛났다. 시항은 그가 살아있는 동안은, 물론, 그의 사후의 명성까지도, 이 준용에게 기대하고 있던 것이었다. 그를 잘 닦고 다듬어서, 하나의 완성품을 만든다는 것, 이것만이 시항의 사는 목적이요 이상이었다. 그리하여 시항은 몇몇해를 재취도 안하고, 주색조차 물리쳤던 것이 아니었던가? 이제 그 준용을 …… 아니될 말이다, 안될 말이다.

그러나 궁도를 버릴 수 있을까? 지금 내품에서 잠든 이 향기로운 궁도! 궁도는 그에게 있어, 피와 살과도 같은 존재였다. 그의 마음의 양식이었다. 이제 그는 이 양식 없이는 단 하루를 못 살것 같았다. 살기 위해서는, 희망도, 이상도, 양식이 있는 다음의 문제가 아닌가? 자식과 간통을 하였다 해도 할 수 없고, 애비와 간통을 하였다 해도 버릴 수 없는 궁도이다. 시항은 애욕이 탈수록 궁도에의 분노도 한층 타올랐다.

시항은 궁도를 안은 팔에 지긋이 힘을 주어보았다.

'아아! 이것이 나를 정녕 배반하였을까?'

시항은 큰 소리로 울고 싶었다. 탄력있는 부드러운 살결이 따뜻한 촉감을 시항의 살에 전한다.

'궁도!'

하고 시항은 마음 속으로 불러 본다. 한없이 사랑스런 이름이다. 이 향기로운 몸, 이 향기로운 재주, 안 될 말이다. 안 될 말이다.

시항은 준용도 버릴 수 없거니와, 궁도 또한 버릴 수가 없었다.

그렇더라도 준용을 먼 곳으로 보내든가, 궁도를 버려야 할 이 기로에 있어, 마땅히 궁도를 버림이 인간된 도리인 것은 명백한 일이었다. 도리는 도리나, 그러나, 시항은 궁도 없는 삶을 생각할 수가 없었다.

'아아, 어찌해서 내게 자식이 있는 것인가!'

갑자기 이런 엉뚱한 원망이 그의 마음 한 구석에서 머리를 든다. 뜨거운 한숨이 그의 가슴에서 터져 나왔다.

지금의 시항은 밤낮으로 생각나는 것이란, 궁도 밖에 없었다. 그녀의 살과, 그녀의 내음새와, 그녀의 애무와, 그녀의 소리들과, 그녀의 서화와 …… 그 속에서만 딩굴고, 그 속에서만 웃고, 그 속에서만 어린아이처럼 마음껏 살고 싶은 것이었다. 그러나 시항은 한편 어진 대감이어야만 하고, 훌륭한 인격자이어야만 했다. 그것은 그가 아버지이기 때문인 것이다. 오로지 준용이 있기 때문인 것이었다.

시항의 마음은 궁도의 살결로 가득 찼는데, 그 스스로, 밤 새우며 사서오경(四書五經)을 익혀준 준용은 가만히 그 시항의 마음을 응시하고 있는 것이었다. 시항은 지금까지, 그가 얼마나 힘에 겨운 위치에 있었는가를 깨달았다.

'겉 만의 인격자라면, 차라리 자식도 벼슬도 다 버리고, 벌거숭이의 마음 그대로 살고 싶다.'

어디선가 첫닭이 홰를 치며 운다. 질투는 여전히 그의 마음을 괴롭혔다. 그는 잠든 궁도를 들여다 보았다. 그녀의 뺨에 입술을 대어 보았다. 야릇한 향기가 그의 마음을 부드럽게 쓰다듬는다. 그토록 솟구치던 분노도 괴로움도 어느결엔가 눈 녹듯 사라져 없어지는 것 같다. 시항은 그가 지나치게 생각을 한 것이 아닌가 하며, 날이 새면 진상을 알아보고 처리하리라고 마음먹고, 궁도의 가슴에 얼굴을 파묻은채 잠이 들었다.

아침이 끝나자, 시항은 준용을 사랑으로 불러 내었다.

"수척한듯 한데, 어디 몸이 편치 않느냐?"

시항은 저만치 앉은 아들을 건네다 보았다. 의젓한 모습, 어딘지 귀태가 감도는 미소년 …… 이것이 준용이었다. 시항의 눈에는 볼수록 대견하고, 자랑스럽던 아들이었다. 그러나 지금은 오로지 적개심만이 그의 눈을 뒤덮었다. 그 눈은 준용의 대답을 기다리며 무섭게 타올랐다.

"신병은 없습니다."

준용의 맑은 음성이 굴러 나온다.

"그러면 심병(心病)은 있단 말이냐?"

"없습니다."

"나를 속일테냐?"

이윽고 준용은

"병은 아니고, 그리움이 있는가 합니다."

하고 거리낌 없이 말한다. 시항은 이제 준용이 애비와 정면으로 다투어 볼 심산인가 생각하니 괘씸하기 이를 데 없다. 그의 몸이 부르르 떨렸다.

"그립다니 누가 그립단 말이냐?"

시항의 음성이 떨렸다. 그는 준용의 솔직한 대답이 두려웠다.

"누구인지도, 무엇인지도 모르겠습니다."

"누구인지도, 무엇인지도 모르면서 그립단 말이야?"

"네, 한없이 그립습니다."

준용의 눈은 먼 황혼을 바라보듯 부드럽고 잠잠하였다. 그 눈빛으로는 아직은 죄를 씌울 수는 없는 것 같았다.

'아직 별 일은 없었나 보다'하고 생각하며 시항은 내당(內堂)으로 들어 가서 궁도와 마주 앉았다. 자칫하면 녹아버릴듯한 심신을 가까스로 가다듬으며

"궁도는 이제 내가 싫어진 것인가?"

"아니올시다. 대감."

궁도는 말끔히 시항을 쳐다본다.

"그러면 마음에 번뇌가 있는듯 한데, 내 잘못 본 탓인가?"

"무엇인지 가득한 그리움이 대감에게는 번뇌로 보이셨나봅니다."

"무엇이 번뇌토록 그리운고?"

"무엇인지 한없이 그립습니다."

궁도의 눈길에는 어딘지 외로운 빛이 흘렀다.

다시금 외당으로 나온 시항은 잠시 생각에 잠겼다. 둘이 다 한결같이, 한없이 그립다고만 한다. 누구인지 무엇인지도 모르며 그립다고만 한다. 나를 속이려는 것일까? 그러나 그들의 진지한 태도로 미루어 한낱 눈속임이라고 단정할 수 없는 숙연(肅然)한 것을 느끼는 시항이었다.

예조판서로서 하루에도 수십 수백 건의 남의 일을 판단하는 시항이었다. 그는 지금 판단을 그릇해서는 아니되겠다는 긴장감에 싸여 있었다.

시항은 준용과 궁도사이에 아무 일도 없었음을 간절히 바라는 것이었다. 준용은 아들로서, 궁도는 애첩으로서 그대로 두고 싶은 것이다. 그릇 판단한다면, 죄 없는 준용도 궁도도 함께 잃어 버릴 뿐더러 앞으로 그 추문을 어찌 감당할 것이며, 소위 예조판서로서의 시항의 인망은 어찌 될 것인가? 또한 만일에 간통하였다면, 아들도 보기 싫고, 궁도 역시 다시는 보고 싶지 않았다.

시항은 생각 끝에 궁도의 몸종을 불러 내었다. 몸종은 무슨 일일까? 하고 지레 겁을 먹어서 와들와들 떨며 도사리고 앉았다.

"내 출타한 사이, 혹시 준용나리가 내당에 들린 일이 있었더냐?"

시항의 위엄있는 말소리가 떨어졌다. 그제서야 궁도의 몸종은 자기와는 상관없는 일인 줄 알고 한시름 놓았다.

"아니올시다." 몸종은 두손을 맞비비며 허리를 굽신거렸다.

"바른대로 말해라."

시항의 음성은 한층 엄했다. 몸종은 시항의 뜻을 눈치 채었다.

"저, 그러함이 아니오라, 마님께서 향란원에 가신 적은 있사옵니다."

"무엇이?"

시항은 방망이로 뒤통수를 탕하고 얻어 맞은 것 같았다. 궁도가, 그 외의 어떤 남자에게도 마음이 없음을 여지껏 믿어왔던 시항이었다. 그런데 궁도가 먼저 준용을 유혹하려고 향란원을 갔었다니 ⋯⋯?

"거기서 무얼 하셨느냐?"

"밤이 이슥토록, 거문고를 타셨습니다."

"⋯⋯."

"⋯⋯."

시항은 잠시 눈을 감고 생각하다가, 침통한 어조로

"홀로?"

하고 다시 물었다.

몸종은 하는 수 없이, 사잇문의 틈 사이로 엿 본대로 빠짐 없이 고하였다.

"정말, 그뿐이었단 말이냐?"

"그뿐이옵니다."

"네, 헛된 말을 했다가는 목숨이 없을 줄 알아라."

몸종은 버럭 겁이 당기어

"네, 저, 나리께서, 저, 마님이 저 ……."

하고 횡설 수설 하다가 그녀를 쏘아보는 시항의 눈이 하도 무서워서, 그만 울음을 터뜨리고 말았다. 시항은

"나리가 어쨌다는 거냐? 음? 마님이 나리를 어쨌다는 거냐?"

하고 재쳐 물으나 몸종은 조그마한 어깨를 할락거리며 울고만 있다.

"음! 고약한 것들 같으니! 한칼에 썩 목을 베일 것들 같으니!"

시항은 노발 대발하여 이성도 체면도 잊고 소리를 질렀다.

시항이 목이 베일 것들이라고 하였다는 말이, 해 질 무렵까지는, 온 집안의 하인들의 입에서 입으로 옮겨 갔다. 궁도의 몸종이 조그만 아이라 하여 그들은 그애의 말을 다는 믿으려 하지 않았으나, 시항이 갑자기 밖으로 나갔음으로 해서, 혹시나 하고, 의심을 품게 되었던 것이다.

어느 하인은 시항이 한번 마음 먹고 실행하지 않은 적이 없었으니, 이번에도 반드시, 그들의 목을 벨 것이라고 했다. 또 어느 하인은 시항은 좀해서 궁도는 못 버릴 것이고, 준용을 먼곳으로 벼슬을 주어 보내도록 영(令)을 내리시도록 위에 청할 것이라고 하고 어느 늙은 여종은 이것도 저것도 아니고, 시항이 출타한 것은 달 놀이에서 귀궐(歸闕)하시는 상감을 받들러 간 것뿐일 것이라고 했다.

이리하여, 온 집안이 불안과 초조로 뒤숭숭하였으나, 그것을 모르는 사람은 오로지 내당에 있는 궁도와, 서실에 있는 준용뿐이었다.

달이 뜨자 궁도는 향란원으로 나왔다.

달은 교교히 밝고, 물은 잔잔하고, 정향은 향기로웠다. 우거진 송림이랑, 푸르게 늘어진 버들가지, 그리고, 끝없는 하늘 …… 이 모든 것들이 깊은 고요 속에서 한폭의 그림 같다. 그 그림 속에는 끝없는 뜻과, 들리지 않는 소리가 속 깊이 스며있는 것 같았다. 그 속에서 궁도는 살아 있는지, 죽어 있는지 스스로 의식조차 못할만치 황홀했다.

그녀는 거문고의 줄을 한번 퉁겨 보았다. 마치 호심에 자갈이 풍덩하고 떨어진 듯, 그 소리는 맑게 울려서 밤의 고요 속에 퍼져간다.

궁도는 줄을 고른 후 타기 시작했다. 그 소리는 오늘 따라 유달리 구슬펐다. 한참 후 준용의 그림자가 거문고 위에 비치었다. 궁도는 손을 멎고 준용을 쳐다보았다. 하얀 비단 옷의 준용은 창백한 달빛을 한 아름 받아, 흡사 신선과도 같이 신비로웠다.

준용은 묵묵히 서 있었다.

궁도는 스스로 모르는 사이에 사뿐이 일어서서, 준용에게로 다가섰다. 어느 결엔가 두 사람은 서로 힘껏 껴안고 있었다.

준용의 몸은 부드러웠고, 궁도의 살은 향기로웠다.

호심에 어린 달 그림자가 가냘피 떨고 있었다.

두 사람은 누가 먼저인지 알길 없으나 서로 껴안은 채 물 속으로 떨어져 갔다.

(1957년 『소설계』)

5
노파와 고양이

바람에 몰려서 빗발이 솨솨 하고 소리를 치며, 창유리에 흩어진다. 방 안에는 벌써 어둠이 깃들었다.

"겨울에 눈은 안 오고, 비는 무슨 비야! 밤새 오고 또 진종일 퍼부으니, 어어."

그녀는 보료 밑으로 파고들어가며 진저리치듯이 머리를 내흔든다. 온몸이 축축하고 찌뿌드드하다. 까닭도 없이 기분이 좋지 않다. 할일도 없다. 손등으로 쪼글쪼글한 가죽이 축 늘어진 눈등을 쓱 훑는다. 촉감이 꺼칠하다. 그녀는 몸을 일으켰다. 끙! 하고 목에서 저절로 힘주는 소리가 난다. 그런 간단한 동작을 하는 데에도 여간 힘이 들지 않는 것이다.

그녀는 머리맡 머릿장 문을 연다. 그것은 그녀가 시집올 때 가지고 온 것이다. 자개가 떨어져서 군데군데 검은 나무 바탕이 드러나 보이기는 하나 아직도 화려한 머릿장이다. 그녀의 어머니의 유물이다. 그 속에 쌓은 옷 갈피 사이에 그녀의 어머니는 푼푼이 엽전을 모아 두었다. 그녀 아버지 몰래 찬거리를 절약하며 모은 것이었다. 그 돈으로 그녀의 어머니는 그녀에게 박래품 가루분이나 값진 비단 댕기 같은 것을 곧잘 사주곤 했다. 지금은 그 속에는 옷도 돈도 없고, 엿이나, 인절미 같은 물렁한 간식감만이 들어 있다.

그녀는 자그마한 항아리를 꺼내었다. 둘째손가락을 푹 찔러 넣어서 물렁하게 고아진 엿을 코 위까지 추켜 올린 다음 길게 내민 혓바닥 위로 운반한다. 찌익 하고 늘어진 엿이 툭 잘려서 도로 스르르 항아리 속에 미끄러져 내려간다. 그녀의 엉덩이에 등을 딱 붙인 채 자고 있던 누런 늙은 고양이가,

"이야―옹."

하고 기지개를 키며 길게 울더니 다시금 그녀의 엉덩이에 등을 붙이고 눈을 감는다.

"오오냐."

하고 그녀는 우물거리던 입속의 엿을 꿀꺽 삼키고 나서 말한다. 그 까칠하고 윤기없는 소리가 고양이의 소리와 거의 흡사하다. 그러나 그녀는 고양이에게 엿은 주지않는다.

고양이는 그녀의 단 하나의 벗이다. 늙은 육체의 소유자인 그들은 한 방에서 기거했다. 아들도, 며느리도, 손녀도, 손자도, 부엌사람도 그녀와 이렇다할 말을 나누지 않았다. 혹 몇마디 오가면 거의가 귀찮은 듯이 눈살을 찌푸렸다. 그래서인지 그녀는 마치 사람에게 하는

것처럼 고양이에게 말을 했다.

고양이도 새끼를 많이 낳았으나, 며느리의 학교 때 친구니, 계 친구니 하는 젊은이들이 서로 다투어 뺏어가고, 때로 남겨 둔 것이 있어도 제 힘으로 먹을 것을 찾을 만하면 어디론지 달아나버려서 남은 것은 한 마리도 없다.

엿 항아리를 머릿장 속에 도로 넣고 그녀는 방을 나섰다.

옆방이 식모의 방이다. 까닭도 없이 들여다보고 싶다. 문이 얼른 열리지 않는다. 안에서 잠궜나? 그렇다면 왜? 대낮에 잠글 까닭이 있을까? 남자라도 찾아온 것인가? 그녀는 궁금증이 왈칵 치민다. 그녀는 문 손잡이를 필사적으로 좌우로 비튼다. 그러는 통에 어쩌다가 문이 왈칵 열려서, 하마터면 앞으로 고꾸라질 뻔했다. 눈에서 불이 번쩍 나는 것 같다. 그러나 문이 열리는 소리나 문지방에 발이 걸렸을 때 천장까지 들썩하고 울리던 소리에 비하면, 그녀는 조금도 놀라지 않은 셈이다. 하루에도 그런 일이 한두 번이 아니기 때문인지도 모른다.

그녀는 허리가 한아름이 넘도록 비대하다. 게다가 발의 감각이 둔해져서인지 디뎌도 안 디딘 것 같아서 다시 한 번 꽝! 하고 내디디다가 넘어지는 일이 예사이다. 그리하여 머리카락이 빠져서 반들반들해진 앞가리마 중간쯤에서 정수리 부분에는 문이나 장모서리 같은데 부딪쳐서 생긴 딱지가 두어 개쯤은 항상 붙어 있었다.

방 안에는 식모가 김이 나는 미제 다리미로 양복을 다리고 있을 뿐이다. 그녀의 그토록 서두르던 호기심은 싹 식어 버렸다. 열적어서 딴소리를 해본다.

"저녁은 안 하니?"

까칠한 어성이 높다. 말할 때에 쭈글쭈글한 살가죽이 늘어진 목이 위로 조금 추켜지며 가운데에 심줄이 선다.

"저녁은 벌써 해서 무엇 해요!"

식모는 눈을 내려 깐 채 소리를 지른다. 식모는 보통 말소리로 대답해서는 그녀가 못 알아듣는 줄 잘 알고 있다.

그뿐 아니다. 식모는 그녀가 진종일 집 안을 쏘다니는 것이 정말이지 밉살스럽고 귀찮다. 쿵쾅거리고 시끄러울뿐더러, 쭈글쭈글한 얼굴에 윤기없는 눈동자를 뽀얗게 뜨고, 흡사 고양이같이 까칠한 음성으로 엉뚱한 말을 불쑥 하는 것이 딱 질색이었다. 게다가 하루에 한번은 반드시 꽃병이나 유리창 같은 것을 깨뜨리거나 그러지 않으면 그녀 자신의 정수리에 딱지를 붙이는 것이 이를 데 없이 보기 싫었다.

그녀는 화장실의 문을 열어 본다. 이렇다 할 목적은 없다. 오로지 심심하고 지루해서이다. 아무도 없다. 목욕실 문도 득 하고 열어 본다. 공기가 차다. 흰 타일. 어어 춥다. 그녀는 며느리 방에 들어간다. 며느리는 없다. 비오는데 어딜 갔담! 텔레비전을 켜놓은 채 두었는지 불빛이 번쩍거린다. 그녀는 또 벌거벗은 양녀(洋女)가 춤을 추는 것인가 하고 가까이 가서 자세히 보니까, 양팔에 울퉁불퉁 알이 배긴 젊은 남자 둘이 머리통만한 장갑을 손에 끼고 웃통을 벗어붙인 채, 턱을 치고, 가슴을 치고, 가슴을 치고 ……. 가슴을 치고 어어 …… 자빠진다. 자빠져 …… 어어 …… 꽝! 키가 큰 쪽이 바닥에 나자빠졌다. 스피커에서 와 하고 떠들썩한 소리가 나나, 그녀는 왜 그러는지 알지 못한다.

"지랄이야!"

그녀는 도무지 마땅치 않다. 치고받는 것도 눈에 거슬리나, 아무리 남자라 해도, 팬츠바람으로 사람들 앞에서 그게 웬 미친 짓이야! 대관절 텔레비전 자체가 마땅치 않다. 저까짓 것을 무엇 하러 사왔담. 에미의 조바위나 사지 않구! 나다니지 못 한다구 아주 송장 다 된 줄 아나? 그녀는 아들이 불만이다. 텔레비전을 확 꺼버렸으면 좋으련만 그녀는 끌 줄 모른다.

그녀는 거의 한 칸 남짓한 거울이 달린 장롱을 열어본다. 거울이 열리며, 거기에 비추어졌던 경대랑, 어항이랑, 액자가 빙 돌아가는 통에 아찔하고 현기증이 나서 눈을 감고 선 채 손으로 이마를 짚는다. 장 안에는 양단 치마저고리가 오색찬란하게 죽 걸려 있다. 그녀는 자신의 회색 비단치마를 거울에 비추어본다. 그것은 그녀의 혼수감의 하나다. 그녀의 외숙이 청국(淸國)에 사신으로 갔을 때 가지고 온 것이다. 여지껏 아껴서, 큰 나들이 때에나 입었으나 죽을 날도 머지 않았는데 싶어서 요즈음은 집에서도 곧잘 꺼내어 입었다.

그보다도 옛날 물건이라면 무엇이든 그까짓 것 하는 며느리가, 그녀가 죽은 뒤에 이토록 귀중히 여기는 치마를 또 얼마나 천대할까 생각하니 차라리 나나 실컷 입어두자고 마음먹어서인지도 모른다.

그녀는 물론 그 치마도 머릿장과 함께 대물릴 작정이다. 요새 것과는 비할 수 없을 만치 좋은 비단이라고 그녀는 생각한다. 요새 사람들이 이런 것을 걸쳐볼 수나 있을라구? 어림도 없지! 이것은 청국에서 가져 온 것인데! 하고 그녀는 자랑스럽게 여기나, 왠지 기분이 좋지 않다. 그 방 안에 있는 모든 것이 마음에 들지 않는다. 장롱도 텔레비전도 사람인지 도깨비인지 알아볼 수 없는 그림뿐 아니라 불긋불긋한 리놀륨 장판도 아예 질색이다.

그녀는 방 한가운데 서서, 이라고는 부서진 조각도 없는 빤들한 잇몸으로 아랫입술을 꼭 깨물며 가만히 생각한다. 이층에 올라 갈 때가 되었을까 하고 생각해보는 것이다.

며칠 전에, 손녀 방에서 어떤 청년을 발견한 뒤로, 그녀의 온갖 신경은 모두 그 방으로만 집중되어버렸다 해도 과언이 아닐 것이다.

그 청년은 손녀의 약혼자라는 것이었다. 그는 오후면 반드시 왔다. 따라서 그녀도 점심 후로는 부쩍 이층으로 오르내렸다. 숨이 차고, 허리가 아픈 것도 그다지 개의치 않았다. 오로지 붙들어야 한다, 붙들어야 한다 하고 속으로 서둘러대는 것이다. 결혼 전의 남녀가 한 방에 있다니! 하며, 그녀는 머리를 절절 내흔들었다. 안되지, 안돼! 그녀는 어떤 불순한 장면을 상상하고 속으로 펄쩍 뛰었다.

처음에는 손녀에게 무슨 실수나 있으면 어쩌나 해서 불안했다. 그러나 날이 감에 따라 호기심이 동하였다. 그러다가 차차로 반드시 그 장면을 내 손으로 잡아야 한다는 생각에 사뭇 조바심이 났다. 젊은이들한테서 꼬리를 잡을 수 없으면 없을수록 그녀는 더욱더 초조해졌다.

언제 보나, 손녀는 피아노를 치고 있고, 청년은 책을 들고 있다. 그렇지 않으면, 테이블을 사이에 두고 서로 마주보고 앉아 있는 것이다. 손녀가 수상쩍은 옷차림을 했다거나, 청년이 당황한 눈치를 보인 적은 한번도 없었다. 나무랄 데도 트집잡을 것도 없었다. 완전했다. 그러나 그녀에게는 그 완전성이 도리어 답답하고 꺼림칙한 것이었다. 그 완전한 것 뒤에, 헤아릴 수 없을 만치 숱한 고약한 일이 밀폐되어 있는 듯만 싶었다. 그녀는 초조했다. '안돼. 안돼' 하고 속으로 뇌까렸다. 그러나 왜 안될까 하고 생각하지는 않는다. 그녀는 왜라든가 하는 따위의 사고방식은 일찍이 가져본 기억이 없다.

그저께 저녁에 밥을 먹으면서 그녀는 아들에게,

"그 놈팡이는 왜 내버려두니?"

하고 말했다.

"염려 마세요!"

하고 아들은 얼굴을 찡그리며 소리를 꽥 질렀다. 그 소리가 어찌나 크던지 그녀는 머리가 띵 하고 울리는 것 같았을 뿐 무슨 말인지 알아들을 수는 없었다. 그래도 그녀는 아들이 그녀를 핀잔 준 것을 짐작했다. 만일 손녀를 야단친다면, 아들의 얼굴이 손녀에게로 향해 있어야 할 것인데, 분명히 그녀 쪽을 보고 있었기 때문이다. "두고 봐라." 하고 그녀는 속으로 분개했다.

너무 자주 오르내리면 도리어 기회를 주지 않는 것이 아닐까 해서, 그녀는 지금 알맞은 때를 생각하고 있는 것이다.

아까 가 보았을 때도 언제나처럼 테이블을 사이에 두고 손녀와 청년은 마주보고 앉아 있었다. 아무런 얘기도 없었다. 그런데도 어딘지 아늑하고 포근한 공기가 느껴졌으며, 그녀가 모르는 비밀이 무언중에 젊은이들 사이에 오가는 것만 같았다. 그것이 그녀를 초조하게 하는 것이다.

그녀는 제 딴에는 소리없이 계단을 올라가는 것이었으나, 층계는 쿵쾅거리며 요란스레 소리를 내었다. 아랫방에 있는 식모도 그녀가 올라가는 것을 알았으니, 하물며 이층에 있는 젊은이들이야.

그녀는 계단을 올라가자마자 황급히 방문을 잡아당겼다.

새빨간 치마를 입은 손녀가 피아노를 치던 손을 멈추고,

"또 왜 그러세요?"

하고 툭 쏘아붙인다. 그 말이 너무 크고 재어서 그녀의 귀에는 음절이 분절되어 잘 들리지 않기 때문에, 무슨 뜻인지 알아들을 수가 없다.

"갔니?"

하고 그녀는 방 안을 휘둘러보며 말한다.

"그러문요! 아까."

손녀는 야무지게 쏜다.

방에 청년은 없다. 그녀는 맥이 확 풀리는 것 같다. 그녀는 반침문을 휙 열어 본다. 없다. 이불 하나, 베개 하나뿐이다. 그녀는 이불과 요를 왈칵 잡아내렸다. 베개가 댕그르르 굴러 떨어졌다.

"아유 — 할머니는 아무것도 모르면서 그런 데만 눈이 벌게……."

하고 손녀는 건반을 부서져라 두드리며 몸부림을 친다.

그러나 그녀는 이불을 도로 개어 올리는 데 여념이 없어서 손녀를 도무지 보지 못한다. 피아노 소리가 요란하나, 그녀에게는 곡을 치는 소리나 홧김에 두드리는 소리나 시끄럽기는 매 한가지였다.

그녀는 자신의 방에 돌아가서 방바닥에 누웠다. 방바닥이 배겨서 등이 아프나 일어나는 것이 성가시다. 그녀는 어쩐지 허전하고 울적하다. 틀림없으리라 여긴 일이 어긋난 탓 때문이 아니었다.

"그것이 벌써 ……." 하고 생각하니, 그녀는 손녀가 어느 새 혼기에 이른 것이 도리어 대견하게 여겨지기도 했다. 어언 그 아들이 커서 자식을 두고, 또, 그 자식이 …… 남편이 있었다면 얼마나 좋아할까. 손자를 봐야지 하던 그는 죽었다. 겨울에 비가 내리고 있었다.

그녀는 이를 악물고 창가에 엎드려서 소리 없이 울었다. 장독대에 쏟아지던 빗줄기 …… 몇배나 자식을 낳았는지 쭈글쭈글한 뱃가죽이 축 늘어진 늙은 고양이가 어슬렁어슬렁 그 빗속을 걸어갔다. 다음날 그 고양이가 옆집 마당에 뻗어 있었다. 젖은 털이 엉긴 채 얼어붙어 있었다. 비. 비. 겨울에 무슨 빌까!

그때도 비가 내렸다. 그녀의 젊었던 때다. 남편의 시체가 바로 옆방에서 차디찼다. 그녀는 울었다.

그리고 …… 그리고. 그러나 지난날은 그녀의 기억 속에 흔적만을 남길 뿐, 그때의 정감은 다시는 되살아오지 않는다.

비는 끝없이 주룩주룩 내리고 있다. 오금이랑 겨드랑이 밑까지 축축이 젖어 드는 것 같다. 그녀는 몸이 찌뿌드드하고 을씨년스럽다.

축 늘어진 윤기없는 뱃가죽을 아랫목에 납작 붙인 채 자고 있던 늙은 고양이가,

"이야─옹."

하고 길게 울음을 뺀다. 그 까칠한 소리가 빗속으로 질척하게 사라진다.

(1958년 『현대문학』)

1960년대

6

행복

　할아버지는 세 시간이나 신음하다가 밤 열시 넘어서야 운명을 하셨는데, 운명하시자 딸이 짤막하게 울음을 터뜨렸다. 아들, 며느리, 손자 모두 고개가 숙여지고 눈시울이 뜨거워졌으나 울음소리는 별반 나지 않았다. 운명한 다음 순간, 거기 종신했던 많은 이들의 머리를 한결같이 스쳐간 것은, 대체 이 일을 건너편 301호에 입원하고 있는 그의 부인 즉 할머니께 알려야 하느냐 하는 것이었다.

　처음에 시골에서 입원하겠노라는 전보를 받았을 때에는 신병이 대단하신가해서 염려도 했었으나, 막상 서울로 모시고 보니까 이렇다 할 병은 아니고 다만 노쇠하였을 뿐이므로 — 할아버지는 여든 셋이고, 할머니는 그보다도 세 살 위였다 — 젊은이들은 모두 꽤는 살고 싶은가 보다 하고 속으로 웃기도 했었다.

노쇠라 입원할 것도 없다는 의사의 말이었으나, 본인이 굳이 우기므로 거역할 수도 없고, 치료도 각별한 것이 있을 수 없어서 링거나 맞고 음식이나 맛난 것으로 가려서 잡숫게 하는 정도이다. 링거도 피부가 질겨져서 바늘이 들어가는 데 간호원이 무진 애를 쓰고, 링거를 한 병을 다 맞으려면 보통 두 시간쯤 걸리는 것이 세 시간 반이 족히 걸리고도 남았다.

할머니는 할아버지가 돌아가실세라 공연히 헛 마음을 써서 그만 몸살이 나서 건너편 방에 마저 입원하게 되었다. 할머니 말씀에 병상에 누울 것까지는 없으나 만일에 '자기가 먼저 죽으면 우리 할아버지가 가엾어서 안 되기 때문에' 입원한다는 것이었다. 할아버지도 처음에 입원할 때에 하는 말이,

"내가 먼저 죽으면 할머니가 가엾어서 ……."

라고. 두 노인이 마치 세상에는 단둘만 있고 다른 사람들은 모두가 자기들을 해치기라도 하는 양, 서로 애처로이 여기는 품이 또한 젊은이들, 특히 손자인 홍기와 홍숙들의 웃음을 사나, 본인들은 자못 심각한 바가 있는지 그러한 눈치도 아랑곳없이 우리 할아버지, 우리 할머니하고 서로 마음 쓰는 것을 감추려 하지 않았다.

할아버지가 위독하게 되고부터는 의사, 간호원, 식구들이 함께 짜서 할머니께 하루 한 번 들여다보는 할아버지 방을 못 가게 해 두었다. 실상 할머니의 노쇠도 극도에 달한 듯한 느낌도 있으나, 특히 의사의 부탁이라고 하여 며칠 안정하셔야 된다고 일러 둔 것이다.

"아무렴, 안정하지. 내가 먼저 죽으면 어떻게 하게 ……."

그러나,

"할아버지가 죽으면 나도 꼭 죽는다."

는 말을 반드시 덧붙였다. 그 말투가 매우 비장한 결심 같은 것을 느끼게 하므로 할아버지가 운명하자 모두들 슬픔보다는 할머니를 더 염려한 것이다.

여든이 넘어서 죽으니 본인은 어떨지 모르나, 온 식구가 '아, 호상(好喪)이다' 하고 애석함보다도 마치 할 일을 완수한 후의 후련한 느낌 같은 것이 느껴져서 고인에 대해서 약간의 죄송함 마저 가지기도 했다.

할머니께 알리느냐, 안 알리느냐로 아버지와 고모 사이에 의견이 맞지 않아서 한참 동안 실랑이를 했다. 아버지는 마지막 길이니 알려야 한다고 하고, 고모는 어머니만은 더 사셔야 한다고, 그래서 만일 말했기 때문에 그로 해서 돌아가신다면 마치 우리가 천수(天壽)를 빼앗는 것과 같으니까 절대로 안 된다고 고개를 내저으며 반대했다. 결국 누구의 의견을 따르게 될지 미해결인 채로 할아버지의 신체는 그날 밤으로 집으로 모셔와졌다.

5일장으로 정하고 수의를 만드느니 음식을 마련하느니 안에서는 법석을 하고, 밖에서는 부고를 내고 밤샘을 하느라고 한참 바삐 돌아가는 판이라, 자연 할머니 병문안 갈 것을 모두 까맣게 잊어버리고 말았다. 다음날 아침밥을 먹고 나서야 겨우 이것에 정신이 돌아간 어머니가 누가 할머니께 가는가 걱정을 하기 시작했다. 지금 이 바쁜 판국에 없어도 좋을 사람은 홍기와 홍숙인데, 홍기가 답답해서 할머니와 긴 시간 마주 앉아 있을 리도 없고, 그보다도 녀석이 갑갑한 김에 진상을 실토할 위험성이 다분히 있어서 홍기는 그만 자격을 잃게 되었다. 홍숙이 가면 좋으련만 할머니가 이상하게 알고 눈치챌까 보아 그것도 걱정이다. 아들, 딸, 며느리, 외손, 친손 해서 하루에 열댓 명씩 드나들더니 누구 하나 감감 소식에다가 손녀나 비쭉 가 앉아 있으면 필경 할머니는 신경을 쓸 것이 아닌가?

그렇다고 상제인 아버지와 어머니가 갈 수도 없고, 음식이나 옷 마련이나 이 경우에 총 지휘자격인 고모가 잠시나마 자리를 뜰 수도 없고, 어떡하나 어쩌나 하다가 그만 점심마저 넘겨 버렸다. 이렇게 되니 다급해진 아버지가 상제고 무어고 격식 차릴 것 없다고 엉덩이를 털고 일어서서 어머니와 함께 부랴부랴 택시로 병원으로 달려갔다.

택시가 떠나자 회사에서 중역들이 몰려 와서 문상을 드렸는데, 상주가 없어서 쩔쩔매다가 홍기가 아버지를 대신해서 영정 앞에 앉아서 절을 받았다. 의젓이 또 비장한 듯이 앉아서 일일이 절을 받으려니 홍기는 전신이 밧줄로 잡아 묶인 듯이 거북해서 견딜 수가 없다. 견디다 못해 일어나 안방에 가서,

"아이구 나는 상주 노릇 못하겠어요!"

하고 쿵 엉덩방아를 찧으며 앉는다.

"원 망칙해라, 못할 것이 무어람. 아버지 안 계시면 으레 제 할 일인데 ……."

고모가 높다랗게 쏘아 부치며 또 금방 잇대어,

"깃고대가 너무 느리지 않우?"

하고 언제 홍기한테 말을 했었더냐는 듯이 재봉틀을 돌리며 옆 사람에게 참견을 한다.

"약식 나와 보아 주셔요!"

부엌에서는 고모더러 나오라고 재촉이다. 홍기는 거기에도 앉아 있을 곳이 못 되는 것 같아 홍숙의 방으로 가 본다. 홍숙은 시험이 얼마 안 남았는데 …… 투덜대면서도, 호두를 까느라고 집게로 탁탁 소리를 내고 있다.

　"우습지?"

　"무엇이?"

　홍숙은 그를 보지도 않고 되묻는다.

　"모든 이런 형식들이 말이다."

　"무슨 형식?"

　"음식 차리고, 옷하고, 절하고, 눈물도 없는 곡하고 하는 것 말야."

　"그게 왜 우스워?"

　"너는 이런 때도 여전하고나."

　"이런 때라니?"

　그녀는 호두만 본 채 말하고 있다. 홍기는 차차 답답해진다.

　"할아버지가 돌아가셨잖냐!"

　"오빠야말로 우습다."

　"무엇이 우스워?"

　"우습다고 한 게 말이야."

　"그게 왜 우스워?"

　"그것도 몰라?"

　딱딱. 호두 껍질이 또 깨어졌다. 특별한 때니까 별다른 형식이 있는데 우습달 게 무어냐는 뜻이리라. 진작 그렇게 말할 일이지 빙빙 돌리기는. 홍숙의 말이 옳기는 하나, 홍기는 그녀한테 진 것 같아 어떻게 역습을 할까 조급히 궁리를 하고 있는데 전화가 왔다. 다행이라 여기며 수화기를 드니까 바로 그의 친구다.

"'단성사'게 좋은데 안 갈 테냐?"

"글쎄 ……."

홍기는 수화기에 손을 막고,

"영화 가자는데 안 되겠지?"

"돌았어!"

딱.

"안되겠는데."

"어젯밤에 할아버지가 돌아가셔서 ……."

"응? 그거 안됐다. 울었니?"

"눈물이 나와야지 ……."

"얘는 무얼 하고 있어!"

어머니가 문을 획 열며 쏘아 부친다. 홍기는 얼떨결에 수화기를 놓고 헤헤 웃었다.

"무엇들 하고 있니? 시골서 고모 할머니가 오셨는데 문상도 안 받고 ……."

홍기와 홍숙은 떠밀리다시피 하며 방을 나갔다. 대청에서 곡소리가 그야말로 제 격으로 된 곡소리가 들려왔다. 일흔이 넘은 고모 할머니가 소복에 단정히 엎드려 곡을 하고 있었다. 아버지가 빨개진 눈등을 안경 속에서 껌벅이고 있다. 10분은 족히 되는 곡이 끝나자, 고모 할머니는 병풍 앞에서 물러앉아 또 운다. 이번에는 곡이 아니고 어깨를 들먹이며 소리 없이 흐느낀다. 홍기도 콧등이 시큼해졌다. 일흔이 넘었는데도 그녀는 아직도 윤이 도는 분홍빛 살결이다.
흐느끼는 것이 끝나자,

"참 좋은 날, 좋은 시에 돌아가셨다. 후손에 영화가 있을 게다."

첫마디다.

"태어나는 것뿐 아니라, 사람은 죽는 복도 잘 타기가 쉽지 않으
니라."

"네."

아버지는 입 속에서 긍정 같은 것을 적당히 우물거렸다.

"호상이다. 여든이 넘었으니 장수하셨고, 아들에, 손자에 없는 것
이 없고, 손윗사람 누구하나 남겨 두지 않고, 아랫사람 누구 하나 또
먼저 보낸 일이 없으시니 참으로 이런 복이 어디 있겠니?"

그녀는 그래도 미비한지,

"대소변 혼자서 다 보시고, 오래 앓기를 하셨나, 고통이 있으셨나,
사람이 그렇게만 죽는다면 이 세상에 무엇이 한이 되랴."

점점 부러운 듯한 말투로 변해 간다. 그녀는 이윽고 말 머리를
돌렸다.

"맏손자가 없어서 섭섭하고나."

"전보는 쳤습니다. 제가 있으니까요, 안 와도 괜찮을 것 같고, 또
미국에서 그렇게 단시일에 올 수도 없고 해서요 ……."

아버지는 띄엄띄엄 한마디씩 변명처럼 말했다. 할아버지가 돌아
가시고 나니까 고모 할머니가 집안에서는 첫째 어려운 어른이 된 것
같다.

"어머니는 차도가 어떠시더냐?"

고모 할머니는 매사에 절차가 뚜렷한 듯한 인상이다. 첫째는 돌아간 이의 복을 찬양하고, 맏손자가 손자 노릇 못하여 유감의 뜻을 표했고, 다음에는 할머니의 병 문안이다.

"어머님도 어려우실 것 같아요."

"저를 어쩌나! 일을 겹쳐 당해서는 안 될 텐데. 가 보아야겠다."

어머니가 식혜를 가지러 간 사이 그녀는,

"무얼, 갔다 와서 먹지."

매사 절도 있구나, 홍기가 속으로 재삼 여기고 있는데 식혜가 들어왔다. 굳이 싫다는 것을 억지로 도로 앉혀서 마시게 한다.

대문에 또 문상객들이 몰려 들어왔다. 마침 자가용이 들어와서 홍기는 잘됐다 여기며 고모 할머니를 모시고 병원으로 갔다. 부엌에서 누가 호들갑스럽게 소리를 친다.

"고모님, 나와 보세요, 고모님!"

"왜 그래, 난 바뻐."

안방에서 수의를 만들고 있던 고모도 맞소리를 쳤다. 입관이 오늘 밤이라 수의가 급한 것이다. 아홉 사람이 덤벼들어 하는 데도 아직 다 되지 못하고 있다. 뒷마루에서 어머니가 부엌으로 나가 본다. 낯선 노파가 비좁은 틈에 끼어 서 있다.

"다름이 아니구요, 칠성판을 저희께 주십사고요."

지금 할아버지의 신체 아래에 깔린 판자 쪽을 달라는 것이다. 입관하고 나면 칠성판은 필요 없게 된다.

"호상이시라 얻어 갈려구요. 꼭 저희에게 주세요. 다른 사람이 가져갈까 보아 염치 불구하고 왔습니다."

"그렇게 하시지요."

하면서도 이상도 해라, 남의 신체 밑에 있던 걸 ……. 기분 나쁘지 않을까? 그러나 그녀는 왠지 기분이 좋아지며 뒷마루로 음식을 하러 갔다. 눈이 돌게 바빠서 잠시나마 우두커니 서 있을 겨를이 없다. 대청에는 조문객들이 떠날 사이가 없고, 방이고 부엌, 마루, 마당에까지 일하는 사람들로 들썩거리고 있다.

'손님이 많기도 해라. 호상은 호상이야 …….'

어머니는 속으로 흐뭇함을 느끼기도 한다.

'춥지도 않고 덥지도 않고, 계절도 좋지.'

그녀는 다시 만족했다.

호두를 들고 부엌으로 가는 홍숙을 보자 고모가 소리를 쳤다.

"홍숙아 이리 좀 오너라."

"부고가 나면 손님들이 더 많을 터이니 너는 이제 손님 접대해야 한다. 집안 깨끗이 하고 문 밖 어질러지나 살피고 댓돌의 신발도 가지런히 하고 …… 대학 졸업반쯤 됐으니 말 안 해도 알겠지."

"그리고 관이 곧 ……."

그녀는 말을 잠깐 끊었다가,

"관이 곧 들어올지도 모르니 지금 바로 착수해야 한다. 관 위는 생화로 덮을 테니, 참, 꽃을 많이 사 오너라."

손님 접대하랴 집안 치우랴 꽃 사오랴 홍숙은 머리가 돌 지경이다.

"관에 못 박는 소리 날 때 제일 기맥히지."

누가 옆에서 바늘을 놀리며 한숨을 쉰다. 그래서 관 얘기를 하다가 고모는 잠시 말이 막혔던가?

"관에 흙 떨어질 때는 ……."

"허"

하고 누가 또 긴 한숨을 쉰다. 홍숙이 무슨 할 일이 더 있으려나 하고 서 있으니까,

"거기는 꺾지 말아요, 이렇게 해야지."

고모는 이미 그녀는 안중에도 없다. 홍숙은 손님 오실 때마다 차 시중하려니까 숫제 호두 까던 때가 나은 것만 같다.

"어머님 수의도 아주 해 두어야겠지 않우?"

팔촌 뻘 되는 아주머니의 말이 뒤에서 들려온다.

"별말씀을!"

고모의 음성이 떨렸다. 할머니가 즉 고모의 어머니가 돌아가는 것은 무척 싫은 모양이다.

"전화 돌려라."

아버지가 대청에서 소리를 친다. 뒷마루에서 일하던 어머니가 잔 걸음으로 뛰어가서,

"상주가 큰소리 내는 법 아니에요."

아버지의 귀에 대고 속삭이고 홍숙의 방으로 가서 스위치를 돌렸다.

"조계사지요? 아까 사람 하나 갔을 텐데요. 네, 네. 오늘 밤 여덟 십니다. 네, 부탁합니다."

스님들이 올 모양이었다.

"홍숙아, 향 깎아라. 홍기 아직도 안 왔니?"

"큰소리 내지 마시래두."

"괜찮아, 손님 안 계실 때는 ……."

홍숙은 이것 하랴 저것 하랴 정신이 없다. 그녀가 하는 일은 생색 안 나는 것뿐이다. 깃옷을 할 줄 알든가 수정과라도 만들 줄 안다면 몰라도. 그녀는 찬마루 한 구석에 앉아서 향을 깎기 시작했다.

갑자기 앞마당이 떠들썩하더니 말뚝 박는 소리가 난다. 천막을 치는 것이다. 오늘밤은 밤샘하는 이가 부쩍 늘겠지요. 저런! 그러면 고기 더 사와야지, 술도요. 술은 무엇으로 하나, 맥주야 비싸지. 어디, 아이 뜨거, 손 델 뻔했네. 고만 밀어요, 좀. 이것 보아, 거기 고기 다진 거 던져 주어. 정종으로 하지. 정종은 싸서? 한두 병이어야 말이지. 달걀 줘요, 달걀. 아이구 시끄러. 막걸리로 하지. 잔말 말고 정종 산다고 그래요. 누구한테? 이런! 답답하긴, 주인 마나님이나 고모님이지. 애, 애! 잠깐, 오징어도 몇 축 사와야 한다. 땅콩도! 북어도. 안주감 마련 많이 해 두어야지. 한 사람이 말해요, 여러 소리가 나니까 하나도 안 들려요. 적어 가거라, 적어. 적기는 무얼 적어, 젊은 게 그것도 못 외어? 송자야, 송자 같이 가거라. 차 왔으면 차 타고 가거라. 콜라도 사와. 안손님은 손님 아닌가? 사이다, 사이다. 어허 이 댁 봉 빠지겠네. 잔소리 말고 다식판이나 이리 주어요. 여태까지 그것밖에 못 했니? 송화(松花)가루 어디 두었어? 선반 위에. 깨다식 한 건? 그것도 선반 위지. 부엌은 벌통 쑤신 것 같다.

"홍숙아, 방에 가서 자리 펴라. 고모 할머님 오셨다."

어머니가 소매를 걷어 부치고 고기를 재던 채로 와서 말하고 또 간다. 홍숙은 향을 깎다 말고 방으로 가보았다. 고모 할머니가 지친 얼굴로 앉아 있다. 먼 데서 와서 조금도 쉬지 않았기 때문에 고되다는 것이다. 침대에는 눕지 못해서 자리를 펴고 눕게 했다. 홍기가 재미나는 듯이 홍숙이 자리 까는 것을 보고 있다가, "애쓴다" 한다. "오빠야말로!" 그녀는 차게 판전을 친다. "아닌 게 아니라 혼났다. 할머니도 얼마 못 가실 것 같아. 간호인 말이 식사도 부쩍 줄었대. 할아버지 어떠냐고 하기에 괜찮으시다고 했지. 진땀 나더라. '나도 괜찮다고 가서 그래라.' 사실은 꼼짝도 못 하겠다고 하시잖아. 내가 먼저 죽으면 안될 텐데 하고 시작이야. 할아버지가 먼저 죽어도 안된단다. 그러다가도 내가 그 앞에서 죽어야 상팔잔데 하잖아. 아주 진짜 진심 같더라. 그러면 할머니는 상팔자는 틀렸어요, 했지." "무어?" "아니 속으로 말야, 물론 속으로지. 이랬다 저랬다 죽는 것 가지고 지지고 볶는 셈이야. 결국 죽음은 제멋대로 오는 것인데." "시 같구나." "까불지 말아, 다음은 우리 차례야. 괜찮아, 난. 언제 와도 좋아."

"끔찍한 소리 말아라."

고모 할머니는 주무시는 줄 알았더니 다 듣고 있었다. 홍기와 홍숙이 찔끔하여 방을 나갔다. 홍기의 친구들이 댓 명 문상을 왔다. 홍숙의 일감이 늘었다. 그녀는 홍차를 들고 갔다.

오늘 밤샘을 한다고 한다. 오늘뿐 아니라 장례식 날까지 밤샘한다고 한다. 모두 공부벌레들인지 생김새로 보아 하루도 샐 것 같지 않겠다. 홍숙이 속으로 비웃는데 차를 마시자 웃옷을 벗고 와이셔츠 바람으로 일어서서 마당에 가더니 천막 속에 돗자리 까는 것을 거들기 시작했다. 손님이라도 한가한 이는 누구나 일을 하기 마련인 것 같다. 회사에서도 직원 여남은 명이 밤샘하러 온다고 한다.

고모의 높은 음성이 들려왔다.

"너는 다 고만 두고 어서 꽃 사 오너라. 퇴근시간 되면 밀릴 것 아니야? 비싸더라도 백합을 많이 사 오너라, 향기가 좋게. 아지랑이 꽃은 싼 데다가 보기도 좋으니라. 장미나 달리아가 있는지 모르겠다. 많이 사 와야 하니까 차 타고 가거라. 관 위를 다 덮을 테니 그리 알구. 참 마아거리트도 많을 게다."

홍숙은 후반을 뒤통수로 들으며 운전수를 부르러 갔다. 차가 대문을 나가는데 장의사에서 염하는 사람들이 대여섯 명 들어왔다. 뒤이어 길고 검은 관이 발가숭이 채로 들어온다. 염하는 이들의 인상이 한결같이 험하다. 한 눈에 눈살이 찌푸려진다. 고모가 나와 보고 질겁을 했다.

"염은 내가 잡숫겠수!"

그녀는 뱉아내다시피 한다.

"할 줄 알어?"

아버지가 고모의 기세에 눌려서 눈치를 살피며 물었다.

"알고 무어고 있수? 우리 아버지니까 우리가 하는 것이지. 오빠하고 나하고 해요!"

"어떻게 해?"

"손이나 깨끗이 씻고 오시우. 하는 법이 따로 있을라구? 정성이 있으면 다 되는 거지. 그리고 미안하지만 장의사 양반들은 그만들 가시우!"

고모는 소매를 걷어올리더니 목욕실로 갔다.

"원, 하필이면 저렇게 흉칙스럽게 생긴 것들만 몰려 왔어. 천만에!"

고모는 홀로 분개하며 혼잣말로 몇 번이나 뇌까렸다. 아버지도 손을 씻으러 일어섰다. 이대로 가다가는 무엇이든 고모 의견대로 될 것 같다 하고 홍기는 생각했다. 할머니께 알리기는 다 틀렸는 걸. 어떻든 두고 볼 일이지. 홍기는 혼자서 흥미도 인다. 회사에서 전화가 와서 밤샘하는 이들은 9시쯤 오겠노라고 한다. 부엌에서 와 하고 짤막하게 환성이 일어났다. 저녁 안 차리는 게 어디예요?. 아무렴! 여남은 명 먹이려면 혼나지. 손님들이 어디 그뿐인가요? 그렇구 말구! 어떻든 잘되었어. 저녁상 안 차리게 되었으니! 무어니 해도 우리가 살았지. 저런!

"입관할 때까지는 모시고 와야겠어."

"안된대도 그래요, 마저 돌아가시면 어떡헐려구."

대청에서 아버지와 고모가 또 의견 대립이다.

"마지막 길인데, 어떻게 못 보시게 한단 말야."

"글쎄, 어머니마저 돌아가시면 그 한을 어떻게 풀려고 그래요."

"우리 한 때문에 어머니께 한 되는 일을 해야 옳아?"

"그러면 어머니도 아주 돌아가셔야 속이 시원하겠수?"

"얘가 왜 이래?"

"왜 그리기는? 사실 때까지 사시도록 하는 것이 자손의 도리지."

딸은 어떻게든 어머니의 생명은 연장시키고 싶은 모양이다.

"그것은 네 생각이야. 어머니가 얼마나 한이 되시겠는가 생각해 보아."

"그래요, 아버지께는 훗날 꼭 알려드릴 테니 염려마세요."

홍기가 한마디했다.

"얘야, 이게 무슨 장난인 줄 아니?"

고모가 화살을 홍기에게 돌리려고 한다.

"장난이라니요?"

"장난이 아니면 왜 웃으려고 그래?"

"언제 웃으려고 했나요?"

언성이 점점 높아 갔다. 홍숙의 방에서 고모 할머니가 나왔다.

"그저 다 효심이 지극해서 이런 말도 나오게 되는구나. 글쎄 누구의 말을 따라야 할지 심히 난처하구나."

"어떻게 했으면 좋을까요? 입관 세 시간밖에 안 남았는데요."

아버지는 고모 할머니의 의견에 맡겨 버릴 듯한 말투다. 고모 할머니는 얼른 자리를 뜨며,

"내가 아니, 자식들이 알아 할 일이지. 나는 아예 상관할 자격이 없다."

그녀는 도로 홍숙의 방으로 간다. 아버지와 고모가 다시 서로 쳐다보고 앉았다. 한참 후에,

"에이, 나는 내 멋대로 할 테다."

아버지가 드디어 벌떡 일어섰다. 고모가 덥썩 그 손을 잡고 도로 앉힌다.

"안된대두. 글쎄, 어머니가 아시면 그 순간에 돌아가신단 말예요."

홍기가,

"돌아가셔도 할 수 없지요. 연애하다가 한 쪽이 죽어서 한 쪽이 따라 죽는데 얼마나 좋아요."

고모의 커다란 눈이 꼬리부터 올라가기 시작했다.

"얘! 너는 이 슬픈 때에 농담할 겨를이 다 있니?"

고모가 와 하고 울음을 터뜨렸다. 아버지도 소리를 내어 울기 시
작했다. 갑자기 온 집안 구석구석에서 울음소리가 일어났다.

"농담이라니요? 참!"

홍기가 당황했다.

"아이고 이 기맥힌 때에 ······."

(1963년 『신태양』)

7
신과의 약속

간호사가 체온계를 들여다보며 고개를 꼰다. 영희의 가슴이 뜨끔해졌다. 그녀는 얼른

"몇 도지요?"했다.

"38.4도예요."

간호사는 다시 고개를 갸우뚱하며 병실을 나갔다. 한 시간 전까지도 40도 였는데 상당히 내렸구나 싶어 영희는 경옥의 조그만 이마를 짚어보았다. 여전히 뜨겁다. 얼굴빛이며 입술도 흙빛 그대로다. 석연치 않으나 체온계가 손보다는 정확할 테지 생각하며

"경옥아!"

하고 불렀다. 경옥은 긴 속눈썹을 가지런히 내려감은 채 대꾸가 없다. 새벽 네 시쯤 갑자기 38.8도의 열이 나더니 오후 네 시가 지난

지금까지 계속 고열이다. 열한시에 입원한 뒤로는 줄곧 눈을 뜨지 않는다. 잠든 것인지 인사불성인지 알 수가 없다. 의사는 식중독이라고 하며 입원실을 나가고, 그 후는 간호사가 약만 주고 시간에 맞추어 와서 열만 재간다. 환자가 계속 밀리는 병원이니 의사가 줄곧 딸려 있을 수도 없을 것이다.

아침밥도 두어 번 뜨다 말고 점심때도 지나고 저녁 먹을 시간이 되는데 영희는 시장기를 모르겠다. 대여섯 시간 줄곧 서 있는데도 다리가 아픈지 몰랐다.

38.4도라는 말에 조금 숨이 가신 영희는 순복더러 간식으로 들어온 사과를 먹으라고 했다. 순복도 긴장해서인지 점심도 조금 밖에 안 먹었는데 먹기 싫다고 한다.

"먹어라. 그리고 너 잠 자거라. 오늘밤 교대해서 새워야 하니까, 응?"

하고 타일렀다. 순복은 그제야 사과는 먹지 않고 소파에 다리를 펴고 눕는다. 영희는 링거액이 일분에 열다섯 방울 이상 떨어지지 않도록 시계를 보며 약방울을 속으로 세었다. 어린아이라 링거가 빨리 들어가면 부작용으로 심장마비를 일으킬지 모르니까 방심할 수 없다. 링거의 약방울을 너무 응시해선지 그녀는 눈동자가 아프다.

경옥이 갑자기 눈을 뜨고 머리맡 테이블에 있는 사과를 본다.

"경옥아, 선생님이 물도 먹지 말랬어. 먹고 싶어도 꾹 참자."

하며 영희는 테이블을 몸으로 가리고 섰다. 경옥은 아무 말도 없이 눈을 더 위로 치뜬다.

"위 보지 말어, 골치 아프다."

경옥의 눈동자는 점점 더 위로 넘어가며 고개가 뒤로 젖혀진다.

이상했다. 낯빛이 흙빛에서 검은 청동색으로 변해간다.

"경옥아, 왜 이러니, 순복아, 어서 선생님 불러."

순복이 후다닥 뛰어나갔다. 경옥의 검은 동자는 없어지고 젖혀진 얼굴은 시꺼매졌다.

"경옥아, 경옥아!"

영희는 경옥의 조그만 몸을 안고 몸부림을 쳤다. 여의사와 간호사 댓 명이 바쁜 걸음으로 병실에 왔다.

"조용히 하세요."

여의사의 첫마디다.

"왜 이러는 거예요?"

영희는 경옥을 안은 채 놓으려 하지 않았다. 놓으면 경옥이 죽을 것만 같았다.

여의사는 냉랭하게

"나가 계세요. 어머니가 아이를 고치실 거예요?"

했다. 그 말이 영희의 가슴을 콱 찌른다.

'옳아요. 내가 무슨 재주로 고치겠어요.'

간호사가 세 명 더 오고, 산소흡기와 썩션(suction)이 들어와서 병실이 좁아졌다. 여의사가 거즈를 감은 막대기를 경옥의 입에 물렸다. 혀를 깨물까 해서 그러는가보다.

"경옥아!"

영희는 간호사 뒤에서 소리를 쳤다. 침대를 간호사들이 빙 둘러서 있기 때문에 경옥이 잘 보이지 않는다. 영희는 복도로 나가 머리맡 창문에 섰다. 간호사들이 경옥에게 알코올 목욕을 시키고 있다. 여의사가 맥을 짚어보고 가슴에 청진기를 댄다. 링거의 주사바늘이 빠져 있다. 한 간호사가 경옥의 어깨에 피하주사를 놓는다. 강심제인지? 경옥은 바늘이 꽂히는데도 아픔을 못느끼는지 반응이 없다.

"하느님! 하느님!"

영희의 두 손은 어느 사이엔가 가슴께에서 합장해졌다가 또 이마에서 맞붙잡아졌다.

"예수여! 아니, 성모 마리아!"

종교가 없는 영희는 신 중에 어떤 신을 찾아야 할지 잠시 갈팡질팡한다. 그리고 평소 신은 필요없다고 생각하던 터에 다급하니까 신을 찾고 있는 자신이 스스로 부끄럽다.

"그러나 이런 경우에, 아니 이 경우 외에 또 언제 신을 찾을 일이 있을까?"

그녀는 스스로 변명했다. 무조건 신을 믿을 수 없는 그녀는

"신이여, 내 딸을 살려 주신다면 믿겠습니다. 약속하지요. 경옥을 살려주세요. 한번 그 효험을 보여주어 보세요. 그러면 당신이 하는 일이 아무리 불공평해도 당신만이 옳고 당신이 하는 짓은 모두 진리라고 복종하겠어요. 한번 당신의 존재를 보여주어 보세요."

말하고 나니 너무 건방진 것 같아

'저를 용서하시고 제 딸을 살려 주세요.'

하고 미간을 모으고 그 위에 두 손을 맞잡고 진지하게 속으로 말했다.

간호사들의 어깨 너머로 썩션에서 고무관이 경옥의 조그만 입 속으로 들어가는 것이 보인다. 가래가 기관을 막는 것을 방지하는 모

양, 가래가 목까지 차면 죽는 것이라 들었다.

'신이여. 당신이 그렇게도 무력합니까?'

영희는 땅을 구르며 소리치고 울고 싶은데 눈에는 물기 하나 없고 눈 속은 깡 말라 아프다.

"순복아, 과장선생님 어서 오시라 하고, 회사에 전화해서 전무님 빨리 오시도록 해라."

말하며 그녀는 현기증을 느꼈다. 운규를 부르는 것은 경옥의 최후를 생각하기 때문이다. 마지막에는 가장 사랑하던 아빠와 엄마 품에서 …… 하고 생각하니 뒤틀리며 아프던 가슴이 감각을 잃고 다만 눈앞이 빙빙 돌며 어지럽다. 이것이 체념하는 과정인지? 여의사와 간호사만으로는 마음이 놓이지 않아 소아과 과장을 청했다. 한 간호사가 혈압을 재는 것이 보인다. 뒤로 젖혀졌던 경옥의 고개가 어느 사이엔가 제자리에 와 있다.

"이제 틀린 건가?"

죽음이 가까워지면 사지는 뻗는다고 들었다.

"경옥아, 경옥아!"

영희는 병실로 들어가며 소리쳤다. 그 목소리가 몇 갈래로 찢어진다.

"조용히 하세요!"

여의사가 다시 주의시킨다.

'그렇지, 내가 소리친다고 경옥이 살아날 리는 없지.'

과장은 오지 않고, 부르러 간 순복도 오지 않는다. 그녀는 스스로 과장을 데려오고 싶으나 그 동안이라도 경옥에게 마지막 순간이 올까 해서 자리를 뜨지 못하고 있다. 여의사는 청진기로 연방 경옥의 심장을 짚어보고 간호사들은 알코올솜으로 경옥의 몸을 적시고 있다. 경옥의 낯빛은 여전히 검은 청동 빛이다. 갑자기 영희는 병실을 뛰어나가 일층에 있는 소아과 진찰실까지 달려갔다.

"우리 애기 큰일 났어요!"

그녀는 숨이 차서 허덕이며 소리쳤다. 소아과 과장은 청진기로 댓 살 되어 보이는 사내아이를 진찰하고 있다가 한마디도 없이 일어나서 뛴다. 그 뒤를 달음질치며

"아까부터 선생님 여쭈었는데 왜 안 오셨어요. 도대체 식중독으로 ……."

하다 영희는 말을 잇지 못했다. 사위스러운 말을 해서 무엇인가 더칠까 해서다. 절망은 하나 혹시나 하는 바람 때문에 죽음이라는 말을 입에 담기를 삼갔다.

과장은 병실에 들어서자 플래시로 경옥의 동공을 비쳤다. 반응이 없다.

'이미 틀렸나? 죽은 후도 십 분 이내면 살릴 수 있다던데 이것은 남의 나라 얘기인가?'

'살려 주세요!'

영희는 속으로 의사에게 부탁하다가 또 신을 찾다가 한다.

의사도 신도 경옥을 살리지 못한다면 그녀는 무엇에게 매달려야 할지 몰랐다. 인간 이상의 것이 신이라면 신보다 더 큰 존재는 없는지 …….

섭씨 32도, 삼층이나 바람 한점 없어서 병실마다 문을 열어놓고 있

다. 옆 병실에서 환자와 보호자가 서넛이 모여 왔다. 부인과와 소아과 전문병원이라 모두가 자식을 가진 사람들이어선지 근심스런 얼굴들이다. 그들 사이에 끼어서서 영희는 경옥을 지켜보았다. 실오라기 하나 걸치지 않은 경옥이 애처롭다. 간호사들이 계속 알코올 목욕을 시키고 있다. 남쪽 창에서 갑자기 바람이 불어온다.

'감기 안 들까 ……. 하긴 의사가 오죽 잘 알라구 …….'

경옥의 입에 물린 막대기가 자꾸만 빠져나온다. 그것을 간호사가 고쳐넣고 있다. 동그란 경옥의 얼굴은 검게 질렸던 것이 흙빛으로 변해 있다. 좋은 징조인지 더 나쁜 징조인지 영희는 조바심이 나서 병실로 들어갔다.

"선생님, 어떻게 되는 거예요?"

"염려 마십시오. 어머니는 나가 계세요."

나아졌다는 말은 없다. 영희의 안타까움이 경옥을 회복시키는 데 방해가 된다는 듯한 말투다. 확실히 사랑은 무력했다. 속수무책으로 울고 탄식할 뿐이다. 간호사가 경옥의 두 팔에 주사를 놓는다. 과장은 플래시로 경옥의 눈동자를 비춘다. 반응은 없다. 영희의 맥이 확 풀린다.

'신이여, 당신도 나만치 무력하십니다. 정말 의미의 신이라면 이런 때 힘을 보여주십시오.'

그녀는 침착하게 가슴속에서 말했다.

'경옥아, 가엾어라. 너를 낳지 말 것을. 사년 팔 개월을 살고 갈 세상에 무엇 하러 태어났니. 너를 낳고 엄마하고 아빠는 얼마나 좋아했는지. 그 환희를 주느라고 태어나서 지금 이 슬픔을 주며 너는 가는 것이냐? 경옥이, 너, 아가, 너는 갓 나와서 이틀 만에 엄마 젖을 먹는데 입을 크게 벌리지 못해서 빨지 못하고 한참 동안은 흐르는 젖만 먹었지. 엎드리고 기고 서서 짝자꿍이며 재롱부리며, 네가 말 한 마디만 하면 온집안에 웃음이 퍼졌었다. 예쁜 세살이 지나 팬티에 가끔 오줌을 누면 엄마가 종아리를 때려주었지. 미안해라. 대체 네 귀여운 몸 어디에 매를 댈 데가 있다구. 그 짧은 세상을 살게 하느라고 엄마가 너를 태어나게 했구나.'

흡사 구슬픈 영창(詠唱)처럼 영희의 가슴에서 소리없이 말이 흘러나왔다. 체념해가는 과정인지 그녀는 침착해졌다.

빠져 있던 링거를 다시 꽂으려고 여의사가 경옥의 정맥을 여기저기 찾고 있다. 정맥이 보이지 않는 모양이다. 과장이 주삿바늘을 받아서 찾으나 역시 찾지 못한다. 팔에 두른 고무줄을 당겨보다가, 손바닥으로 경옥의 팔을 탁탁 쳐 보았다 하며 애를 쓴다. 팔, 손등, 발등까지 수없이 바늘을 넣었다가는 도로 뺀다. 아픔을 느끼지 못하는지 경옥은 반응이 없다. 과장이 당황하는 것 같다. 정맥이 왜 없어졌는지? 영희는 다시 병실로 들어가서 의사의 뒤에서

"어떻게 되는 거지요? 왜 바늘을 찌르지 못하세요?"

했다. 그녀의 음성은 낮고 정확해졌다. 의사는 아무 대꾸도 없이 정맥만 찾고 있다.

'이제 끝인가? 이렇게 다급한데 그이는 왜 안 올까? 전화하러 간 순복은 또 무엇 하느라고 아직도 안 오나?'

영희의 심장에 다시금 뒤틀리듯 통증이 일어난다. 드디어 과장이 경옥의 팔 정맥에 주삿바늘을 꽂았다. 그의 이마 가득히 땀이 방울

처럼 송송 맺혔다. 링거액이 한방울씩 떨어진다.

'심장은 뛰는구나!'

영희는 한숨을 쉬었다. 과장은 플래시로 경옥의 눈동자를 연방 비
쳐본다. 전혀 반응이 없던 동자가 조금 움직이는 것 같다. 착각인지?
영희의 가슴이 반가와서 뛰었다.

"움직인 건가요?"

"네."

과장은 대답하나 이제 괜찮다고 시원한 말을 하지 않는다. 촛불이
꺼지기 직전에 한 번 반짝 빛나듯이 경옥의 증상이 갑자기 악화되는
것은 아닌가 하고 영희의 가슴이 조인다.

"하느님 ……."

심부름 갔던 순복이 허덕거리며 병실에 들어왔다.

"전무님은 자리에 안 계시다 해서 오시는 대로 연락해달라고 했
어요."

영희의 뒤에서 그녀는 늦은 이유를 혼자서 계속했다. 공중전화는
사람이 늘어서 있고, 간호사 카운터에 있는 것은 통화중이고, 사무
실에 있는 전화는 외인 사용 금지였다고 한다.

'그이는 좋겠어. 이렇게 가슴 아픈 것도 모르고 …… 어느 다방에
앉아 있는지. 어떤 여자며 남자 친구들하고 즐겁게 웃고 있을지도
몰라. 아니, 누군가하고 상담(商談)을 하고 있을까?'

영희는 운규가 병원에 전화 한번 하지 않고, 회사에서 자리를 뜨
는데도 연락처도 알려두지 않을 만큼 태평으로 있는 것이 한편 서운
하나 한편 다행이라 여겨지기도 한다. 아이들이 자주 병원에 가니까

오늘도 다른 때와 같으려니 하고 그는 무심할 것이다. 그렇게 생각
은 하나 역시 서운한 기분은 얼른 가시지 않는다.

언젠가 아이들이 앓아서 밤을 거의 새다시피 하던 날, 곤히 자고
난 남편에게 "당신은 참 좋겠어요. 아이가 아프니 아나, 아이를 낳으
니 그 고통을 아나……." 하니까

"당신이 없으면 내가 다 해."

하고 서슴지 않고 운규는 대답했다. 여자는 육아며 살림살이를 해
야 하고, 그러니까 남편은 밖의 일에 열중할 수 있게 마련이고 그렇
게 해서 한 가정이 이루어지는 것이리라.

과장이 플래시로 경옥의 눈을 비쳤다. 이번에는 확실히 검은 동자
가 두어 번 움직였다.

"경옥이, 내 예쁜 애기야!"

그녀는 눈시울이 뜨거워졌다. 동자가 움직이는 경옥이 고마웠다.
고비는 넘긴 것 같았다.

"이제 괜찮을까요?"

"네, 고열이 나면 경끼(驚氣)하는 수가 있지요."

그의 음성에 자신이 있다. 간호사들이 나갔다. 과장이 경옥의 겨드
랑이에서 체온계를 꺼내 들었다.

"39돕니다. 많이 내렸습니다."

"아까는 38.4도라고 했어요."

"간호사가 안심시키느라고 바른대로 말하지 않을 수도 있습니다."

과장은 비로소 수건으로 이마 가득히 난 땀을 닦는다. 긴장해서
땀이 나는 것을 이제야 안 모양이다.

"38.5도가 될 때까지 알코올 목욕을 계속하십시오."

그는 말하며 경옥의 맥을 짚고 다시 가슴에 청진기를 대본다. 영희는 알코올과 물을 섞은 것에 거즈를 담갔다가 발가벗은 경옥의 몸을 고루 적셔주었다. 그 물이 증발하며 몸에서 열을 빼앗는 것이다.

'귀여운 이마, 귀여운 손, 귀여운 어깨 …… 엄마가 이렇게 사랑하는데 왜 앓니? 앓지 마라. 내 아가 …….'

과장은 다시 경옥의 눈등을 올리고 플래시로 동자를 비쳤다. 동자가 움직이는 것이 회복되는 조짐인가보다. 경옥의 눈 언저리는 부신 듯이 수축하고 동자는 좌우로 움직였다.

"이제 됐네!"

운규의 말소리에 영희는 깜짝 놀라 뒤돌아보았다. 언제 왔는지 운규가 뒤에 서 있다. 얼굴이 벌건 것이 더운 탓도 있겠으나, 연락을 받고 긴장한 것 같다.

"경끼를 또 할지 모르니까 이상이 있으면 연락을 하십시오."

과장은 말하고 나간다. 여섯시다. 그의 퇴근 시간이다.

"감사합니다."

영희는 그의 등뒤에서 말했다. 여지껏 '감사'라는 말은 수 없이 해왔으나, 지금처럼 진심으로 말해보기는 처음인 것 같다. 영희는 비로소 운규를 향해 앉았다. 운규를 붙들고 울고 싶었다. 그러나 다만.

"큰일날 뻔했어요."

했다. 운규는 잠자코 경옥을 지켜보며

"음."

한다. 한참 후에,

"경옥아."

하고 불렀다. 경옥의 손을 잡으며,

"아빠다."

한다. 멍하게 떴던 경옥의 눈은 도로 감긴다. 의식이 완전히 돌아오지 않은 모양이다. 의자에 앉으며 운규는,

"왜 그렇게 되었지?"

한다.

"식중독이래요."

"무얼 먹었는데?"

"늘 먹는 것 먹었다는데 …… 복숭아하고 수박을 먹은 것이 나빴는지요."

영희는 어저께 낮에 문학 세미나에 참석했다가 동료들과 함께 식사를 한 것이 후회스럽기 한없다. 집에 와서 아이들 먹는 것을 감독했다면 중독되지 않았을지도 모른다고 아까부터 되풀이 가책을 느끼고 있었다. 식중독은 아무래도 음식에 불결한 것이 있기 때문이다. 육감이 가르쳤는지 식사하기 전에 집에 전화를 해서 아이들 잘 노는지 묻고 음식 먹기 전에 손 깨끗이 씻기라고 몇번이나 되풀이 당부했다. 세계적인 문학의 동향이라든가, 국내 문학의 그것 같이 조금도 그녀의 창작에 영향을 주지 못하는 것을 뻔히 알며, 세미나 같은 일에 참석하는 것은 그녀에게는 외부 공기를 쏘이려는 데 불과했다. 외부 공기 …… 세미나 따위는 거절해야 했다. 기진해 있는 경옥의 조그만 얼굴을 보며 후회가 가슴을 에는 것을 영희는 잠자코 견뎠다.

"꼭 무엇을 먹어서가 아니라 재수 나쁘면 그럴 수도 있지."

운규는 영희의 마음을 모르고 하는 말이겠으나 그녀에게는 위안이 된다.

간호사가 와서 체온계를 재어보고,

"38.8도입니다."

한다. 몇 시간 만에 경옥의 얼굴에 붉은 빛이 돈다.

"경옥아."

영희가 부르니까 경옥은 눈을 반짝 뜬다.

"엄마 알겠니?"

경옥이 고개를 끄덕였다.

"아빠 보이니?"

경옥은 고개를 끄덕이며 눈을 감는다.

"이제 됐어."

운규가 의자에서 일어나 경옥의 뺨을 어루만졌다.

"회사에 가보아야지."

그는 일단 회사에 들렀다가 퇴근해야 한다. 순복에게 링거를 잘 지켜보도록 이르고 영희는 운규를 이층까지 배웅했다.

"기준이하고 정옥, 잘 보아주세요."

영희는 네 살과 두 살 된 아우들을 부탁했다.

간호사 카운터 앞을 지나다가 그녀는 집에 전화를 걸었다.

"아줌마요? 아이들 잘 놀아요? 자기 전에 미지근한 물로 씻기고 땀띠분 잘 발라주세요."

그녀는 모기약을 뿌리면 환풍을 충분히 하고 문을 닫도록 일렀다. 모기약이 독해서 아이들에게는 나쁘기 때문이다. 순복도 없는데 혼자서 밥하며 아이들 보느라고 얼마나 고될까.

"그러면 수고하세요."

영희가 병실에 오니까 저녁밥이 들어와 있다. 경옥은 배 위에 타월만 덮고 잠들어 있다. 이마를 만져보니 조금 뜨뜻하다. 그 정도의 열이면 38.5도 가량 될 것 같다. 흙빛이었던 손끝이며 발끝도 살빛으로 되돌아왔다.

영희는 순복에게 밥 먹고 또 자도록 일렀다. 링거가 빨라져서 조절을 하니까 이제는 또 너무 느리다. 잠시도 링거에서 방심할 수 없다. 잠결에 팔을 잘못 움직이면 바늘이 부러질까 해서 경옥의 팔에 지목(支木)을 대고 붕대를 감은 것이 무겁고 아파 보여 애처롭다. 바늘이 꽂힌 언저리는 이미 푸르스름하게 부어 있다. 그러나 약 때문에 열도 내리고 차차 나아가는 것을 생각하니 의사며 약에 대한 고마움이 새삼스러워진다.

과장이 퇴근길에 들렀다.

"오늘 밤은 30분마다 검온하시고 38.5도가 넘으면 곧 당직 여의사한테 연락하십시오."

"선생님이 오실 수 없을까요?"

인턴 정도의 여의사는 믿을 수가 없었다. 그녀도 여자이면서 의사만은 여자를 신뢰할 수 없는 것이 겸연쩍으나 생명에 관한 일이니 체면 따위 차릴 겨를은 없다. 과장은 입가에 웃음을 띠며,

"여선생님도 잘 보아줄 겁니다. 열이 오르지 않도록 주사를 놓도록 다 지시해두었습니다."

한다.

열이 오르지 않을 주사가 있다면 아까는 왜 놓아주지 않고 경끼까지 하게 했는지 모르겠다. 영희는 속으로 의심스럽고 화가 나나 잠자코 있었다. 누구보다도 신뢰받으나 실수하면 가차없이 문책당하는 것이 의사이며, 그래서 그 직업이 얼마나 어려운 것인 줄 그녀는 평소 충분히 이해하고 동정하고 있다.

화나는 것은 환자의 에고다. 그러나 믿음을 배반당한 본능적인 분노이기도 하다. 어쩌면 그것이 환자의 무의식 중의 권리일지도 모른다.

과장이 나가고 나서 영희는 밥 대신 커피를 마셨다. 식욕도 없으나 커피를 마시면 잠이 잘 오지 않기 때문에 오늘 밤을 새워 경옥을 지킬까 해서다. 온종일 서 있어서 뚱뚱 부은 다리를 난방용 라디에이터에 올려놓고 안락의자에 등을 기댔다. 몸이 풀리는 것 같다. 서창으로 해가 기우는 것이 보인다.

'지겨운 날이었다. 그러나 감사합니다.'

그녀는 잠시 눈을 감았다. 눈동자가 아프다. 눈뿐이 아니라 전신이 쑤시는 듯 아프다. 눈을 감은 채 그녀는 속으로 되풀이 말했다.

'내 온 정성을 다해 감사드립니다.'

감사의 대상이 신이었다가 또 의사가 되다가 다시 경옥이 되고 또한 약을 발명해준 이름 모를 학자로 변한다.

간호사가 와서 열을 잰다.

"38.7돕니다. 꽤 내렸어요. 아까는 놀라셨지요?"

그 말에 영희는 얼굴이 화끈해진다.

삼층에서 일층까지 비탈진 복도를 뛰어갔을 때의 그 모습이 얼마나 광적이었나 비로소 생각이 미쳐서다. 전혀 기억이 없는 것을 보니 눈앞에 아무것도 보이지 않았을 것이고, 그래서 다른 환자며 보호자들을 밀치며 달렸던가, 아니면 미친 듯이 달음질치는 서슬에 사람들이 놀라서 비켜섰을 것이다. 어른이 있는 그대로의 모습을 드러내면 추하다.

"아까 전화하실 때 닥터 김이 보시고 깜짝 놀랐대요. 선생님 작품을 많이 읽었는데 보통 사람 이상으로 평범하게 보여서 놀랐대요. 꼭 한번 얘기를 해보고 싶으시다던데 ……."

간호사는 얘기할 기회를 만들 수 없겠느냐는 얼굴이다.

"별 다른 얘기를 할 줄 알아야지요."

"지금은 경황이 없으시겠지요. 다음에라도 기회가 있으시면 ……."

하고 나간다.

'평범하다구? 당연하지.'

그녀는 작가니까 다른 사람과 달라야 한다고 생각해본 일이 없다. 급한 원고를 쓰느라고 초조할 때 아이들이 와서 원고지에 낙서하고 어깨에 기어오르고 그녀의 곁에서 노래하고 뒹굴면 견디다 못해,

"엄마도 사람이야!"

하고 소리친다.

"엄마 글 쓰니까 나가 있어."

하면

"글 써서 무엇해?"

한다. 그 물음에 과연 왜 쓰나 대답할 용의조차도 돼 있지 않은 영희다.

아이들이 무심코 하는 말이나 그것이 적잖이 시니컬하게 그녀의 가슴을 찌른다. 푸진 원고료 가지고 너희 무엇 사줄게 따위 사탕 발린 말도 아예 나오지 않으나 그래도 그녀는,

"너희 과자 사줄게."

할 수밖에 없다.

"과자 안 먹어."

한다.

"장난감 사줄게."

"아빠가 더 좋은 것 사줘."

하며,

"그림책 읽어줘."

하고 떼를 쓴다.

아이들이 원하는 것은 영희가 작품을 쓰는 것이 아니다. 그들이 성장할 때까지 창작은 단념할까 생각하면 그녀의 가슴에서 무언가 강력히 부인하는 소리가 있다. 그렇다고 아이들의 건강관리며 정서 교육 같은 것을 등한히 할 수는 없다.

사랑하는 사람을 사랑해주는 것보다 더 의의 있는 일을 그녀는 아직까지 발견 못했기 때문이다. 그러나 쓰고 싶을 때 자질구레한 일상사 때문에 신경이 깎이면 그녀는 소리내어 울고 싶을 때가 있다. 뭉크의「절규」라는 그림에 어떤 사람이 혼자서 무엇인가를 절규하고 있다. 그녀는 소리를 낼 수 없어 속으로 더욱 더 목메인 절규를 한다.

간호사가 와서 경옥의 열을 재었다. 38.9도이다. 아까보다 올랐다. 영희는 부쩍 긴장한다. 다른 간호사가 열 내리는 주사를 놓고 갔다.

링거는 한방울씩 느리게 떨어지고 있다. 다 맞으려면 아직도 두어 시간 더 있어야 하고 이것을 다 맞고 나면 잇따라 또 다른 링거를 계속 맞아야 한다. 영희는 붕대로 지목을 대어 묶인 경옥의 조그만 팔을 보니 새삼 가슴이 아프다. 그녀는

"경옥아."

하고 나직이 불러보았다. 경옥은 대답은 못하고 눈꺼풀만 잠시 움직일뿐이다. 잠든 것이 아니라 기진해서 눈도 못 뜨고 대답도 못하는가보다. 어른은 아무리 앓더라도 아이들만은 앓지 않았으면 좋겠다.

"집에 가서 아이들이 먹는 것을 보아주었으면 이런 일이 없었을지도 모르는데 ……."

그녀는 어저께 외식한 것이 되풀이 후회된다.

간호사가 지금부터 밤새도록 삼십분마다 검온하도록 체온계를 두고 갔다. 그녀는 체온을 기록해두려고 종이에 그래프의 눈금을 그었다.

순복은 굵직한 다리를 의자에 올려놓고 잠이 한창 고부라졌다.

아홉시가 넘어서 운규가 왔다.

"열 내렸어?"

"네, 조금."

운규는 소리나지 않도록 조심하며 의자에 앉는다.

"집에 갔다 오세요?"

영희가 물으니까 운규는

"음."

하며, 기준이 누나 보고 싶다고 소리를 치더라고 한다. 영희가 아

이들 궁금해하는 것을 그는 알고 있다. 두살 난 정옥은 더워서 팬티와 가슴 둘렁이만 입혔는데, 엄마 방에 가서 엄마 찾아오라고 떼를 쓰더니 혼자서 장롱 밑이며 경대 뒤까지 들여다보고 엄마가 없다는 것을 알았는지

"엄마 없다, 엄마 없다."

하며 가슴둘렁이 위로 심장께를 손바닥으로 마구 문질렀다 한다. 운규가

"가슴께가 안 좋았던 모양이지?"

했다. 그 말에 영희의 눈에 눈물이 핑그르 돈다.

"또 우네, 저 봐 또 우네."

운규는 놀리듯이 웃는다. 눈물이 흔한 영희는 곧잘 운규에게 놀림을 당했다. 운규는 영희의 기분을 돌려주려고 마음쓰는 것이다.

"울기는 언제 울어."

영희는 딴전을 치려고 하나 눈에서는 고였던 눈물이 흘러내리기 시작했다.

"저 봐, 저 봐, 어른이 울어."

"놀리니까 더 눈물이 나오지 뭐"

그녀는 눈물을 운규의 탓으로 떼를 쓴다. 겨우 두 살인 정옥의 조그만 심장이 벌써 그리움에 아픈 것을 생각하니 영희는 눈물이 한없이 흘러내려 흐느껴지려는 것을 입술을 깨물고 참았다. 사람이 미워서는 슬프지 않다. 가슴에 넘치는 사랑이 있으니까 슬픈 것이다. 마음껏 사랑해줄 수 없어서 슬픈 것이다. 사랑에는 한이 없는데 표현에는 한계가 있기 때문에 그것이 안타깝고 슬픈 것이다. 영희는 운

규에게 눈물을 보이지 않으려고 그에게 등을 돌려 경옥의 이마며 팔이며 다리에 알코올 목욕을 시켰다. 경옥의 열은 떨어져서 38.5도가 계속된다.

열한시가 넘어서 운규는 일어섰다. 순복이 잠들어 있어서 멀리 나갈 수 없어 그녀는 병실문 밖에서 운규에게 하직인사를 했다.

"안녕히 가세요."

멀어져가는 그의 뒷모습을 보며 오늘밤 홀로 있을 그가 외롭게 여겨져 애틋한 정감이 솔솔 인다. 그러나 어쩌면 운규는 해방된 것 같아 후련하게 느낄지도 모른다고도 그녀는 생각했다. 그것은 그녀 스스로가 남편에게서 또 아이들에게서 도피하고 싶은 강렬한 충동을 느껴본 경험이 있기 때문일 것이다.

경옥은 자는지 기진했는지 눈을 감은 채 내처 꼼짝도 하지 않았다가 새벽 두시가 넘어서 몸을 옆으로 돌렸다. 영희는 깜짝 놀라 벌떡 일어섰다. 주삿바늘도 링거의 고무관도 별 이상은 없다. 경옥은 몸을 옆으로 돌린 채 움직이지 않는다. 39도까지 열이 되올랐다가 세시부터는 차차로 내려서 37.8도에서 머물렀다.

고열이 갑자기 떨어지는 것은 좋지 않은 현상이라 들어서, 열이 계단상(階段狀)으로 내리기 때문에 그녀는 마음이 놓였다.

단 일초도 잠자지 않은 밤이 새었다. 창밖 멀리 밤새도록 명멸하던 네온사인도 어느 사이엔가 없어지고, 남쪽 유리창이 잿빛으로 밝아왔다.

'아, 지겨운 날이 갔구나!'

그녀는 경옥이 회복한 것을 누구에게랄 것도 없이 또 다시 속으로 고개 숙여 감사했다. 다시는 밖에 나가는 것이 아니라고 그녀는 마음먹었다. 그러나 집 안에서 아이들 돌보기며 남편만을 바라보고 산다는 것은 마치 도를 닦느라고 깊은 산속의 나무 밑에 앉아서 움직이지 않는 도사를 연상시킨다. 도사는 앉아서 진리를 깨달을지 모르나 영희는 다만 질식할 것이다. 도대체 사랑을 위해서 인간은 어디까지 헌신해야 하는지. 그 한계가 어디까지일까. 나는 남편과 자식을 위해서 어디까지 시간을 뺏겨야 하나?

여섯시에 간호사가 들어와서 경옥에게 약을 주고 열을 재었다. 37.5도다.

간호사는 간밤의 열의 기록을 차트에 베껴 썼다.

"많이 나았어요. 경과가 좋습니다."

간호사의 말에,

"고맙습니다. 덕분입니다."

하고 영희는 말했다.

경옥이 눈을 떴다. 눈을 뜨자마자

"엄마, 밥 줘."

한다. 식욕이 나는 것은 병이 낫는 징조다.

"아이구, 이뻐라. 밥 먹구 싶니? 그래도 참자. 선생님이 먹어도 좋다고 하실 때까지 참자."

영희는 경옥을 왈칵 껴안고 싶은 것을 참으며 그녀의 뺨에 입맞춤을 했다. 링거를 맞고 있어서 흔들릴까봐 껴안을 수도 없다.

과장이 회진 와서 물은 먹여도 좋고 밥도 끓여서 조금씩 주어도 좋다고 한다.

경옥의 경과는 계속 좋았다. 하룻밤 더 입원해 있고 싶었으나, 기준과 정옥이 궁금해서 영희는 퇴원하기로 했다. 간호사 카운터에 가서 고마웠다고 인사를 하고 과장한테 가서 같은 인사를 했다.

그녀는 이틀 분 지어주는 약을 들고 경옥과 순복과 함께 병원의 현관 앞에서 택시를 잡았다.

태양은 떨어져서 없으나, 하늘은 아직도 밝고 차 안은 불 속처럼 뜨겁다.

그녀는 현관문을 뒤돌아보며 속으로 병원에 감사했다. 차에 오르려는데 무엇인가 잊은 것 같이 마음이 석연치 않다. 그녀는 두루 살펴보았다. 수건이며 대야며 집에서 가져온 것은 다 가져 나오고, 약도 핸드백에 들어 있다. 인사도 빠짐없이 다 했다.

잊은 것은 아무것도 없었다. 그러나 역시 무언가 꺼림칙하다. 택시가 움직이기 시작해서 현관을 지나 병원의 캠퍼스를 돌아 정문을 나섰다. 그러자 그녀는 비로소 무엇을 잊었던가 생각이 났다. 신과의 약속이었다. 경옥을 살려주면 무조건 믿고 찬양하겠다던 그 약속이었다. 경옥이 경끼에서 회복하고부터는 한 번도 신을 찾지 않은 것이 생각났다. 차는 한길에 나서며 속력을 낸다.

"말하고 가. 어떻게 되었나!"

하는 소리가 영희의 등 뒤에서 들리는 것 같다.

신 …… 감사한다. 그러나 나는 사람에게 더욱 감사하자. 아니 신에게 더욱더 깊은 감사를 드려도 좋다. 신이 아니라도 좋다. 그녀는 무엇에게나 감사하고 싶다. 그러나 신을 믿는 것만은 …… 기다려보자. 나는 아직도 인간에게 더 미련이 있나보니까.

창 밖에서 바람이 세게 불어와 시원하다. 영희는 옆에 앉은 경옥을 무릎 위에 안고 뺨에 살그머니 입을 맞추었다.

"고마워라. 이뻐라. 나아주었지!"

신호등 앞에서 멈췄다가 차는 다시 속력을 낸다. 상점가 양쪽에서 네온이 하나씩 반짝반짝 켜지기 시작했다. 그녀는 의학이 고맙고 사람이 고마웠다. 온 세상이 고맙고 정겨워 눈시울이 뜨거워지는 것을 느꼈다.

(1968년 『현대문학』)

8
흔적

"사장, 어디러게 좀 안 되갔소?"

구겨진 외투 깃 속에서 엄(嚴)씨가 한숨처럼 토해냈다. 다른 사원들도 멍한 눈망울을 용직(容直)에게로 돌렸다. 용직은 다이얼의 2자와 3자 사이의 한 쪽 모서리가 떨어져 나간 검은 전화기를 보고 있다가

"글쎄올씨다 ……."

하며 손바닥으로 뺨을 문질렀다. 뺨은 얼어 있다. 불기 없는 연탄난로의 가느다란 굴뚝이 검붉게 녹쓴 채 천장을 가로 질러 창께로 뻗고 있다. 춥다. 열 시가 가깝다.

'홍익당(弘益堂) 프린트 사'의 사원들은 대개 출근하고 있다. 겨울들어 넉 달 동안 거의 한푼의 수입도 없는 프린트 사다. Y 부(部)의

일을 도맡아 했을 때는 소위 교제비가 한 달에 五만 원을 맴돌았으나, 사원들은 월평균 팔천 원, 용직은 만 원의 수입이 있었다. 정권이 바뀔 때는 물론이고, 국, 과장급이 이동될 때마다 무더기 돈이 나가야 했다. 일의 명맥을 잇기 위해서였다. 그러나 한 번 일을 놓치고부터는 일마다 빗나가서 집세, 영업세, 전화 요금이 엎치고 덮쳐서, 넉 달 전에 기어코 전화마저 팔아 버린 것이다.

전화는 이 직업의 생명과 같은 것이었다. 계속 맡아 하는 따위 큰 일거리는 없더라도, 임시로 하는 뜨내기 거리조차 전화로 모두 계약이 되고, 그것으로 주문도 맡게 되어 있었다. 일거리를 들고 프린트 사를 찾아다니는 사람은 지금처럼 빨리 돌아가는 세상에 있을 리가 없다.

'전화라도 통한다면 말이지 …….'

용직은 속으로 한숨을 쉬며 다시금 전화기에 눈을 떨어뜨렸다. 깨져서 금가기도 했지만, 숫자판도 낡아서 거의 맹송한 회색 바닥이다. 그래도 통하기만 하면 벨은 찬란하게 울리던 전화기다.

"하나님의 시련이라 하지만, 이렇게 심한 시련은 처음이다가래."

엄 씨가 추근추근 시작한다.

"하나님 좀 집어 치워요."

성태(成泰)가 때에 찌들린 머플러 속에 목을 파묻은 채 고개도 돌리지 않고 볼멘소리를 냈다.

"삼팔선도 건넸디만서도 ……. 참으로 혹독한 시련이디요. 날씨는 곱절이나 춥디요, 물가는 껑충껑충 뛰디요, 벌이는 한 푼도 없디요 ……."

아무도 대꾸 없는 속에서 혼자 계속했다.

"참말이지 삼팔선 건넬 때는 보통 시련이 아니었디요. 여덟명 타도 떼부(뚱뚱한 사람)가 둘이면 이내 뒤집힌다는 나룻밴데, 막 떠날려는데 난데없이 숲속에서 사람 셋이 나타나서 가티 가자고 하디 않갔시요? 생전 보디도 못 한 사람들인데. 타기만 하믄 기슭도 떠기 전에 배는 까라먹을 거니깐(가라앉을 것이니), 그럴라면 애당초 고생하고 고향을 떠나디 않는 편이 나았디요."

엄 씨는 말이 유창해질수록 사투리가 그대로 튀어 나왔다.

"……."

"세 사람은 뱃전을 쥐고 한사코 타갔다, 아니 못 탄다고 옥신각신하는데 …… 말소리도 크게 못 하디요, 보안대에 들키믄 무조건 총살이니깐 …… 목사님이 ……."

엄 씨는 잠깐 기도하듯이 눈을 감았다.

"타시오. 하나님이 우리 모두를 구하리다 하시디 않갔시오? 그런데 기적이 일어났디요. 배에 물이 쪼꼼씩 들어오면서도 가라앉디는 않고 강을 거의 다 건넜는데 ……."

"한가운데였다고."

성태가 또 머플러 속에서 불쑥 내뱉었다.

"어디케서 한가운데예요? 건넌 내가 더 잘 알디."

"저번에 했을 때는 한가운데, 가장 깊은 곳인데, 거기서부터는 물이 마구 들어와서 퍼내도 퍼내도 누가 하나 희생되지 않으면 가라앉고 말게끔 되었는데, 뒤에서 픽 하고 총알이 날아 왔다고 하잖았어요? 참!"

엄 씨는 가끔 이때의 얘기를 무용담처럼 자랑하는데, 할 때마다 자세한 부분은 조금씩 달랐다. 그러나 본인은 그것을 전혀 모르는 것 같았다. 어떤 때는 바람이 조금도 없었다느니, 어떤 때는 바람이 약간 있었다느니, 목사가 한 말에도 수식어가 더 붙었다 없어졌다 하나, 대체로 보아 그 얘기는 정말임에는 틀림없는 것 같았다.

그러나 이제는 아무도 귀담아 들을 사람은 없었다. 모두들 또냐 싶은 것이다. 그보다도 핍박한 생활 때문에 웬만한 얘기는 귀에 들어오지 않았다. 아직 총각인 성태만이 가끔 엄 씨를 놀리고 있다. 엄 씨는 놀란 듯이 눈을 둥글게 뜨고 껌뻑이면서

"좌간(좌우간), 강 가운데건, 기슭이건 그건 문제가 아니디 않소?"

"그러니까 누가 무어래나요? 겪은 사람이 더 잘 안다고 버티니까 하는 말이지요."

엄 씨는 더 이상 성태를 개의치 않으려고 마음먹었는지, 조금 높아졌던 음성이 도로 가라앉으며

"픽! 하고 소리가 나자 목사님이 옆으로 꽉 자빠디며 물속으로 텅벙 빠디디 않갔시요?"

"……."

"목사님의 죽음으로 우리들은 모다 살아남은 거디요."

"시련이 아주 끝장이 났군요."

"아니디요. 시련은 기게 아니고, 세 사람을 태워야 하나 끝내 안 태워야 하나, 이런 때의 우리 마음이 어떻게 돌아가나, 기게 하나님의 시련이디요."

"그래서 태웠기 때문에 다 살고, 목사님은 하나님이 특별히 사랑

하는 사람이니까 그 앞으로 데리고 가 버리셨다는 거지요."

"그러문요. 마암에 하나님이 계실 때, 나종에는 반다시 영광이
있디요."

"총 맞고 물에 빠져 죽는 영광 말이지요!"

"죄로 가오, 죄로."

"그만두어요. 하나님 하는 일 치고 시원한 꼴 본 적 없어요. 나도
어릴 때는 교회에 가서 찬송가도 많이 불렀지만, 가만히 보니까 자
식 만들어 놓고 네 힘껏 먹고 살아라, 나는 모른다는 애비 같은 게 하
나님입니다."

"어허, 죄로 가오. 죄로!"

"누가 만들어 달랬나, 제멋대로 만들어 놓고는 날 믿으라 믿으
라 하니 ……. 그까짓 하나님 있거나 없거나 나와는 아무 상관이
없어요."

"아니 무슨 말을 어떻게 그렇게 하시오. 밥 먹기 어렵게 되면 사
람들은 하나님께 침을 뱉을려고 하디요, 하나님 죄나 되는 드디
말이디요."

엄 씨가 비쩍 마른 목에 심줄을 세우며 허리를 벌떡 일으켰다. 그
의 엉덩이 밑에서 낡은 나무 의자가 삐걱삐걱 소리를 냈다.

"하나님 얘기 그만 치워요들. 그게 밥이 되나요, 돈이 되나요."

염 태섭(廉泰燮)이 부드럽게 말하며, 나란히 앉은 성태와 엄 씨에
게 등을 보였다.

"참말이지 미장이 노릇이라도 하게 되었으면 좋겠습니다."

염 씨는 지친 목소리다.

"미장이 기술은 언제 배우셨던가요?"

건너편의 김 씨가 부러운 듯이 잠시 눈이 빛났다.

"기술이 어디 있습니까? 그저 아무거나 해 볼려는 거지요. 알아 보니까 그것도 저희네끼리 연락이 꽉 짜 있어서 아무나 붙여 주지 않습디다."

"정말 목에 풀칠하기도 캄캄하게 되었어요, 지금까지는 그래도 지내 왔지만 ……."

김 씨의 말이 도중에서 뚝 끊어졌다.

그것이 무슨 계기가 된 것처럼, 갑자기 실내에 침묵이 흘렀다. 아무도 입을 열려고 하지 않는다. 이런 침묵이 어떤 날은 종일 계속되다가, 오후 너덧 시가 되면 하나씩 흩어지기 일쑤다. 그들은 혹시 뜨내깃거리라도 있을까 하고 저녁때까지 앉은 채 기다려 보는 것이다. 열 세 명 있던 직원이, 더러 다른 데 직장을 얻기도 하고, 더러는 웬지 시나브로 나오지 않아 버렸으나, 일곱 사람만은 아침이면 꼬박 모여들었다.

도시락을 가져오는 이는 겨우내 한 사람도 없었다. 팔 원짜리 국수도 사 먹으러 나가는 이가 없다. 용직이도 몇 번 가방에 넣어 온 도시락을 되가지고 간 후로는 그들과 함께 점심을 굶었다. 눈앞에서 먹을 수 없으면 나가서 사 먹기라도 하라고 아내는 말했으나, 용직은 한 번도 사 먹지 않고 말았다.

일부러 그러던 것이 요즈음은 사 먹을 돈조차 없다. 그래도 용직은 아침저녁은 제대로 먹으나, 사원들 중에는 그것마저도 양껏 먹는지 의심스러운 사람들이 있었다. 허리가 굽어진 채 의자 속에 푹 꺼질 듯이 앉아서 흡사 조는 것처럼 멍하니 눈망울을 내려 뜨고 있는 사람은, 저녁은 몰라도 아침은 확실히 굶었음을 용직은 한눈에 알아차릴 수 있었다.

침묵이 계속되는데, 용직은 가방 뚜껑을 열고 그 속의 것을 뒤적이기 시작했다. 그는 열심히 무엇인가 하는 것 같으나 사실은 일곱 통의 이력서와, 여기저기서 받은 명함과, 그의 명함 따위 너절한 것들을 공연히 세어 보았다가, 자리를 옮겨 보았다가 할 뿐이다. 아침마다 사원들이 다 모이면 용직은 마치 신들린 무당처럼 가방을 들고 밖으로 나갔다. 일거리를 알아보러 다니는 것이나, 사원들의 일자리도 혹시 있나 하여 이력서를 준비하고 있는 것이다.

침묵은 계속됐다. 용직은 그것이 괴로웠다. 그는 가방 뒤지는 것을 멈추고, 이번에는 책상 서랍을 잡아 당겼다. 언제 것인가, 영수증 나부랑이가 너덧 장, 지우개니 잉크병과 함께 제멋대로 굴러 있다. 그가 서랍을 닫는데, 핸들이 두어 번 덜컥거리더니 베니어 판 문이 안으로 조심스레 열렸다. 윤(尹)선생이다. 어깨가 축 처진 퇴색한 외투를 입은 윤 선생은 용직에게 인사하듯이 고개를 숙이며 미소를 던졌다.

그러나 입가의 근육이 약간 경련했을 뿐, 눈망울은 힘없게 내려오는 눈등 때문에 절반이 가려진다. 용직은 의자에서 벌떡 일어났다.

"자, 나는 한 바퀴 돌고 옵니다."

그는 혼자 말하며 밖으로 나갔다.

문이 등 뒤에서 닫히자, 몇 걸음 나가던 용직의 발은 망설이기 시작했다. 윤 선생 때문이다. 언제나 맨 먼저 오는 그와 전후해서 출근하는 윤 선생이 오늘 늦은 것이 마음에 걸렸다. 뚜렷이 의식하지 않고 있었으나, 지금까지 그는 윤 선생을 기다리고 있었던 것 같다. 그의 모습이 한 끼쯤 굶은 정도는 지나쳐 있는 것을 보자, 용직은 거의 반사적으로 후다닥 뛰쳐나와 버린 것이다. 분노와 비슷한 괴로움 때문이었다.

윤 선생은 이력서에는 쉰이라고 있으나, 용직이 보기에는 예순은 되었을 것 같다. 일의 능률도 남보다는 떨어졌다. 윤 선생은 시키지도 않는 사내(社內)의 정리, 정돈 따위를 솔선해서 하고 있었다. 거의 맏아들 벌 될 만한 용직에게도 꼭이 존대를 했고, 용직이 퇴근할 때는 그를 배웅하러 따라와서 그가 떠나는 것을 보아야 길을 건너서 반대쪽인 영등포 방향 전차를 탔다. 그런 것이 그가 입사한 후 삼 년 동안 하루도 어긴 날이 없었다.

용직의 호주머니에는 칠십원이 들어 있었다. 전차표 값과 일거리를 알아보러 다닐 때, 다방에라도 가게 되는 경우에 대비한 것이다. 빠듯한 돈이다. 그러나 윤 선생에게 팔원짜리 국수 한 그릇쯤 살 수 없을 것도 없다. 용직은 획 발길을 돌렸다.

그는 핸들을 틀고 덜컥 안으로 밀었다. 멍하니 힘없는 열 네 개의 눈이 잠시 빛나며 일제히 용직에게로 쏠렸다. 용직은

'아차.'

했다. 배고픈 이는 윤 선생만은 아니었다.

용직은 다시금 빛을 잃은 눈망울들 속에서

"참! 그 ……."

하고 우물거리며, 눈을 깜박이면서 바쁜 듯이 밖으로 되나왔다.

바람이 살을 깎고 지나갔다. 효자동행 전차 정류장으로 가려면 한길을 하나 건너야 했다. '서시오'신호에서 용직은 가방을 바꾸어 들었다. 장갑을 끼었는데도 손끝은 빠져 나갈 듯이 시렸다. 누군가 소리치며 그의 등 뒤에서 유리창을 두드렸다. 전화 상회의 주인이 창유리 속에서 그를 부르고 있었다. 늘 그 앞을 지나다니는 탓도 있 겠으나, 용직이 전화를 거기다 팔고부터는 곧잘 아는 체를 했다. 창 유리 안에 난로가 벌겋게 닳아 있다. 주인은 스웨터 하나만 걸쳤는 데도 뺨이 불그레하다. 용직은 웃어 보이고 싶었으나 웃음이 나오 지 않았다. 그는 고개만 끄덕하고 인사를 하면서 마침 바뀐 신호에 길을 건너갔다.

벌이가 좋았을 때는 바쁜 까닭도 있었으나 그는 곧잘 택시를 이용 했다. 그러던 것이 합승에서 버스로 옮겨지다가 겨울 들어서는 거의 전차를 탔다. 가까운 거리는 그나마 아껴서 걸었다.

'정말이지 전화만 있다면 …….'

그는 부질없이 다시금 속으로 뇌어 본다.

세종로에서 내린 용직은 옛 동료의 회사인 선문(宣文) 프린트 사 로 곧장 향했다. 칸막이로 된 사장실에 들어서자

"어, 자네 …… 별 소식 없나?"

마흔 안팎의 사장이 허리를 조금 일으켰다가 다시 앉는다.

"아니 ……. 별 소식 좀 없나?"

용직은 되물으며 그의 곁에 있는 소파에 털썩 몸을 내던졌다. 거 의 매일 들리는데, 첫 인사는 번번이 한가지다.

"다들 맡아 하니, 갑자기 큰 일이 생길 수는 없구 ……."

"큰 일 같은 건 바라지도 않네. 밀린 일이 있으면 우리 직원 몇 명이라도 임시나마 좋으니 써 줄 만한 곳은 있을 법도 한데 말이지."

프린트의 일이라 급하게 밀리면 기일 내에 할 수 없기 때문에 타사에 그것을 다시 불하하거나 직원을 임시로 쓰는 수가 있다. 그런 소식이 없을까 하는 것이다. 기관 같은 데서 바로 내리는 일거리의 소식 따위는 애초 기대하지도 않았다. 남에게 그런 이익을 넘겨줄 사람은 없기 때문이다.

용직은 일 뿐 아니라 각 부처나 기관의 국, 과장급 이동의 소문에도 마음을 썼다. 혹시 아는 이가 감투를 쓰면 일이 뚫리는 수도 있기 때문이다. …… 그러나 그것마저도 골자에 가서는 대개 흐지부지 말을 피했다. 이동은 되리라고 하면서 후임이 누굴까 물으면 글쎄, 박 씨도 같고 이 씨일지도 모르고 …… 하며 연막을 쳤다.

"나 참, 자네 보고 있으면 딱해 죽겠네."

사장은 고개를 꼬았다.

"내 발등에 불이 떨어졌는데 ……. 자넨 사실 무엇이 걱정인가? 자네 실력 모르는 프린트 업쟁이는 없지 않나? 자네처럼 사방에서 오라는 사람은 그리 흔치 않네. 회사만 닫으면 될 것을 가지고 ……. 그래 사원들을 다 어떻게 처리해 줄 것인가 말이네. 공연한 고생을 사서 하네. 지금이라도 펜만 들면, 한 달에 돈 만 원은 거뜬히 벌 껄? 응? 자넨 안에서 미용원이라도 하고 있으니까, 하기야 밥걱정은 없겠네만은 ……."

용직은 고개를 저었다.

"그건 자네가 몰라서 그러네. 모두들 자네를 바라고 앉아 있다면 자

넌 어떻게 할 텐가? 영양실조에 걸려 누렇게 뜬 얼굴로 말일세. 훌훌 털고 일어나서 혼자서 고기반찬을 먹으려고 계단을 올라갈 텐가?"

"그야 즉석에서 대답하기는 힘들지만, 서로 붙들고 있으면 또 무엇 하나? 결국 끝장이 오지 않겠나? 모두 다 물속에 빠져 버리든가, 아니면 혼자서 기어 올라갈 수밖에 없는 ……."

"끝장이 있지, 한 발짝도 더는 못 갈 절벽 말일세."

용직은 잠시 쉬었다. 이윽고

"마지막까지 좌우간 가 볼 수밖에 없네."

사장은 둘째손가락으로 엄지손가락을 깐족깐족 긁고 있다가

"날씨가 안 풀리지?"

한다.

"어저께 또 하나 뗐다면서?"

용직은 응접 소파에 앉으며 말했다.

"응, 소식 참 빠른데."

"어떨까, 자네 시간이 벅차면 ……."

"하기는 갑자기 된 일이라 급했지. 그래서 벌써 스페어를 네 사람 썼네."

"아니 ……."

용직은 내게 왜 안 알려 주었던가 하려다가 입을 다물었다. '전화가 없으니까!' 추운 날씨에 멀리 떨어진 '홍익당'을 찾아 와서까지 알려 줄 친절을 바라는 쪽이 어리석다.

'그러나 …… 그러나, 네 사람이나 스페어를 …….'

용직은 스스로 모르는 사이에 말이 입 밖으로 나오고 있었다.

"더는 필요치 않나? 모르기는 하지만, 우리네 사원들만치 능률이 높은 사람도 쉽지 않을 걸세."

"그야 그럴지도 모르지."

"어떨까, 한 사람쯤 써 주게. 자넨 이번 일이 아니라도 사원 하나쯤 늘릴 만하지 않은가."

용직의 눈에 일곱 개의 얼굴이 떠올랐다.

누구를 택해야 하나, 그는 망설였다. 그러나 그럴 필요도 없었다.

"솔직히 말이지 자네라면 모르겠네. 자네가 오겠다면 지금 있는 사람을 내보낼 용의도 있지만 ……."

그는 담배를 한 개비 꺼내서 용직에게 권하고 스스로도 피워 물었다. 한 모금 빨고 나더니 그는 표정이 조금 굳어지며

"자넨 공연한 고생을 하고 있네. 나무가 나그네에게 그늘을 주려면 먼저 제 가지에 잎사귀가 무성해야 하는 법이 아닌가? 아니, 이게 실례될지 모르나 모두 자네를 생각해서 하는 말일세."

"알아, 알고 있어."

전화가 왔다. 한태는 수화기를 들자

"그러믄요 ……. 허허, 그렇게야 할 수 있습니까? 네 네, 좋도록 합시다. 허허."

비대한 체구가 수완가다운 말씨와 웃음을 마음대로 구사하고 있는 것 같다. 어찌 보면 음흉스러운 것도 같다. 한태는 수화기를 놓자 언제 웃었더냐는 듯이

"잘 생각해 보게. 나야 도와는 주고 싶으나 힘이 자라야지."

그는 두 손바닥을 테이블 위에서 쫙 펴며 상하로 두어 번 흔들었

다. 무표정하게 흔들리는 손바닥이 싸늘하게 용직의 가슴에 왔다. 그는 모욕이 섞인 거절을 알아 차렸다. 그는 일어섰다.

용직은 조금이라도 아는 이가 있는 몇 군데 기관을 돌아보았으나 허탕이었다.

회사로 돌아가는 전차 속에서도 한태의 하얀 손바닥이 눈앞에 아른거렸다. 모욕으로 생각할 것도 아니었다. '선문사'의 사장 말대로 모두들 살려고 애쓰는 것뿐이다.

전화상 앞을 지날 때 용직은 시선을 돌려 보았다. 아까 반가이 인사하던 주인은 서서 서너 명의 손님들과 얘기를 하느라고 열심이다. 거래가 있으려나 보다. 모두들 살려고 애쓰고 있다. '어쩌면 남 보기에 내가 우스워 보일는지 모르지.'

용직은 자신을 반성해 보았다. 이런 방법 외에는 방법은 없을까? 이를테면 나도 취직을 하고, 회사는 그대로 두어서 사원들이 모여서 얘기라도 할 수 있도록, 무엇이든 좋은 소식이 있으면 금방 연락할 수 있도록 …… 그러나 사무실 세가 한 달에 삼천 원이었다. 보증금이 만 원이면 싸다. 그 대신 매달의 출혈이 컸다. 주인은 이제 이자놀이도 어려우니 그렇게 한다고 했다.

사무실 세도 독촉 받은 지 일주일이 넘어 있다. 벌써 넉 달 치가 밀린 것이다. 이 달도 못 내면 쫓겨날 뿐더러, 보증금에서 제하더라도 이천 원이 빚이 된다. 이천 원을 못 받을까 하여 주인이 조바심이 나서, 나가든지 돈을 내든가 하라고 성화를 내는 것도 무리는 아니다. 너덧 달 후에는 상반기 영업세도 나온다. 그것들이 모두 부채로 될 것이다. 그리고 생활은 어떻게 해결할 것인가? 아내의 수입으로 최소한의 식생활은 한다고 하더라도(미장원도 요즘은 경기가 나빠 줄곧 적자라고 했다) 빚은 무엇으로 갚는가?

어느 사이엔가 용직은 골목으로 들어서고 있었다. 검은 뻥끼로 국직하게 쓴 '홍익당 프린트 사'의 간판이 보였다. 그 간판 뒤는 절벽이다. 저것을 뗀다는 것은, 나는 고기반찬을 먹으면서 계단을 올라가면서 일곱 사람을 그 절벽 밑으로 떠밀어 넣는 것이다 하고 용직은 생각했다. 그것은 좀 과장된 생각인지 모르나, 어떻든 불원간 그것은 떼어져야 하며, 그의 손으로가 아니라 다른 무엇에 의해서 그는 피동적으로 떼게끔 될 것만 같다. 그 무엇이 어떤 것인지 예측할 수 없으나, 그것이 눈 앞에 나타날 때까지 그는 절벽을 향하여 걸어갈 수밖에 없었다.

용직이 핸들을 틀고 문을 밀자, 그는 앞으로 콱 넘어질 뻔했다. 안에서 문이 홱 당겨졌기 때문이다. 오 문환(吳文煥)이 놀라며

"어, 사장님 오랜만입니다."

한다. 그는 용직의 어깨를 떠밀다시피 하며 용직의 테이블까지 왔다. 용직이 의자에 앉자 의자 하나를 그의 곁에 바짝 끌었다.

"아까부터 사장님을 기다렸지요."

그는 실내를 한 바퀴 둘러보고

"입찰이 있어요. M 협회니다!"

그는 손바닥을 탁 치며 유쾌히 한바탕 웃었다. 사원들에게 어지간히 그 입찰의 얘기를 했었는지, 모두들 알고 있는 얼굴이다. 아침보다는 눈에 생기가 돌고 있는 것도 그 탓인 듯하다. 문환은 '홍익당'의 사원이었다. 달리 직장을 얻은 소문도 없는데 그사이 사에는 나오지

않고 있었다. 듣기에 안에서 달러 장사를 한다고 하니, 밥은 그렁저렁 먹는 모양이다.

"낙찰되면 한턱 하셔야 합니다. 저도 도루 와서 일도 하구요, 헛헛."

그의 음성이 찬 공기 속에서 쩌렁쩌렁 울렸다.

"M협회라면 괜찮지요."

용직은 어느 사이엔가 문환의 거침없는 웃음 소리에 딸려 들어가고 있었다. 문환은 음성을 줄이며 용직의 귓전에 소근대었다.

"사실은 통하는 데가 좀 있지요. 낙찰 액은 십오만 원 안팎일 것입니다. M 협회에서 수일 내로 K 부가 새로 생겨서 전국적으로 통신 같은 것을 매일 발부해야 한답니다. 그래서 입찰도 급하게 한답니다. 아직 공고를 안 해서 아는 친구가 드물지만, 오늘 석간쯤에는 날 거예요. 자격요? 자격은 영업세 납부필증과 입찰액의 삼 할 보증금, 전화번호와 사원 명단, 이것뿐이에요."

그의 소곤대는 말이

돈, 돈

하고 용직의 귀에는 들리는 것 같았다. 돈이 있어야만 시작되는 일이다. 그러나 돈은 없었다. 갑자기 짝 하고 손뼉 치는 소리에 용직은 번쩍 정신이 났다. 문환이 손뼉을 치고

"어떠세요? 사장님, 허허, 한턱 단단히 하셔야 합니다. 이것만 된다면야 예전 경기가 문제가 아니라니까요. 한 번만 아다리(되면)하면, 일 년은 물고 나갑니다."

그는 음성을 작게 하고 싶은 듯하나 어느 결엔가 소리는 제멋대로 터져 나오고 만다. 그러나 그의 기분만 떠 있을 뿐 모두들 고요하다.

겨우 그 침울한 침묵에 주의가 간 문환은

"입찰은 안해 보시렵니까?"

의외라는 듯이 눈을 크게 뜨며 깜빡였다. 용직은 한참 동안 눈을 떨어뜨리고 있다가

"돈이 문제지요."

하고 손바닥으로 뺨을 두어 번 문질렀다. 갑자기 또 조용해졌다.

"사장, 한 번 해 봅시다가래."

엄 씨가 찐덕찐덕한 말투로 시작했다.

"좌간 어떻게 해서든 해 봅시다가래. 낙찰되면 하나님(그는 공손히 눈망울을 천장으로 잠시 굴려 올렸다)의 뜻이디요. 안 되더라도 밑가야 본전이디요."

반대하는 말은 없었다. 누구나 그것을 갈망하는 것이다. 다만 선뜻 찬성을 못 하는 것은 용직의 의사에 달린 일이고, 그들은 거기에 참여할 손톱만치의 자격도 없기 때문이다. 그리고 그들은 돈이 있어야 되는 줄도 알고 있었고, 용직이 그만한 돈이 있을 것 같지도 않았다. 그러나 엄 씨는 염치 같은 걸 차리고 있을 수 없었는지

"어떻게든 해 봅시다가래. 이거이 최후의 시련이디 않갔시요?"

"재수 없는 소리 말아요. 누구더러 총 맞고 물에 빠져 죽으라는 말씀이슈?"

성태의 음성에 힘이 없는 것은 점심때가 넘어서가 아니다. 그도 이번만은 엄 씨와 동감이기 때문이다.

"아니! 무슨 (그는 화가 났는지 숨이 가빠서 말을 잘 못 잇는다) 사람의 말을 어떻게 오해하는 거디요?" 그는 드디어 몸을 옆으로 돌

려 성태의 아래 위를 훑어보기 시작했다.

"아니! 일루 보고 말 좀 해 보십시다가래. 아니!"

"글쎄, 나 참 왜들 이러시우. 총각 때는 괜시리 그런 말을 해 보고 싶은 게 아니에요? 참" 엄 씨가 웃음을 누르고 부드럽게 말했다.

"아니! 농담도 다 때가 있는 법이 아니갔소? 내가 무슨 …… 마치 사장더러 우리 때문에 희생이라도 ……."

"글쎄, 그만두세요. 그만하시라니까요."

김 씨도 한 마디 했다. 엄 씨는 겨우 몸을 제자리로 옮겼다.

"돈이 얼마나 모자라세요?"

문환도 난처한 얼굴이 되어 버렸다.

"글쎄요 ……."

용직은 한푼도 없다는 말 대신 두 손바닥으로 뺨을 문질렀다. 뺨은 차고 거칠었다.

그도 입찰을 해 보고 싶었다. 엄 씨 말대로 어떻게든 해서 해 보아야만 할 일이 아닌가. 문환이 내통해 두었다는 장담을 믿어서만은 아니다. 되든 안 되든 해 보아야 했다. 언제까지나 남에게 일거리를 구걸하러 다닐 수는 없었다. 그러나 문제는 돈이다. 문환의 말대로 낙찰선이 십오만 원 근처라면, 보증금 삼 할은 사만 오천 원이다. 전화가 대체로 삼만 삼천 원 가량이니 벌써 팔만 원 돈이다.

'팔만 원 …….'

아내에게도 바라기는 어려울 것이었다. 적자 때문에 미용사도 하나 내보낸다는 말을 들은 기억이 있다.

"사장, 어떻게든 좀 해 봅시다가래."

엄 씨의 말에 모두 멍한 눈으로 용직을 바라보고 있다. 잠시 무겁게 침묵이 흘렀다. 갑자기

"예, 해 봅시다!"

용직은 스스로도 놀랄 만치 힘차게 말하며 의자에서 벌떡 일어섰다. 그러자 모두들 까닭도 없이 자리에서 일어서고 있었다.

"아, 참 ……."

"그건 ……."

그들은 말도 되지 않는 것을 입에서 우물거리며 갑자기 바쁜 일이라도 생긴 듯이 빠른 걸음으로 하나 둘씩 밖으로 나가기 시작했다.

열쇠로 문을 잠그고, 굵직하게 검은 뼁끼로 쓴 '홍익당 프린트사'의 간판을 뒤로, 용직은 골목을 꺾어 나왔다. 발걸음이 공연히 빨라졌다.

그러나 한길로 나오며 그의 걸음은 꺼끔해졌다.

'돈을 어떻게 마련할 것인가?'

아까부터 잔뜩 머리를 차지한 생각이 정류장이 가까이 오자 까맣게 앞길을 막는 것 같다.

그는 지나는 길에 우선 전화상에 들려 보았다. 전화는 삼만 오천 원이라 한다. 그것도 아는 터라 싸게 부른 것이라고 했다. 용직은 잠자코 나와 버렸다.

"사장님, 돈이 정 안 되신다면 빚이라도 내어 보시지요. 일은 틀림없는 것이니까요."

신호를 기다리는 동안 문환이 자신 있듯이 말했다.

"돈을 빌리는 것도 문제지요."

"무엇하면 제 안사람한테 알아보라고 할까요?"

"……."

"달러 변은 이자가 비싼 모양입디다마는, 일만 되면야 그까짓 이자가 문제 아니지 않습니까? 또 설혹 말입니다, 설혹 안 되더라도 결판은 당일로 나는 것이니까, 사나흘 동안의 이자를 한 달에 이 할 치고, 하루에 오천 삼백 원, 나흘이면 이천 백 이십 원 ……."

문환은 말을 못 잇는다.

"이천 백 이십 원!"

용직은 깜짝 놀랐다.

윤 선생은 눈을 아래로 뜬 채 아무 말 없이 걷고만 있다. 무릎 밑으로 내려오는 구겨진 긴 외투자락이 무거운지 허리마저 구부정하다.

'어떻든 순옥에게 가 보아야지.'

용직은 좀더 싼 이자를 생각하고 있었다. 그러나 만일 돈이 안 된다면 …….

"구할 대로 구해 보겠지만, 원래 시일이 촉박하니까 어쩌면 오 선생의 도움이 필요할지도 모릅니다."

"네, 달러 변도 구하기 힘든다고 들었습니다만. 내일 아침 일찍 사에 들려 보지요."

문환은 처음에 쩌렁쩌렁 울리던 소리와는 딴판으로 한풀 꺾여 있다. 그는 용직이 일 년 반 남짓 일이 시원치 않은 것은 알고 있으나, 팔만 원도 없는 줄은 뜻밖이었다.

용직은 전차를 타려다가 버스에 올랐다. 마음이 급했기 때문이다. 돈이 어서 되어야 하고, 다음에 서류를 서둘러 작성해야 했다. 문환의 말대로 오늘 석간쯤 공고가 나고, 이, 삼일 내로 입찰이 있다면 급하게 서둘러야 했다.

M 협회만치 큰 기관에서 이렇게 촉박하게 입찰을 하는 것은 다만 형식일는지도 모른다. 그러니까 내통이 있다는 문환의 말은 믿을 만한 것도 같다. 그러나 웬일인지 그는 실패할 것 같은 예감이 드는 것을 어쩔 수도 없다. 그러면서도 그는 해 보려는 것이다. 끝이 올 때까지 그는 열심히 걸어가야만 성이 가실 것 같아서다.

나무 층계가 좁고 가팔라서 용직은 조심스레 올라갔다. 창문을 들여다보니까, 순옥이 홀로 앉아서 신문을 뒤적이고 있다. 미용사도 손님도 없다.

"손님이 통 없군."

순옥이 놀라며

"웬일이세요?"

한다. 용직이 앉자 소파가 엉덩이 밑에서 납작 꺼져 버린다. 스프링이 망가진 모양이다.

"난, 이것 때려 치워야겠어요."

순옥은 두 손바닥을 펴 보였다. 손바닥에 벌겋게 못이 박이려고 자국이 나 있다.

"미용사들을 월급 못 주어서 마저 내보냈거든요? 안하다가 하니까 이 모양이에요."

"……."

"변두린데도 미용원이 이 근처에 셋이나 있어요. 여기 같은 설비 가지고는 못 해 먹겠어. 다들 전쟁이나 붙은 듯이 잘해 놓았거든?

안하다가 하니까 기술도 딸리지, 손님은 점점 없을 수밖에 ……. 빚만 늘어서 때려 치워야겠어요. 이제 당신이 먹여 살려요, 난 정말 지쳤어."

순옥은 마치 기회를 기다렸다는 듯이 늘어놓는다.

"그러지, 그렇게 하지."

용직은 대답하며 신문으로 시선을 피했다.

"그렇게 대답만 말아요. 빚만 생기는 장사는 그만둘 테에요. 주인에게도 말해 두었어요, 나갈 테니 전세 값 달라구요."

"전세 값이 얼만데?"

"오만 원이었는데, 그사이 빚진 것 때문에 삼만 원 남을까 말까예요."

순옥의 음성에 조금씩 가시가 박힌다.

"정말 정신 좀 차려요. 무엇 때문에 회사를 안 닫는 거예요? 당신은 헛수고만 해요. 그렇게 노력한다면 누가 알아나 주는 줄 아세요? 혼자서만 되지도 않는 것을 가지고 진땀 빼고 있는 거지 무얼."

"……."

"당신은 펜대만 들면 금방 돈이 생길 줄 알지만, 오라고 하더라도 막상 가겠다고 하면 자리 없노라고 거절할지 누가 알아요? 기술도 그래요. 팔 년 동안이나 펜대 든 일이 없으니까 예전처럼 능률이 날지 어떻게 알아요?"

용직은 아무 말도 없다.

"그렇게 되면 빤하지요, 무얼 ……."

순옥은 입술을 꼼지락거렸다. 하고 싶은 말을 차마 못 하는 모양이다.

"집도 그래요. 후생 주택이 말이 내 집이지, 그것이 빚이지 뭐예요? 앞으로도 십 년을 부어 가야 하잖아요? 자식들은 커 가지요 ……."

"글쎄 다 알고 있어, 안다니까."

"안다 소리만 하고 있으면 무엇이 될 줄 알아요? 참!"

순옥은 뾰로통해서 거울 앞으로 가더니, 브러시로 머리를 획획 빗기 시작한다.

"전세 돈은 오늘 내로 받을 수 있을까?"

"네? 왜요?"

"입찰이 있어서 말이지, 한 팔만 원쯤 있어야 하겠어."

"팔만 원?"

순옥은 브러시를 털썩 놓으며 테이블로 왔다.

"당신, 아주 정신 나간 게 아니에요? 안 되면 어떻게 할려구 그래요."

"꼭 돼. 다 되도록 되어 있어."

용직은 하기 싫은 말이나 할 수 없었다.

"어느 생도둑 같은 사람이 당신을 꾀는 것 아니에요?"

"당신 모르게 할까 했는데, 달러 변이라 ……."

"달러 변? 달러 변이 무언지나 아세요? 이할 이부예요."

"아니 이할이래."

"이할이 적어요?"

"글쎄, 그래서 당신한테 말하는 거지."

순옥은 달러 변까지 생각하고 있는 용직을 아주 단념했는지

"맘대로 하셔요. 망할려면 얼른 망해야 당신은 정신이 날 거예요. 이 모양으로 질질 끄는 것보다는 차라리 그 편이 낫지요."

순옥은 그러니까 얼른 아주 망해 버리게 돈을 알아보겠노라고 하더니, 밤늦어서야 사부 이자에 삼만 원을 해 왔다. 요즘 같은 세상에 담보물도 없이 돈을 냉큼 내놓지 않아서 미용원 전셋돈 남은 것을 둘러치기로 하고 겨우 빌렸다고 한다. 그녀는 입찰은 보기 좋게 실패할 것이라고 장담하고 있었다.

입찰 공고는 조간에 났다. 용직은 모자라는 오만 원을 달러 변으로 쓰지 않을 수 없었다. 전화는 급하기 때문에 조금도 깎지 못하고 삼만 오천 원에 샀다.

다음날 아침 열시부터 홍익당에는 전화가 울리기 시작했다. 다이얼이 쪽나기는 했으나, 오랜만에 울리는 벨은 귀청을 뚫듯이 실내에 울려 퍼졌다. 엉뚱한 데로 걸려 오나, 울릴 때마다 모두의 눈은 전화 소리처럼 생생하게 빛났다. 전화에는 주로 성태가 매달려 있었다.

"아니라니까요, 홍익당입니다."

번번이 같은 말을 되풀이하나, 그는 눈살 한번 찌푸리지 않았다. 그러나 그것에도 진력이 났는지, 인감 증명과 납세필증을 제가 해 오겠노라고 부산을 떨었다.

서너 명이 서류 작성에 착수했다.

문환과 용직이도 거들었다. 엄 씨는 글을 쓰면서 가끔 기도하듯이 눈동자를 천장으로 굴려 올렸다가, 누가 얘기하려는 기세만 보여도

"조용히 하라우요, 조용히 하라우요."

한다.

윤 선생은 어디서 찾아냈는지 바짝 마른 걸레로 테이블을 닦고, 쓸 것도 없는 바닥을 비로 쓸어내고 있다.

서류는 이내 작성되었다. 인감 도장과 납세필증이 늦어서 오후 세 시가 넘어서야 봉투에 봉을 했다. 일이 끝나자 비로소 그들은 추위를 알았다. 날씨는 조금도 풀리지 않고 있었다.

입찰은 다음날 오후 네 시였다.

다섯 시쯤 발표를 하고 직원들은 퇴근을 할 모양이었다. 입찰에는 여러 가지 불상사가 있기 쉬웠다. 부정이 있었다느니, 사기당했다느니, 심지어는 소송한다는 말까지 튀어 나오기도 했다. 심하면 주먹까지 오가기 때문에 발표하자 동시에 퇴근해 버리는 쪽이 무난할 것이었다.

엄 씨들은 네 시에 M 협회에서 만나기로 약속을 했다. 그들은 꼭 낙찰이 될 것 같은 기분이다. 그러나 용직만은 실패할 것 같았다. 다만 그는 정확한 걸음으로 열심히 걸어 갈 뿐이라고 생각하고 있었다. 이상하게도 그렇다고 허무나 절망 같은 것은 조금도 느껴지지 않았다. 실패하더라도 그는 만족할 것만 같다.

세 시 반 정각에 용직은 M 협회의 정문을 들어섰다.

"사장님 오셨습니까?"

윤 선생이 긴 외투를 철렁거리며 다가왔다. 엄 씨들이 저편에서 뛰어 와서 용직을 둘러싼다. 뜰에는 다른 사의 입찰자들이 서성거리고 있다.

조금 후에 문환이 현관에서 뛰어 나왔다.

"다섯 군데뿐이랍니다."

그는 다른 회사에서 들을까 보아 조그만 소리로 뉴우스를 전한다. 엄 씨가

"가능하갔소?"

했다.

"글쎄요, 돌변사가 없다면 틀림없을 거지만 ……."

문환은 일이 막상 코앞에 닥치니까 자신이 줄어드는 것 같다. 발표 시간까지 기다리기가 지루한지 다른 사람들은 대개 정문 밖으로 나가고 있다. 용직이들도 돈이 있으면 몸도 녹일 겸 다방에라도 가고 싶었으나, 그냥 흙바닥에 둘러 앉아 있었다.

다섯 시가 가까워지자 흩어졌던 사람들이 모여들기 시작했다. 더러는 게시판 앞에 바짝 서기도 하고, 더러는 멀찍이 서서 얘기를 하고 있다. 용직은 발표가 가까워지자 까닭도 없이 지금껏 없던 자신 같은 것이 생겼다. 서류도 그만치 치밀하게 했고, 문환의 말이 아니라도 낙찰 선은 십오만 원 안팎이 알맞을 것 같기 때문이다. 사원들은 가끔 눈동자에 의혹의 그늘이 교차하나 생기가 있었다. 그러나 아무도 말은 없다.

다섯 시가 사십 분이 지났는데도 게시판에는 아무 것도 나붙지 않았다. 성급한 축들이

"꿍꿍이가 있는 게 아니야?"

하고 소리를 친다. 어떤 이는 못 참겠는지 현관으로 뛰어 들어가고 있다. 용직이들은 그냥 뜰에 쭈그리고 앉아 있다. 그들은 춥고 허기져 있었다. 여섯 시도 못 되었는데 벌써 어둑했다.

이윽고 현관에서 사무원이 종이를 말아 들고 나왔다. 모두들 우우

일어섰다. 용직은 잠시 숨이 막혔다. 게시판에 불이 켜졌다. 그는 침착하게 선 자리에서 곧장 사무실로 걸어갔다.

그가 서류를 도로 찾아 나오는데, 엄 씨들은 아까 섰던 자리에 멍하니 모여 서 있다. 용직이 가까이 오자 그들은 묵묵히 그의 뒤를 따라 M 협회의 정문을 나왔다. 아무도 입을 여는 사람은 없다. 뒤늦게 쫓아 온 문환이

"무엇이 있었어요, 틀림없어요!"

하며 흥분한다. 용직은

"괜찮습니다, 괜찮습니다."

만 되풀이했다. 정문에서 몇 발짝 나와서 그들은 헤어졌다.

"사장, 너무 낙심 마시오. 다 때가 있디요."

하며 엄 씨가 억지로 웃었다.

윤 선생이 용직의 옆에서 걸어갔다. 용직은 문환에게 내일 이자와 본전을 갚겠노라고 했다. 달러 이자는 무서운 것이니까 하루가 급했다. 오만 원의 사흘 이자 천 이십 원과 본전을 합하면 입찰 보증금으로 예금한 사만 오천 원으로는 모자랐다. 전화를 급히 팔아야 했다. 급하게 팔면 고작해서 이만 칠천 원 안팎이다. 현금이 모두 칠만 이천 원인데, 달러의 원리(元利)를 빼고 나면 이만 천 구백 팔십 원밖에 안 남는다. 빚은 또 삼만 원에 월 사부 이자까지 삼만 천 이백 원이 남아 있다. 사무실 세도 보증금을 제하더라도 이천 원을 더 내야 했다. 용직은 머리 속에 숫제 텅 비어 가는 것 같다.

"내일 안 사람을 보내지요. 기왕이면 일찍 해 버립시다."

"사장님, 이것 참 죄송합니다. 공연히 저 때문에 ……."

문환이 용직의 손을 잡고 길게 늘어놓으려고 한다. 이런 얘기는 길어질수록 피차 어색하게 되기 마련이다.

"별 말씀을 ……."

용직은 얼른 버스에 올라갔다. 그의 등이 채 문 속으로 들어가기 전에 버스는 횡하고 전속력을 냈다. 그러자 용직은 아차 했다. 급한 결에 윤 선생에게 잘 가라는 인사를 잊고 말았다. 윤 선생은 미친 듯이 달리는 버스 뒤에 허리를 굽혀 절을 하고 있다.

'이제는 안 나오겠지. 오늘로 마지막일 것이다.'

일곱 사람의 얼굴이 그의 머리 속에 떠올랐다. 그는 입속이 깔깔했다.

순옥은 아주 푹 망해 버렸으니 시원하게 되었다고 종알대었으나, 속으로 맥이 풀려 있는 것 같았다.

"끝장이 났으니까, 이제 또 시작이 되겠지."

용직은 미안하다는 말을 일부러 피했다.

"원래, 끝과 시작은 동일점에 있는 것이거든?"

그도 사실은 순옥 이상으로 맥이 풀려 있었다. 다만 그는 무턱대고 한숨만 쉴 게 아니라 조리 있게 생각해 보아야 하겠다고 생각하고 있었다.

"그따위 소리 귀에 들어오지도 않아요!"

순옥은 눈물이 글썽해진다.

"그렇지만 어떻게 해? 우리는 집이라도 있고, 밥은 먹었지 않아? 그네들은 밥을 굶었어. 적어도 살아 있는 생물이 먹이를 굶고 있었단 말이야. 당신 같으면 어떻게 했을까 생각 좀 해 보아요."

"당신은 헛수고만 진탕 했을 뿐이에요. 누가 알아나 주나요? 헛수고도 분수가 있지. 우스워요, 우습단 말에요!"

순옥은 거의 신경질이 되어 가고 있었다.

겨울이 거꾸로 시작하려는지, 입춘도 가까운데 대야의 물은 어저께보다도 더 두껍게 얼었다.

"쌀도 저녁까지면 고만이에요."

순옥이 용직의 등 뒤에 소리를 쳤다.

용직은 전차에서 내리자 곧장 사로 향하였다. 정각 아홉 시 십 분이다. 여느 때 출근 시간보다 이십 분 남짓 이르다. 골목을 꺾어드니 검은 뻥끼로 쓴 '홍익당 프린트 사'의 간판이 굵직하게 눈에 들어온다. 그는 공연히 걸음에 힘이 솟는 것 같다. 용직은 테이블에 앉았다. 텅 빈 방이 한층 추웠다. 수첩을 내어 한 쪽에서부터 읽기 시작했다. 관공서와 아는 이들의 주소와 전화 번호가 몇 페이지를 빽빽이 메우고 있다. 한 차례 읽고 나자 그는 부록처럼 붙어 있는 남한의 지도를 자세히 뜯어보았다. 미처 몰랐던 지명이 여간 많지 않다. 수첩을 보고 다음에는 돌아앉아서 캐비닛을 열었다. 등사기 두 대와 여판(鑢板: 글자를 새기는 쇠판) 여남은 개가 눈에 들어온다. 모조지(模造紙) 몇 장과 철펜이니 호치키스도 윗 칸에 들어 있다. 그는 캐비닛을 닫고 다시 돌아앉았다. 디근 자 모양으로 놓인 몇 개의 낡은 테이블이 먼지에 덮인 채 잠잠하다. 테이블마다 의자가 하나씩 단정하게 끼워져 있다. 열 시가 훨씬 지나 있다. 아무도 오지 않았다. 예상하던 대로다. 그러나 그는 지금까지 그들을 기다리고 있었던 것이다. 기다렸다느니보다 오기를 바라고 있었는지 모른다. 그들이 왔더라도 그는 회사를 더 이상 끌 수 없음을 잘 알고 있었다. 때문에 그들이 다시는 오지 않으리라고 믿었고, 또한 오지 않기를 더욱 바랐었는지도 모른다. 그런데

'그러면 도대체 너는 무엇을 기대하고 있는가?'

'아무 것도 기대하지 않았네, 애초 아무 것도!'

용직은 벌떡 일어서서 수화기를 들었다. 쪽이 떨어진 다이얼에서 손가락이 자꾸만 미끄러져 빗나갔다.

"홍익당이지요? 네, 곧 갑니다."

용직은 의자에 다시 앉았다. 오 분도 안 되었는데 핸들이 덜컥거리며 문이 안으로 밀려 왔다.

'벌써? 그렇지, 모두들 살려고 애쓰고 있었지!'

그러나 가구상이 아니라 집주인이었다.

"사장님, 오늘이라고 하셨죠? 어떻게 오늘은 결판을 내 주셔야지요. 사실, 참 많이 참았지 않습 …….."

"네, 오늘로 나가기로 했습니다."

"네? 이것 참 미안하게 되었습니다만, 그 …… 보증금을 제하고도, 이천 원 딸리고 있는 것은 …….."

"네, 청산합니다."

"그러세요? 헤헤, 이것 참, 그동안 지나치게 무엇한 것 같습니다."

웃음으로 입귀가 옆으로 점점 벌어져 가는 것을 간신히 제한하면서, 그는 가방을 열고 영수증 같은 것을 꺼냈다.

"그러면 여기에 날인을 해 주실까요?"

"아니, 지금은 돈이 없습니다."

"네? 오늘 청산한다고 하시고는 그건 또 무슨 말씀이십니까?"

"고물상이 곧 올 겁니다."

"고물상요?"

그는 눈을 똥그랗게 뜨며 고개를 문께로 돌렸다. 금방 들어오는 줄 아는 모양이다. 그의 일희일우(一喜一憂)하는 모습에 용직은 입속이 떫었다. '염려 마십시요, 틀림없습니다'고 하고 싶은 것을 그는 이렇게 말했다.

"좀 있으면 오겠지요."

그러나 그 말이 떨어지기 전에 핸들이 덜컥거리며 문이 조심스레 안으로 밀렸다.

"아 ……."

하고 용직은 조그맣게 소리를 쳤다. 윤 선생이었다. 그는 고개를 숙이며 무어라고 인사말을 했다. 그러나 발작적으로 일어난 기침 때문에 그 말은 들리지 않고 만다. 그는 두 손으로 입을 가리고, 상반신을 오그라뜨리며 한참 동안 기침을 했다. 감기가 심한 모양이다. 그는 긴 외투 자락이 무거운 듯이 철렁거리며 구석 의자에 가서 앉았다. 갑자기 문 앞이 떠들썩하며 문이 왈칵 열렸다. 문방구상과 가구상들이다.

"안녕하십니까?"

문턱에 선 채 거침없이 큰소리로 인사를 하더니, 가죽 점퍼를 입은 쪽이

"몇 푼 안 되겠습니다. 책상이라고 새 다리 같은 것 네 개 달린 것

뿐인 걸요?"

한다.

"아뭏든 해 봅시다."

용직은 캐비닛을 열었다.

"이건 요—꼬(YOKO)표예요. 일제입니다."

그는 여판을 내며 말했다. 값 나갈 만한 것은 고작 여판뿐일 것 같았다. 그러나 그것도 낡아서 값이 없노라고 한다. 캐비닛과 테이블, 의자, 등사기, 연탄 난로 …… 송두리째 주판에 올랐다. 아무리 해도 천 칠백 원밖에 안 된다. 이천 원이 되려면 아직도 삼백 원이 모자랐다. "전화를 파시지요."

가죽 점퍼가 또 소리를 쳤다.

"아니! 그건 안 됩니다!"

용직은 고개를 저으며 단호히 말하고 있었다. 전화기 판 돈만은 아내에게 주어야 했다. 쌀도 저녁이면 그만이니까 내일 아침부터는 굶고 앉을 수밖에 없는 형편이 아닌가? 직장이 오늘 내로 생긴다 하더라도 월급은 한 달 후다. 전화기는 전화상에 팔면 잘하면 천 원은 받을 수 있었다. 천 원이면, 아이 둘, 어른 둘이 우선 삼 주일쯤은 최저의 식생활을 유지할 수 있는 돈이다. 수입이 있을 때까지는 그것으로 단 하루라도 더 버티어야 했다. 그렇지 않으면 빚과 이자 돈만 늘 뿐이다. 그러나 집세를 깎을 수도 없고 ……. 삼백 원을 또 빚으로 남길 수밖에 없는가? 용직이 강력히 거절하던 기세가 꺼끔해지는데

"여보시오, 이게 그래 전부 해서 이천 원도 안 된단 말이시유? 저울로 달아 팔아도 그 보다는 더 되겠수. 고만두시오. 돈 받을 사람은

나란 말이요. 이천 원 안 되면 안 팔겠소. 안 판다니까!"

집주인이 주먹으로 테이블을 치면서 배짱을 튕겼다.

"에이, 기분이다! 까짓 것."

가죽 점퍼는 눈깜짝할 사이에 백 원권과 오십 원권 지폐를 세더니, 손가락으로 그것을 한 번 탁 튀기며 주인에게 내밀었다. 그 손이 알맞은 자리에서 급정거를 한다. 용직은 겨우 몰아졌던 숨을 풀었다. 용직은 신문지로 전화기를 쌌다.

그가 가방을 들고 나오는데

"사장님, 사실 이건 밑지는 장삽니다. 그냥 보아 드렸으니까, 간판은 주셔야겠는데요."

"간판요? 참, 간판 말이지요 ……. 가져 가십시요."

그의 뒤를 윤 선생이 따라 나갔다. 그는 두 손으로 입을 가리고 또한 차례 기침을 했다. 그들이 몇 발짝 채 못 갔는데 등 뒤에서 요란하게 망치 소리가 난다. 용직은 뒤돌아보았다. 가죽 점퍼가 간판의 윗쪽을 망치로 두드리고 장도리로 못을 빼내고 있다. 녹슨 못이 우기적우기적하며 찬 공기를 마찰하고 있다. 못은 잘 안 나오는지 망치가 다시금 사정없이 간판을 때린다. 드디어 뚝 하고 못이 빠지며 간판은 한 바퀴 돌아 거꾸로 매달려서 좌우로 흔들렸다. 망치는 이제 간판의 아래쪽을 때리기 시작했다. 용직은 돌아 섰다. 그의 걸음이 자꾸만 빨라졌다. 망치 소리가 그의 뒤통수를 후려치며 골목 밖으로 그를 내몰았다. 둘은 잠자코 찻길로 나왔다. 바람이 그들의 귓전을 깎으며 스쳐간다. 용직은 아까부터 윤 선생에게 말이 하고 싶었다. 그러나 무슨 말을 어떻게 해야 할지 몰랐다. 전화상이 보였다.

그는 그 쪽으로 걸어갔다.

"어서 오십시요, 안녕하십니까?"

주인은 눈으로 애교 있게 웃었다. 그러나 가늘어진 눈 속에서 동자는 슬그머니 신문지의 것으로 굴러 오고 있었다. 장사의 육감으로 용직이 온 까닭을 아는 모양이다. 용직은 갑자기 자신이 초라해짐을 느꼈다. 그러나 이상하게도 그 느낌이 그를 북돋았다.

"이것, 잘 해 봅시다!"

그는 능숙한 장사와 같은 말투로 전화기를 신문지에서 꺼내었다.

"아주 형편없는데요?"

주인은 여느 때 인사하던 얼굴과는 딴판이다.

"여기 쪽만 났지 기계는 멀쩡합니다."

주인은 전화기를 노려보고 있다가

"아는 터니까 팔까지 드리지요."

용직은 고개를 저었다.

"팔이라니요? 쪽 까짓 것 대는데 얼마 들어서요? 한 번 소리 막힌 일도 없는 기겝니다. 요샛 것과는 달라요."

"그러면 얼마를 생각하고 계세요?"

"하나는 되어야지요."

"구까지만 합시다. 아침 개시니까."

"그만둡시다."

용직은 전화기를 도로 싸기 시작했다. 다른 데에 가져가 보려는 것이다. 그는 천 원이 손에 들어올 때까지, 종일이라도 돌아보고 말겠노라고 마음먹었다.

"두고 가십시요. 다음에 사실 때 오시라고 서비스해 드리지요."

주인은 백 원짜리 열장을 내 놓았다. 용직은 그것을 안 포켓에 넣고 밖으로 나왔다. 윤 선생도 따라 나왔다.

그들은 찻길을 건너섰다. 건너서자 바로 설렁탕집이다. 용직은 그 앞에서 걸음을 멈추었다.

"윤 선생, 한 그릇씩 하고 갑시다."

윤 선생은 또다시 일어나는 발작적인 기침 때문에 한참 동안 두 손으로 입을 가리고 있다가, 기침이 끝나자

"그만 두십시요, 공연히 ……."

"점심때도 되지 않았습니까? 이게 또 선생과 마지막일지도 모르니까요. 그런 뜻에서라도 ……."

용직은 윤 선생의 팔꿈치를 끌며 안으로 들어갔다. 한창 때라 자리는 거의 차 있다. 파 냄새와 고깃국 냄새가 물큰 식욕을 자극한다. 그들은 구석에 마주앉았다. 윤 선생이 컵에 따른 보리차를 단숨에 마셨다.

"입춘도 가까운데 …… 왜 …… 이렇게 추운지요."

그는 보이에게 손짓으로 물을 더 청하며 말했다. 용직은 얼른 대꾸가 나오지 않았다.

윤 선생은 두 번째의 물을 또 단숨에 마셨다.

"한강도 …… 아직 안 녹은 데가 있어요."

음성이 자꾸만 목 너머로 기어 들어갔다. 짧은 말인데도 그는 도중에서 몇 번이나 쉬었다. 힘이 드는 것이다. 굶주림 때문이다. 뱃속뿐 아니라 눈이며, 뺨이며, 손등이며, 온 피부의 세포가 하나하나 따

로 독립된 생물체처럼 제각기 굶주림에 입을 벌리며 허덕이고 있는 것 같다. 윤 선생은 꼭 말을 해야 할 듯이 느꼈는지, 힘없이 내려오는 눈등을 억지로 추켜올리며

"애녀석들은 썰매를 타겠다고 야단이고 ……. 올해는 …… 벚꽃도 제철에는 안 피겠습니다."

설렁탕이 왔다. 윤 선생은 국물부터 마시고 나더니 어깨를 펴며 눈을 깜짝거렸다. 힘이 조금 도는 것 같다. 용직은 보이에게 국물을 다시 청했다. 윤 선생은 그 국물도 들이켰다. 그러나 이번에는 아까보다 속도가 조금 느렸다.

용직은 숟가락을 잡았던 손을 외투 안 포켓으로 가지고 갔다. 포켓에 손을 넣은 채 잠시 망설였다. 이윽고 식탁 위에 전화상에서 받은 돈을 불쑥 내놓았다.

"이것 받아 주십시오."

윤 선생은 눈을 휘둥그렇게 떴다.

"천만의 말씀입니다, 사장님. 그것이 어떻게 해서 된 돈인데요. 그동안 폐 끼친 것만도 무엇한데 ……."

그의 음성은 아까와는 딴판으로 힘차게 흘러 나왔다.

"염려 마세요. 자제도 안 계신다지요. 요즈음 형편이 힘드실 겁니다. 받으세요."

용직은 그에게로 백 원짜리 열 장을 포갠 채 밀었다.

"사장님, 진정입니다. 제가 이것을 받는다면 저는 사람이 아닙니다."

윤 선생은 완강히 고개를 저었다. 그들은 밖으로 나왔다. 바람은

차나 더운 국을 마셔선지 아까보다는 뺨이 후듯했다. 용직은 버스
를 기다리는 동안 몇 번이나 망설였다. 나는 옷가지라도 팔면 며칠
은 밥을 먹을 것이다. 옷가지따위 몽땅 털어도 몇 푼이나 될 듯한가?
그렇지만 나는 집이라도 있다. 이자 붙은 빚은 어떻게 하구! 어떻든
윤 선생보다는 낫다. 아들은 죽고, 어린 손자 둘에 '녀석들이 철없이
썰매 사 달라고 졸라대는 모양인가 보지.' 아무 능력도 없는 늙은 아
내와 식모살이 간 며느리 ……. 윤 선생은 그의 옆에 말없이 서 있다.
여느 때처럼 용직이 떠나는 것을 보고 집으로 가려는 것이다. 버스
가 왔다. 용직은 다시금 망설였다. 버스는 급한지 여차장이 내리는
손님들을 마구 잡아 끌어내다시피 서둔다. 뒤에서 또 버스가 곤두박
질을 하며 달려 왔다. 윤 선생이 용직에게 인사를 했다.

"사장님, 안녕히 가십시오."

그러나 그 말을 끝맺기 전에 기침을 시작했다. 그는 두 손으로 입
을 가리고 허리를 굽혔다. 허연 실로 꿰매진 겨드랑 밑으로 포켓이
보였다. 용직은 순간 거의 반사적으로 재빨리 그 속에 전화기 판돈
을 집어넣고 움직이는 버스의 손잡이에 뛰어 매어 달렸다. 가슴이
두근거렸다.

"오라잇! 오라잇!"

여차장은 손바닥으로 버스의 허리를 두들겼다. 양철 때리는 소리
가 고막을 뒤흔든다. 용직은 무엇엔가 쫓기듯이 사람들의 틈을 비집
고 안으로 들어갔다. 윤 선생이 그를 부를까 해서다. 버스는 미친 듯
이 질주하기 시작했다. 뒤의 버스도 움직였다. 용직은 겨우 숨을 가
라앉히며 뒤돌아보았다. 윤 선생은 그제야 막 돌아서서 걷기 시작

했다. 그러자 그의 긴 외투자락 밑으로 무엇인가 떨어지더니 바람에 날리기 시작했다. 백 원짜리 지폐였다. 그의 포켓에는 구멍이 났던 것이다. 낡아서 안이 해진 것이다. 포켓에서 떨어진 것이 단 같은 데에 걸렸다가 흘러내리는지 지폐는 한꺼번에 다 쏟아지지 않고 한 장이 그의 발꿈치 뒤에 떨어지더니 길 위에 야트막히 날리고 있다.

"윤 선생!"

용직은 앞뒤 생각도 없이 유리창을 마구 두드리며 소리쳤다. 윤 선생은 허리를 구부린 채 느릿느릿 걸어가고만 있다. 지폐는 또 한 장이 떨어져서 그의 뒤를 멀찍이 날아갔다.

"스톱! 스톱!"

그의 외침은 미친 듯이 달리는 엔진 소리에 뭉개지고 만다. 지폐 한 장이 지붕 높이만치 날려 올라가서 춤추듯이 너울거렸다. 뒷 버스가 앞 차를 집어 삼킬 듯이 달려 와서 용직의 눈앞을 가로 막는다. 뒷버스의 유리창 이외는 이제 아무 것도 보이지 않았다.

"스톱! 스톱!"

계속 외치며 용직은 남의 어깨와 등을 떠밀며 승강구 쪽으로 나가려고 기를 썼다. 여차장은 뒷 버스를 흘깃흘깃 돌아보면서 쉰 목소리로 한껏 소리쳤다.

"오라잇! 오라잇!"

(1963년 『신태양』)

9
상처(傷處)

"내일 비행장에 가세요?"

정서는 물으면서 기석을 빤히 쳐다본다.

기석은,

"물론이지."

했다. 정서는 한참 동안 눈을 내려 떴다가,

"진오 씨는 조건이 좋더군요. '까뮈론' 쓴 것도 거기서 출판 예약이 돼 있대요."

"……."

"김 사장께 여러 가지로 감사한다고 합디다."

그녀는 오렌지 소다를 한번 마시고 다시 기석을 쳐다본다.

'이상하다……?'

기석은 어두운 조명 속에서 정서의 강렬한 눈길과 부딪치자 얼른 마티니를 입으로 가지고 갔다.

　'알았나? 진오한테서 들었을까? 그렇다면 진오는 알고 있었나?'

　기석은 잠자코 정서를 보았다.

　정서는 이제 무표정으로 창 밖을 보고 있다. 창 밖은 까만 하늘에 멀리 전등불이 뿌려져 있다.

　'정서는 늙지 않는구나.'

　하고 그는 생각했다. 어깨서부터 호릿하게 떨쳐진 하얀 팔이 분홍빛 손톱 끝에서 산뜻하게 맺혀서, 마치 맑은 물 속에서 물고기가 비늘을 반짝이며 힘차게 뛰놀고 있는 것 같다. 신선하다. 까만 스커트에 흰 블라우스를 입고 무거운 듯이 가방을 들고 학교에 다니던 그때는 대학 신입생이었다. 고등학생처럼 단발을 하고 있었다. 지금은…… 머리를 길게 커얼하고 입술 연지를 발랐구나. 그러나 조금도 세월의 자국이 없다. 기석은 입을 한일자로 다물고 이럴 때마다 나오는 깊은 한숨을 입 속에서 깨물어 버린다.

　"저도 김 사장 덕이 많습니다."

　정서의 시선이 다시 돌아왔다.

　"왜 이래. 기석이라고 불러요."

　"사장은 사장인 걸요?"

　"그러면 진오도 엄 교수라고 해야지."

　무의식중에 말이 나온 것을 기석은 아차! 하고 스스로 놀랐다. 비교하는데 진오를 끄집어내는 것은 속을 드러내는 것이다. 실수를 깨닫자, 정서가 어떻게 나오나 긴장하며, 또 당황하는 것을 그녀가 알아차릴까 해서 그는 담배에 불을 커대고, 한 모금 천천히 빨았다.

"피워 보겠어?"

기석은 정서에게도 담뱃갑을 내밀었다.

"피워도 괜찮지 않아? 유명 시인이겠다, 누가 흉볼 리도 없을 테고……."

기석은 건달패처럼 흐늘쩍흐늘쩍 말하고 손톱 끝으로 탁자를 두어 번 쳤다. 그리고 그런 제스처가 얼마나 그에게 어울리지 않는가를 느끼자 재빨리 담배를 입으로 가지고 갔다.

"담배는 싫어요."

정서는 보이를 불러서 위스키를 가지고 오라고 한다.

"안돼!"

기석이 반 허리를 일으키며 소리쳤다.

"돈은 내가 냅니다."

정서는 차분하게 자른다. 정서는 분명 이상하다. 오늘 만났을 때부터 기석은 그것을 느꼈다. 왜 그럴까 알고 싶기도 하고 한편 두렵기도 하다. 그러나 기왕 정서가 열전(熱戰)의 불길을 터뜨렸으니까 거기에 말려드는 것도 좋을지도 몰랐다. 도대체 열전이 일어나서 무아무중으로 속을 털어내어야지, 그렇지 않으면 현대인은 모두가 기만 속에서 살고 있는 것이니까. 기석은 생각하며, 딴 사람들은, 아니 나 자신도 반드시 그렇지 않을지도 모르지 하고, 또 생각해 본다.

정서가 날라온 위스키를 대뜸 한번 마셨다. 기석은 그 글라스를 뺏어서 내던져 버릴까 하다가―그것도 열전일 것이다―다만 음성만 굳히면서,

"이제 그런 수단에는 안 넘어가, 그러지 말어, 나는 결심했어 – 하다가, 오늘은 자꾸만 실수를 하는구나 하고 생각하며 – 적어도 나는 피동적으로는 되고 싶지 않아!"

했다. 정서는 조금 웃었다.

"먼저 가시지요."

'이상한데?'

기석은 같은 말만 되풀이했다.

"그런 유혹에는 …… 다시는 ……."

"유혹이라구요? 그렇게 메스꺼운 말은 쓰지 마세요. 오늘은 기석 씨답지도 않아요."

'오늘이라고? 아까부터 내 속을 들여다보고 있었구나!'

기석의 미간이 조금 흐려졌다.

"하고 싶은 말이 있으면 솔직하게 해. 사람을 그렇게 ……."

짜릿하게 감미로운 애수 같은 것이 순간 그의 몸을 스쳐 지나갔다. 10년 남짓을 사랑해온 여자가 무방비 상태로 그의 몸을 원하는데 거절하기란 정말 힘든 일이었다. 그때 기석은 문자 그대로 이를 악물고 돌아섰었다. 그녀를 이해 못하는 것은 아니다. 그러나 두 번다시 그런 괴로움을 당하기는 단연코 싫다. 대관절 나는 불구가 아니다. 한참 나이인 건장한 청년이다.

정서는 핸드백을 열고 종이 한 장을 꺼내서 테이블 위에 놓고, 손가락 끝으로 그것을 기석에게로 밀었다.

"라이트가 어두우니까 잘 보세요. 사르뜨르의 '자유의 길' 번역 계약금 30만 원, 장도를 축하한다는 10만 원, 그것도 함께 영수증에 써

달라고 했어요. 이만하면 사장 출장 중에 심부름 잘 했지요?"

정서는 영수증을 도로 그녀 앞으로 가지고 가서, 눈 높이 만치 올리더니 서슴지 않고 이등분해서 찢고, 또 찢고 다시 찢어서 재떨이에 쓸어 넣었다.

"영수증 있으나마나지요? 사장은 출장 가니까 서무한테서 돈을 받아서 엄 교수한테 전해 달라고, 하필 저를 왜 시켰지요? 하기야 K 출판사의 고문이니까 연관이 없는 것도 아니지만, 출장도 안 가면서 가는 척하고까지 ……."

"대구 갔었어, 사환 아이가 표 사온 것 보구서두?"

"표 까짓 것 버리면 그만이에요!"

다행히도 전축 소리가 커서 정서의 목소리가 옆 테이블까지는 들리지 않았다. 그녀는 속의 것을 한번 터뜨리더니 잠잠해진다.

"시는 그만 쓰고, 장편 소설 하나 쓸까 해요. 출판해 주시겠죠?"

'소설이라구? 얘기가 있는 모양이구나. 있을 테지, 있을 거야. 진오한테서 들었다면 …….'

기석은 평범하게,

"하지."

했다.

"어떤 얘긴지 궁금하지 않으세요? 얘기를 알아야 팔리나 안 팔리나 타산해 보실 게 아니겠어요?"

"언제는 팔릴 듯해서 출판했던가?"

"……."

"……."

"이번 얘기는 재미있을 것 같아요. 잘 나갈 겁니다. '두 사나이에게 우롱당한 여자' 어때요? 대중성이 있을 것 같지 않아요? 잘 팔릴 듯하지 않으세요?"

기석은 꼼짝도 하지 않았다.

"듣고 싶으면 들으세요. 알고 싶으면서 안 들었으면 하지 말라구요. 가장 알고 싶은 것이 진오 씨 얘기지요? 그러면서도 제발 끝내 모르고 지냈으면 하시는 거지요?"

정서는 위스키 대신 냉수를 마셨다. 올 것은 다가오는 모양이로구나. 기석은 마티니 속에 시선을 떨어뜨렸다가 한 모금 마셨다.

"저는 오늘로 기석 씨 하고는 그만두겠습니다."

그녀는 조금 웃다 말았다.

"하기야 그만둘 만한 것도 없기는 하지요. 동거한 것도 아니고. 금전관계가 있는 것도 아니고, 가끔 그렇지요, 키스는 했으니까 그만둔다는 것은 그런 것을 뜻하는 것이라 해둡시다. 그리고 사무 이외에는 만나지 않는다는 것도 덧붙입시다."

"……."

"제가 지껄이니까 좋으시지요? 설전(舌戰)에서는 방어전이 승산(勝算)이 많은 법이니까요. 남이 공격해 오는 동안 달아날 길을 마련해 둘 것이고, 남이 말하지 않는 데는 쓱싹 덮어둘 수도 있으니까요. 그러나 저는 이제 그만 그치겠어요."

정서는 냉수가 든 글라스와 위스키가 든 글라스를 뗐다 붙였다 하기 시작했다. 기석은 창 밖으로 시선을 돌렸다가 말하는 대신 담배를 피워 물었다.

"이제 기석 씨 차례라고 생각하지 않으세요? 그렇게 시치미떼고 계셔도 저는 다 알고 있어요. 다만 기석 씨의 입에서 듣고 싶을 따름이에요. 마지막이니까요."

정서는 계속 글라스를 떼었다 붙였다 하고 있다. 그를 독촉하는 것이다.

기석은 계속 담배만 피웠다.

"끝내 그러시는군요?"

정서는 발딱 일어섰다. 기석이 깜짝 놀라 정서의 팔을 문득 잡았다.

"왜 이러세요. 놓으세요."

"오해 말아."

"오해라는 것은 무슨 뜻이지요?"

'지난 일주일 사이에 진오하고 분명 무엇이 있었구나.'

기석의 가슴에 무엇인가 납덩이처럼 무겁고 써늘한 것이 덜컥 들어박힌다.

"완전히 오해야. 도대체 말할 것이 있어야 하지 않겠어?"

"말할 것이 없는 분이 왜 그렇게 입술이 바짝바짝 타실까? 놓으세요, 김 사장님!"

정서는 기석에게 잡힌 어깨를 힘껏 뿌리치며 몸을 빼냈다. 기석은 그녀의 반대편 팔을 잡았다.

"가는 사람 붙잡지 않겠어. 그러나 이렇게 헤어지고 싶지는 않아."

"그러면 어떻게 헤어지고 싶으셨어요? 장미꽃을 가는 길에 뿌려 놓고 싶으셨어요? 기석 씨는 저와 헤어질 것은 애초 한번도 상상한 일조차 없으신 거예요. 그렇다고 저를 자기 것으로 만들고 싶지도 않으셨어요. 그리고 또 그 둘을 다 간절히 원하고 있었어요. 더 자세히 가르쳐 드리지요."

그녀는 도로 의자에 앉았다. 그리고 사무적인 말투로 정확하게 천천히 시작했다.

"저는 옛날에, 다시 말하면 사변 전, 거의 10년쯤 되는군요. 진오 씨를 사랑했어요. 기석 씨도 좋은 분이라고 호감은 가지고 있었지만 워낙 저를 가까이 하시지 않으니까 그 이상의 아무 것도 생길 수가 없었을 거예요. 전쟁이 끝나고 인민군, 의용군으로 나갔던 두 분이 며칠 차이로 돌아오셨어요. 두 분이 다 포로로 있다가 대한민국의 애국 청년으로 석방되어 오신 거예요. 여기까지 틀림없지요? 돌아오신 후 진오 씨는 저를 회피하는 것 같았어요. 그런데 도리어 기석 씨는 적극적으로 나오셨어요. 저는 기석 씨의 매력에 정신없이 끌려갔지요. 약혼식 날을 고르고 있던 어느 날 기석 씨가 갑자기 진오 씨가 다리를 저는 이유를 저에게 얘기해 주셨어요. 저는 약혼을 단념하고 진오 씨를 찾아가서 그를 위해 일생을 바칠 각오를 했지요. 저 때문에 불구가 된 사람이 그 불구 때문에 저를 멀리 한다고 생각했기 때문이지요. 직접 책임은 아니나 가해의식에서 오는 가책과, 그이가 저를 멀리 하려는 심리에 대한 연민은 어떠한 사랑보다도 강력한 것이었어요. 어리석게도 기석 씨의 트릭에 넘어갔지요. 참, 이런 코멘트는 그만둡시다. 저는 사실만을 말해서 충분하니까요. 그이가 원치도 않는데 제 쪽에서 적극적으로 가까이 했어요. 그러나 끝내 그이는 옛날처럼 대해 주지 않았어요. 연구실에만 묻혀 있었어요. 받아들이지도 않고 거절도 않는 그런 태도는 여자에게는 참을 수 없는 모욕이에요. 나를 생각하지도 않는 사람을 생각해 준다는 것은 헛된 희생이에요. 저는 서슴지 않고 그이를 버렸지요. 저는 기석 씨에게로 돌아갔어요. 지금 솔직하게 말하지요. 그때 기억나시는지? 오랜만에 기석 씨 방에 찾아갔을 때 저는 벼름빡에 머리라도 부딪쳐 죽고 싶었어요. 억눌렸던 그리움에 미칠 것 같았으니까요. 그리고 꽤 긴 세월이 갔지요."

정서의 음성은 차다. 기석은 눈도 깜짝하지 않았다. 진오의 얘기를 할 줄 알았더니 그와 그녀의 지난날을 서술하고 있는 것이다. 그러니까 할 얘기는 따로 있는 거다. 그는 긴장을 풀어 볼까 해서 다시금 담배에 불을 켜댔다.

음악이 소란하게 들려왔다.

그녀의 눈 속에서 착잡한 것이 엇갈렸다. 정서는 한참동안 시선을 창 밖에서 떼지 않았다. 그러다가 불쑥,

"어저께 그 발을 보았어요."

했다. 기석은 움찔 놀라며 입으로 가지고 가려던 담배를 재떨이에 문질러 끄고 일어섰다. 그러리라 했어. 쏟아져야 할 물은 쏟아져버리는 것이 자연일지도 모른다. 아까보다 오히려 속이 후련해진 것을 느꼈다. 그녀는 불덩이를 내던지자 그것이 어느 모양으로 타는가 보려는 듯이 눈을 아래로 깔고 글라스 둘을 서로 붙였다 떼었다 하고 있다. 그녀는 기석이 일어선 것을 묵살했다.

"나갑시다. 이 여사."

기석이 위에서 정서를 내려다보았다. 정서는 거절하지 않고 선뜻 일어선다.

스카이 라운지 전용 승강기를 타고 내려와서 그들은 택시를 잡았다.

　　벌써 열 시 반이다. 기석은 어디로 갈까 망설였다. 이대로 정서를 아파트로 데려다 주고, 그는 집으로 가면 그만이기는 하다. 그러나 이렇게 꺼림칙한 채로 그녀와 헤어지고 말 수는 없다. 기석은 목이 타는 것을 느낀다. 어떻건 진오의 다리 얘기는 해야 했다. 그러려면 성당 같은 데가 좋을 것 같다. 아무도 없는 성당 안에서 정서의 발 밑에 엎드려 다 털어놓는 것이다. 아니 갑자기 무슨 성당이야. 아무 데서고 말하면 그만이지. 그렇게 장소를 가린다는 것도 아직 내가 솔직치 못한 증거다. 빨간 신호에서 차를 세우고, 운전수가,

　　"어디로 가실까요?"

　　한다.

　　"아무 데나 멀리 좀 돕시다."

　　이럴 때마다

　　"센티멘탈이셔?"

　　하고 반대하는 정서는 한마디도 않는다. 아무래도 해야 할 말은 해야만 할 모양이었다. 그러나 이렇게 빨리 그때가 올 줄은 몰랐다. 아니, 너무 늦었어. 석방되고 와서 바로 말해야 했을 것이다. 늦었지. 그러나 말을 했다고 해서 무슨 수가 있었을 리도 없지 않아? 말은 했어도, 안 했어도 내게는 매일반이었으까. 다만 묵묵히 진오에게 정성을 다한 것에 무슨 틀림이 있었을까? 도대체 진오의 다리에 대해서 내가 아는 것은 무엇이냐? 알지도 못하는 것을 정서한테 어떠쿵 하고 말하는 것도 우스운 일이 아닌가? 뭐라구? 네가 어디로 달아날

거야? 기석의 속에서 날카로운 소리가 찌르듯이 들렸다. 그가 발을 저는 원인이 뼈가 어떻게 되어선지 신경성인지. 바지를 걷고 본 적이 없으니까, 물론 분명치 않아. 그러나 아무튼 그날 밤 린치가 있었고, 밤중에 드리 쿼터가 공포를 쏘며 포로 수용소로 휩쓸어 들어와서 …… 들것에 진오가 실신한 채 실려 나간 것만은 지금도 뚜렷하게 기억하지? 멀쩡하던 진오가 그후로 다리를 전다. 그러니까 원인은 그 린치다.

덤비지 말아. 너는 설마 잊지 않았겠지. 서로 생사를 모른 채 헤어졌다가 일년 후에 처음 진오를 교정에서 만났을 때 그는 말했었다.

"그때 실신하구선 쭉 병원에 있었다. 너는 캠프에서 고생 많이 했겠구나."

진오는 눈을 몇 번 깜빡였었다. 생각하는 듯이 아니 무언가 감추고 있는 것을 나는 직감했었다. 당황해서,

"병원에? 왜?"

다급하게 묻자 진오는 조금 망설이다가, 이 말까지는 말해두는 것이 좋으리라 여겼는지,

"린치 때문에 말이야."

했다.

그후로는 둘 다 한 번도 그의 다리에 관한 말을 한 일이 없고, 포로 수용소의 얘기도 하지 않았고 전쟁 얘기도 일체 하지 않았다. 서로 의식적으로 그러는 것을 십분 의식하면서도 어쩔 수 없이 그 얘기를 피해 왔다.

"네가 불어서 다리 병신이 되었다."

고 노골적으로 저주하지 않는 것은 진오가 양식 있는 지성인이기 때문인가? 아니면 그리스도 같은 마음으로 나를 용서하고 있는 건가? 피해자가 순결할수록 가해자의 가책은 큰 법이니까 모르는 체함으로써 내게 더한 가책을 주려는 저의(底意)인가? 스스로 죄가 있다느니 없다느니 하고 번뇌하는 것을 녀석은 무지를 가장하고 은근히 즐기고 있는 것이 아닌가? 그 이유가 무엇이건, 진오가 모르는 체하고 가면을 쓰고 있는 것은 확실할 것 같다.

도대체 '린치 때문'이라는 말까지는 내게 해둔 것은 무엇을 뜻하는가? 국민학교 학생이라면, 린치 때문이었다고 하면 '이 녀석은 내 죄를 모르는구나.' 하고 좋아할 것이다. 그러나 조금 더 크면 '녀석이 은근히 내 죄를 고발하는구나.' 하고 의심할 것이다. 좀더 큰 사람은 '린치 때문에 말이야.'라고 말하면, '녀석은 아무 것도 모르는구나.' 하고 생각할 것이다. 결과적으로 국민학교 학생과 같다. 그러나 그 결론의 과정에는 상당한 거리가 있다. 왜냐하면 만일 그가 "전쟁 갔다 온 몸인데 성할 리가 있겠어?" 등속의 말로 얼버무렸다면 내 죄를 알고 하는 말인가 하고 내가 생각할까 해서 단순하게 그냥 원인만을 보고해 둔 것이다. 녀석은 내 죄를 모르는 척하고 싶으니까. 진오! 네가 거기까지 생각하고 있는 것도 나는 안다. 그러나 또 내가 불어서 린치 당한 줄을 정말 모르고 있는지도 모른다. 나 혼자서 전전긍긍하는 것은 도둑이 제 발이 저린 격인지도 모르지. 창 밖의 풍경이 질주한다.

진오는 알고 있어. 내가 불어서 그렇게 된 것을 알고 있는 거다. 너만 공연히 혼자서 고민할 건 없잖아? 가서 말해. 용서를 빌어. 아

니 왜? 나는 죄가 없다. 나는 그의 이름을 대지는 않았다. 옳지 옳
아, 때린 것은 빨갱이들이고, 너는 절대로 그의 이름을 대지는 않
았어. 그것은 누구도 부정 못할 사실이다. 그러나 너는 같은 값이
면 남태준보다는, 양효석보다는, 또 이기민보다는 엄진오, 그 엄진
오를 대고 싶었다. 그랬다고 말해, 아주 털어버리라구, 그것이 편할
거야. 설사 그렇지 않았다 하더라도 그렇다고 하는 편이 나을 거다.
네 마음속에 진오에 대한 질투라도 좋다. 증오라도 좋다. 또 그것을
사랑 때문이라고도 해두자. 그 모든 것을 잠재의식이라 해도 좋다.
그런 의식은 없었다고 네가 펄쩍 뛰어도 좋다. 또 네가 지금까지 진
오에게 번역이니 감수니 하는 명목으로 필요 이상으로 경제적으로
도와온 것을 네가 그에 대한 속죄행위였다고 하지 말자. 그러나 작
년 겨울 네가 대학 2학년 때부터 아프도록 사랑하던 여자를 왜 네
것으로 만들지 못했던가? 그 한 번으로 너의 성이 영영 다시는 타
지 못할 만큼 불붙던 것을 왜 무참히도 꺼뭉갰을까? 정서의 몸을
안은 순간 진오가 다리를 절며 걷는 뒷모습이 너의 뇌리에 떠올랐
기 때문이다! 그러니까 역시 '나는 진오의 다리를 모릅니다!'고 하
는 편이 속 편할 것이다.

"운전수, 어디 아무도 없는 벌판 같은데 없을까?"

기석이 열띤 목소리로 운전대로 허리를 기울였다. 운전수가,

"워커힐 가까이 왔습니다."

한다.

"다 왔으면 그리로 갑시다."

기석은 내뱉듯이 말하고 쿠션에 등을 기댔다.

'정서, 너는 돌아가라, 나는 생각 좀 해야겠어. 아니! 잠깐.'

그들은 차에서 내렸다.

워커힐의 빌라에 들어온 그들은 리빙 룸에서 원탁을 가운데 두고 마주 앉았다. 정서가 처음으로 입을 떼었다.

"집에다 전화하세요. 기사 아저씨하고 아주머니가 언제 오시나 하고 잠도 못 잘 테니까요."

기석은 참 그렇지 싶어 집에 전화를 했다. 정서는 오늘 밤을 새워서라도 알 것은 알아낼 속셈인 것 같았다. 전화를 하고 의자에 돌아와 앉자 정서가,

"계속합시다."

한다. 기석은,

"무얼 말이야?"

했다.

"진오씨의 발 얘기."

'그렇지 참, 아까 스카이라운지에서 발을 보았다는 말로 대화가 끊겼었지.'

기석은 그녀의 말을 들어볼 양으로 마음을 느슨히 가지고 담배에 불을 켜댔다. 정서가,

"기석 씨 차렙니다."

했다. 기석은,

"발을 보았다고 했지. 그러니까 본 사람이 더 잘 알지 않겠어?"

했다. 그는 정서를 비꼬는 것이 아니었다. 진정으로 진오의 발이 어떻게 되어 있나 알고 싶었다. 진오가 린치 당한 것이 나 때문이라

하자, 가정이 아니고 나 때문이다. 그것으로 그쳤으면 문제는 훨씬 가벼웠을 것이다. 그러나 그 린치 때문에 그는 다리를 전다. 이것은 그의 죄가 명백한 증거를 남긴 것이다.

그는 진오가 막연히 다리를 전다는 것으로는 성이 가시지 않았다. 범인은 반드시 현장을 돌아보고 싶어한다는 학설이 이미 낡은 것인지도 모르나, 그는 진오의 다리를 알고 싶었다. 잔인한 빨갱이들이 흉기로 찔러서 흉터라도 있는 것인지, 또는 좌골신경을 건드려서 저느지, 그 진상을 뇌리에 뚜렷하게 박아두고 싶었다. 그것은 뚜렷할수록 좋다. 모호하거나 그럴 듯한 상상으로서는 안되겠다. 그래서 죽어서 그것을 잊을 때까지 마음 속 깊이 박아 두어야 했다. 그러나 …….

기석은 허리를 펴고 담배 연기를 천장으로 내뿜었다.

'그러나 내가 무슨 죄가 있어?'

캠프 안에서 빨갱이들이 폭동을 일으키고 미군을 죽이려는 음모를 안 것은 나와 진오와 남태준과 양효석과 이기민 모두 다섯이었다. 다섯 중에 누구든지 놈들의 틈을 타서 미군에게 밀고를 하기로 했다. 포로 캠프 안에서는 누가 빨간지, 누가 하얀지, 겉으로 보아서는 분간할 수 없다. 캠프 내에 빨간 세력이 큰 것 같으면 흰 자들도 빨간 척해야 했고, 반공 세력이 강한 캠프에서는 빨갱이들은 또 흰 척하고 보호색을 썼다. 그 안에서도 경찰이니 중대장이니 이를테면 질서 유지에 힘쓰고 가장 반공처럼 구는 사람들도 뜻밖에 빨갱이 세포일 수가 있어서 누구도 안심할 수 없었다. 통역조차도 믿을 수 없었다. 그래서 직접 미군에게 밀고하기로 했다. 누가 밀고를 하지 않았더라도 우연히 폭동 조직의 장본인인 중대장이 다른 캠프로 옮겨

갈 수도 있었고, 또 전격적인 수사에서 가마니 요 밑에서 드럼통을 잘라서 만든 일미터 남짓이나 되는 칼이 나올 수도 있는 일이었다. 사실 갑자기 캠프 안이 수사 당하는 적도 많았고, 중대장뿐 아니라 어떤 포로든지 아무런 기준도 이유도 없이 다른 캠프로 옮겨지기도 했었다. 기준이라면 빨가니까 빨갱이들끼리 한 캠프에 넣어둔다거나, 반공이니까 반공끼리 넣어둔다든가 하는 기준이다. 하기는 그렇게 나눠두었다 하더라도 공산 세포가 침투해서 어떻게 뒤집어 놓을지도 모르는 일이었다. 어떻든 그 폭동의 발각은 성공했고, 반공이나 회색이라고 여겨지는 포로는 모조리 죽을 뻔한 것을 면했다. 그것이 우연인지, 진오의 공인지 혹은 기석을 제외한 그들 중의 누구의 공인지는 아직도 모른다.

진오였다면 아니 태준, 기민, 효석이었다면 내가 취한 방법 이외의 어떤 방법으로 살아날 수 있었을까? 진오가 린치 당한 것은 우연일 수도 있으나, 일의 당연한 귀추랄 수도 있다. 발각 당한 빨갱이들이 평소 눈여겨둔 진오나 나, 둘 중에 하나를 가루로 만들려고 이를 갈았을 것이다. 나보다는 진오를 더 주목했을지도 모른다. 그는 한때 통역이었으니까 나보다 밀고의 가능성이 많은 것도 그들이 안다. 그렇다면 내가 불어서 그들이 진오를 린치한 것이 아니라, 어쩌면 두 패로 나눠서, 각각 다른 천막에서 동시에 두 사람 턱 밑에 칼끝을 들이대었을지도 모른다.

"무얼 밀고했단 말이야."

"잔말 말아!"

"헛헛, 그 칼 말인가? 나는 알지도 못했어."

나는 웃는 줄 알았다. 그러나 내 목에서 나온 것은 두려워 허덕이는 동물의 거친 숨결이었다.

"닥쳐! 누구누구야, 불어!"

"……."

흉기는 가늘고 짧았다. 그러나 그 끝은 예리하고, 그리고 이미 그 끝은 그의 턱밑 살갗에 살짝 닿고 있었다. 푹 내리꽂으면 그만이다. 소리도 없이 간단했다.

기석은 빨갱이들이 그런 것을 얼마나 간단히 해치우는가를 수없이 보아왔다. 숨이 가빴다. 태연한 척해도 눈앞이 흐려왔다.

"양키한테 했다면 …… 나보다 더 가까운 놈이 있지 않아!"

그 말. 그래서 그는 살았다. 그리고 그 때문에 그는 지난 8년 남짓 이렇게 외치면서 살아왔다.

'나는 죄가 없다. 너희 같으면 어떻게 했을 거야? 그것도 죄냐?'

'나는 죄인이다. 나는 친구를 불었다. 나는 죄 없는 자를 유죄라고 불었다.'

'나는 무죄다!'

"본 사람이 더 잘 알 거라고요? 그렇다고 합시다."

정서가 팔짱을 낀 팔을 탁자 위에 놓으며 미동도 않는 얼굴로,

"진오 씨의 발등에는 총알 맞은 흔적은 없었어요. 혹시 발가락에 맞은 것을 발등으로 아신 것 아니에요?"

"발가락의?"

양말을 벗기고 보았구나. 기석은 벌써 거짓말이 완전히 탄로난 줄 알자 오히려 침착해진다.

"발가락에 총알이라도 박힌 줄 아세요?"

정서는 계속 표정이 없다.

"왼쪽 발톱 다섯이 모조리 뒤틀리고 퍼렇고 검고 울퉁불퉁 합디다. 발톱이 빠졌다 다시 나면 그런가 보죠. 발가락 끝은 불꼬챙이로 지져서 타서, 흉칙하고 사람의 살가죽 같지도 않게 이상한 검은 무늬로 되어 있더군요."

기석은 순간 감전된 듯이 몸이 떨렸다.

"그만해, 그만!"

그는 일어섰다.

"가시겠어요?"

정서가 팔짱을 낀 아까의 자세로 탁자 위를 응시하면서 묻는다. 그녀는 차고 미동도 않는다. 기석은 한참만에 도로 앉았다.

"저는 무릎을 꿇고, 경건한 마음으로 진오 씨의 발가락에 키스했어요. 수난자에 대한 신성한 찬양의 뜻이라고 할까요? 어떻든 진오 씨의 발에 총상이 없는 것을 보자 저는 갇혔던 골방에서 햇빛 쪼이는 들판으로 날아나온 것 같은 기분이었어요."

그녀는 잠시 말을 끊고 안락의자에 등을 기대고 편한 포즈를 취했다.

"그리고 말했어요. 진오 씨가 포로 캠프에 있을 때, 밤중에 철조망 밖에서 제가 서 있어서 저를 만나려고 달려가는데 탈주인 줄 알고 파수병이 총을 쏘아서 쓰러지고, 의식을 회복했을 때는 저를 본 것은 꿈이었었다고. 그 총알이 신경을 건드려서 다리를 저신다고 들었다고 했지요. 지금까지 꼬박 그런 줄만 알았다고 했죠."

"……."

"진오 씨는 '글쎄, 하기는 늘 꿈에 정서를 보았으니까, 그런 얘기가 있을 수도 있겠지' 하더군요. 그러나 그이는 끝내 누가 그러더냐고 묻지 않았어요. 그 엉터리 얘기를 만들어낸 장본인이 누구며, 무엇을 위해 한 거짓인가를 말이지요. 그것이 가장 궁금할텐데. 제가 말하지 않아도 기석 씨인 줄 그이는 알고 있는 거예요."

"……."

"아무것도 모르고 있는 것은 저 혼자며 그래서 두 사람에게 줄곧 우롱당해 온 것을 알자 저의 얼굴은 불덩이처럼 빨개졌어요. 아무 말도 않고 이국 가서 성공하시라고 형식적인 인사만 하고 방을 나오려는데 진오 씨는 잠자코 고개를 돌리고 의자에 앉아 있었어요. 그이의 어깨가 들먹이는 것 같아서 발길이 얼른 돌아서지지 않았어요. 이해하시겠죠? 이미 원한도 애정도 없으나 인간다운 감정은 흐를 수 있으니까요. 솔직히 말씀드리지요. 기석 씨를 몰랐다면 저는 진오 씨만으로 인생을 보냈을 거예요. 어딘가 조금 충만되지 못하는 것을 느꼈을지도 모르지만요. 그냥 문을 닫고 나올 수는 없었어요. 저는 도로 그이에게로 갔어요. 진오 씨는 짐작대로 울고 있었어요. '이런 꼴은 정서에게 안 보이려고 했다. 그러나 눈물은 참아도 안 되는데.' 그이는 눈을 깜빡거리며 눈물을 말리려고 애를 썼어요. '정서, 이제 마지막일지도 모르니까 말을 해두는 것이 나을 것 같다.' 그이는 한숨을 내쉬었어요. 한참 후에 '나는 정서를 사랑했지. 이 말이 정서에게 어떤 영향을 줄지 모르나 지금도 사랑해. 사랑 안 한다고 하면 거짓말일 테니까. 정서는 나의 젊은 때의 꿈이었어, 그러니까 내

생애의 꿈이었다. 사람은 태어나서 커서 살다가 보면 또 죽기 마련이다. 삭막한 얘기지. 현대인은 꿈을 잃었다고도 하고 꿈이 없다고도 하나, 없는 사람일수록 더욱 꿈이 큰 거야. 다만 자기의 꿈이 너무 커서 무엇인 줄을 모를 따름이다. 그렇지 않으면, 시시한 꿈이라는 걸 알고 더욱 자기 자신에 실망하고, 그러니까 거칠어지고 자기 자신을 회피하고 싶고, 자기 자신을 버리며 사는 거야. 그런데 나는 꿈을 갖고 있었어. 그게 정서야. 사변 전 연구실에서 우리 처음으로 키스했을 때, 알고 보면 그것은 키스가 아닌지도 몰라. 우리는 서로 입술을 살짝 대고 한참 동안 눈만 감고 있었으니까. 나는 꿈을 잡았다는 행복감에 전신이 마비되는 것 같았어. 어쩌면 정서의 그 향긋한 냄새가 사실상 내 육체를 마비시킨 지도 몰라. 정서는 내 꿈일 뿐 아니라 내 꿈은 정서를 원점으로 해서 더욱 원대히, 한없이 뻗어나갈 거라는 것을 알았지. 꿈이라는 말은 확실히 잠꼬대 같은 말이야. 그러나 달리 좋은 표현이 없구먼. 어떻건 그것 없이는 누구도 한시도 살지 못할 거라고 생각해."

정서는 탁자 위의 콜라를 한 번 마셨다.

"진오 씨가 한 말을 정확히 다 옮기지 못했는지 모르지만, 적어도 제가 덧붙인 것은 없어요. 지루하세요? 그러나 다 들으셔야 해요. 이제 또 다른 시간은 없으니까요."

기석은 고개를 끄덕였다. 시계가 친다. 벌써 한 시다.

"진오 씨는 조용히 계속했어요. '전쟁에서 돌아와서 정서를 만났을 때, 나는 왜 죽지 않고 살아왔나 싶었어. 사실 죽어 버릴까 했지. 왜냐고? 하필 정서가 불구자의 아내가 되는 것은 견딜 수 없는 일이니까. 비록 정서가 아닌 다른 여성이었더라도 내 꿈에 상처를 입히고는 살 수가 없을 것 같았다. 그러나 또 죽을 수도 없었어. 생에 미련이 있어서가 아니고 내가 자살하기 때문에 이 세상 누군가가 더 고통을 당할 것 같아서다.'"

'알고 있었구나! 녀석은 알고 있다!'

기석은 속으로 신음 소리를 질렀다.

"저는, 누가 왜 고통당하느냐고 다급하게 물었어요. 그것이 기석 씨인 것 같았어요. '내가 달리 죽는 것이 아니라 불구 때문에 자살하니까 말이지' 하지 않아요? 저는 그렇게 동문서답하지 말라고 했죠. 진오 씨의 불구에 관계없는 사람이 자살한다고 고민할 이유가 어디 있겠느냐고 했지요. '하기는 그것은 내 오산인지 모르나 내가 불구인 까닭에 자살한다면 그는 더 괴로워할 거라고, 내가 살아야, 내가 행복해야 그의 고민은 덜어지는 거라고 아직도 생각하고 있을 뿐이야.' 그이는 같은 말만 되풀이했어요. 저는 그 사람이 누구냐고 물었어요. 그이에게 매달리며 애원했지요. 정 말을 안 하길래 '그 사람은 기석 씨지요?' 하며 그의 어깨를 흔들었어요. 그이는 끝내 대답하지 않았어요. 그리고 일어서서 문을 열고 저더러 나가라는 눈치였어요. '알고 싶으면 말하지. 그 사람은 정서야!' 그이는 차게 말하고 저를 밖으로 내밀고 문을 잠궈 버렸어요. '거짓말!' 저는 어두운 계단을 내려오며 소리를 질렀어요. '못난이!' 저는 또 소리쳤어요. 물론 혼잣말이죠. '내가 불구가 된 것은 기석이 때문이다!' 하고 왜 말을 못해! 저의 외침에는 어느덧 경멸이 섞여 있었어요. 어떻건 솔직히 말해서, 저를 보고 싶은 나머지, 그 이미지를 쫓다가 총에 맞아서 다리를 절게 된 것이 아닌 줄 안 것만은 고마운 일이었어요. 그이를 사랑할 때 사랑보다도 미안한 감이 더 강렬하고, 그 미안함이 애정을 눌러서 저는 하마터면 일생을 미안하다는 죄의식으로 그치고 말 뻔했으니까요. 나는 가해자가 아니었다는 마음에 제 발길은 나는 듯이 가벼웠어요. 그 골목을 빠져 나오며 저는 뜻 없이 그의 방을 쳐다보았더니 갑자기 커튼을 치며 그이의 그림자가 돌아서고 있었어요. 그이는 제가 걸어가는 뒷모습을 지켜보고 있었던 거예요. 그렇게 알자, 진오 씨는 나를 원하고 있다. 나를 거절하는 것은 기석 씨에 대해 복수하기 위해서라고 저는 속으로 뇌였어요. '내가 행복하게 사는 것을 그 사람이 원하고 있으니까.' 그래서 자살을 안 했다고 한 말이 생각난 겁니다. 그이는 정말은 기석 씨를 괴롭히고 싶은 거예요. 기석 씨가, 우리들이 옛날처럼 되는 것을 원하기 때문에 그이는 저를 거절한 겁니다. 없는 얘기를 꾸며서까지 제가 진오 씨와의 지난날의 추억과 나 때문이라는 가해의식으로 진오 씨에게 달려가게 한 까닭도 이제 알았어요. 만일 진오 씨가 저를 갖는다면 기석 씨의 비밀은 용서받은 것이 될 것이고, 그렇지 않으면 최소한 진오 씨가 그 비밀을 모른다는 심증을 얻을 수 있으니까요. 어떻건 저는 기석 씨의 좋은 시금석이었지요. 출장을 가장하고 저에게 큰 액수의 돈을 진오 씨한테 전하게 한 까닭도 알았어요. 떠나는 진오 씨를 만나기가 무서웠지요?"

정서는 의자에서 일어섰다.

"두 분에게 비밀이 있어요. 그 비밀을 없애기 위해서, 가장하기 위해서 두 분이 다 저를 이용해 온 거예요. 두 분이 다 사랑해 주신 줄은 알아요. 그러나 사랑만은 아니었어요."

정서의 음성은 점점 커 갔다. 그녀는 괴로운 듯이 머리를 내저었다. 그리고 갑자기 애원하듯이 기석의 어깨를 잡고 흔들었다.

"저를 그냥 내버려두세요. 남자들 세계에 저를 휘몰아 넣지 마세요. 그 비밀이 전쟁 때문이라고 합시다. 그러니까 당신들이 직접 책임이 아니랄 수도 있겠지요."

정서는 숨을 가쁘게 쉬며 열변가처럼 두 팔을 폈다가 이마로 가지고 간다. 그녀는 긴 소파에 다리를 얹고 앉았다.

"저는 정말 전쟁과 상관없어요. 당신네 남자들이 총을 쏘고, 당신네들이 포로가 되고 당신네끼리 서로 어긋나서 친구간에 균열이 생긴 거예요. 제가 간섭할 이유가 있어요? 제가 무슨 책임이 있어요? 제가 당신네들을 배반했던가요? 저는 사랑했을 뿐이에요. 지금도 사랑하니까 이렇게 괴로워하는 거예요. 저는 사랑하는 남자의 아이를 낳고 조용히 살고 싶은 거예요. 아주 간단하고 어렵지 않은 일이죠. 그런데 당신네 남자들은 그 소박한 소원은 아랑곳없이 너는 나의 꿈이라느니 내 생명의 의미라느니. 청순하여라, 영원하여라 하고 미사여구만 늘어놓습니다. 저는 꿈도 아니고 식물성도 아니에요. 저를 똑바로 보세요. 저는 김정서예요. 남자들의 괴로움을 덜기 위해서 이용당할 의지도 감정도 없는 물질이 아니란 말예요. 저는 결심했어요. 더 이상 기석 씨를 사랑하지 않겠어요. 더 이상 망설이지 않겠다 말이에요."

"……."

"그 사이 좋은 결혼상대자가 더러 있었어요. 저를 정신적으로나 물질적으로나 부드럽게 감싸줄 수 있는 남성이었어요. 공연히 나는 남의 꿈이 되기 위해서 구름 위를 이리저리 옮겨다니다가 이제 땅에 떨어져 버렸어요."

"그만해!"

기석이 소리를 치며 일어서더니 갑갑한 듯이 이리저리 걷기 시작했다.

"내가 얼마나 괴로운지를 모르니까 하는 말이야. 내가 얼마나 사랑하는지 알고 있으니까 그렇게 대담한 거야. 정서, 아, 나는 말을 말자."

기석은 의자에 털썩 주저앉았다. 그는 손으로 이마를 괴고 눈을 감았다. 온갖 상념이 머리에서 엇갈려 어떻게 생각해야 하며, 어떤 행동을 취해야 할지 몰랐다. 정서는 긴 소파에 자세를 고쳐 앉았다. 억눌린 침묵이 흘렀다. 한참 후 그녀의 입에서 조용히 말이 흘러나왔다.

"벌써부터 두 분 사이에 심상치 않은 흐름이 있음을 느꼈지요. 점점 그것이 웬만해서는 가셔질 수 없는 것이라는 것도 알았어요. 기석 씨에게 물어볼까고도 몇 번 마음먹었으나, 묻는다고 대답하실 것 같지도 않았어요. 저는 기석 씨가 괴로워하는 것을 방관할 수 없었고 그 괴로움을 덜어볼까 하고 저 나름대로 애를 써 보았어요. 묘안도 안 떠오르고 무엇보다도 그 괴로움을 제가 아는 것을 눈치채실까 보아 무척 애썼어요. 제가 의심하는 것을 아신다면 더 큰 사태랄까, 지금보다도 훨씬 다루기 힘든 사태가 벌어질지도 모르니까요. 생각한 끝에 기석 씨에게 지금과는 전연 다른 세계를 전개시켜 드리리라는 생각이 떠올랐어요. 즉 제가 기석 씨의 애기를 낳는 거지요. 두 분이 저를 사랑하면서도 결정적인 단계에 가서는 무슨 타부처럼 뒤로 물러서시니까. 숫제 무지한 사람들처럼 일을 한번 저질러 버릴까 한 거예요. 아이가 생기면 진오 씨도 기석 씨도 둘 다 저를 체념하실 거라구. 작년 겨울 어느 날이었던가요? 저희는 술을 마셨지요. 기석 씨가 말리는 것을 저는 위스키를 연달아 한 글라스 반이나 마셨지요. 다리가 조금 말을 안 듣더군요. 머리가 멍해졌으나, 그렇다고 의식이 없어질 정도는 아니었어요. '걸을 수 있겠어?' 기석 씨가 걱정스럽게 저를 들여다보셨어요. 그때 저는 이야말로 좋은 기회라고 생각했지요. 저는 그 말조차도 못 알아들을 만치 취한 척해버렸어요. 기석 씨는 저의 겨드랑 밑으로 팔을 넣어 안고 승강기를 타고 내려가서, 자가용의 뒤 소파에 저를 길게 뉘였어요. 저는 외투를 입었는데도 추울까 하셨는지 윗도리를 벗어 저의 다리께를 덮으셨어요. 운전을 하시면서도 제가 밑으로 떨어질까 해서 연방 뒤돌아보시곤 하셨지요. 그러더니 아무래도 안심할 수 없었는지, 차를 세워, 뒷자리에 있는 저를 안아서 운전대 옆에 앉히고 오른팔로 저의 어깨를 안고 한 손으로 운전을 하셨어요. 아파트에 오자, 저를 세웠어요. 쓰러지는 저의 몸을 붙들고 '열쇠 좀 내야겠어.' 하시며 저의 가방을 열고 열쇠를 꺼내셨어요. 저를 침대에 눕히자 힘드셨는지 후 하고 한숨을 쉬고, 침대 발치께에 앉아 한참 무언가 생각하고 있더니 저의 외투를 벗기고 슈우트의 위아래 그리고 슈미즈까지 다 벗기셨어요. 저는 눈을 가늘게 뜨고 기석 씨가 하는 것을 하나 놓치지 않고 다 관찰했지요. 기석 씨는 장롱을 열고 저의 네글리제를 꺼내서 입히기 시작했어요. "정서 좀 깨나!" 하고 크게 한번 소리치셨지요. 저는 안 들리는 척하고 있었어요. 네글리제를 입히고 나더니 기석 씨는 벌떡 일어서서 저를 위에서 한참 내려다보셨어요. 숨결이 거친 것이 귀에 들려 왔어요. 저는 무섭고 불안해서 가슴에서 쿵쿵 소리가 났어요. 그래도 잠든 것처럼 가만히 있었어요. 제 몸은 차갑게 긴장하고 있었지만 마음은 간절히 기석 씨를 바라고 있었지요. 갑자기 저의 손목을 으스러지도록 잡으며 바닥에 주저앉으셨어요. 그리고 쫓기는 사람처럼 저의 방을 뛰쳐나가셨어요."

정서는 몸을 고쳐 앉았다.

"문이 탕 하고 닫히자 저는 벌떡 일어나며 "짐승만도 못한 사람!" 하고 소리 높이 웃었지요. 그리고 머리맡에 있는 기석 씨의 사진을 찢어서 가루로 만들어 휴지통에 집어던졌어요. 저는 계속 크게 웃었어요."

정서는 소파 밑으로 미끄러지더니 쿠션에 얼굴을 파묻고 전신을 떨며 울기 시작했다. 눈물이 번져 흐르는 정서의 뺨에 긴 머리카락이 헝클어졌다. 기석은 그녀의 얼굴에 미친 듯이 키스했다. 키스라느니보다 거의 질겅질겅 씹고 있었다. 그는 무언가 속으로 헛소리를 하며 정서를 으스러지도록 안고 침실로 갔다. 그의 성은 억지로 막혔던 둑을 한꺼번에 왈칵 무너뜨리며 쏟아지는 홍수처럼 무섭게 뻗어 나갔다.

"싫어요!"

정서는 몸을 잽싸게 돌리며 기석의 포옹을 벗어났다.

"지금은 싫어요!"

그녀는 리빙 룸으로 뛰어나갔다. 기석은 아무 것도 들리지 않았다. 이제 그의 몸보다도 그의 마음이 더욱 간절히 정서를 그의 것으로 만들고 싶었다.

"싫어요!"

정서는 기석의 뺨을 쳤다. 기석은 정서의 허리에 둘렀던 팔을 풀고 일어섰다.

"여자를 아무 때나 마음대로 거절할 수도 있고 마음대로 요구할 수도 있는, 감정도 의지도 없는 물건인 줄 아세요?"

정서는 소파에서 꼼짝도 하지 않았다.

"너는 남자를 몰라."

기석은 의자에 앉아서 창 쪽으로 몸을 돌렸다. 기석은 지금까지 두 번 밤의 여자를 알았다. 처음의 기억은 불쾌했다. 여자의 몸은 좋았으나 후회만 남겨 주었다. 그때의 심리상태가 좋지 않았을까 하고 두번째는 자신을 테스트할 겸 모험을 한 것이다. 두번째 여자는 나무랄 데 없는 미인이었다. 그러나 역시 후회만 남았을 뿐이다. 그리고 다시는 어떤 여자도 가까이 하지 않았다. 결국 그는 정서 외의 어떤 여자도 원하지 않는다는 것을 확인한 것이다.

"기석 씨가 싫은 건 아니에요."

"위로해 주지 않아도 좋아."

"위로하는 게 아니에요. 이제 정신적으로나 물질적으로나 저를 행복하게 안정시켜 줄 남성을 찾아가야 할 것 같아요."

"정신적으로?"

기석은 멍하니 정서의 말을 되풀이했다.

"그렇게 하는 편이 좋을 거야. 그런 남성이 있겠지."

"찾아볼까 해요. 어느 정도에서 타협해 보는 거지요."

"누구하구 타협해?"

"제 자신하고요."

"성공하기를 바래."

기석은 담배를 다시 피웠다. 연기를 천장으로 향해 뿜어내고 몸을 돌려 재떨이에 그것을 천천히 문질러 껐다.

"진오 얘기 듣고 싶지 않아?"

정서는 움찔하며 기석을 응시했다.

"듣기 싫으면 안 들어도 좋아. 나는 누구한테라도 한 번은 해야 했어. 이런 얘기는 성당 같은 데서 하는 것이 좋았을 거야. 신이 있는지 없는지는 몰라도 신이라면 다 알고 있을 테니까 고백하기가 수월하지. 또 바위나 벽 같은 것이 대상이 될 수 있겠지. 어떻건 전연 관계가 없는 대상이 가장 좋은 고백의 대상이 될 수도 있을 테지. 이렇게 말은 하지만 나는 사실 무엇을 고백해야 하는지 모르고 있어. 즉 내 죄가 무엇인가를 모르겠단 말이야. 과연 내가 죄인인가? 가책을 느끼니까 죄는 지었을 테지만, 그 가책도 내가 남달리 양심이 있고, 남달리 복잡한 두뇌의 소지자라는 특권의식에서 오는 것일지도 모르니까. 나는 오만하고 싶지는 않아. 정서한테 내가 내 얘기를 해야 하는지, 다시 말하면 정서가 알아서 좋을지 나쁠지조차도 판단 못하고 있어. 그러나 기왕 말은 시작한 거고, 정서는 알다가 만 것이니까, 끝까지 그 진상을 모르면 상상 때문에 오히려 해로운 게 아닐까. 얘기한다."

기석은 의자의 쿠션에 등을 기대고 얼굴을 천장으로 올렸다.

"내가 중학교 1학년 때에 우리나라는 해방되었다. 나는 해방의 감격이라는 것을 어른들처럼 절실히 느꼈다고는 할 수 없어. 그것이 아마 정직한 말일 거다. 우리 또래들은 모두 일본 교육을 받고 조국을 모르고 자랐어. 어째서 밖에 나가면 일본말을 쓰면서 집에 들어오면 한국말을 쓰는가, 미처 거기까지 파고들어 생각하지 못했다. 부모들도 아이들이 나가서 철없이 조국 운운할까 보아 일본에 빼앗긴 조국의 이야기는 삼갔다. 그래서 특별한 혁명투사의 집 자식 외에는 아이들은 아무 것도 모르고 일본의 황국신민이 된 거지. 해방되고 날이 감에 따라 조국의 해방이 얼마나 거대한 일인가를 알게 되었다. 나는 허수아비 일본의 황국신민에서 열렬한 애국자가 되어, 반일의 사상이 가슴 속 깊이 뿌리를 박았다. 우리나라는 정부가 서고 이승만 초대 대통령이 취임했다. '리퍼블릭 어브 코리아'라고 선언됐을 때 나는 혼자서 감격에 겨워 태극기를 안고 울었다. 그러나 나의 순수한 감격은 무참히도 짓밟혔다. 도처에서 테러가 있었고 인물들은 암살되었다. 고관, 장교들은 날마다 요정에서 주연에 잠겼고, 댄스홀을 메우고 다녔다. '사바사바'라는 새로운 단어가 나돌았다. 즉 뇌물만 주면 안 되는 일이 없었다. 심지어 학생들의 성적순까지도 좌우되었다. 사회는 부패해갔다. 내 머릿속에는 이래서 되나 하는 한가닥 의심이 뿌리를 내리기 시작했다. 나라가 두 쪽으로 나뉘었는데, 국민들은 또 위정자들은 그것을 망각하고 있는가? 38 이북에서는 어떻게 살고 있을까? 자연, 공산주의는 어떤 것인가 알고 싶었다. 마르크스의 저서를 도서관에서 혼자 읽어보았다. 그러나 그것은 의문점만 남겼고, 그것만으로는 공산주의가 무엇인가 알 수 없었다. 그렁저렁 하는 사이에 셰익스피어가 나를 사로잡았고, 도스토예프스키에 몰두

했다. 2학년이 되던 봄 정서를 교정에서 보았다. 순간 나는 이상한 전율 같은 것이 전신을 스침을 느꼈다. 그날부터 식당이건 교정이건 강의실이건 어디서든지 정서를 한번이라도 보는 것이 즐거움이 되었고 눈에 안 띄는 날은 일부러 이 교사 저 교사로 찾아다녔다. 그러다가 서로 얘기를 하게 되고 노트도 빌려주고 빌려 보게 되었다. 정서도 나를 좋아하는 것 같았다. 나의 나날은 찬란했다."

그는 자세를 고쳐서 팔걸이에 몸을 기대었다.

"갑자기 빨갱이들이 서울로 들어왔다. 사변이 터진 것이다. 중앙청에 붉은 기가 꽂힌 것을 보았을 때 나는 본능적으로 분노를 느꼈다. 그러나 빨갱이도 사람들이니까 죄 없는 사람들을 어떻게 하랴 하고 되어 가는 것을 관망하고 있었다. 그러나 열흘이 못 가서 빨갱이가 무언가를 완전히 알았다. 무모한 약탈과 살인, 마치 미친 살인귀처럼 죄 없는 시민들을 쏘아 죽였다. 그것을 뒷받침이나 하는 듯이 라디오에서는 '잔인하게 무찔러라, 죽여라'를 연방 고무적인 음성으로 짖어대었다. 적어도 인간이 사는 사회는 아니었다. 김일성의 초상화가 곳곳에 대문짝만치 크게 세워졌다. 이런 등속은 사람의 비위를 거슬리게 마련이다. 학교 담이나 교실에는 '공산주의는 자유주의를 배격한다.'는 벽보가 나붙었다. 어느 한구석 희망을 걸어볼 데라고는 없었다. 어떤 사람들은 우리를 가리켜 역사를 창조한 세대라고도 하지만 우리 세대는 너무나 박복한 세대지. 나는 남쪽으로 달아날 것을 궁리했다. 그러나 다락에 숨어 있던 나는 의용군으로 끌려가고 말았다. 세상사에는 괴상한 일도 많지만, 내가 따발총으로 내 부모, 형제, 친구들을 겨누어야 하는 것처럼 괴상한 일도 그렇게 흔하지는 않을 것이다. 의용군이 되어 진오와 나는 같은 분대원이 되었다. 그와 나는 그때까지는 별달리 친한 사이는 아니었으나 나쁜 사이도 아니었다. 서로가 그 재주를 인정하고, 존경하는 사이랄까, 그렇게 말하는 것이 정확할 것이다. 그것은 확실히는 모르나 어느 치열한 전투 끝에 참호 속에서 우리는 우연히 정서의 얘기를 했는데, 그 후부터라고 생각한다. 내가 정서를 칭찬하면 그는 좋아했고 그가 정서를 아름답다고 하면, 나는 그가 고맙고 좋아서 어쩔 줄을 몰라 했다.

"노트를 꼼꼼하게 했던데?"

"다리도 날씬해."

"눈이 이지적이야."

"이마가 수재형이야."

"코가 귀엽지?"

"피부가 그만이야."

이런 말을 나누며 전투도 하고 작업도 했다. 비행기의 폭격을 당할 때도 둘은 서로 떨어지지 않았다.

"어저께 정서를 꿈에 보았어."

"나도 ……."

그러던 어느 날 나는 단도직입으로 물어 보았다.

"너는 정서를 사랑하니?"

진오는 나를 한참 보더니,

"너는?"

했다.

"짝사랑이지. 그러나 그 쪽에서도 좋아하는 것 같아. 너는 사랑하지 않아?"

나는 또 물었다. 진오는 무언가 생각하더니 한참만에야,

"사랑하구 말구."

했다. 그때 나는 내가 정서를 사랑하는 것하고, 그가 사랑하는 것과는 무엇인가 그 질에 있어서 다른 것을 직감했다. 그것이 무엇일까 하고 생각해 보았으나, 나로서는 알 수 없었다. 폭격은 나날이 심해 갔다. 우리는 폭격이 있을 때마다 내 죽음보다 유엔군의 승리를 뜻하는 것이니까 오히려 그것을 목마르게 바라고 있었다. 낙동강까지 내려간 괴뢰군은 쫓기고 쫓겨 올라갔다. 그런 어느 전투에서 폭격이 멎고 잠시 휴식이 있었다. 우리는 정서의 얘기를 하고 있었다.

"폭격 맞지는 않았겠지?"

"설마 민가를 폭격할라고?"

"빨갱이한테 잡혀가지나 않았을까?"

둘은 이 말이 나오자 갑자기 안절부절못하는 심정이었다.

"그렇다면, 그래서 정서가 이 세상에서 없어진다면 절망인데?"

진오가 신음 소리를 냈다. 나도 동감이었다. 나는 한숨을 쉬었다.

조금 있다가,

"나도 죽는다."

진오가 그랬다.

"삶이 죽음만 못할 때에는 죽는 거다. 빨갱이들한테 끌려가서 욕이라도 당하고 무참히 죽어버린다면, 그 애처로운 이미지를 안고 살아간다고 무슨 수가 있겠어?"

그 말을 들었을 때 빨갱이에 대한 분노가 내 몸 속에서 광란하는 것 같았다. 진오는 한숨을 내쉬었다. 그러더니,

"나는 정서하고 키스한 일이 있어."

겸손하게 미안한 듯이 말했다. 그 말에는 승자의 우월감도 섞여 있는 것 같았다. 순간, 나는 눈앞이 아찔했다. 내 총의 개머리판으로 그 녀석의 얼굴을 콱 찍어 죽이고 싶었다. 나는 앉았던 자리에서 벌떡 일어섰다.

"왜 그래, 벌써 소집이야?"

진오의 말에 정신이 돌아온 나는,

"아니."

하고 힘없이 궁둥방아를 찧으며 앉았다. 그리고 입에서 나오는 대로 말했다.

"허리가 아파서 좀 펴 보느라고."

진오가 너를 사랑한다고 했을 때, 그의 사랑과 나의 사랑에 이질(異質)을 직감했던 것이 생각났다. 그 이질은 바로 그것이었다. 진오는 내가 못한 것을 했던 것이다. 우리는 서로 그 후로는 정서의 얘기를 하지 않았다. 서로가 그것을 회피하고 있는 것을 알고 있었으나 다시는 하지 않았다. 나는 폭격이 있을 때나, 싸움이 있을 때나 그의 곁에서 그가 쓰러지면 부축도 해주고, 다쳤을 때는 약도 발라주고, 먹을 것이 있으면 내가 주려도 나눠먹곤 했지만 가끔 이 녀석이 폭격에라도 죽었으면, 총에라도 맞아 죽었으면 하고 바랐다. 어떤 때는 정말 절실히 바랐다. 그러던 중 둘은 다 포로가 되었다. 포로가 되자 살았다는 감격에 일시는 정서도 아무 것도 머릿속에 없었

다. 그러나 차차 살리라는 희망이 굳어지며, 나는 다시 정서를 생각하게 되었다. 빨갱이 세포는 반공을 가장하고 캠프에 침투해 왔다. 자칫 잘못하면 언제 목에 칼이 꽂힌 채, 변소 속에 처박혀질지 모르는 살벌한 때가 있었다. 진오는 처음 통역으로 있다가 나중에 그만두었다. 나는 애초부터 아무 직도 갖지 않았다. 주목당하고 싶지 않아서다. 몸깨나 튼튼하고 글이라도 아는 사람은 더러는 경찰이 되기도 하고 소대장, 중대장이 되기도 했다. 나는 가만히 있는 편이 위험이 덜할 거라고 판단했다.

어느 날 작업하러 나갔다가 철학과에 다니던 남태준한테서 빨갱이들의 음모를 들었다. 수일 내에 감독하는 미군을 찔러 죽이고 흰자들을 한꺼번에 모조리 죽인다는 것이다. 그 주모자가 바로 가장 반공인 척하고 있는 중대장이라는 것도 알려 주었다. 우리는 즉각 이 사실을 미군에게 알리려고 결심했다. 그래서 양효석과 진오에게 알리고 이기민에게도 알렸다. 누가 빨간지 흰지 겉만으로는 알 수 없는 속에서 아무도 모르게 밀고하기란 거의 목숨을 거는 일이다. 누가 성공적으로 밀고를 했는지 또 우연히 그렇게 되었는지는 모르나, 다음 날 중대장은 다른 캠프로 옮겨갔고 저녁 무렵에 전격적인 수사에서 칼은 발견되었다. 그날 밤 자고 있는데, 갑자기 내 귀에 대고 누가 소근거리는 것 같아 눈을 떠보니 살기등등한 두 놈이 누워 있는 나를 위에서 누르고 이미 칼끝은 내 턱 밑에 겨눠지고 있었다.

"나는 몰라, 양키한테 가까운 놈이 했겠지."

그 말, 그래서 나는 지금 이렇게 멀쩡히 살아 있는 것이다.

기석은 기대고 있었던 허리를 일으키고 콜라를 마셨다.

"나는 살았다. 얼마 후에 몇 시간이나 지났을까? 시계는 없으니까 알 수 없었다. 드리 쿼터가 공포를 쏘며 들어왔다. 캠프 안에는 감시원도 들어오지 못했다. 포로들이 덤벼서 그를 죽일지도 모르니까. 또 아무도 무기를 들고 들어가지 못했다. 역시 무기를 빼앗길 염려가 있으니까. 그래서 폭동이나 큰 사고가 나면, 드리 쿼터나 탱크가 들어오는 수가 있었다. 들것에 사람이 실려서 나가는 것을 보자 나는 왠지 그것이 진오임을 직감했다. 나는 이미 '나 때문인가?' 하는 가책이 있었는지도 모른다. 그러나 죽을 고비를 갓 모면한 나는 곰곰이 생각할 정신적 여유가 없었다. 또 캠프에서의 험악한 생활이 나에게는 그런 여유를 주지 않았다. 기왕 말이 났으니 숨겨서 무엇하겠어? 나는 그것이 나 때문이라고 생각하고 싶지 않았던 것이다. 그래서 그럴싸한 이유, 우연이라든가, 흔한 일이라든가 따위 이유를 내 자신에게 일러주고 있었던 것이다. 그후 진오는 우리 캠프에 돌아오지 않았다. 나는 가끔 그가 살았으면 제발 살아달라고 기원했다. 그 사이 나는 무척 그와 정이 들어 있었으니까, 정말 살아 주기를 바랐다. 시일이 감에 따라 나는 그를 잊어 갔다. 포로 교환에서 석방되어 서울로 돌아온 나는 부랴부랴 학교에 갔다. 물론 정서를 보려고 …… 정서는 살아 있었다. 나는 무어라고 그랬던가? 첫마디,

"노트 좀 빌려주세요."

했다. 전장에도 안 갔던 놈처럼, 포로도 안되었던 놈처럼, 갑자기 이 세상에 불쑥 태어나온 놈처럼! 진오가 오면 페어 플레이를 할 양으로, 녀석이 올 때까지 나는 정서와 데이트도 삼가기로 했다. 그리고 딴 놈이 혹시 접근할까 해서 은근히 정서의 주위를 살폈다.

"……."

"여자라는 것은 나에게 있어 아무 가치도 없는 것이라고, 때로 절실히 느낀다. 인생은 짧고, 할 일은 너무 많으니까 말이다. 그러나 그러니까 오히려 그 어느 것보다도 여자한테 끝없는 가치를 기대해 보는 지도 모르지. 깊은 바닷속에 무엇이 있는지 보이지 않으니까, 있을지도 모른다고 생각하는 것처럼. 이른바 환각이다. 포로 수용소 이후 1년 만에 처음 진오를 보았을 때 다리를 심하게 저는 것을 알았다. 나는 맹렬히 너를 내게로 잡아당겼다. 불안해서다. 페어 플레이 하려던 것이 유치한 계산이란 것을 알았던 것이다. 너는 내게로 쉽게 끌려왔다. 나는 승자였다. 내가 승리를 확신했을 때 무엇이 그 계기가 되었는지 모르겠으나, 마치 경주에서 나 혼자서 달려온 것 같은 느낌이 들었다. 즉 진오는 애초부터 이 경주를 포기하고 있었다. 무슨 까닭일까? 나는 그 어떠한 이유보다도 그가 불구라서 피하는 걸로 단정을 내렸다. 그리고 그것이 나 때문인 줄 알자, 나는 죽고 싶도록 내가 미웠다. 더럽고 부끄럽고 치사해서 나는 내 자신에 분노했다. 괴로웠다.

나는 생각한 끝에 너를 진오에게로 보냈다. 웬만해서는 돌아갈 것 같지 않아서, 그의 다리를 저는 까닭을 그럴싸하게 얘기했다. 너는 갔다. 그때의 쓸쓸함이란! 정서, 너는 나의 시금석이었다고 화내지만, 그럴 테지 물론. 그러나 이 세상에 제 애인을 남에게 주고 싶은 미친 놈이 어디 있겠어? 진오는 죽었으면 했다지만, 나도 죽음을 몇 번 심각히 생각했었다. 죽지 않는 이유는 물론 진오와는 다르다. 나는 내가 죽음으로 해서 내 죄가 진오에게 발각되는 것이 싫다. 그가 자식, 네가 살면 얼마나 살려고 하고 비웃을 것을 상상하니, 피가 거꾸로 뒤끓는 것 같았다. 나는 승자며 패자였다! 나는 그의 이름을 대지는 않았다. 그러나 왜 하필 '양키에게 더 가까운 놈'이라고 말을 했을까? 폭동의 음모를 안 사람은 진오 외에 셋이 있었다. 그 셋 중의 누구가 아니고, 왜 하필 진오를 은근히 시사했을까. 그가 이 세상에 없었으면 하고 원했기 때문이 아닐까?"

그는 조금 쉬었다가,

"그러니까 역시 나는 죄인이다!"

말을 마치자 기석은 벌떡 일어났다.

그리고 멍하니 창 쪽으로 향해 한 발자국 내디디다가 도로 의자에 털썩 주저앉고 눈을 감았다. 긴 얘기에 사뭇 지친 것 같았다. 시계가 다섯 시를 쳤다.

"아무 것도 아닌 일이구먼요."

정서가 밝게 말하고 소리를 내어 콜라를 글라스에 따랐다.

"저 같으면 진오 씨한테 이렇게 말하겠어요. '너는 아무래도 나 때문에 다리를 저는 것 같은데 너는 어떻게 생각하니? 너도 그때 밀고자는 김기석이라고 말했으면 이 꼴이 안 되었을지도 모르잖아? 괜스리 나를 괴롭히려고 너는 그리스도도 아니면서 그리스도 노릇을 했지? 나는 너를 원망한다. 너 때문에 도리어 내가 일생 고칠 수 없는 병신이 됐다. 미안하지 않나?'"

기석은 정서를 왈칵 껴안고 그녀의 가슴에 얼굴을 비볐다. 정서, 너는 참 좋겠다. 너는 꿈도 아니고 식물성도 아닌 여자라고 했지만, 너는 역시 꿈이다 향기다.

"그래 그렇게 말하지."

그녀의 가슴에서 얼굴을 들고 그는 즐겁게 웃었다. 정서도 소리를 내어 웃었다. 그들은 잠시 즐거웠다. 어린아이들이 소꿉장난할 때, 너는 의사구 나는 엄마구 하며 배역을 정해 놓고, 애기가 아파요. 네? 이런, 더러운 손가락을 빨아먹었구먼요! 하며 맞장구를 칠 때와 같이 즐거운 것이다.

정서가 한 말이 뻔한 허세인 줄 알았고, 기석의 대답이 또 거짓말인지 너무 잘 알고 있기 때문이다. 그러나 터무니없는 거짓은 아니었다. 정서는 기석이 어떤 형식이건 표현이건, 솔직히 그 심경을 진오에게 말하는 것이 그가 구제되는 길이라 생각했고 기석은 진오가 떠나기 전에 한마디라도 사죄를 할까 하고 생각하고 있었다.

그들은 웃고 나자, 간밤을 새웠으니 조금이라도 잠을 자야 할 것 같아 서로 다른 침실로 들어갔다. 정서는 침대에 누웠으나, 잠이 오지 않았다. 일어서서 커튼을 걷으니까 날이 환히 밝다. 기왕 잠도 안 오니, 집에 가서 번역하던 것이나 손댈까 하고, 리빙 룸으로 나갔다. 나가자 그녀는,

"어머나!"

하고 자그맣게 소리쳤다. 긴 의자에 기석이 앉아 있었다.

"잠이 안 와서."

"저두요."

그녀는 목욕실로 가서 세수를 하고 나왔다. 경대 앞에 앉아서 핸드백에서 휴대용 로션을 꺼내 얼굴에 발랐다.

"결혼해요. 싫으세요? 싫으면 그만둡시다. 강요는 좋지 못하니까

요. 하지만 저를 사랑한다면 애기 낳게 해주세요. 그리고 저를 버리세요. 저는 애기하고 아름답게 살 거예요. 아주 썩 낭만적이지요? 얼마나 멋있을까."

정서는 종달이 모양 재잘대며 머리를 빗었다.

'같이 살자. 둘이 다 함께 살고 싶어서 죽겠을 바에야, 사는 것이 원칙이다. 살자, 같이 살자'

기석은 창 밖으로 새벽 노을을 보고 있었다. 그는 눈을 감고 뱉어내듯이 말했다.

"아들은 낳고 싶지 않아."

정서는 거울을 보던 얼굴을 기석에게로 휙 돌렸다. 그녀의 눈은 한참 동안 반짝였다. 기석을 놀리듯이,

"그러면 누가 전쟁을 해요?"

기석은 쓰게 웃었다. 내 아들은 절대로 나처럼 되어도 안 되겠고, 진오처럼 되어도 안 된다.

"전쟁은 싫어."

"저도 싫어요."

"무엇 때문에 전쟁이 일어날까요?"

"살아 보려고 그러는 것이겠지."

"살려다가 죽는군요. 싱거워라."

"그렇게 다 싱거운 거야."

"달관하신 것 같아."

"아직 멀었어."

"마치 인생을 포기한 것 같은 말투셔."

"포기했으니까 열심히 살려는 것인지도 모르지."

기석은 길게 한숨을 토해냈다. 정서는 머리를 빗다 말고 불안한 눈으로 그에게 다가갔다. 기석은 그녀를 보며,

"아무 것도 아니야, 키스하고 싶다는 말이야."

정서는 잠자코 다시 빗으로 머리를 빗어 내렸다.

아파트에 돌아오자 번역하던 것을 펴 보았으나 일은 되지 않았다. 정서는 잠깐 동안 눈을 감고 잠을 청했다. 머릿속이 텅 비었다 뒤범벅이 되었다 한다. 그녀는 혼자서 속으로 되뇌었다.

'나는 아무 능력도 없다!'

사랑하는 사람이 피를 흘리는데 그 피를 멈출 힘도 재주도 없다. 다만 흐르는 피를 보며, '사랑해요, 죽도록 사랑해요!' 하고 외칠 뿐이다. 그녀는 처음으로 사랑이 얼마나 무력한가를 뼈아프게 느꼈다.

기석의 차를 타고 정서는 비행장으로 향했다. 진오는 정각 2시 반에 제자들과 동료 교수들에게 둘러싸여서 비행장으로 들어왔다.

"바쁜데 여기까지 …… 참, 여러 가지로 고마웠어. 가서 편지 자주 하지."

진오가 기석에게 말하고 정서에게도 잘 있으라고 인사를 했다. 기석은 둘만의 기회를 가지려고 애썼으나 좀 해서 틈을 잡을 수가 없다. 기석은 진오의 다리가 부실해서 가방을 들어다 준다는 명목을 세워 개찰구를 통과했다. 여러 전송객들과 하직하고 진오는 기석과 둘이서 계단을 내려갔다. 다른 여객들 사이에 끼어 여권 조사를 마치고, 트렁크의 검열도 끝났다. 마지막 문을 열고 진오가 나가려는데,

"진오!"

하고 기석이 불렀다. 그는 진오의 손만 움켜잡고 있었다. 그러다가 겨우 입을 열었다.

"알고 있었지?"

기석의 눈은 진지했다. 진오는 단념한 듯이,

"음, 알고 있었다."

무엇을 알고 있는가 서로 말할 필요도 없었다.

"내가 알고 있는 것을 네가 아는 것도 알고 있었다. 기석, 제발 잊어버리자. 나도 한때 너를 저주한 적도 있었다. 그러나 병원을 나올 때 이미 완전히 잊어버렸다. 나는 네가 어쩔까보아 끝까지 모른 체하려고 했다. 그러나 그것이 도리어 네게 해로웠지 않았나 지금 원망스러워진다."

진오는 고개를 조금 흔들었다.

"미안하다. 확실히 내 생각이 잘못되었던 것도 같아. 어쨌든 그런 경우 너의 태도를 누가 나무랄 수 있겠어? 나도 너와 다른 바 없는 놈이다. 다만 내가 안 당하면 누군가가 또 그 아픔을 당할 거라고 이를 악물었을 뿐이지. 내가 실신하면서 누구의 이름을 댔을지도 모르지 않나? 아무튼 나는 살았지 않아? 죽은 놈도 수도 없는데 말이야. 고마운 일이 아닌가."

진오는 기석의 어깨를 치며 씩씩하게 말했다. 너무 씩씩해서 마지막 말은 진심 같지 않았다. 기석은 진오의 손을 잡고 놓치지 않았다. 그는 무슨 말이건 해야 할 것 같았으나 아무 말도 나오지 않았다. 그는 초조해지며 더욱 진오의 손만 움켜쥐고 있었다.

"아직도 안 풀리나? 사실 우리나라의 청장년 치고 그 몸에 상처 없는 사람이 어디 있겠어? 몸이 아니면 가슴에라도 있다. 내 다리는 결코 네 탓이 아니다. 내가 때도 장소도 잘못 태어난 탓이지. 그러니까 또 살맛도 나는 게 아니겠어? 넓게 생각하자. 참, 마지막 소원이다. 정서하고 결혼해주어. 정서는 너를 사랑한다.”

진오는 돌아섰다.

“아니!”

기석은 깜짝 놀라며 진오를 잡았다.

“그럴 수는 없어. 네가 올 때까지 정서는 기다릴 거다. 정서는 너를 사랑했었다. 그리고 지금도 사랑해.”

진오는 발길을 되돌렸다. 그리고 나직하게,

“나는 불구야. 결혼할 수 없어.”

“정서가 그래도 좋다면?”

진오의 시선은 잠시 밑으로 떨어졌다.

“다리뿐 아니야.”

말하자 진오는 얼른 몸을 돌려서 탑승구 문을 열고 나갔다. 기석은 눈앞이 캄캄해지며 미친 듯이 그의 뒤를 따라 뛰어나갔다.

“진오, 진오!”

그는 진오를 뒤에서 덥석 안았다. 그는 울고 싶었다. 목에서 꺽꺽 하고 야릇한 울음이 나오는데 눈물은 한 방울도 나오지 않았다. 경비원들이 그를 진오에게서 잡아떼었다. 진오는 비행기에 올랐다. 기석은 담벼락에 얼굴을 대고 서서 목에서 꺽꺽 하고 소리가 나는 대로 내맡기고 있었다. 눈물이 흐르면 가슴의 아픔이 조금은 풀릴 것 같았다. 그러나 눈물은 끝내 한 방울도 나오지 않았다.

'내가 살려고 한 짓이 반드시 남의 죽음을 의미해야만 하는가? 이 것은 도대체 누구의 규율이냐?'

기석은 처음으로 보이지 않는 것에 대한 불길 같은 분노를 느꼈다. 그리고 그가 그것에 대해 얼마나 약한 자인가를 가슴이 아프도록 깨달았다. 비행기의 한쪽 날개에 태양이 반사해서 눈이 부셨다. 기석은 터지듯이 나오는 한숨을 어금니로 깨물었다.

'역시 내 탓이다. 누구의 탓도 아니다. 진오는 절망에서 정서를 단념한 거다. 나 때문에 병신이 되고 나 때문에 절망하게 된 거다. 나는 살인자보다도 더한 놈이다.'

비행기가 폭음을 내며 뜨기 시작했다. 기석은 고개를 수그린채 밖으로 나왔다. 공항 현관문에 정서가 서 있었다. 그녀는 무엇을 느꼈는지, 그를 뚫어지게 보며 못 박힌 듯이 선 자리에서 움직이지 않았다. 기석은 그녀를 보고 땅으로 깊숙이 고개를 떨어뜨렸다. 그의 가슴에서 또 한번 한숨이 터져 나왔다. 그는 이윽고 뒤도 돌아보지 않고 고개를 수그린 채 그의 차가 있는 곳으로 걸어갔다.

(1964년 『현대문학』)

1970년대

10
여수

"여행객이 많습니다. 등산 코스도 좋고, 스키장도 좋고, 바다도 좋고 해서 그런가 보지요? 스키하러 오셨습니까?"

운전대에 앉은 청년이 앞을 본 채 말한다.

그의 밝은 감빛 윗도리가 회색 시트의 차 안을 밝게 해 주고 있다.

"아니에요 ……."

정희는 바다나 보려구요, 하려다가 그만두었다.

차 안에 난방이 되어 있어서, 냉했던 뺨이 이내 풀린다. 그녀는 쿠션에 깊숙이 파묻혔다. 머플러에 뿌린 향수 냄새가 부드러워진 후각에 은은히 스며들었다. 그 향기가 가라앉아만 가는 기분을 달콤하게 감싼다. 그녀는 창 밖으로 시선을 돌린 채 향수 냄새가 오관에 스며 퍼지는 아련한 쾌감에 잠시 젖어들었다. 이윽고 잊었던 것이 생각난

듯이 쿠션에서 허리를 일으키며,

"담배를 피워도 좋을까요?"

했다. 기분 탓인지 음성이 가라앉아 있다.

"좋지요."

청년은 군침이 도는 듯이 말하고 정희를 뒤돌아보았다. 검은 눈이
맑다. 서울 말씨에, 학생 같은 인상인데 벌써 겨울 방학이 되었던가?
스키 객인지? 생각하며 정희는 담뱃갑에서 한 개비를 꺼내어 그에
게 건네었다. 청년은 정희의 담배를 든 하얀 손을 잠시 보고 있다가,

"그걸 피우면 잠이 안 와서요."

하고 뒤통수를 긁는다.

"아 ……."

'아 그래요' 하려다가 말끝을 맺지 않고 의자에 등을 기대며 그녀
는 담배에 불을 붙였다.

갑자기 짜릿한 감각이 젖꼭지서 복부 쪽으로 내닫는다. 석진이 생
각이 났다. 그녀는 얼른 라이터를 껐다.

오랫동안 잊고 있던 석진이 왜 생각났는지 의아하게 여기며 그녀
는 담배 연기를 천천히 뿜어내었다. 여행하는 탓일까? 얼마 전에도
여행을 했었는데 …… 담배를 피우면 잠이 안 온다는 그의 말 때문
일까?

석진도 그런 말을 했었다. 정희가 내준 담배를 거절하며,

'잠이 안 와서요 …….'

했었다. 그리고 왈칵 그녀의 손을 잡아당겨서 파티 객들 사이를
누비며 한 구석으로 갔다.

"우리 같이 살 수 없을까요?"

그에게 뜨겁게 이끌리고 있는 정희의 속을 환히 알고 하는 말 같았다.

그들이 만나는 것은 공식석상의 모임에서뿐이었다. 극히 형식적인 '안녕하세요, 날씨가 계속 좋군요, 장마가 지루합니다' 정도의 인사만 교환했었다.

그날도 누군가의 환영회였었다. 화단, 정계, 실업계의 명사들이 붐비고 있었다.

그의 말은 돌발적이었으나, 정희는 그를 만날 때마다 그의 전신이 그녀에게 그렇게 묻고 있는 것처럼 느껴졌었던지 놀라지도 않았고, 새삼 놀란 척할 만큼 그녀는 또한 젊지도 않았다. 그녀는 다만 빙그레 웃고 그 자리를 피했었다.

정희는 양편의 유리창을 조금씩 내렸다. 청년은 담배를 피우면 잠이 안 온다니까, 연기도 좋아할 것 같지 않아서다. 연기는 차 안에 머물렀다가 이내 달리는 창 밖으로 흘러나간다.

청년은 활기찬 음성으로,

"이런 길 운전하는 건 누워서 떡 먹기지요. 차도 새 거라 할 만하지요. 운전하실 줄 아세요?"

"아니요."

그는 무언가 말이 하고 싶은가 보았다. 차는 아스팔트가 패어진 데를 부드럽게 돌며 비켰다.

"저는 정말, '시트로엔'을 한 번 갖고 싶어요. 디자인도 멋지던데요. 거드름 떠는 캐딜락 같은 건 문제도 아니에요. 빨간 빛이나 베이지 빛이 제일 멋있던데요? 판매 선전 책에서 보았지요. 고속을 달릴 때는 차가 길에 납작 붙는대요. 과대 선전일까요?"

그는 핸들 위에서 두 팔꿈치를 일직선으로 벌리고, 납작 엎드리는 시늉을 했다가 어깨를 두어 번 으쓱거린다. '시트로엔'을 가지고 싶어서 못 견디겠는지, 체내에서 에너지가 그렇게 발산하는 것인지 모르겠다. 차분한 정희의 기분에 그의 말소리는 기차 바퀴 소리처럼 부산하게 차 안을 회전한다. 택시며 자가용이 서너 대 그들을 앞질러 갔다. 청년은 뒤질세라 악셀레이터를 한껏 밟는다. 돌에 걸렸는지 차에 충격이 있었는데도 마구 달린다. 속력을 늦추라고 해도 그럴 것 같지 않아서 정희는 잠자코 그의 뒤통수만 보고 있었다. 앞차들을 뒤로 물리치자 겨우 속력을 늦추었다. 그러자 뒷 차들이 다시 앞으로 내닫는다.

"짜식들 ……."

청년은 휘파람을 획 불었다. 그러나 이번에는 속력을 내지 않았다. 추월한 차들이 멀어지고 나니 길은 다시 한산해졌다.

창 밖 오른편은 초겨울의 들이 펼쳐지고, 왼편에는 모래밭 너머 멀리 바다가 보였다. 낙엽진 가로수가 흐린 하늘에 으스스 추운 듯이 섰다가 하나씩 스쳐 간다.

"아무튼 달린다는 건 재미있어요. 멋으로가 아니라, 게을러서 장발(長髮)이었거든요. 마침 중간 시험 때인데 덜컥 걸렸잖아요. 다음 날도 시험이 있는데 될 말입니까? 그냥 뛰었지요. 죽기 아니면 살기지요, 뭐. 우리나라는 별난 시대를 지내 왔어요. 장발이라고 잡아가니 ……."

청년은 즐거운 듯이 핸들을 조정했다.

"신나던데요. 그런 경험 있으세요?"

그녀는 잠자코 고개를 옆으로 저었다. 한참 달리다가 청년은 앞을 본 채,

"그런데, 여쭈어 보아도 좋을까요?"

하며 뒤통수를 긁다가,

"아주머니가 타시니까 차 안이 향기로와졌습니다. 꼭 살결에서 스며나오는 것 같은데 ……."

하고 또 뒤통수를 긁는다.

"아니, 아니에요."

정희는 당황하며 쿠션에서 허리를 일으켰다.

"그러면 향수 냄새인가요? 무슨 향숩니까? 샤넬? 저는 샤넬이라는 향수밖에 모릅니다. 그것도 맡아 본 적은 없고 이름만 알 뿐이지요. 텔레비에서 비누 선전할 때 그러지요. 오호, 샤넬, 샤아넬의 그 향기 ……."

장발 단속에 걸려서 뺑소니친 일이 있다는 그는 광고에 나오는 여자의 목소리를 그럴 듯하게 흉내 내었다. 정희도 입가에 웃음이 흘렀다.

"이것은 '샤넬'이 아니구 '죠이'예요."

"죠이라구요? 그런 것도 있구나! 그런데 그게 꼭 아주머니의 살결에서 새나오는 것 같거든요?

무어라고 할까요? 그 냄새를 구상화에 담는다면, 아마 아주머니처럼 생겼을 겁니다."

그는 말을 맺고 갑자기 뒤돌아보며,

"김정희 여사지요?"

한다. 아까부터 하고 싶은 것을 참다가 못 견뎌서 묻는 모양이었다. 정희는 속으로 놀라며,

"아닌데요."

하고 시치미를 떼었다. 온갖 현실에서 멀어져 보려고 훌쩍 나선 여행길인데 결코 누구라고 알려지는 것은 싫었다.

"첫인상이 그분 같았어요. 화가시지요?"

정희는 잠자코 고개를 저었다.

"작년이던가요? 여사의 개인전에 갔었지요. 반추상화였었던 것 같은데, 그렇지요? 저야 그림은 봐도 몰라요. 별 취미가 없는데, 친구 녀석이 최고의 지성인은 예술을 이해해야 한다고 끌고 다녀서요. 공자는 음악을, 앙드레 말로는 미술을, 슈바이처가 오르간을 치면 하늘이 열린대나요? 처칠은 노벨 문학상을 탔을 정도며, 또 그림도 잘 그렸답니다. 피아니스트인 파데레프스키는 폴란드의 대통령이었고, 루쏘도 작곡을 했대요. 아인슈타인이 바이올린을 잘 켰고, 어쩌구 하면서 말이지요. 덕분에 음악회며 전람회는 부지런히 쫓아다녔지요. 저는 선생님 그림은 아래 위 층 것을 오 분 동안에 다 보아 버렸지요. 이것 참 실렌데요. 그런데 그걸 그린 선생님은 한 십 분쯤 바라보았지요. 그리고 저 사람 남편 참 행복한 녀석이구나 했지요. 나도 그런 녀석이 되려고 맹렬히 여성을 찾아봤지요. 일 년 걸려서 겨우 찾아내었는데, 같은 학교에 다니는 여학생이에요. 등잔 밑이 어둡다고, 참, 공연히 여자 대학 교문 앞에서 시간깨나 낭비했었지요."

그는 다시 속력을 낸다. 허비한 시간에 화가 났는지 그녀를 닮은 여성을 찾았다는 말을 대놓고 하고 보니 열적었는지, 정희는 그의 기분을 돌려 주려고,

"그러니까 미술 하는 학생?"

했다.

"아니에요. 김 여사가 화가라서 좋았던 건 아니니까요. 여자는 저렇게 생겼어야 된다고 생각했지요. 그녀는 화학이 전공이에요."

그는 어깨를 한 번 으쓱 올렸다.

"그녀가 온다고 해서 비행장에 갔더니 안 왔잖아요! 오히려 잘 되었어요. 오면 좌우간 신경을 써 주어야 할 테니까. 방은 제 방에서 마주 보이는 데에 예약을 해놓았는데 …… 참 그 방을 양보해 드릴까요? 예약하셨던가요?"

"아니요."

"그 방에 드세요. 남쪽은 바다가 절벽 밑으로 보이고, 동쪽은 바다가 멀리 보이는 멋진 방이지요. 아침 해가 뜰 때면 …… 참 이거 …… 해뜨는 건 못 봤지만……."

그는 뒤통수에 또 손이 간다. 괴로움을 모르는 사람은 해가 뜨고 지는 모습은 보아도 보이지 않는 것이니까 ……. 정희는 그의 깨끗한 뒷모습을 보며,

"고맙습니다. 그런데 그 걸프렌드가 오면 어떻게 하나요?"

"뭐, 제 방을 주지요."

"학생은 어떻게 하구?"

"직원용 방에서 자지요. 주방에서 자도 되고요. 안 자도 상관없어

요, 뭐. 젊은 놈이 하룻밤 쯤 안 잔다고 큰일 나겠습니까?"

학생의 대답은 거침없이 나온다. 정희는 잠자코 있을 수밖에 없다.

"손님이 많아서요. 저희 일행은 넷인데, 오늘밤은 한 방을 써야 할 것 같아요. 그러고 보니 제가 마치 호텔 주인 같지요?"

그는 유쾌한 듯이 웃었다.

"그 호텔이 제 친구의 아버지 껍니다. 저는요, 일 학기말 고사를 잘 쳤거든요, 스트레이트 A예요. 약속대로 엄마가 휴가를 주신 거지요. 더구나 일주일이나 말이지요. 그런데 눈이 안 오니까, 스키도 못 타고 일기예보도 앞으로 며칠 내에 눈이 올 거라는 소리는 없어요. 지금 흐렸길래 내일은 눈이다 했더니 밤부터는 싹 개어서 보름달을 볼 거랍니다. 세 녀석이 그냥 찌지요, 쪄요."

말은 찐다고 답답한 듯이 하나, 핸들을 조정하는 그의 어깨는 즐거운 것 같다.

속력도 쾌적하다. 밝고 붙임성 있는 성격으로 보아 아마도 좋은 가정에서 따뜻하게 자란 것 같았다.

"친구의 아버지가 한 성질 있는 사람입니다. 업체가 몇 개 있는데 자수성가한 분이지요. 제 친구는 상과가 전공인데요, 지성은 예술을 이해해야 한다는 그 친구예요. 조금만 무엇을 생각하고 있으면, 젊은 놈이 빈둥거린다고 아버지가 야단을 친데요. 짜식이 청소부 노릇도 하고, 프론트도 보고 바쁘지요. 친구가 하니까 우리도 할 수밖에 없어요. 몇 호실 청소다 하면, 네 녀석이 와 몰려가지요. 뭐, 전기 청소기로 양탄자 부분만 드르르 하는 겁니다. 복도도 다하지요. 그랬더니 원래 숙식 일체를 공짜로 초대를 받았는데요, 그 아버지가 신통하다고 서울 가는 비행기표도 사 준대요. 기차 타고 갈 테니까 표로 받지 말고 돈으로 받아 두라고 세 녀석이 그 친구한테 단단히 일러 놓았지요. 친구 녀석은 청소부는 약과라나요? 벽돌도 나르고, 땅도 파고 중노동을 시킬 때도 있대요. 아버지는 정신노동을 전혀 모르고 노동이라면 육체노동 뿐인 줄 안다고 하며 불만이 많지요. 친구 녀석은 가출하고 싶어도 나가 보아야 결국 일해야 먹고 사니까, 매한가지라 부자간의 인연을 연결해 둔답니다."

정희는 그가 그녀를 태워 주게 된 경위를 이제야 환하게 알게 되었다. 그녀는 비행장에서 탄 택시가, 오 분도 못 가 고장이 나서, 운전수가 차 밑으로 들어가 수리하는 동안 길 옆에 서 있었는데, 마침 자가용 하나가 급정거를 하더니 운전대에서 소리를 쳤었다.

"'산호' 호텔로 가신다면 모셔다 드리지요?"

학생은 일주일 예정으로 서울에서 친구의 아버지가 경영하는 휴양지에 왔는데, 오늘 애인이 온다고 해서 비행장에 마중 나갔다가 오지 않아서 빈 차로 호텔로 되돌아가는 길이었다고 했다.

온다던 애인이 오지 않았는데도 기분 나빠하지도 않고, 혹시 사고가 아닌가 하고 걱정도 하지 않는다. 그의 말대로 신경을 써 주어야 할 텐데 오지 않아 오히려 홀가분할 뿐인지, 애초에 오리라고 기대하지 않았었는지, 아니면 사랑하는 사람이 아닌지 구김 없이 솔직하기만 한 그에게 정희는 호감이 갔다.

산호 호텔로 가는 언덕 한 모퉁이가 멀리 보이기 시작했다. 절벽 밑으로 바로 바다가 보이는 방. 바람벽에 부딪히며 산산이 깨어져 나가는 파도의 환상이 왠지 스산하게 정희의 가슴을 흐트러 놓는다.

그녀는 다시 한 개비에 불을 붙이려다가 그만두었다. 학생을 위해서.

"김 선생님은 통 말을 안 하십니다. 저만 떠드는데요."

"학생 얘기가 재미있어서 ……"

"선생님 부군은 무얼 하시는 분입니까?"

"……."

"애들은 몇이나 있으세요?"

"……."

학생은 뒤통수를 긁으며,

"실례일까요?"

한다.

"아니요. 애들은 없고, 남편은 …… 말하고 싶지 않은데요. 그런데 저는 그 화가가 아닙니다."

"상관없어요. 아니면 또 어때요."

학생은 뒤돌아보며 웃었다.

"김 선생님! 담배를 피우시는데. 건강은 괜찮으십니까?"

그는 정희가 선생임을 포기하지 않는다.

정희는 그의 자신감에 조금 웃고 "괜찮습니다." 했다.

겨울 해라 다섯 시인데도 벌써 어둡다. 멀리 수평선 가까이에 불빛 하나가 희미하게 명멸하고 있다. 고기잡이 배인가. 어두움이 서서히 짙어 가는 아스팔트 길에 헤드라이트를 켠 자동차들이 몇 대 오간다. 도시와는 달리, 여유 있고 다정한 풍경이다.

떠들고 싶을 만큼 떠들었는지 학생은 한동안 말없이 핸들을 조정하고 있다. 십 여분쯤 더 가면 호텔에 닿을 것이다. 웬일인지 석진과의 일이 정희의 기억 속에 선명히 떠오른다. 어언 일년도 더 지나 버린 데에 그녀는 새삼 세월의 빠름을 통감했다.

그때, 머리맡의 유리창을 소나기가 깨뜨릴 듯이 거세게 후려치며 흘러내리고 있었다. 그들은 여장을 풀 겨를도 없이 방에 들어서자 바로 샤워로 더위를 씻었다. 그리고 …… 그의 농밀한 피부의 감각이 지금도 그녀의 감각에 감미롭게 저려온다. 그녀도 한껏 그를 사랑했었다. 살아서 사랑하는 사람을 사랑할 수 있다는 것에 그녀는 살아 있는 육체의 환희를 느꼈었다.

그리고 그녀는 담배에 불을 붙였었다. 새벽 태양이 어두운 방 안을 신비로운 보랏빛으로 물들이는 속을 푸른 담배 연기는 환상처럼 천천히 사라져 갔다.

갑자기 고독감이 그녀의 전신에 춥도록 젖어드는 것을 어쩔 수 없었다.

"이 짧은 시간에 담배를 피워요?"

하며 석진은 그녀의 손가락에서 담배를 빼앗아 뭉개 껐다. 그리고 다시 …….

세월은 흘러갔다. 그때도 계획 없이 훌쩍 떠난 여행이었다. 비행장에 내리자 석진이 그녀의 어깨를 뒤에서 가볍게 쳤었다. 놀라며 그녀는

"어디 가세요?"

했다. 그는 대답 없이 웃으며, 그녀의 작은 가방을 뺏어 들고 성큼성큼 걸어서 택시를 잡고 그녀를 태웠다. 호텔에 도착하자,

"어디 가느냐고요? 여기에 왔지요"

하며 그는 서슴지 않고 방을 정했다. 석진에의 동경과 망각이, 반복했던 흘러간 긴 시간이 마치 종착역에 다다른 것 같았다. 정희도 애초에 그를 만나기 위해서 온 것처럼 그를 따랐다.

석진은 건축일로 남양 일대를 돌려고 떠나려는데 공항에서 인파속의 그녀를 보고 무턱대고 미행했다면서, 다시 서울로 가서 국제선을 타야 한다고 하며 식탁 위에 비행기표며 여권을 내보였다.

"가지 말라면 안 가겠어요."

그는 아침 식사를 마치며 말했다. 가지 말라고 할 만큼 정희는 이미 젊지 않았다. 인생은 남녀간의 정사만이 전부가 아니다. 그가 그녀 곁에 더 머물러서 또 무엇 할 것인가? 그녀는 말없이 커피를 마시고 창문을 열었다. 염분 섞인 아침 공기가 콧속에서 폐로 그리고 전신의 세포에 삼빡삼빡 스며 퍼졌다. 대기는 맛이 있을 만큼 상쾌했다.

'신선한 공기처럼 좋은 것은 없어요.' 하려다가 그녀는 잠자코 대기만 마셨다.

그후 서너 달 동안 그는 그림 엽서를 보냈었다. 남양 지방의 열대 풍속이 천연색 사진에 가지가지로 찍혀 있었다. 매번 '안녕하십니까?'만이 그 편지 내용인 것이 인상적이었다. 정희의 남편을 의식해서 다른 사연을 피한 것이 아니라 언제나 앞뒤 없이 요점만 말하는 그의 성격 때문이라고 해석하고는 정희는 웃었다.

정희는 더러 여행도 하고 그림에 몰두도 하는 동안 그를 까맣게 잊고 있었던 것이다.

창 밖은 완전히 어두워졌다. 몇 대의 차가 전속력을 내며 그들의 차를 앞질러 갔다. 왼편 길가에 가로등이 켜졌다. 호텔도 머지 않았다.

정희는 담뱃갑을 만지작거렸다. 그러나 담배에 불을 붙이지는 않았다. 까맣게 잊고 있던 석진이 기억에 되살아난 것이 새삼 기이했다. 그리고 보니 금년 초여름에도 잠깐 만났던 일이 생각났다. K 호텔에서 남편과 점심을 먹고, 나오는 로비에서였다. 석진이 여러 사람들과 서서 얘기를 하고 있다가 그녀를 보자 달려와서 악수를 청했다.

"그림 엽서 잘 받았어요."

하고 정희가 먼저 말했다. 석진은 현관 쪽을 걸어 나가는 그녀의 남편에게는 눈도 돌리지 않고,

"우리 서로 이혼하고 같이 삽시다. 역시 그것이 좋을 것 같아요. 이삼일 내로 구라파에 가는데, 결말이 나는 대로 연락을 드릴께요."

하고 그녀의 손을 으스러지도록 잡았다가 놓았다. 그의 일행 중에 외국인도 몇몇 있는 것으로 보아 일이 더 바빠진 것 같기도 했다. 그러나 결말이 나는 대로 연락한다는 뜻을 그녀는 이해하지 못했다. 결말이란 이혼을 말하는 것인지, 사업의 그것을 말하는 것인지, 말과 행동이 거의 동시에 일어나는 석진을 알고 있던 탓인지, 정희는 순간 거센 바람이 몰려가는 것 같은 것을 느끼면서 그의 건장한 뒷모습만 보고 있었다. 남편은 그가 누군가 묻지도 않았다. 남 보기에 의심스러운 사이처럼 보이지도 않았겠으나, 그랬었더라도 물어 보지 않았을 것이었다. 마치 정희가 남편의 두 세명의 정부에 대해 묻지 않은 것처럼.

언젠가

"사랑하지도 않는 사람하고 왜 살아요?"

하며 젊은 여자가 당돌하게 전화를 걸어오기도 했으나, 정희는 전화에 대꾸도 하지 않았고, 남편에게 전화가 왔었다는 말조차 하지 않았다. 철없을 때는 연애에 열중하고 있으면, 온 세계에서 사랑을 하는 것은 저희들 둘뿐인 줄 알기 쉽다. 더구나 저희들의 사랑만이 기막힌 사건이며, 가장 열렬하며 가장 순수하며 가장 진실된 걸로 착각한다. 타인은 연애할 자격도 미(美)도 매력도 없는 줄 알기가 일쑤다. 그러나 사람이 있는 곳이면 어디나 그 연애극이 있는 것을 어찌하랴. 사람에게 뿐일까, 동물에게도 있는 데야 ······.

정희도 남편을 사랑해서 결혼했다. 그러나 그 사랑이 그렇게도 쉽게 변질되리라고는 상상조차 못한 일이었다. 건반을 치면 소리가 나고 치지 않으면 나지 않는 것처럼 그녀의 사랑은 남편의 심리를 민감하게 반영했다. 그가 사랑했을 때 그녀도 사랑했고 그가 멀어졌을 때 그녀도 멀어졌다.

결혼 초기에는 두 평짜리 셋방에서 애써 그린 그림을 연탄 몇 장 값으로 바꾸기도 했다. 가난 때문에 임신 중절한 것이 나빴는지 그녀는 그 후 한 번도 임신을 못했다. 남편의 사업이 성공하고 그녀의 그림도 나날이 값이 올라서 생활이 윤택해지자, 평소 왕래도 없던 친척이라는 사람들이 끝없이 돈을 요구해 왔고 더러는 그들의 여유 있는 생활을 적대시하고 시가 친척들은 대화에 참여하지 않는 정희를 거만하다고 말썽도 부렸다. 그녀는 흥분해서 자신의 정당성을 주장도 하고, 그들이 알아듣도록 변명도 했었다. 차차 그녀는 침묵하게 되었다. 역겹던 사람들에게서 초월해 버렸는지 진실로 거만해졌는지 이제는 미운 사람조차 없다.

지금은 아름다운 저택에서 정원사와 요리사와 가정부를 두고 있는 그녀는 그림과 독서와 향내를 즐기며 살고 있다. 꽃향기는 방의 문을 닫아 두어야 비로소 가득 퍼지니까 번거로웠다. 그녀는 향로에 피우는 향이 손쉬워 좋아했다. 침향(沈香) 사향(麝香) 정향(丁香) 인도나 중국향 혹은 동유럽에서 난다는 잣나무향 등 피워 보아서 좋았던 것을 되풀이 피웠다. 때로 커피를 끓여서 집 전체에 냄새를 가득 차게도 했다.

향수나, 피우는 향에는 상쾌한 냄새, 감미로우며 신선한 냄새, 칼칼한 것, 도색적인 것, 구수한 것 등 여러 가지이다. 그녀는 기분에 따라 그때그때 다른 것을 썼다. 향수는 비싸지만 서너 방울을 머플러나 옷깃이나 귓밥에 뿌리면 하루는 지속한다. 좋아하는 향수를 물에 뿌려서 목욕을 하며, 온갖 신경의 혹은 근육의 피로를 푸는 것도 빼놓지 않는 일과가 되어 있다. 향수와 함께 살 수 있는 생활은 돈이 없이는 어려울 것이었다. 향수 없는 가난한 생활이 다시 온다면 향수 없이도 그녀는 역시 너끈히 살아갈 것이다. 이미 겪어본 부도, 가난도 그녀는 부럽지도 두렵지도 않기 때문이다.

그녀의 몸은 젊다고 등을 밀어 줄 때마다 탄성을 내는 가정부가 며칠 전에 그녀의 머리에 흰 머리털이 하나 있다며 지금 겨우 하나냐며 자기는 반백이며 얼굴에는 주름투성이라고 수선을 피웠다.

"그게 그거요. 누가 좀 먼저 늙느냐는 것뿐이지. 조만간 다 같이 돼요."

동갑인 가정부에게 그녀는 그렇게 말했다.

젊음이며 사랑이 오고 가더라도, 돈이며 명성이 오고 또 가더라도, 그녀를 겉도는 그 허상들을 그녀는 다정하게 바라볼 수 있을 것 같았다. 어느 사이엔가 올 것은 오고 갈 것은 가라는 생각이 유수(流水)처럼 가슴에 자리 잡기 시작한 것이다. 인생이라는 짐이 너무 무거웠던 탓이었을까?

차가 경사진 밤길을 돌며 올라갔다. 오른쪽 절벽 밑으로 바다가 보인다. 이내 산호 호텔 현관 앞에 도착했다. 차 문을 열기도 전에 서너 명이 기다리고 있었는지 뛰어나왔다.

"왔어?"

학생의 친구 같은 티셔츠의 역시 학생 같은 청년이 물었다. 온다던 그의 애인을 물어 보는 것이다. 청년은 어깨를 으쓱하며 "아니" 했다. 세 사람의 학생들이 흘깃흘깃 정희를 관찰했다. 정희는 오천 원을 꺼내서 학생의 손에 살며시 건넸다. 택시료라면, 천 오백 원 안팎이었을 것이다. 길에서 난처했던 것을 생각하니 그만한 인사는 하고 싶었다.

"선생님두!"

학생은 펄쩍 뛰었다.

"그러면 저녁 식사 대접하겠어요."

"네, 감사합니다."

"일곱 시 반에 메인 그릴이 어떨까요?"

"좋습니다."

정희는 방에 들어가자 남쪽 창가로 갔다.

학생이 설명한 대로, 절벽 바로 밑에 바다가 있는 것이 아니라, 호텔의 건물이 높아서 찻길이 조금만 보이기 때문에 바다가 바로 아래인 것처럼 보였다. 달빛을 받은 파도가 소리 없이 절벽에 부딪치고는 깨어지며 물러가곤 한다. 동쪽 창 멀리 보이는 바다에서는 고기잡이 배인지 너덧 개의 불빛이 달빛 아래 가물가물한다. 한없이 고요하다.

저녁 약속 시간까지 한 시간 남아 있다. 정희는 욕조에 들어가서 천천히 피로를 씻을 마음의 여유가 나지 않는다. 그녀는 얼굴과 손만 씻고는 소파에 길게 앉았다. 조금 피로하다. 달콤하고 상쾌한 향수 냄새가 옷깃에서 은은히 전해 온다. 동쪽 유리창에 보름달이 덩그렇게 떴다. 아무 것도 생각하고 싶지 않은데, 그 작품은 팔지 말아야 했을 것을 …… 하고 머릿속에 생각이 스며든다. 팔린 그림들이 어디에 어느 모양으로 걸려 있는지, 어느 더러운 창고 구석에 포장된 채 팽개쳐져 있는지, 배경 좋은 데에 걸어 놓고 누가 감상을 하는지, 한 번 팔리고 나면 잃어버린 것과 한가지다. 어느 작품이건 다 애착이 간다. 생각하면 아쉽다. 고가로 잘 팔리는 데에만 급급해서 제 육신을 잘라 버리는 것 같은 고독을 미처 느끼지 못한 것이 스스로 부끄러워진다. 그러나 …… 그녀는 담배에 불을 붙였다. 떠난 것은 떠난 것이다.

팔리지 않으면 생활이 안 되니까, 팔려야만 되고, 팔고 나면 아쉬운 것이 화가의 운명이 아닌가. 다만 다른 화가보다 잘 팔리는 것을 한때라도 자랑으로 여겼던 그 어리석은 교만이 부끄럽다. 가슴이 아프도록 부끄럽다.

'사랑하지도 않으면서 왜 살아요. 사장님은 나를 사랑한단 말이에요' 하던 오만에 찬 당돌한 여자의 전화 소리가 문득 귀에 되살아난다. 저희의 연애가 무엇이 대단해서 남에게 알리고 싶은지. 그런 철부지 여자를 상대로 하는 남편이 불쾌해진다. 연애를 하려면 그런 여자는 피했어야 할 것이 아닌가. 정말 연애라면 자랑일 수 없다. 그것도 남편의 불행이라면 불행이다.

남편에게 정부가 없다 하더라도 그들은 이미 옛과 같은 애인사이는 아니었다. 사랑하지는 않으나 미워하지도 않았다. 그들은 사이좋은 친구 같았다. 서로가 가끔 따로따로 집을 비웠다. 남편은 출장, 정희는 여행으로. 어느 쪽도 어디 가는가를 캐묻지 않았다. '조심하세요. 언제 오세요?' '조심해. 언제 오지?'가 작별 인사였다. 그들 사이에 불쾌한 언동은 한 번도 없었다. 정희는 그 상태로 좋다고 생각한다. 피차 가고 싶으면 가고, 있고 싶으면 있을 뿐이다.

그녀는 소파에서 일어서서 흰 블라우스에 까만 슈트를 입었다. 너무 무거운 감이 들까 보아, 화려한 꽃무늬의 오렌지 빛 머플러를 목에 둘렀다. 거기에 향수를 뿌렸다. 그녀는 숨을 크게 쉬어 향내를 마셨다. 신선하고 세련된 냄새가 한없이 좋다.

메인 그릴에 들어가자 그녀는 주춤 섰다. 손님이 꽉 차 있어서다. 장내를 둘러보는데 창가에서 운전하던 학생이 일어서며 손을 흔들었다. 그들 일행 넷이 한 테이블에 앉아 있었다. 비워 둔 자리에 앉으니까 둥그런 달이 정면으로 보인다. 손님들 중에는 등산복 차림이 많았다. 미스터 윤, 미스터 서, 미스터 박 하고 학생이 친구들을 소개했다. 그리고 저는 미스터 김입니다, 한다. 미스터 서가 그 중노동도 한다는 호텔 주인의 아들인 성싶었다. 웨이터들이 특히 정중히 대하며, 깨끗한 피부에 단정한 용모와는 달리 손등이 거칠어서이다. 아니나 다를까 미스터 김이 미스터 서를 가리키면서,

"선생님, 이 사람이에요, 전람회며 음악회에 데리고 다니는 ……."

하고 웃는다. 미스터 박이,

"성구는 막내라 아직도 애예요."

하며 미스터 김을 놀린다.

모두 봄이면 졸업이고 졸업하면 입대한다느니, 대학원의 시험을 쳐 놓고 입대할까 취직할까 유학갈까 하며 즐겁게 얘기를 하는데 미스터 서만은 말없이 듣고만 있다. 그는 유달리 신중한 표정이다.

스무 서너 살 때 …… 참 좋은 때다 하고 정희는 생각했다.

이십여 년 전의 그녀의 그 시절이 문득 생각났다. 미움도, 모욕도, 시기도, 배신도, 허세도, 불쾌도 몰랐던 그때의 청결한 감정이 차라리 눈부시다. 지금도 그녀의 감정은 청결하다. 그러나 침전물이 너무도 많다. 그 무거운 침전물들이 그녀의 인간을 다듬는지는 모르나.

식사가 끝나자 미스터 김이 나이트 클럽에 가서 가볍게 한 잔 하자고 제의했다. 그녀를 위해서라고 하는 데다가, 식사대가 전혀 무료라 하니 술값이라도 내볼까 하고 따라 올라갔다. 나이트 클럽 역시 만원이었다. 창가에 앉아야 바다도 달도 본다고 미스터 김이 애를 썼으나 창가에는 빈 자리가 없었다. 카운터에 겨우 의자 다섯을 만들어서 앉았다. 음악이 나오는데도 그들 일행은 아무도 춤을 추지 않았다. 가족 동반인 듯한 몇몇 일행이 고고를 추고 있다. 대개는 모두 담소하고 술만 마시고 있다.

음악이 바뀌는데 정희는 등 뒤에 사람의 기척을 느꼈다. 석진이었다. 뜻밖의 우연이나 그녀는 왠지 놀라지지 않았다.

블루스를 추면서 석진은,

"이런 우연이 있을 수 있어요? 정희!"

그의 힘센 포옹 속에서 그녀는 전라로 안긴 것 같다. 그동안 여러 가지 일이 많았는데, 이 주일 내로 이혼 수속이 끝날 것이라 했다.

"이혼하고 당당히 만나려고 했지."

그의 전신에 반가움이 활짝 피었다가 이내 욕정이 감도는 것 같다. 그는 동료들과 함께 왔다면서 내일 새벽에 떠나야 한다고 한다. 일행 모두가 일본으로 떠나기 때문이라 했다.

"내 방은 229예요. 정희는? 혼자? 열한 시까지 와 주어요. 229예요. 응 응?"

정희는 학생들과 승강기에서 헤어졌다.

방에 들어서니까 전화가 울리고 있었다. 석진의 전화 같아서 그녀는 받지 않았다. 그녀는 방의 전등을 모두 껐다. 욕실의 전등도 껐다. 욕실 창으로 달빛이 조용히 흘러 들어왔다. 그녀는 욕조에 물을 받고 향수를 뿌렸다. 향내 섞인 수증기가 욕실에 서서히 퍼져 갔다. 그녀는 욕조에 들어가서 비스듬히 누웠다. 따뜻한 물과 증기와 향기 속에 전신의 살이 향긋하게 녹는다. 달빛에 비친 수증기가 환상처럼 향기를 품은 채 뭉게뭉게 피어 퍼진다. 모세혈관 구석구석까지 신선한 향기가 감도는 것 같다. 잠시 그녀는 아무 생각도 없이 아련한 행복감에 빠졌다.

방문을 두드리는 소리가 났다. 그녀는 숨을 죽이며 물 소리도 내

지 않았다. 조금 후에 전화가 다시 울렸다 ……. 잠잠하다. 그리고
어디에서도 아무 소리도 없다.

이혼을 하고 당당히 그녀 앞에 나타나겠다는 석진이 한결 그립다.
그러나 그의 이혼은 싫다. 그의 아이들이 몇 살들이며, 몇인지는 몰
라도, 그들이 다 부모의 이혼을 좋아하는지, 그의 처는 또 이혼을 좋
아하는지 싫어하는지? 그들이 싫어하건 좋아하건 간에 그들의 이혼
은 복잡하다. 그것이 그녀 때문이라면……. 그녀는 고개를 저었다.
인생에 있어서 연애란 결코 비중이 큰 것이 못 된다.

무엇보다도 비록 남편과 이혼을 하더라도 그녀는 다시 결혼할 생
각은 없었다. 그녀는 사람과의 가까운 인연에 이제 그만 염증이 나
있었다. 돌이켜보니 그녀는 무엇에나 너무 열심히 살아 왔었다. 그
반동인지 사랑에, 예술에, 인생 자체에 회의가 싹트기 시작한 것이
다. 더 참된 무엇이 있지 않을까? 당분간 그녀의 생각은 방황할 것
같았다. 어쩌면 죽을 때까지 방황하다 말지도 모른다.

정희는 욕실에서 나와서 방으로 갔다.

열두 시가 넘었다. 그녀는 소파에 앉아서 담배에 불을 붙였다. 석
진에게 가지 않길 잘 했다고 그녀는 생각한다.

거기에 무엇이 있을 것인가? 작년 여름의 그 작열하던 장면의
되풀이뿐이다. 애욕이라는 것, 그것도 순간뿐이다. 외롭기는 매한
가지다.

남쪽 창에 달빛이 시리도록 밝다.

얼마를 잤는지, 그녀는 술렁거리는 소리에 잠이 깨었다. 귀를 기울
이니까 아래 현관 쪽에서 여러 사람의 목소리가 자동차 엔진 소리에

섞여 들려온다. 4시 반. 정희가 창가에 가보니까, 자가용 두 대에 남자들이 가득 분승하고 막 떠나고 있다. 현관 안팎에서 작별 인사 소리가 시끄럽다. 일찍 떠나야 한다던 석진의 일행인 것 같았다.

전화의 벨이 울렸다.

"선생님 안녕히 주무셨습니까? 방에 불이 켜졌길래, 이제 일어나셨나 하고 …… 저, 서기영입니다. 엊저녁 소개받은."

"네, 안녕히 주무셨어요?"

밤새며 프론트를 보고 있었는가?

"손님이 편지를 바로 전해 달라고 하셨는데, 지금 드릴까요? 저희는 일찍 등산 가기 때문에."

"네, 그러세요. 감사합니다."

그녀는 전화를 끊고 잠옷 위에 가운을 단정히 걸쳤다.

미스터 서가 카트에 커피를 가지고 왔다. 커피 포트며 찻잔이 아름답다.

미스터 서는 잠을 못 잤는지 안색이 나쁘다.

"이런 서비스까지? 감사합니다."

미스터 서가 호주머니에서 흰 봉투를 꺼내었다. 봉투는 단단히 봉해져 있다.

"떠나시면서 급하다고 하셨습니다."

급할 게 무얼까 생각하며 정희는 바로 봉투를 뜯었다. 석진이 급히 적고 있었다. '무정한 사람아, 서울서 만납시다.' 미스터 서가 카트를 방 안까지 밀고 들어왔다.

"커피 드시겠어요?"

하고 정희가 포트를 들었다.

"아니요."

미스터 서는 조용한 눈빛으로 그녀를 바라보았다. 잠시 멈칫거리다가,

"선생님은 참 멋있어요."

"고마워요."

하며 그녀는 방문을 살며시 닫았다.

그녀는 창가에 섰다. 바다의 표면이 달빛을 받아 금가루를 뿌린 것처럼 반짝이고 있다. 그 밑은 수심을 알 수 없는 검고 무서운 바다다. 파도가 소리 없이 절벽에 부딪치고는 물러가고, 또 부딪치고는 물러간다.

정희는 한참 동안 그 두렵고도 아름다운 파도에 넋을 잃었다. 그 속에 훌쩍 빠지고 싶은 충동이 파도처럼 그녀의 가슴을 휩쓸고는 가고, 휩쓸고는 또 물러간다. 이윽고 그녀는 생각난 듯이 석진의 편지를 조금씩 조금씩 찢었다.

(1977년 『문학사상』)

11

사랑에 지친 때

"아무래도 이씨댁에 서양 귀신 붙었지. 붙었구말구 …… 허 참. 망해도 요렇게 망할 수 있담."

고모는 소파에 비대한 몸을 털썩하고 떨어뜨리고 앉아 혼잣말처럼 한다. 팔십이 넘었는데도 주름은 있으나 깨끗한 피부에 어린아이같이 눈빛이 순진하다.

'누가 또 미국 사람하고 연애 사건이나 일으켰나?'

여옥은 아무 대꾸도 하지 않고 비취 목걸이를 까만 원피스 위에 걸었다. '사랑은 없어져도 물건은 남아 있구나' 하고 이 목걸이를 할 때마다 속으로 해보는 말이 습관처럼 나온다. 그것은 두 번째 남편이 약혼 선물로 주었던 것이다.

"서, 서양 귀신이 붙었어. 에그, 이게 무슨 망신이냐!"

고모는 주먹으로 가슴을 치며 미간을 바짝 모으고 금방 울음이라도 터뜨릴 것 같다. 여옥이 대꾸를 안하니까 그녀는 점점 표정을 과장하는 것이다. 여옥은 고모의 속을 알면서도 모르는 체하고 코트까지 입고 정옥이 삼십 분까지 보내겠다는 차를 타느라고 만반 준비를 다 했다. 형제간이나 서로 자주 찾지 않는 정옥이 침울한 음성으로,

"언니 꼭 집으로 와 주어. 상의할 일이 있어."

하고 한 시간 전에 전화를 했었다. 제 쪽에서 오고 싶으나 혈압이 올라서 누워 있노라 한다. 고모가 청하지도 않았는데 오셔서 집안 망했다고 뇌이고 있으니 고모의 말과 정옥의 전화 사이에 필경 무슨 연관이 있을 것 같다.

"너의 어머니는 잘도 돌아가셨다. 이런 꼴 저런 꼴 안 보구. 장수(長壽)가 원래 망신살이 뻗친 징조여, 어유!"

여옥은 한숨까지 내쉬는 고모가 귀엽게도 보이고 귀찮기도 하다. 그녀는 고모의 찻잔에 레몬을 넣으며,

"이제 그만하시고 차나 드세요."

했다. 고모는 홍차를 두어 번 마시고, 다시금 얼굴을 있는 대로 찌푸리며,

"넌 모르니? 그래, 전혀 소문도 못 들었어? 네 혈육에 변이 났는데…… 성은 달라도 동생의 딸이니 피는 같은 피지, 아무렴!"

"혈육이라뇨? 고모도, 친정에서 저를 사람으로 치기나 했었던가요?"

고모는 여옥의 말에 조금 움찔하는 것 같다.

"그건 또 무슨 소리냐?"

"왜 모르셔서 물으셔요?"

여옥은 두 번째 결혼 후로는 어머니마저도 그녀를 멀리하던 것까지 생각나서 갑자기 가슴에서 무언가 부글부글 끓는 것 같다. 그런 것을 '이 나이 해가지고 새삼스레 기분 상할 것도 없잖은가' 싶어 바나나를 먹기 좋게 썰어서 고모 앞에 접시 채 밀었다.

"너는 또 약과였지."

고모가 아까부터 하고 싶어 못 견디겠던 말의 핵심에 차츰 가까이 오고 있다. 여옥이 흥미를 나타내지 않으니까 그녀는 초조한 모양이다. 고모는 바나나를 연거푸 세 쪽을 먹고 홍차 한 잔을 다 마셨다.

"글쎄, 명연이가 독일놈하고 눈이 맞았다지 않니?"

고모는 드디어 속의 것을 터뜨리고 여옥의 눈치를 살핀다. 독일 사람? 여옥이도 뜻밖이었으나,

"그래요?"

만 해둔다. 명연은 정옥의 큰딸이다. 작년 봄에 졸업했다고 축하연엔가 간 기억이 난다. 낳았다고 해서 베이비 복 사 가지고 갓난아기 보러 간 것이 어제 같은데 벌써 대학을 나오고 연애를 하며 …… 세월이 빠르기는 빨라 하고 그녀의 고개가 저절로 끄덕여진다.

"그 파다한 소문을 넌 어째 몰랐니? 장안이 들썩한 판국인데."

"고모두, 장안은 무슨 장안이에요. 걔가 국가의 운명이라도 짊어진 앤가요?"

고모는 그녀의 말은 들리는 체도 하지 않는다.

"근우가 양년한테 장가가더니, 명연이는 양놈한테 시집간대. 더 살면 무슨 꼴을 못 볼구 ……!"

그녀는 일단 화제가 초점에 들어서면 언제나 남의 말을 듣지 않는다. 여옥이 첫 번째 연애결혼을 했을 때도 고모는 여옥은 기왕 버린 인간이니 이씨댁 사람으로 치지 않으면 되지만, 아무 죄 없는 다른 형제들의 혼인길을 막아 놓았다고 혼자서 우기며, 여러 사람이 피해를 입은 것에 울분을 참지 못해서, 여옥의 뺨을 쳤다. 삼십여년 전의 일이다.

고모가 염려하던 형제들의 혼인은 맏딸의 연애사건에도 불구하고 좋은 가문과 연이 맺어지고 지금도 행복하게 살고 있으나, 뺨까지 맞아가며 연애 결혼한 여옥은 불과 이년도 못가서 이혼 하고 말았다. 그 결혼을 반대하던 고모는 이제는 죽더라도 이혼하면 안 된다고, 한 번 시집가면 죽어서 그 집의 귀신이 돼야지 이혼이라니 그것은 무슨 재변이냐고 펄펄 뛰었다. 여옥이 두 번 째 열렬히 사랑한 끝에 결혼하고—이 결혼은 상대가 기혼자여서 상당히 복잡 했었다—결국 처와 이혼하고 여옥과 정식 결혼했는데 일 년 만에 또 한번 이혼하고 말았다. 청하지도 않았는데, 고모가 여옥의 집에 와서 여자가 두 번씩이나 시집을 가고 두 번씩이나 이혼을 당했으니—사실은 여옥이 우긴 이혼이나 고모는 누가 무어라고 설명해도 그녀가 이혼 당한 것으로 단정했다—세상 부끄러워 어찌 사느냐하며 목을 놓고 울었다.

"그러니까 계집애를 무엇 하러 전문학교에 보낸담. 연락선 태워 동경엔가 간달 때 내가 무어랬어?"

고모는 여옥의 부모까지 나무랐다. 유학 안 보내주면 차라리 죽는다고 여옥이 부모를 위협한 내막을 그녀가 알 리 없었다. 여옥은 전문학교 2학년 때 연애하고 결혼하느라고 학업도 중단했었다.

그녀는 시계를 보았다. 삼십 분이 지나 있다. 정지준 교수와 6시에 약속이 되어 있어서 정옥과의 시간을 3시 반부터 5시 반까지로 할당해 놓았기 때문에 차가 늦게 오면 정옥과의 시간이 그만치 줄어든다.

"근우가 미국 년하고 결혼한 것이 작년인데 또 ……."

"년 자 좀 빼보세요. 헬렌은 어엿한 근우의 댁이에요."

"암. 네 말이 옳다. 그게 어떤 조카의 안사람인데. 내 친정 십이대 대종부 아니냐?"

"잘 아시면서 왜 그러세요."

여옥은 이제 짜증이 난다.

"아니까 더욱 원통하지. 내 할 말 오늘 다 할테다. 속 시원히 죽기 전에 다 할 테다. 근우 미국 유학 가서 박산가 따고, 돈 많이 번다고 야단도 내더니, 돈 벌어서 미국 년 멕여 살리니까 그 돈이 무슨 소용이냐? 천만금이 무슨 소용이어? 누가 미국 년 멕여 살리라고 비행기 태워 미국 보냈어? 엉? 늙은이 망령 났다고만 하지 말고, 말 좀 해보아!"

고모는 시비조로 되어 목에 심줄이 빳빳이 섰다. 여옥은 깜짝 놀라 고모를 새삼스레 바라보았다. 국제 결혼을 경제면으로만 해석하는 것은 그녀가 한번도 생각해 보지 못한 일이었다.

"그러니까 사랑이라는 게 좋지요. 그렇지 않으면 가난한 한국 사람이 돈 많은 외국 사람을 먹여 살릴 수 있나요?"

"그뿐이냐? 말이 통해야 내 자식이지. 애초에 손님 같기만 하니 그게 무슨 며느리냐?"

근우가 작년 여름에 헬렌과 칠 년 만에 귀국했을 때다. 고모는 헬렌의 등을 쓰다듬고, 한 방에 있으면 반드시 손을 끌어 자기 옆에 앉히고 그쪽에서 알아듣든 말든,

"고디지?"

"불편하겠지?"

하며 친절하고 다정하게 대해 주었었다. 그래서 모두들 막상 본인을 보니까 생각이 달라졌나보다 했었는데, 근우 내외를 떠나보내고 돌아오는 차 속에서,

"아까운 근우만 버렸다."

"십이 대 종손 꼴 자알 됐지!"

하며 혼자서 내내 투덜거렸다. 아무도 대꾸를 하지 않으니까 그녀는 그것에 더욱 비위가 틀리는지,

"왜 아무 말들이 없니? 망령 났다고 사람 취급도 안 하기여?"

하고 함께 탄 여옥과 명연에게 화를 냈었다.

그녀의 돌변한 태도에 여옥은 어이가 없어 한숨만 쉬었으나, 헬렌 앞에서 불쾌하게 굴지 않은 것만은 다행으로 여겼다. 손님이라면 필요이상으로 대접하는 고모가 헬렌을 손님 대접했던 모양이다.

운전수가 전화를 걸어 왔다. 급한 심부름이 있어서 삼십 분 가량 늦겠다 한다. 그동안 피아노 연습이나 했으면 하나, 고모 혼자 앉혀 두는 것도 실례될 것 같아서 코트를 벗어 팔걸이에 놓고 편한 자세로 차를 마셨다. 그녀는 조금 있던 돈으로 보석상을 낸 것이 잘되어 혼자 살기에는 불편은 없었다. 무엇에 열중하고 싶어 시작한 것이

피아노인데 삼 년째 나도 역시 서툴다.

고모는 여옥의 마음은 아랑곳없이,

"이씨 댁 되어가는 꼴이 보통 일이 아니다."

"명연이가 이간가요? 김가지."

"그래도 에미가 이가 아니냐."

"이제 그만 하세요. 저희 좋다면 그만이지."

"암, 저희 좋다면 그만이지. 그나마 일본 놈 아니기에 천만다행이다."

고모는 일본이라는 말만 나오면 사태가 스무드하게 나가지 않기 때문에 여옥은 얼른,

"정옥이 차를 보낸다니까 같이 가세요. 명연의 일도 확실히 알아보아야 하지 않아요?"

했다. 그러나 고모는 여옥의 말은 들리지도 않는다.

"미국이 원자탄을 왜 떨어뜨린 줄 알아? 일본 놈이 우리 백성을 학살했으니까 저희도 당해보라고 한 거다. 원수는 남이 갚는 법이어. 고놈들을 아주 바싹 혼내 놓았어야 할텐데, 원래 미국이 물러 탈이야."

고모는 훈계라도 하는 투로 눈을 바로 뜨고 어조도 느리다. 고모가 가장 싫어하는 것은 공산당이고 다음이 일본, 다음이 이승만 일파다. 그녀의 맏손자가 색시를 고르는데 교육이나 용모나 남들이 말하는 성격 같은 것이 모두 90점 감이었는데도 오로지 4 · 19 무렵에 그녀의 아버지가 고위층이었다는 이유로 아무 주저도 없이 퇴짜를 놓았다. 고모는 화무십일홍은 대자연의 이치인데, 혼자서 사선(四選)까

지 해 처먹으려는 자는 천명을 어기는 것이고, 더구나 인심은 천심인데 그를 반대한다고 총까지 쏘아 학생을 죽였으니, 사람은 그것을 용서할 수 있을지 몰라도 하늘만은 용서 않는다는 굳은 신조가 있어서, 누구에게도 그 신조를 한 치의 양보도 하지 않았다. 원자탄 얘기가 나왔으나 여옥은 원자탄이 어떤 것이라고 설명할 염도 못 냈다. 언젠가도 일본과 원자탄이 화제가 되어 원자탄의 위력을 말했더니.

"그러면 너는 친일파냐?"

하고 주먹을 쥐고 벌떡 일어서서 내내,

"친일파냐? 응? 친일파여?"

하며 일방적으로 소리를 질러서 질색한 일이 있어서다. 명연의 연애 건으로 마음이 사로잡혀선지 그녀는 일본에 대한 힐난을 의외로 간단하게 마치고,

"무어라구? 명연의 일이 긴가민가 알아 본다구? 계동 형이 말했는데 공연한 소리했겠어?"

한다.

"계동 언니가요?"

계동 언니는 여옥의 올케며 근우의 어머니다. 여옥은 짐작되는 일이 있어 퍼뜩 웃음이 난다.

근우가 헬렌하고 결혼한다는 말이 돌았을 때 고모뿐 아니라 다른 친척들도 근우의 어머니가 서양 숭배자로, 물건도 서양이요, 문학도 서양이요, 음악도 서양이요, 과자조차도 서양 것이라야 해서, 근우가 어릴 때부터 서양 중독이 걸린 까닭이라고 근우와 그 어머니를 함께 빈정거렸다. 그래서 계동 언니는 시댁 친 외가에 죄라도 진 듯이 떳

떳하게 대하지 못했고, 왕래도 부쩍 줄었다. 근우 내외가 귀국했을 때 전화를 해서 인사 가려는데 몇 시쯤이 좋겠는가 물으면 친척들은 반갑고 고맙다는 말 대신에 으레 첫마디가,

"아이구! 영어를 할 줄 알아야지."

였다. 그것도 진실의 일면이나 듣는 편은 가슴이 아팠다. 여옥은 2년 중퇴이나 전공이 영문학이었고 지금까지도 영문서적을 읽고는 있으나, 헬렌과 막상 말을 하려니까 얼른 영어가 되지 않아서 안타까웠다. 헬렌은 그녀대로 서투른 한국말을 하려고 애쓰기 때문에 더욱 외국인이라는 의식이 강해질 뿐이었다. 계동 언니가 이 완고한 고모에게 명연이가 독일인과 연애한다고 말을 한 것은 단순한 보고는 아니었을 것이다. 나 때문에 집안에 서양 며느리 들어왔다 하시지만 '정옥 작은아씨는 독일인 사위 보게 되었는데 독일께나 좋아했던가보죠.' 하고 혼자서 오랫동안 썩던 마음의 앙갚음을 넌지시 했으리라.

드디어 정옥의 차가 왔다. 여옥은 고모를 어떻게 할까 하고 생각하다가,

"같이 가세요."

했다. 기왕 차로 모셔야하니까 택시를 불러 따로 모시느니 정옥의 차로 모시는 것이 나을 것 같다. 고모는,

"청하지도 않는데 내가 왜 가니?"

한다.

"그러면 여기 계시다 저녁 잡숫고 가세요."

여옥이 댓돌에 내려서며 말하니까 고모는 다급하게 두루마기를

입으며,

"나도 간다. 내가 못 갈 덴가. 왜?"

한다. 이랬다저랬다 자기 기분대로다. 그러나 웬일인지 이 고모는 여옥은 물론 친척간에 미움을 받지 않았다.

바람은 차나 햇살은 완연히 봄이다. 여옥은 차 안의 히터를 끄게 했다. 차가 장충동 고개를 넘어서 정옥의 집 골목이 보이자 고모가 갑자기,

"글쎄, 세상이 부끄럽다는 거지, 정말 세상 부끄러워 어찌 고개를 들겠니?"

한다.

여옥은 고모의 손등을 꾹 눌렀다. 운전수가 알까해서다. 정옥이 그 것을 비밀로 하고 있을지도 모르기 때문이다. 고모는 수차 뇌이는 것이 세상 부끄럽다는 것인데, 그녀는 그 '세상' 때문에 가끔 혼자서 공연히 사서 불행해진다.

그녀는 돈 많은 사대부 집안의 외딸로, 젊어서는 영리하고 아름다 웠고, 남편의 사랑도 두터워 평생을 풍파 없이 지내 왔다. 경제적인 곤란도 모르지만 애정의 갈등도 모른다. 여옥은 서너 줄 주름 잡힌 고모의 눈 귀를 보며, 여든이 넘었으나 오십이 갓 넘은 그녀만치도 인생을 살지 못한 것 같이 느껴진다. 여옥은 눈귀에는 주름은 없으 나 그녀의 마음에는 깊은 주름살이 수없이 패여 있는 것을 느꼈다. 손등을 꾹 눌린 고모는 운전수를 위한 신호인줄 재빨리 짐작하고 무 안한 듯이 입을 다물고 앞만 머쓱하니 보고 있다.

차가 섰다. 여옥이 이백 원을 운전수에게 팁으로 주며 먼저 내려

서 고모를 부축하려니까 고모는,

"그년 꼴 암만해도 못 보겠다. 집으로 갈 테야."

하고 홱 돌아앉는다. 여옥은 잘 되었다고 생각하며 얼른 운전수에게,

"미안하지만 청운동까지 모셔다 드려요."

했다.

운전수는 고개를 끄덕이더니 이내 속력을 내어 달린다. 노인이 다시 번의하기 전에 모셔다 드려야겠다고 생각한 모양이다.

정옥은 여옥을 보자 반색하며 그녀를 응접실로 안내했다. 응접실은 언제 바꾸었는지 양탄자며 커튼이 모두 녹색 계통이어서 봄 기운에 맞는다. 작년 여름에 왔을 때는 온통 시원한 청색 무드였다.

정옥은 혈압이 높아 누워 있다고 했으나, 보기에는 누워 있을 정도의 환자 같지는 않다. 전보다 조금 여윈 것 같으나 고혈압이면 몸이 나는 것보다는 여위는 것이 좋다고 들어서 잘됐다고 생각한다. 안색은 나쁘나 잘 손질한 피부에 녹두빛 롱 드레스를 입은 정옥은 지금이 여자로서 한창 때 같다. 그러나 혈압도 높아지고 눈도 침침해서 돋보기도 맞췄으며, 흰머리도 하나 둘 나서 갱년기 증세는 부정할 수 없다.

"언니 부탁이 있어 오랬어."

정옥은 소파에 앉자 미안한 듯이 말했다. 여옥은 그녀의 부탁이 무엇인지 듣지 않아도 짐작하고 있다.

근우가 부모와 인연을 끊더라도 헬렌과 결혼하겠다고 이를테면 마지막 편지가 왔을 때 계동 언니가 모처럼만에 여옥을 찾아 왔었

다. 여옥의 충고라면 들을 것 같으니까 근우에게 한마디 해달라는 것이었다. 여지껏 경원하던 여옥의 충고를 근우가 대단하게 여길 리 없었다. 여옥이 몇 번 연애해 본 결과 불행한 본보기처럼 된 것을 이용하려는 것이었다. 여옥은 사랑의 패배자로 자인하나 남이 그것을 이용하려고 하니까 기분이 상했다. 그러나 계동 언니가 주문하는 대로 사랑은 지나고 나면 아무 것도 아닐 뿐더러 오히려 안 한 것만 못하느니라는 등속의 글을 써서 근우에게 보냈었다.

주문대로라 했지만 전혀 그녀의 마음에 없는 말은 아니었다. 여옥은 하필 지나고 나면 아무 것도 아닌 사랑만 했는지 모르노라고 스스로 탄식할 때도 있었다.

"명연이 말이야, 언니."

정옥은 말을 하고 고개를 푹 숙였다. 그녀의 뺨이 화끈 붉어졌다. 여옥은 아무 것도 모르는 체하며,

"명연이가 어쨌어?"

했다.

"글쎄 독일인 기사하고 ……."

"실연이라도 당했니?"

여옥은 딴전을 친다.

"아니, 그랬으면 오죽 좋겠어."

외국인과 연애하느니 실연하는 쪽이 숫제 났다니 여옥은 할 말이 없다.

"언니 미안하지만 단념하라고 말 좀 해주어. 걔 아버지가 그렇게 야단치고 내가 그렇게 빌다시피 말해도 안돼요. 언니가 한마디 해주

었으면 좋겠어."

"애, 부모 말도 안 듣는데 내 말을 왜 듣겠니?"

"들을 것 같어 ……."

여옥은 정옥의 뜻을 알고 속으로 웃으며,

"근우 때도 있는 소리, 없는 소리 다해 보냈지만 아무 소용없더라. 무턱대고 야단만 치지 말고 다른 방향으로 늬가 생각을 고치면 어때?"

정옥은 커다란 눈을 놀란 듯이 한층 크게 뜨며,

"언니는 아직도 ……."

하다가 끝을 못 맺는다.

"그래 아직두 연애가 좋아. 상대만 있으면 지금이라도 연애하겠어. 이번에는 진짜로 말야."

하고 말하며 여옥은 담배를 피워 물었다. 정지준 교수의 모습이 그녀의 머릿 속에 떠올랐다 사라진다. 그 모습은 침착하고 깨끗하고 넓고 정열적이다.

"언니두, 불난 집에 부채질하기에요?"

그녀는 오렌지 주스를 여옥에게 권하며,

"담배는 무슨 맛으로 피워요? 몸에도 나쁘다던데"

한다.

"맛은 모르지만 피우는 그 맛에 ……."

"언니는 맨 그래."

연애도 하는 그 맛에 한다는 뜻인지? 여옥은 정옥의 말 뜻을 캐묻지 않고 빙그레 웃었다.

"나는 심각해요. 나를 살리는 셈치고 명연이 한테 말 좀 해주어."

"그래 하라는 대로 해주께, 도대체 무어라고 하란 말이니?"

"언니 말 잘하지 않우."

정옥은 차마 '나를 보아라, 사랑이 다 무언가, 헤어지면 그만이고 그때뿐이다, 다시 찾아 주기를 하나, 미련이 남나'고 말해 달라는 대신 언니는 말을 잘 한다고 한다.

"명연이는 야단치면 딴 친구들은 여러 남자와 데이트하는데, 저는 다만 스턴만을 사랑하는데 어째서 나쁘냐고 해요. 남의 남편을 뺏었나 ……."

하다가 정옥은 머뭇거린다. 그녀는 여옥의 두 번째 남편이 기혼자였던 것이 생각난 것이다. 여옥은 얼른,

"그 말 옳다. 남의 남편을 뺏었나, 돈에 팔린 연앤가. 너보다 훨씬 생각이 건전해."

하고 정옥이 당황하는 데를 슬쩍 넘겨주었다.

"자식 낳아 길러서 다 이 꼴 된다면 허망해서 어떻게 살겠어. 언니는 자식이 없어 내 속을 몰라요."

"자식뿐 아니라 무엇이든 기대에 어긋나면 허망한 거야."

"언니두. 지금 내가 일반적인 철학 같은 것 생각할 여유가 있겠어? 당장 명연이를 어떻게 할 건가가 문제지. 독일인이지만 독일의 어느 말뼈다귄지 개뼈다귄지 알 수도 없고, 대학 다니다 말고 여기 건축회사의 기사로 와 있는 놈이야. 대학도 못 나온 형편이니, 형세는 오죽 궁하겠어. 챙피해서 언니니까 말하지. 남이 알까 무서워."

정옥은 말하고 한숨을 내쉰다.

"지금 세상에 뼈다귀 찾는 것도 말이 아니고, 대학만 나오면 제일이니? 그만치 재주 있으니까 대학 안 나와도 외국에서 초빙할 정도의 기술잔데……"

정옥은 고개를 설레설레 흔든다.

"언니는 몰라서 그래요."

"그야 본인을 안 보았으니까 모를 수밖에. 너는 보았니?"

"응, 딱 두 번."

"……"

"생긴 건 깨끗한 편이야. 그러면 무엇 허우?"

정옥은 머리가 아픈지 팔걸이에 팔꿈치를 세우고 손으로 이마를 누른다.

"그애들 어느 정도냐?"

"글쎄, 내 딸은 미국 가서 공부해야 하니까 단념하라고 했더니, 미국 아니라 지구 밖에 가 있어도 언제든지 만나 결혼하겠대요. 그렇게 엉뚱한 소리만 하니까 명연이가 홀딱 넘어 갔지. 죄 될 말이지만 그놈이 칵 죽었으면 좋겠어, 정말."

"허, 참!"

여옥은 한숨을 내쉬며 담배에 다시 불을 붙였다.

"비자까지 다 나왔는데 그 녀석 때문에 명연의 앞날이 완전히 뒤집혀 버렸어. 분해 죽겠어."

정옥은 뺨이 붉게 상기되고 목소리도 떨린다. 여옥은 아까부터 하고 싶던 말을 했다.

"네 모양을 보니 스턴이 독일인이 아니더라도 돈 없고, 문벌, 학벌

없는 청년이라면 한국 사람이더라도 마찬가지였을 것 같은데 ……
어때?”

정옥은 놀란 듯이 이마에서 손을 떼고 여옥을 바라보더니 항복해
버렸다는 듯이 목소리를 떨구며,

“언니 말이 옳은지도 몰라. 게다가 또 외국인이에요. 설상가상이
지. 나는 절대 허락 못하겠어. 그러니까 언니가 한번 충고해 주어요.”

“말이야 쉽지 뭐.”

정옥이 초인종을 눌러 명연을 오라고 했다. 심부름하는 아이가
와서

“언니 목욕하는데요.”

하고 나간다.

“그런데 명연이 미국 가면 스턴이 그리로 가지 않을까?”

여옥이 물으니까,

“못 갈 꺼에요. 앞으로 이 년 동안은 여기 계약이 돼 있어서.”

“계약이 끝나고 간다면?”

정옥은 한숨을 쉰다.

“그동안에 안목도 넓어지고 비판력도 늘어서 다른 좋은 사람이 생
길지도 모르지 않아요? 좌우간에 지금 붙은 불은 꺼야 하니까요.”

식을 때를 기다리자는 복안인 것 같다. 그것도 한 방법이다. 그런
데 명연은 미국에 가지 않으려고 한다는 것이다. 여기서 매일 스턴
을 만나느라고 그렇게 원하던 미국 유학도 싫다고 한다고 한다.

“서둘러 보낼 것을 차일피일 하다가 그만 그 녀석을 만나서 …….”

노크 소리가 나고 명연이 들어왔다. 그녀는 밝은 음성으로,

"이모 오셨어요?"

하며 정옥의 옆에 앉는다. 머리가 덜 말라서 가뜩이나 까만 머리가 더욱 검게 윤기가 흐른다. 그녀는,

"엄마 왜?"

하고 고개를 갸우뚱하고 정옥을 쳐다본다. 이지적인 눈매며, 오똑한 코, 꼭 다문 입술이 꼭꼭 깨물고 싶게 귀엽다. 독일 사람도 반하는 것이 당연하다고 여옥은 생각하며,

"내가 할 말이 있어서 오랬다."

했다. 명연은 의아한 듯이 눈을 깜빡이며 여옥을 쳐다본다.

"너 연애한다는데 ……."

여옥은 말하다가 담배를 붙여 물었다.

"이모도 반대세요?"

명연이 또렷이 말했다.

"반대는 왜 해. 나를 보고 연애가 별 게 아니라는 걸 알라는 거지."

말을 시작하니까 여옥은 어떻게 해서든지 명연의 앞날에 불행이 없도록 막을 수 있으면 막아 주고 싶어진다.

"명연아, 생각 잘 해서 해라. 나도 죽을 만치 좋아서 결혼했었다. 두 번씩이나."

명연은 갑자기 두 손으로 얼굴을 가리더니 의자의 팔걸이에 엎드려서 흐느껴 운다.

"아니, 너 왜 우니?"

정옥이가 속의 것이 터지는 듯이 찢어지는 소리를 지른다. 명연은 일어서서 응접실 문을 열어둔 채 뛰어나갔다. 정옥은 문을 닫고 소

파에 털썩 주저앉았다.

"야단만 치지 마라. 걔는 걔 나름으로 생각하고 있는지 어떻게 아니? 그만둘까 하고 생각하면 더욱 그립고, 사랑이 별 게 아니라니까 지레 슬프기도 하겠지. 너는 아무 것도 몰라."

"언니두, 연애를 안 한다고 아무 것도 모르는 줄 알아요? 연애를 안 하는 것은 다만 일을 떠들썩하게 벌이지 않는다 뿐이에요. 요는 감정대로 내닫느냐, 이성으로 판단해서 보다 차원 높은 세계를 이루느냐가 문제지."

하며 정옥은 벌컥 화를 낸다. 그녀는 연애할 때마다 말썽을 일으키고 끝날 때는 초라하게 헤어지고 마는 여옥에 대한 경멸감이 되살아난 모양이다. 여옥이도 기분이 뒤틀린다. 그녀는 할 만한 말은 해야겠다고 생각했다.

"높은 차원의 세계라는 건 무어냐? 내가 젊었을 때는 사람들은 연애 자체를 죄악시했지. 너는 지금 연애는 좋으나 상대가 이름도 돈도 없어 안된다는 거야. 스턴이 독일의 대통령 아들이라면 이 야단 안 하겠지?"

"언니의 말도 다 그럴 듯하지만, 외국인이라는 게 보통 핸디캡이 아니야. 같은 민족끼리도 오래 살면 기분이 안 맞는데, 더구나 국가 간의 우호 관계는 언제 변해서 적이 될지도 모르지 않아? 사랑도 좋지만 민족감정도 있는 것이니까. 더구나 우리는 약소 민족에다 후진국 아녜요? 야만인은 할 수 없다고 나오면 분해서 어떻게 해? 남녀 간의 문제에 그치는 문제가 아녜요."

정옥의 말은 꽤 뼈대가 서 있다.

"싫으면 그만두는 거지 무어."

여옥은 그녀의 힘으로는 정옥도 명연이도 움직이지 못할 것 같아 되는 대로 되라는 식의 기분이 된다.

"언니두, 짧은 인생에 싫다 싫다 해서 버리고만 있으면 이루어지는 게 무어 있어요. 연애가 지상이라고 하는 사람치고 변심 않는 사람 본 일 없어요. 사람이면 누구나 연정이 있어요. 시끄럽게 연애사건 일으키고선 사랑하지 않는다고 부정하고 또 다른 사람에게 열을 올리고 하느니, 가슴에 연정을 오래 간직하는 것이 훨씬 아름다운 인생이에요."

"어째 너한테 설교 듣는 것 같다."

여옥은 정옥의 말을 들으니까 제 못난 것이 새삼 느껴진다.

"언니를 두고 하는 말인가? 명연이 때문에 신경이 곤두섰는데 언니가 화를 돋구니까 그러는 거지."

정옥은 활짝 웃으며 여옥에게 눈을 흘긴다.

"화만 내서 미안해요. 오랜만에 오셨는데, 내가 요새 내 정신이 아니에요."

정옥의 얼굴은 금시 미안한 듯이 조용해진다. 그렇게 나오니까 여옥은 정옥을 이해할 것 같고 힘 닿는 대로 돕고 싶어진다. 정옥은 여옥을 잡았다 놓았다 한다. 수단이 여간 아니다.

"저녁 잡숫고 가세요. 오늘 저녁은 언니가 좋아하는 새우 후라이 준비했어."

여옥은 정 교수와 저녁 식사 약속이 있는데 그러마고 하마터면 대답할 뻔했다. 그녀는 당황하며,

"아니, 시간이 없어. 가게에도 나가 보아야겠고, 내일이 레슨 날이니까 연습도 해야지"

했다. 정옥은,

"그래요?"

하고 굳이 만류하려고 하지 않는다.

그들은 응접실을 나왔다.

"피아노는 얼마나 나갔어요?"

"형편없어."

"언니는 참 좋은 데가 있어."

정옥이 여옥의 구두를 돌려놓으며 말한다.

"좋은 데라니?"

다 늙어서 공부 시작한 것이 좋다는 것인지, 형편없다고 해서 솔직해서 좋다는 뜻인지, 아무리 찌르는 말을 해도 화를 안 내서 그렇다는 건지 도무지 알 수 없으나 여옥은,

"그래 고마워."

하고 기다리고 있는 정옥의 차에 올랐다.

여옥은 사랑이 있어 괴로웠고, 그것이 없을 때 허전해하면서 살아왔는데, 정옥의 말을 듣고 보니 연애 외에도 값진 생활이 있음을 새삼스레 안 것 같았다.

정 교수의 은근한 사랑의 고백을 받고 집에 돌아온 여옥은 옷을 갈아입지도 않고 한참 동안 소파에 앉아서 나이도 잊고 울었었다. 행복감과 그리움이 뒤섞여서 울음은 좀해서 그칠 줄 몰랐다. 정 교수는 그녀보다 이 년 연하고 상처하고 3년, 대학 다니는 아들이 둘

이다. 재혼도 할 수 있는 처지지만 여옥은 사랑에 열중해서 미처 결혼은 생각하지 못하고 있었다. 그들은 요즈음 매일 서로 전화를 해서 만났다. 다방에서 만나서 얘기하거나 식사하고 영화구경을 하고 극장에서 나와서 또 얘기를 하고 …… 통금시간이 가까워서야 겨우 헤어졌다.

여옥이 정옥의 집을 다녀온 후 열흘쯤 되어서 그녀는 정옥의 전화를 받았다.

정옥은,

"언니유?"

하더니 목이 메어 말을 못한다. 여옥은 가슴이 덜컥 내려 앉았다. 명연에게 무슨 변이 났는가 해서다.

"왜 그러니? 왜 그래?"

그녀는 다급하게 물었다. 정옥은 겨우 울음을 누르고,

"명연이가 미국 가겠데요."

한다.

"무어라구?"

마음이 놓이자 여옥은 화가 벌컥 나서 소리를 쳤다.

"그런데 너는 왜 우니?"

"어쩌다가 그깐 녀석 만나가지구 야단만 친 게 가엾어서 ……."

"가여울 것도 많다!"

"걔야 언제 야단 한번 맞아본 일 없어요. 얼마나 신통한 아이였다구 ……."

"알겠어. 알아. 그런데 언제 떠나니?"

"모레 세 시 반 비행기야. 언니 고마워, 언니 말 듣고 단념하기로 했대요. 내 일생 은혜를 잊지 않겠어요."

"아니, 내가 명연이 더러 무어랬길래 그런데?"

여옥은 중대한 일을 저지른 것 같아 가슴이 쿵 내려앉는다. 정옥은 그 물음에 대답하지 않고,

"스페어 차를 보낼 테니 언니는 청운동 고모 모시고 오세요. 고마워요."

하고 전화를 딸그락하고 끊는다. 더 할 말은 없겠으나 정옥이 할 말만 하고 끊는 것이 어쩐지 매정하게 느껴져 여옥은 서운하다. '이렇게 필요 없는 부분에만 미련을 가지니까 젊은 때를 필요도 없는 사랑으로 허송했나보다'하고 생각하며 여옥은 수화기를 천천히 놓으며 혼자서 웃었다.

명연이가 여옥의 말을 듣고 사랑을 단념했다는 것에 그녀는 적지 아니 죄의식을 느꼈다. 명연이 사랑을 단념해서 도리어 행복해진다면 죄인이 되어도 보람이 있지 않는가하고도 자위해보나 역시 죄의식은 없어지지 않았다.

여옥은 명연을 데리고 나가서 선물을 고르게 하려고 했으나, 명연이 시간이 없어 기회를 못 가졌다. 그녀는 그녀의 가게에 있는 자수정으로 펜던트와 반지를 선물로 예쁘게 포장했다. 그것으로는 마음에 미비해서 그녀는 연수정 타이핀 세트도 샀다. 점원이 여자한테 그런 것 선물해서 무엇하느냐고 한다. 그녀는,

"보이 프렌드가 생기면 주라구 ……."

했다. 말하고 나서 그녀는 제발 좋은 애인 만나라고 속으로 기도

했다.

정옥의 스페어 차가 고모와 고모의 손녀인 경희를 태우고 왔다. 고모와 한 차를 타니 잔소리깨나 듣겠다고 여옥은 속으로 고소했으나 자가용이 없으니 하는 수 없었다.

하늘은 맑고 날씨는 덥다. 갑자기 여름에 들어선 것 같다. 비행기 여행으로는 썩 좋은 날씨 같았다.

여옥은 꽃가게 앞에서 차를 세웠다. 그녀는 코사쥬를 만들었다. 빨간 카네이션으로 할까 하다가 단조롭고 짙은 빛이 사랑까지 단념한 얼굴에 오히려 쓸쓸하게 보일까 해서 분홍으로만 깨끗하게 만들었다. 리본을 매고 거기에 몇마디 쓰려고 하니까 얼른 적당한 말이 머리에 떠오르지 않는다. 여옥은 차 안에서 천천히 생각하기로 하고 차를 탔다. 차가 제2 한강교까지 왔는데도 좋은 문구가 떠오르지 않았다.

'건강하여라. 대성하여라.'가 가장 평범하나 진실이었다. 유학 중에는 건강이 제일이고 기왕 공부하러 갔으니까 그 방면에 성공해야 하는 것이 당연한 말이다.

차가 흔들리니까 쓸 수가 없어서 그녀는 공항에서 글씨를 잘 쓰려고 마음먹었다.

고모는 세종로에서 부터 졸다가 차가 다리를 건널 무렵에야 겨우 잠이 깨었다. 창밖으로 한강 위에 태양이 내리 쪼이는 것을 보고 있더니 손수건으로 눈물을 닦는다.

"어이구, 내가 또 명연이를 언제 볼까!"

그 말에 여옥의 가슴에도 찡하고 무언가가 와서 닿는다. 고모가

앞으로 사신다면 얼마를 사실까. 고모는 한숨을 쉬며,

"죽어서 이 세상에는 없을 테니 ……."

여옥은 펄쩍 뛰듯이,

"고모도 별말씀을, 가면 아주 가나요, 앞으로 오 년 안으로 올 텐데."

했다.

"오 년 ……?"

고모는 연신 흘러내리는 눈물을 닦는다. 여옥의 눈시울도 뜨거워지는 것을 그녀는 눈물을 보이지 않으려고 이를 깨물었다. 고모 때문에도 슬프지만, 애인을 버리고 가는 명연의 마음을 생각하니, 한번 눈물이 흐르기 시작하면 걷잡을 수 없을 것 같아서다.

여옥의 일행이 공항에 내리니까 명연은 가족과 함께 기념촬영을 하고 있는 중이었다. 정옥은 사진을 찍는 데도 색안경을 끼고 있는데 너무 울어서 눈이 부운 것을 감추려는 것인가 보다. 손수건으로 자꾸만 양쪽 뺨을 누르고 있는데 지금도 눈물이 흐르고 있는 모양이다. 명연은 가족과 몇 차례 사진을 찍고 나서 친구들과 카메라 앞에서 포즈를 취한다. 제스처로 활짝 웃기도 하지만 그 웃음이 정말 구김살 없는 웃음임에 여옥은 놀랐다. 짧은 스커트 밑으로 날씬한 다리가 걸을 때마다 활발해 보였다. 다리뿐 아니라 그녀의 온 얼굴과 온 몸에 신선한 기쁨이 넘치고 있는 것 같다. 그것은 결코 여옥이 가슴 아프게 상상하던 사랑을 단념한 얼굴이 아니었다. '명연은 스턴을 단념하지 않았다. 그들은 국외 어디에선가 만나기로 약속이 돼 있다.'고 그녀는 직감했다. 뜨겁게 사랑하고 또한 그런 사랑을 받은 적이 있는 여옥은 그 직감이 틀림없으리라고 단정했다. '경험자가

아니면 느낄 수 없지 ······.'

스턴은 여행이 자유로운 외국인이다. 동경쯤에서 며칠 후 만나기로 했는지, 아니면 이미 스턴이 먼저 가서 그녀를 기다리고 있는지도 모른다. 그렇게 생각하자 여옥은 어깨의 짐을 내려놓은 것 같아 기분이 홀가분해졌다. 그리고 또 지금이라도 늦지 않으니 한 번 더 잘 생각하라고 명연에게 충고해 주고 싶은 기분도 든다. 엇갈리는 감정 속에서 그녀는 창가에서 리본 위에 아까 생각해 두었던 문구 대신 이렇게 썼다. '행복해라. 그리고 조국을 잊지 말아.'

여옥은 조국이라는 글을 쓰는 순간 갑자기 애국의 정 같은 것이 강렬히 가슴을 스치는 것을 느꼈다. 이런 때에 엉뚱하게 ······ 나는 맨 이렇다니까.

그녀는 출국문을 나가는 명연의 가슴에 코사쥬를 달아 주었다. 그리고 말없이 명연을 한번 포옹했다.

가족들과 인사를 나누고 출국문에 들어서자 명연의 걸음은 한층 가벼워졌다. 부모도 학문도 다 내던지고 한 남자만을 태양처럼 믿고 가는 명연의 뒷모습을 보고 섰다가 여옥은 갑자기 걷잡을 수 없는 공허감을 느꼈다.

"언니, 나하고 같이 집에 가 줘."

하고 흐느껴 우는 정옥을 거절하고 여옥은 비행장에서 똑바로 집으로 갔다.

그녀는 샤워를 한 후 정 교수에게 전화를 했다.

"당분간 만나지 못할 것 같아요. 네? 아니에요. 사랑하고 있어요. 겸사겸사 시골에 다녀 오려구요, 오늘 밤 나오실 것 없어요, 여럿이

가니까. 안녕히 계세요."

　모두 거짓말이다. 그녀는 정 교수와의 사랑보다도 세상에는 무언가 크고 넓은 일이 있는 것 같은 느낌이 들었다. 이제 두 사람만의 좁은 세상에서 울고 웃는 남녀 간의 사랑이라는 것에는 지쳤다. 그녀는 조용해진 마음으로 소파에 기댄 채 잠을 청했다.

(1970년 『월간중앙』)

1980년대

12

초콜릿 친구

김찬(金粲)은 마른 편이고 일 미터 팔십이 넘는 키였다. 그래서 영희의 방 밖에 서서 창턱에 두 팔꿈치를 올려놓고 편안한 자세로 곧잘 얘기를 하곤 했다.

영희의 방은 대문에서 이 미터쯤 떨어진 데 있었고, 마당의 잔디에서 일 미터 반 남짓 높이는 벽돌 벽이고, 그 위에 넓은 유리창이 있었다. 대문에서 가깝기 때문에 찬이 나지막이

"영희야."

하고 불러도 넉넉히 들렸다. 영희는,

"왔니?"

하고 현관을 나가서 대문을 열어주곤 했다.

1950년 3월 말께의 어느 날 저녁. 대문이 닫히고, 찬은 곧바로 그녀

의 방 밖에서 창턱에 두 팔을 올려놓고 서고, 영희는 현관문을 닫고 방으로 들어가서 창가의 책상 의자에 앉았다.

"자."

하며 찬이 네모진 예쁜 상자를 내놓았다. 열어보지 않아도 초콜릿임을 영희는 알고 있었다. 찬은 언제나 올 때마다 초콜릿을 조금씩 갖다주는데, 맛도 여러가지고 모양새도 각양각색이었다.

영희가 화려한 상자의 뚜껑을 여니까, 조그마한 술병 모양의 초콜릿 열두 개가 갖가지 색 포장으로 반짝이며, 가지런히 들어 있다. 영희는,

"아이구, 이뻐. 이뻐서 못 먹겠네."

하고 소리쳤다. 찬의 유난히 큰 눈이 잔잔하게 웃고 있었다. 영희는 못 먹겠다고 말하면서도, 이미 빨간 금박이 포장된 것을 하나 뜯고 있었다. 하나를 입에 몽땅 넣고 씹었다. 속에서 술이 나왔다.

"쓰다!"

그녀는 낯을 찡그렸다.

"쓸거야. 술이니까. 그게 벨기에제래. 아주 고급 초콜릿이래."

"벨기에라구? 아니 그런 것은 어디에서 사지? 난 전번의 독일제 그 두툼한 밀크초콜릿이 더 좋더라."

하며, 영희는 책상 서랍에서 하나를 꺼내어 보였다.

"아직 남았어?"

하고 찬이 놀랐다.

"그건 다 먹었지. 이건 어머니가 사다주신 거야."

"참, 나, 원. 고급이라 좋아할 줄 알았는데 술이 맛없어 그런가 봐."

"그래, 술이 써."

하면서도 영희는 또 하나의 포장을 뜯어서 입에 넣으며,

"찬은 안 먹어?"

하고 비로소 물었다. 찬은 고개를 저었다.

"초콜릿이 싫니?"

찬은 고개를 끄덕였다. 영희는,

"네가 싫으니까 네 몫을 주는 거지?"

하며 까르르 웃었다.

해방 후 혼란기가 가시지 않은 그 무렵에 국산 초콜릿이라는 것은 없었다. 비스킷 정도도 먹을 만한 것은 거의 외제이던 때다. 국가산업의 발전 같은 것은 들은 적도 없고, 관심도 전혀 없던 영희는 학교와 집이라는 아늑한 울타리 속에서 나날이 늘 평온했었다.

찬은 창턱에 두 팔을 얹은 채 영희의 방을 두리번거렸다. 그리고

"내 방보다 확실히 예쁜데."

하고 혼잣말처럼 했다.

"새삼스럽게 왜 그러니, 몇번 와봤으면서?"

"아니, 잘 보지 못 했어."

하고 찬은 낯을 조금 붉힌다. 그러고 보니, 찬을 사귀기 시작한 지 반년쯤밖에 되지 않았고, 찬이 영희의 집을 찾아온 것은 석 달 남짓 될까?

찬은 처음 왔을 때는 초콜릿만 주고 달아나다시피 했다. 올 때마다 조금씩 머무는 시간이 길어졌는데, 길어졌다 해도 이십 분은 넘지 않았다.

찬은 축음기를 보며,

"누구 걸 좋아하지?"

한다.

"베토벤의 피아노 소나타 「월광」 하구, 바이올린 콘체르토, 그리고 리스트의 「광시곡 6번」."

"리스트의 6번? 들은 적이 없어, 「헝가리 광시곡 2번」 외에는 말야."

"지금 들려줄까? 기찬데."

"아니, 다음에."

하고 찬은 사양했다.

"저 책들은 다 영희 거야?"

"응, 아버지가 사주셨다."

"인형은?"

"쟤는 내 친구야, 십오 년 됐어."

"친구해도 되겠네. 저렇게 큰 프랑스 인형은 난 처음 봤어."

그리고 삼 년 후 찬은 그 인형을 부산 피난 중인 영희에게 갖다주려고, 환도 전 텅 빈 서울에 갔을 때, 먼 길을 걸어서 영희의 집까지 갔었다. 영희의 집 대문은 활짝 열려 있었다. 언제나 가면 기대섰던 그 창턱 너머로 그녀의 방을 보니 축음기도 예쁘장스럽던 책장도 없고, 영희의 십오 년째 친구이던 인형도 없고, 인형이 들어 있던 큰 유리상자만 방바닥에 쓰려져 있었다. 험한 약탈의 흔적에 찬은 가슴이 아파 한참 동안 눈을 감았었다.

그 얘기를 듣던 영희는 발을 동동 굴렀다.

"걔를 누가 훔쳐갔을까, 누가!"

하며 소리를 쳤다. 영희의 눈에는 아픔이 스쳤다. 찬도 한마디 했다.

"글쎄, 도대체 그걸 누가 훔쳐갔을까?"

그러나 그의 마음은 영희와는 너무나 거리가 멀었다. 사람이 죽느냐 사느냐 하는 처절한 그 판국에, 인형 따위를 도대체 어느 정신 나간 사람이 훔쳐 가는가! 그때는 휴전 직전이라 일선에서는 전투가 한결 치열하던 때였다.

인형의 얘기를 마지막으로 그들은 삼십여 년을 만나지 못하고 말았다. 고의는 전혀 없었다. 전쟁바람 휴전바람에 휘말렸고, 그들은 마침 또 제 인생을 스스로 만들어가야 하는 바쁜 나이였기 때문이라고나 할까.

다시 초콜릿 친구였을 때로 돌아간다.

찬은 그 인형에게서 눈을 돌려 영희의 책상 위의 시집을 보고 놀랐다.

"수학이 빵점이라면서, 지금 보들레르를 읽고 있어?"

"응. 수학은 포기했어. 문제 자체를 이해 못 하겠는걸. 우리말로 된 문제지만 말야. 그리고 문과할 학생이 미분, 적분은 해서 무엇 하니? 글쎄! S대 입시방법은 돌대가리들이 만든 거야, 순 돌."

찬은 한번 소리 내어 웃었다.

"수학이 재미있지 않아? 난 참 재미있어."

"수학이? 맙소사!"

"재미있건 없건. 수학이 빵점이면 S대에는 못 들어가."

"알고 있어. 그러니까 문과 계통 것으로 따야지."

"수학 한 문제는 십점도 되고, 이십점도 돼. 오로지 한 문제가 말이야. 그런데 문과 걸로 십점이나 이십점을 딸래봐. 얼마나 여러 문제를 맞혀야 하나. 더 힘들 거야."

"그러니까, S대의 수재란 평범한 두뇌들이야. 무엇이든 미지근하게 잘하는 따위 …… 한 가지에 뛰어난 천재라야지."

"천재 좋은 줄 누가 몰라. 흔하지 않으니까 문제지. S대의 방침이 그러니 어떻게 해. 어느 날 영희가 총장이 되어서 입학시험 방침을 바꾸어보든가."

영희는 소리를 꽥 질렀다.

"겨우 총장 ……?"

"미안."

하며 찬은 빙그레 웃었다.

"나는 훗날 기쁠 때나 슬플 때나 찾아오는 나무처럼 됐댔잖아. 내 죽은 후라도. 닥터 킴쉬타인!"

찬이 아인쉬타인의 숭배자라, 영희는 그를 놀릴 때는 그의 성의 김을 더욱 서구적으로 발음해서 킴쉬타인이라 불렀다.

그 둘이 마주 서 있는 일 평방미터도 안 되는 우주 속에서 그들은 킴쉬타인이며 대학총장이며, 기쁠 때나 슬플 때나 찾아오는 나무 등 거침없이 큰소리를 마구 쳤다.

찬이,

"그것, 뮐러의 보리수 같다."

하니까, 영희는

"내가 아무리 누구의 흉내를 내겠니?"

하며 눈을 흘겼다.

"하이 틴 때는 모방도 괜찮대."

"넌 하이 틴 아닌 듯한 말투구나. 분명 내 동갑인데? 난 모방하는 것 싫어. 킴슈타인이나 흉내내라구."

아인슈타인의 숭배자이던 찬은 바이올린의 활을 그을 줄 안다는 것으로나마, 아인슈타인의 편린이라도 닮고 싶은 욕망의 충족을 느끼는 듯했다.

그의 방 벽에는 그다지 늙지 않은 두 눈이 표정 없이 크고 하관이 빠른 큼직한 아인슈타인의 사진이 걸려 있었다.

언젠가 그가 영희와 그의 친구 몇 명을 저녁식사에 초대했을 때, 영희는 처음으로 찬의 방에 가 보았다. 그의 책장에 자연과학 책이 많을 줄 알았는데, 아리스토텔레스며, 헤겔이며, 칸트 등의 철학 책과 『님의 침묵』을 비롯해서 동서양의 문학서적이 많은 것이 뜻밖이었다. 영희에게는 이과 계통의 책이란, 고등수학 한 권과 물리 한 권, 화학 한 권, 해서 모두 세 권뿐인데, 그것도 교과서였다.

찬의 방은 그녀의 방보다 한결 작게 보였다. 책장이 꽉 들어차 있어 그렇게 보였는지 지금 그녀는 확실히 기억 못하겠다.

아인슈타인의 사진 밑 책장 위칸에 바이올린 케이스가 있었다. 초청된 친구들은 찬더러 바이올린을 한번 켜보라고 졸랐다. 찬은 소리를 들어줄 수 없을 거라며 막무가내였다. '하이페츠의 베토벤의 것을 들은 귀에다가는—영희가 갖고 있는 음반이 그것이었다— 절대로 들려줄 수 없다.'고 했다.

그러나 친구들도 지지 않았다. 찬은 친구들의 성화에 하는 수없이 바이올린을 들었다. 찬의 바이올린은 미국 민요 「오 수잔나!」를 연주했는데, 박자며 음정은 틀림없었으나, 소리가 하도 나빠서 "오, 수잔나 울지 말아요." 하는 데 와서, 모두들 웃음이 터지려는 것을 간신히 누르다가 일절이 끝나자 박수와 함께 폭소를 터뜨렸다. 그래도 앙콜은 연발했다.

의학도 지망생인 현태가,

"바이올린으로 그만큼 소리내기도 어렵다."

하며 찬의 바이올린을 칭찬했다. 그는 베토벤의 「황제」도 칠 줄 아는 대단한 수준이기도 했다.

입학 시험날이 박두한 어느 날 저녁, 찬은 영희의 수학을 염려해서 기본 문제 다섯 개를 임의로 설정해서, 푸는 방법과 답을 써서 갖다 주었다. 그는 언제나 처럼 창턱에 두 팔을 얹고 서서,

"그것만 다 이해하면 문과 수학은 어렵지 않을 거야."

하며 꼭 이해하라고 걱정스럽게 말했다.

그해 S대학 입학시험은 4월에 있었다. 개나리가 한창이었다. 영희가 광화문에서 전차를 기다리는데 찬이 저만치서 길을 건너오는 것이 보였다. 그도 같은 대학에 입학시험을 치러 가는 것이다. 순간 영희는 강력한 경쟁자를 발견한 것 같아 얼른 시선을 돌리고, 마침 정차한 전차에 달려가서 혼자만 탔다.

그날의 시험과목은 첫째 시간이 영어, 다음이 원수의 수학, 다음이 골 아픈 국어. 그 무렵은 국문법에 두 가지 학설이 있었고, 용어 자체도 서로 달라, 배우는 학생에게 혼돈과 짜증과 필요 없는 부담을 주었다. 게다가 근대 한국시는 오로지 애국과 반일 저항의 시로 해석

하기 일변도여서, 영희는 그 일변도 해석의 오만, 협소, 옹졸에 질식할 것 같았고, 그래서 그녀는 골 아픈 국어 시험이라고 했던 것이다.

수학 다섯 문제 중 두 문제는 뜻밖에 쉬웠다. 다른 세 문제는, 문제 자체가 국어인지 어느 딴 우주의 언어인지 이해할 수 없었다. "그래도." 하는 미련으로 문제를 읽고 또 읽었으나 한 자도 쓰지 못했고, 마지막 종이 울렸을 때는 뒤통수만 들이쑤시고 아팠다.

그러나 담임선생님이 입학시험에서 반만 맞으면 대성공에 속한다고 했던 말이 기억나서, 포기했던 수학을 두 문제나 푼 것이 스스로 대견해서 날아갈 것 같은 기분이었다.

영희가 상쾌한 기분으로 시험장을 나오는데 찬이 그녀에게 달려왔다.

"나왔지! 몽땅 그거야!"

하며 그는 기쁨에 상기되어 있었다. 그가 임의로 내준 문제를 말하는 모양이었다. 영희는,

"무엇이 말야? 난 전혀 몰랐어."

했다. 찬은,

"아이구, 저런. 똑같아, 숫자만 다르지!"

하며 발을 굴렀다. 영희는 문제가 같은 패턴이라는 것조차 알지 못했다.

"그래도 두 문제나 풀었다."

하며, 그녀는 의기양양해서 푼 대로 종이에 적어 보였다. 찬은 비명을 질렀다.

"저런! 그건 곱하기를 해야 해. 보태기를 했으니!"

그래서 영희는 입학시험 수학과는 제로점이었다.

신록이 싱그러운 6월에, 찬도 영희도 무난히 S대에 입학했다. 교사 신축 때문에 그해의 신입생 강의는 유난히 늦게 시작했다. 이공학과의 분교가 청량리에 있어서 찬은 아침 일찍 집을 나가야 했고, 저녁의 귀가도 늦게 되었다.

어느 밤 늦은 시간에 영희를 찾아온 찬은 문턱에 팔꿈치를 올려놓으며 초콜릿을 건네주었다. 영희가 씹을 맛이 나서 좋다던 두툼한 그 밀크 초콜릿이다.

영희는,

"난, 이제 이건 별로야."

했다. 찬은,

"며칠 전에는 고급보다 오히려 이게 좋댔잖아?"

했다.

"응, 그랬어. 그런데 대학생이 되니까. 양보다 질 위주로 됐나 봐. 얇고 더 밀키한 것 있지? 아니면 아몬드 든 게 좋아, 난."

그러면서도 영희는 찬이 준 초콜릿을 이미 몇 입이나 맛있게 씹어 먹고 있었다.

"대학생 되고 며칠인데?"

"나흘 됐지."

"나흘 사이에 미각까지 변했어? 참, 빠르네!" 하며

소리 내어 웃었다. 그것이 찬이 그녀에게 초콜릿을 갖다 주는 마지막 날이 될 줄이야 …….

찬은 집이 멀어서 등하교하기가 힘드나, 실험하는 것이 즐겁고, 교양과목 들으러 문과대학까지 가는 것도 즐겁다고 했다. 철학 개론은 영희와 함께 듣게 되었으니까, 먼저 가는 사람이 자리 잡아주기로 그들은 약속했다. 찬은 신입생은 엄두도 낼 수 없다는 4학년의 세미나 시간에도 들어갔었다고 하며, 희망과 기쁨에 부풀어 있는 듯이 보였다.

반면 영희는 널리 알려진 저명한 교수들의 강의를 듣고 매우 실망하던 터였다.

"호랑이 얘기만 한 시간 이십분을 계속하셔. L교수 말이야. 뺑덕어미가 떡판에 떡을 이고 산을 넘어가는데, 호랑이 한 마리가 숲속에서 '어흥!' 하며 …… 맙소사."

그녀는 민담의 중요성을 전혀 인식 못하고 있었다. 교양 영어도 고등과 때와 별다른 데가 없었다. 읽고 해석하기. 불어도 그랬다.

한 상급생은 일 학년 때는 교양을 위한 거라 다 그렇고 그런 거고, 학년이 높아지면 좀 들을 만한 소리가 교수의 입에서 나오기도 한다고 했다. 그러나 교수에게 너무 기대하지 않는 게 좋을 거라고 했다. 자신 있는 듯한 그 건방진 상급생의 말을 듣고 있으니까, 어쩐지 교수보다 실력이 위인 듯한 착각조차 들 지경이었다.

어리둥절하고 실망 어린 대학생활의 출발이었으나, 무엇인가를 잡기 위한 소리 없는 잠복기 같은 긴장감이 감도는 것 같았다. 그러나 입학식 후의 그 첫 주말에 발발한 6 · 25전쟁으로 모든 것은 그만 허물어져버렸다.

적치(赤治)는 서울 사람들의 목을 죄어갔다. 기아, 약탈, 감시, 중노동, 개인감정에 의한 인민재판, 즉결처분, 납치 등등 역사책에서 배운 인류사의 그 어느 공포정치에서도 상상조차 할 수 없는 극도의 살인 공포정치였다.

영희도 밤마다 한강에 모래를 파러 갔다. 한 푼의 임금은 커녕 물 한 모금조차 주지 않는 잔인한 노동 착취였다. 오후 여섯시에 삽을 메고 구청 앞에서 출발해서 십킬로미터나 걸어서 한강으로 갔다. 아 프다면 당장 죽으라고 하면서, 총 끝을 가슴에 겨누기 때문에 코피 를 쏟는 사람이며 복통으로 기절한 사람도 그 강제노동 대열에서 이 탈하지 못했다.

영희는 이웃 집 아주머니 덕에 힘들게 일하지 않을 수 있었다. 그 아주머니는 영희가 손목을 삐어서 모래를 팔 수 없으니, 나르기만 하게 해달라고 감독에게 사정을 했다. 그래서 영희는 가마니에 부어 진 모래를 여럿이서 들고 천천히 걸으니까 한밤에 두어 번 백 미터 쯤의 거리를 왕복하는 정도로 그칠 수 있었다. 마치 전 서울시민이 그 모래사장에서 일하지 않나 싶을 만큼 까맣게 사람으로 메운 백 사장의 캄캄한 밤이니, 몇 사람의 인민군 감독으로는 영희들이 몇 번 날랐는지 감시하기란 불가능했다. 그 아주머니는 영희가 소변을 볼 때는 치마를 펴서 가려 주고, 귀갓 길에 남의 집 대문을 두들겨서 마실 물을 얻어 먹이기도 했다. 영희 어머니는 연로해서 노동에 징 발되지 않아 집에 남았는데, 아마도 그 아주머니가 전세에 너와 무 슨 인연이 있었나보다고 하며 감사를 넘어 종교적인 외구심조차도 품었다.

그 무렵 유명한 학자들이며, 문인들이 납치되어 갔고, 어느 사장이 며, 어떤 교육자는 탈출하려다가 사살 당했다. 더구나 그것이 대낮

서울 어느 골목에서 일어났다는 소문이 소곤소곤 나돌았다. 당시 영희의 오빠의 식구는 영국에 있었고, 아버지는 부산 지사에 일이 있어서 서울을 떠났는데 6월 24일 밤 차였다. 인민군이 삼팔선을 넘어오기 불과 여섯 시간 전이다. 그래서 영희는 어머니와 오래 있었던 식모 아줌마와 셋이서 난리를 이겨내면 되는 비교적 홀가분한 처지였다. 그녀의 어머니는

"아버지가 지사에 가시게 된 것은 하늘이 그렇게 마련해 놓은 거다." 하며 굳게 믿고 있었다. 아들도 남편도 서울에 있었다면 다른 집과 똑같은 비극을 면치 못했을 것을 그녀는 알고 있었다.

적치 이주일 무렵부터는 젊은 남성들을 의용군으로 징발해 가는 '사람사냥'이 시작되었다. 차차 그 대상의 연령을 확대해서 십오세부터 오십세까지가 아니라, 그런 나이로만 보이면 무조건 잡아갔다. 남성들은 굴뚝에 숨고, 지하실에 혹은 천장에 숨었다. 그러다 들키면 그 자리에서 사살되고 혹은 어디로 끌려가는지 없어졌다.

영희 어머니의 한 친구는 사위 대신 잡혀가는 만삭의 외동딸을 뒤따라가며 목메어 울다가 쉰 목이 그후 십년 후에 죽을 때까지도 쉬어 있었다. 혹시 딸이 살아서 돌아왔거나, 죽었을 경우 그 시체라도 찾았다면, 임종 때 평소 맑던 그 목청으로 천당에 갔을 것이다.

지방에서는 적들은 한 우물 한 구덩이에 수 백 명씩 양민을 생매장했고, 거처를 알리지 않기 때문에 생사도 알 수 없었다. 시신을 찾지 못하는 가족들의 고통과 공포는 죽음보다 더 컸다. 의용군으로 잡아간 사람들을 삼엄한 경비 속에 모아 놓은 큰 마당이며, 학교 등의 운동장마다 담 밖에서 울며 혈육을 소리쳐 불러보는 가족들의 모

습은 바로 아비규환의 지옥도였다. 잡혀간 아버지며 남편이며 자식이며 형제들이 어디에 있는지 알 수 없었다.

다음에는 여성동맹원을 징발하기 위한 '젊은 여성 사냥'이 시작되었다. 영희를 잡으러 갈 거라는 이웃의 정보를 받고, 영희는 사흘 동안 먼 친척 집에 피신했다. 정보대로 한밤에 영희네 이웃 몇집에 총끝에 칼을 꽂은 인민군이 습격했는데, 해당되는 젊은 여성은 한 사람도 발견되지 않았다. 모두 정보를 주어 피신시켰기 때문이다. 적치 석 달 동안만큼 이웃이 한마음으로 저항, 단결한 때는 긴 인류사에서도 찾아보기 어려울 거라고 사람들은 말한다. 남의 집 다락에서 사흘간 지내는 동안 영희의 전신에 좁쌀만한 발진이 생겨 가려워서 잠자기 어려웠다. 어머니는 피부병이 아니라 벼룩이 문 거라 하며 암모니아수로 닦아주면서, "고마운 벼룩." 이라고 했는데, 딸이 잡혀가지 않은 것을 벼룩의 덕으로 생각하지는 않았겠으나, 잡혀가는 엄청난 화를 벼룩에게 물리는 것 정도로 액땜했다고 생각하니, 미물인 벼룩에게조차도 엎드려 절하고 싶은 심정이었으리라.

밤마다 실탄 쏘는 소리가 탕탕하고 몇 차례 씩 가슴을 찢었다. 그 소리가 점점 더 잦아갔다. 죄도 없이 재판도 없이 '빨갱이'들이 사람을 마구 죽이는 소리였다.

영희의 집도 식량난의 불안이 닥쳐오고 있었다. 밀기울로 찐 개떡도 한 사람이 하나씩, 물 같은 멀건 죽으로 한 끼, 밥은 아예 생각할 수도 없었다. 영희의 어머니는 그 마저도 입 맛 없다고 하며 반도 안 먹고, 영희와 식모에게 먹으라고 했다. 후에 알고 보니까 어머니는 배가 고팠어도 그 둘을 위해서 양보 한 것이었다. 영희의 어머니는 빨갱이들이 빼앗아가지만 않았다면 이웃과 나눠 먹어도 동지 때까지 먹고도 남을 쌀이었는데, 하고 분개했고, 식모 아줌마는 빼앗겼어도 지하실에 숨겨놓았던 것을 어머니가 피난민들한테 나눠주지만 않았던들 앞으로 석 달은 너끈히 먹고 살 수 있었을 거라 했다. 그렇건 저렇건 어쩔 수 없는 일이었으니, 지금 와서 분개하고 후회한들 무슨 소용이 있겠는가. 이런 대화를 영희 어머니와 아줌마는 수없이 되풀이했다. 그들은 긴 평생 동안 처음 당하는 상황에 어떻게 대처해 나가야 할지 몰랐다. 빨갱이 세상도 아무렴 사람 사는 세상이고 더구나 동족 아닌가, 게다가 죄진 것도 없으니… 하는 생각이 근본적으로 틀린 것임을 그들은 차츰 깨닫지 않을 수 없었다. 사실 그것은 사람이 살 세상이 아니었다. 그런 나날 속에서 영희는 찬을 까마득히 잊고 있었다.

9·28 서울 수복 이틀 후에 부산에 가 있던 영희의 아버지가 상경했다. 그는 석 달 동안 처와 딸의 안부를 너무나 염려한 나머지 고혈압과 협심증에 걸려 있었다. 그는 낮은 낮대로 모녀의 불행한 장면이 상상되어 밥맛도 잃고 일도 손에 잡히지 않았고, 밤은 밤대로 불면증과 악몽에 시달렸다.

영희는 아버지와 같이 서울을 두루 돌아보았다. 서울 중심가인 충무로며 종로는 치열했던 시가전과 후퇴하던 인민군의 방화로 폐허로 변해 있었다. 골목에는 아직도 시체가 쌓여 있었다.

S대에는 미군이 임시 주둔하고 있었다.

10월 내내 학도호국단 중심으로 학생들의 복학 적격심사가 있었다. 조금이라도 적에게 협력한 학생은 물론, 학교에 등교라도 했던 학생에게는 복학을 허용하지 않았다. 9·28 직후는 서울시민의 적개심이 충천해 있어서, 조그마한 허물도 용납되지 않았다. 휴전 후 세월이 지나고 나서는 법에 저촉되지 않는 학생은 폭넓게 재심사되고 구제되었으나.

11월에 들어가도 정규 강의는 없었다. 납북되어 간 교수가 많았고, 납북 혹은 의용군으로 강제 징발되어 생사를 모르는 학생들도 수두룩했다.

영희는 부모와 함께 해운대의 초가 별장에서 전복이나 실컷 먹으며 겨울을 나고, 신학기에 상경할 계획으로 서울을 떠났다. 가방에는 책 몇 권 만 가볍게 넣었다. 한 달 후에 1·4후퇴가 있을 줄은 상상도 하지 못했다.

영희 일가는 수복된 남한 곳곳을 차로 돌아보며, 나흘 만에 해운대에 닿았다. 갈비 열 대를 앉은 자리에서 단번에 먹고, 전복 다섯 개를 또 구워먹어도 배탈이 나지 않는 것이 영희는 이상스러웠다. 석 달 동안 굶주린 젊은 세포가 끝 없이 먹이를 요구하는지. 마침 가을이라 햅쌀 밥이었다. 밥이 씹지 않아도 참기름처럼 자꾸만 목 너머로 미끄러져 내려가서, 식욕이 없고 병색이 짙은 아버지에게 영희는 부끄러움을 느낄 지경이었다. 아버지와 어머니는 "어린 것이 얼마나 주렸으면 ……." 하며 눈물지었다.

1953년 휴전, 환도 때까지 영희 가족은 서울에 가지 않았다. 전쟁 중, 그녀의 집은 서울의 다른 집과 마찬가지로 모든 것이 약탈당하고 있었다. 그릇도, 옷도, 장롱도, 책상도, 책도, 음반도, 축음기도, 그 프랑스 인형도…

1951년에는 부산에 종합대학이 열리고, 1952년에는 구덕산에 바라크와 텐트로 만들어진 S대의 임시 피난 가교사에서 강의가 본격적으로 시작되었다. 전쟁은 여전히 치열하던 중이었고, 피난 온 학생의 몰골은 거의가 비참했다. 어떤 학생은 P.O.W(전쟁포로)라고 크게 써 있는 점퍼를 그냥 입고 다녔다. 입을 것이 없어서였다. 거의가 먹을 것도 입을 것도 부족 했고, 발 뻗고 잘만한 잠자리 얻기도 극도로 어려웠다, 밤을 새고 부두 노동을 하고 낮에는 강의를 들으러 와서, 어쩔 수 없이 꾸벅꾸벅 조는 학생들도 허다했다. 그래도 죽은 친구, 생사 조차 알 수 없는 학우들을 생각하면 그들이 살아 있는 것이 신기하기까지 했다. 가뜩이나 적은 수의 여학생은 몇 손가락 꼽을 정도 밖에 보이지 않았다.

그러던 어느 날 텐트교실 앞에서 영희는 찬을 우연히 만났다. 영희는 반가워서 소리쳤으나 찬은 그렇지 않았다. 그의 큰 키는 힘없이 조금 굽어 있었고, 안색은 누렇고 환자 같았다. 말소리에도 힘이 없었다. 눈의 표정도 멍하니 딴 곳을 보는 듯했다.

"웬일이야, 왜 이렇게 되었지? 어디 아프니?"

연거푸 퍼붓는 영희의 질문에 찬은

"전쟁터에서 싸웠지. 의용군으로 붙들려 가서 죽을 뻔했고, 탈출해서 원수 갚는다고 국군에 들어갔더니, 군수품 배돌리는 윗 놈들 때문에 굶어 죽고 얼어 죽을 뻔했지."

하고는 소리 없이 쓰게 웃었다.

"아니, 그럴 수가! 우리 국군인데!"

"의대 들어갔던 현태 있지? 피아노도 치던. 그 애는 죽었다. 방위

군사건도 몰라?"

영희는 현태가 죽었다고 하니까 실감이 났다.

"방위군사건이 뭐니?"

"신문도 안 보고, 라디오도 안 들어?"

"보지만 난 못 봤어."

"못 봐서 다행이다. 알아서 무엇 하겠어. 나는 흙 섞인 밥을 먹어서 위를 아주 버렸어. 내 발, 발은 동상에 걸려서 하마터면 잘라낼 뻔했지."

하며 찬은 고개를 숙이고 발끝을 땅 위에서 이리저리 움직였다. 낡은 구두를 신은 발은 무거워 보였다.

"아니, 이럴 수가, 킴쉬타인을 ……!"

영희는 눈을 부릅떴다. 찬은

"화낼 일이 한두 가지가 아니지. 악마의 횡포 시대야. 참, 서울에 한번 갈 텐데, 무엇 부탁할 것 있으면 해봐."

했다. 정식 환도는 안 되었으나, 더러 사람들이 서울을 드나든다는 말을 영희는 듣고 있었다. 그녀는,

"내 인형 있잖아? 있으면 꼭 갖다 줘, 응?"

했다. 찬은,

"인형? 대학생이 지금 인형을 찾아? 더구나 이 판국에?"

하며 어이없는 듯이 영희를 바라보았다.

"미안해, 그런데 걔는 내 친구야, 십오 년 친했던 ……."

찬은

"모르겠어, 가져오게 될지. 서울은 모든 것이 약탈 되었다고 들

었어."

하며 돌아서 갔다.

찬은 서울에서 빈손으로 돌아왔다. 그 후 영희는 찬과 만나지 못
하고 말았다. 만나지도 못했으나 생각도 나지 않았다. 전쟁, 휴전, 환
도, 4.19, 5.16, 5.18 등등, 우리 나라는 격동의 세월을 보냈고, 영희는
결혼하고 아이 낳고 기르고 …… 긴 세월은 나이 생각을 할 겨를도
없이 훌쩍 흘러가 버렸다.

영희는 며칠 전 신문에서 김찬의 사진을 보고 깜짝 놀랐다. 신문
은 과학자 회의에 참석하기 위해 일시 귀국한 김찬을 자세히 소개하
고 있었다. 과학 계통의 일을 영희는 잘 모르나, 그의 직책으로 보아
그 나라에서도 상당히 인정 받는 물리학자인 성싶었다.

영희는 신문사에 그의 숙소를 알아보았다.

호텔방으로 전화 신호가 가는 동안 찬을 무어라고 불러야 할지,
찬이니? 그래야 할지, 오십세가 넘은 사람한테, 그리고 그만한 지위
가 있는 사람을 옛날처럼 불러도 될까, 그보다도 찬이 그녀를 알지
못한다고 하면 무어라고 할까. 영희의 머리 속은 복잡했다.

이윽고, 찬의 음성이 나왔다.

"여보세요."

영희는

"여보세요, 저, 저 ……."

찬이니? 할까, 김 박사라 할까 망설이는데 저쪽에서,

"영희 …… 씨지요?"

한다. 얼떨결에 영희도,

"네, 김 박사. 정말 오랜만이에요."

하고 존대어가 나왔다.

실로 만 삼 십 일 년 몇 개월 만의 만남이다.

전쟁에 찌들고 병들어 있던 찬, 얼마나 변했을까 싶으며 영희는 다음날 약속 장소인 호텔 로비에 가서 서 있었다.

찬의 큰 키가 엘리베이터에서 나왔다. 찬은 너무도 늙어 있었다.

이마에 깊은 주름이 두 줄, 눈귀에도 주름이 있었다. 앞 머리도 조금 벗겨져 있었다.

찬은 두 팔을 벌리며 다가오더니 영희의 두 손을 꽉 잡았다. 영희는

"어머, 왜 이렇게 늙었지?"

했다. 찬을 보니까, 옛날 기분이 되어 말투도 어느 결에 도로 옛날처럼 되어버렸다.

"영희는 옛날 그냥 그대로야! 고맙네, 정말. 이렇게 고마울 수가 ......!"

찬의 얼굴에는 주름이 있었으나, 몸 전체에는 피난학교 시절 때와는 달리 활기가 차 있었다.

그들은 식탁에 마주앉았다. 가까이에서 보니까 찬의 얼굴에 삼십 여 년의 고난의 역사가 아로새겨져 있는 것 같았다. 변하지 않은 것은 크고 맑은 두 눈망울 뿐이라고나 할까. 영희는

"찬도 눈만은 그대로네."

하고 말했다.

"아니야, 달라. 내 눈 한 겹 뒤에 있는 필름에는 별의별 현장이 다 담겨져 있지. 살육, 고통, 분노, 절망, 굶주림 등등의 현장이 눈이 아

프도록 적나라하게 말야. 눈을 감으면 선명하게 한 장면 한 장면이 떠오르지. 눈을 뜨고 있어도 갑자기 현실처럼 떠오르지."

영희는 무어라고 말을 해야 할지 몰랐다. 그와 같은 고통을 겪지 않은 영희에게는 그의 말 한마디 한마디가 가슴을 찔렀다.

"미안해, 정말. 난, 찬이 그렇게 고생한 줄 몰랐어."

영희는 겨우 말했다. 찬은

"미안하기는? 나 같은 경우가 현실이라면, 영희 같은 경우도 현실이지. 영희는 지금도 행복하지? 말하지 않아도 보면 알아. 난 정말 기분이 좋아. 영희까지 불행하다면 우울했을 텐데 말이야."

영희는

"찬이 그렇게 말을 잘하는 줄 몰랐어. 그때는 말이 없고 ……."

하며 영희는 옛날의 그의 모습을 기억 속에 더듬었다. 찬은

"그때는 여학생 앞에만 가면, 공연히 부끄러워서 말이야."

했다. 영희는 비로소 까르르 하고 소리 내어 웃었다.

"웃음소리도 그대로네."

하고 찬이 말했다.

그토록 긴 세월 동안 만나지도 못하고 생각조차 나지 않았던 찬이나, 지금 만나서 얘기를 나누고 보니까, 마치 늘 만나던 사람 같기만 하다. 영희는 그런 느낌이 신기했다. 찬도 그렇다고 했다. 영희는

"차근차근 얘기 좀 해 봐. 피난 학교 때 만나고, 그 이후의 얘기 말야."

했다.

"난 그때 위궤양이 심한데다가 아르바이트를 해야 학교도 다니고

밥도 겨우 먹는 형편이었어. 그러니까 영희를 만나 볼 시간도 없었지. 졸업하고는 바로 미국으로 가서 고학하고, 영국, 인도, 일본, 프랑스 등등 다니며 연구했지. 정말 전쟁만 나지 않았으면 내 연구가 훨씬 더 나았을 텐데 ……."

"전쟁의 상처가 너무 깊어. 난 이산가족 찾는 걸 텔레비전에서 보니까 마냥 빚지고 살아온 것 같아."

"영희는 참 운 좋은 친구지. 그러나 세상에는 아예 전쟁을 겪지 않은 사람도 있어. 현태는 죽기도 했지만, 나도 빚진 기분이 문득문득 들지."

찬은 말을 뚝 끊었다. 영희도 마음이 어두워졌다. 잠시 침묵이 흘렀다. 찬은

"빚진 것 같은 기분이란 말, 참 좋네. 그 마음에 영원한 행복을!"

하며 술잔을 들었다. 영희도 잔을 들어 건배했다.

"자, 우리 기분 전환 좀 합시다."

"그래, 딴 얘기하자. 찬은 애기가 몇이지?"

"난 아이가 없어. 전쟁을 겪으면서 결심했지. 절대로 나는 인간을 안 만들겠다구. 그랬더니 제풀에 아이를 못 낳게 되더군."

영희는 찬의 말을 얼른 이해하지 못했다.

"부인도 생각이 같았어? 부인은 지금 어디 있지? 같이 오지 않았어? 한국 사람? 아니면 외국 사람?"

찬은 영희를 빤히 바라보았다. 그리고는

"난 결혼도 안 했어."

했다.

영희는 당황하여 얼른 다음 말이 나오지 않았다. 그러나 찬의 말을 가볍게 흘리고 싶었다.

"독신주의? 좋지!"

"아니, 뭐, 그렇게 거창한 게 아니구 ……."

찬은 말을 흐렸다. 순간 영희는 찬이 성불구가 된 것이 아닐까 하는 생각이 들었다. 피난 중, 학교에서 만났을 때, 발에 동상이 걸려 잘를 뻔했지 하며 낡은 구두로 땅 위를 이리저리 긋고 있었던 모습이 기억났다. 영희는 가슴이 꽉 메었으나,

"독신주의 멋있더라. 난 혼자 사는 사람이 부러울 때가 너무 많아."

하며 밝게 웃어 넘겼다. 찬에게 아픈 얘기를 시키고 싶지 않았다.

찬은 열흘 쯤 학회에 참석하는데, 시간이 꽉 차 있어서 다음 주 월요일 저녁에나 한 번 더 만날 수 있겠다고 했다. 그들은 다시 만나기를 약속하고 일어섰다.

"옛 친구가 이렇게 좋은 줄 정말 몰랐어. 긴 세월도 잊게 해주니 말야."

하는 찬의 말에 영희는

"찬은 문학책을 많이 읽더니, 표현도 잘해. 요즘도 시 많이 읽니?"

했다.

찬은

"많이는 못 읽지."

한다. 그들은 로비까지 나왔다.

"바이올린은 얼마나 했니?"

그러자 두 사람은 웃음을 터뜨렸다. 옛날 생각이 나서다.

"응, 그때 보다는 늘었어."

"언젠가 들어보았으면 좋겠네."

"다음에 올 때는 그런 시간을 만들어 놓을게."

"언제 또 오니?"

"내년 봄쯤 될 것 같아. 개나리가 한창이겠어."

영희는 대학 입학시험 무렵이 생각났다. S대의 담장에는 개나리가 한창이었다.

호텔 현관 밖은 벌써 어둠이 깃들고 있었다. 차가 연신 와서 서고는 손님이 내리고 또 타고 있다. 모두들 바쁜 듯이 보였다.

찬이

"참, 잠깐! 초콜릿 사줄게"

하며 다시 현관 안으로 들어가려고 했다. 호텔의 과자점으로 갈 생각인 것 같았다. 영희는 고개를 조용히 저었다.

"아니, 난 이제 초콜릿 잘 안 먹어."

"웬 일이지?"

찬의 눈이 휘둥그레지며 대학 신입생 때 처럼 맑게 빛났다. 영희는

"나도 늙었잖아!"

하며 손을 내밀었다.

"안 늙었어!"

하며 찬은 잔잔하게 미소 지었다. 그들은 굳게 악수했다.

"잘 가!"

"잘 쉬어!"

둘은 서로 손을 흔들며 하직 인사를 했다.

차에 오르자 영희의 가슴 속 깊은 데서 부터 긴 한숨이 후-하고 나왔다. 전쟁 때문에 불행을 겪은 찬 때문만은 아닌 것 같았다. 차는 호텔을 나와서 어두워진 거리를 천천히 달렸다.

(1983년 『문학사상)

2000년대

13

덜레스 공항을 떠나며

정숙 일행이 덜레스 공항에 도착하니까 열한시 십오분이었다. 9월 11일 뉴욕의 세계무역센터 등에 동시다발 테러공격이 있은 뒤로, 검사가 강화되어서 체크인하는 데만도 세 시간은 걸린다 해서, 두시 출발의 대한항공기를 타기 위해 일찌감치 나온 것이다.

차에서 내리자

"이제 우리끼리 갈 수 있으니 어서 가, 어서."

하고 정숙은 손까지 흔들었다. 딸 내외는 막무가내로

"아니에요, 괜찮아요."

하며 가방을 끌며 앞장섰다.

"얘야, 퇴근시간에 출근하게 될라, 됐어 됐어, 그만 가라니까."

"염려 마세요, 체크인하시는 것만이라도 보고 가겠어요."

이런 말이 몇 번 오가는 사이 그들 일행은 공항청사에 들어가서 KAL 카운터까지 가게 되었다. 이코노미 클래스 카운터에는 승객들이 이백여 미터는 되게 줄서 있었다. 모두 지친 낯이었다. 그들 앞에도 꽤나 많은 승객들이 수속을 마친 듯했다. 정숙은

"저 사람들을 봐. 어서 가게. 우리가 체크인하는 것 보려면, 자네는 퇴근시간도 지나버리겠네."

하고 말했다.

범우는 얼른 가부를 말 못하고, 줄지어선 사람들만 휘둥그레진 눈으로 한 사람씩 보고 서 있다. 영희가

"이렇게 승객이 많으니 기내에서 힘드시겠어요. 공연히 이코노미로 바꾸셨어요. 비즈니스 카운터에는 승객이 거의 안 보이는데."

하며 걱정스러운 얼굴을 한다. 기준이

"비즈니스로 간다고 더 빨리 가니? 이코노미나 똑 같은 속도로 가는 건데, 돈을 두배나 들여서 그걸 왜 타니?"

했다. 정숙은

"올 때는 이코노미가 백사십 석이나 비어서 왔는데, 이게 웬 일이냐? 이코노미로 바꾸느라고 공연히 범우만 애쓰게 했나보다."

했다. 범우가

"아닙니다. 마침 예약을 취소하는 사람이 있어서 표를 구할 수는 있었습니다마는 정말 괜찮으실까요?"

"괜찮구말구. 엄마는 오십킬로 밖에 안되니 문제없어. 저런 사람도 타는데 ……." 하는 기준의 말에 저만치 앞쪽에 백킬로그램은 넘을 것 같은 갈색머리의 키큰 백인에게 모두 시선이 갔다. 정숙은

"걱정들 말아라, 나는 비행기가 뜨자마자 잠드는 사람이니까 퍼스트건 비즈니스건 이코노미건 아무 상관 없다. 그리고 표 바꾸고 남은 돈으로 또 오지."

했다.

"그럼요, 또 오세요. 저희가 여기 있는 동안 자주 오세요."

하고 범우가 말했다.

또 올 수 있다는 것은 테러 같은 일을 당하지 않는다는 의미도 내포되어 있으니까, 말이 씨 된다고, 정숙은 생각 없이 나온 말이 스스로 반가웠다. 생각없이 나오는 말은 사람이 하는 말이 아닌 다른 무엇이 시키는 예언 같은 것이라는 관념이 있어서 우리나라 옛어른들은 "말이 씨 된다."고 부정적이거나 박절한 말을 하는 것을 경계했지 않았던가.

이코노미건 비즈니스건, 누워서 가건, 쪼그리고 앉아서 가건, 올 때처럼 무사히 도착만 해라, 하고 정숙은 혼자서 속으로 말했다. 그들이 미국에 머물던 열흘 동안에도 출처를 알 수 없는 탄저균 가루 때문에 어수선했고, 아프가니스탄에서는 미 공군기가 연일 폭탄을 퍼붓고 있었다.

"올 때도 무사히 왔으니 갈 때도 무사히 가겠지?"

"그럼요. 엄마, 무사히 가시고 말구요."

영희는 확신하는 듯 밝은 낯으로 진지하게 말했다.

범우가 어떤 수단을 썼는지는 모르나 정숙의 원대로 이코노미 표를 구해와서 귀국 때는 값싼 표에다가 두 다리 뻗고 자면서 가게 된다는 달큰한 만족감에 젖어 있었는데, 이백 미터는 될 만큼 늘어선

이코노미 클래스의 승객들을 보자 그녀는 혼자서 잘못 짚었구나 싶어 아연해하고 있었다. 영희가 범우에게

"당신만 가요, 나는 떠나시는 것 보고 택시로 갈게."

했다. 그 말이 끝나기도 전에 기준이

"말도 안 돼!"

하고 소리 쳤다.

"그럼, 둘이서 같이 가야지, 앞으로 두 시간만 있으면 비행기는 뜬다. 너희가 워싱턴까지 갈려면 한 시간은 걸릴 텐데, 자, 이제 가거라. 그 동안 수고 많이 했다. 덕분에 편히 있다 가네, 고맙네."

하며 사위의 손을 잡았다.

"좀 더 계시다 가시지 ……."

하며 영희의 눈가가 뻘개졌다.

"내년 봄에 또 올게, 너희가 여기 있는 동안 두어 번 더 올 생각이다."

하며 정숙은 딸의 뺨에 키스 하고 꼭 껴안았다.

"잘 있거라. 수고 많이 했다. 아이들에게도 할머니 할아버지가 사랑한다고, 뽀뽀 한다고 전해다우."

정숙은 사위의 손을 두 손으로 쓰다듬고 또 그의 등을 두들겼다. 영희 내외는 몇 번이나 뒤돌아보며 서로 손을 잡은 채 청사 밖으로 나란히 사라졌다.

기준이 일년 전부터 참석하기로 한 국제 심포지엄을 한 달 앞두고 그 테러가 일어났다. 10월 20일에 심포지엄이 있으니까 나흘 전쯤에 영희 집에 가 있다가 그것이 끝난 후에 또 며칠 더 있으면 합쳐서

열흘을 영희 식구와 지낼 수 있는 것이다. 정숙은 남편의 일에는 애초부터 관심이 없었고, 오로지 작년 여름처럼 딸과 사위와 어린 손자들과 맛있는 것 먹고 다니고, 손자들에게 책 사주고 장난감 사주고, 손자들 좋아하라고 일요일이면 교회에 가서 교인도 아니면서 함께 찬송가도 목청껏 큰 소리로 부르고, 드라이브하며 돌아다닐 생각에 비행기를 예약한 후 두어 달 동안 기분이 들떠 있었다. 더구나 외국상사에 스카우트되어서 수입이 넉넉해진 사위가 정숙의 생일 선물로 비즈니스 표를 보내온 것이 그녀를 더욱 들뜨게 했었다. 주최 측에서는 기준에게만 비행기표를 보냈다.

9월 11일 텔레비전 뉴스를 함께 보고 있던 정숙 내외는 서로 바라보며 동시에

"못 가는 거지?"

했었다.

고대하던 워싱턴행이 한순간에 허물어지니까 정숙은 맥이 확 풀려버렸었다.

"아이구 맙소사. 하필이면 요 때냐!"

하며 후유하고 한숨을 내뿜었었다.

테러 직후 미국의 국제전화선이 모두 통화 중이어서 이틀 만에 겨우 영희와 통화를 할 수 있었다. 영희의 집은 펜타곤에서 멀리 있어서 아무 피해도 없다고 했다.

일주일이 지나자 주최측에서 기준에게 예정대로 심포지엄을 할 것이니 꼭 참석하기 바란다는 이메일이 왔다. 워싱턴은 전과 달라진 것이 없고 평화로우니 아무 염려 말라는 말도 덧붙어 있었다.

"심포지엄을 한다구? 엄청난 추가 테러가 바로 있을 것이라고 알카에다가 으르릉대고 있는데? 부시의 응징하겠다는 얼굴은 또 어떡허구? 별 정신 나간 소리 다 듣겠네! 심포지엄이 대관절 무엇이라고 이런 판국에 ……."

정숙은 절대로 가면 안된다고 했으나 기준은 "좀 더 정세를 두고 보아야겠어"라고만 했다.

"두고 볼 것도 없어요. 사태는 점점 더 나빠져요. 이슬람교도들이 데모하는 걸 보아요. 무시무시하잖아요. 삼차대전이 날지도 몰라요."

정숙은 혼자서 워싱턴행을 완전히 포기하고 있었다. 그러나 며칠이 지나고 나니까, 그렇다면 지구상의 전인류가 몇사람의 테러리스트 때문에 꼼짝도 못하고 마냥 주저앉아만 있으란 말인가? 그리고 언제까지? 하고 생각하게 되었다. 다시 며칠이 지나니까, 설마 비행기마다 다 그렇게 되려고? 하는 생각이 슬그머니 들었다.

정숙은 10월로 접어들자

"거기는 아무렇지도 않다고 영희도 말하니까, 우리 가기로 할까요? 인명은 재천이라는데 ……."

하고 기준에게 말하기도 했다.

"생각 그만하고 잠이나 자."

기준은 내내 확실한 말을 하지 않았었다.

정숙은 어느 날은 잠이 깨자 기준에게

"심포지엄이 밥 먹여주나요? 비행기 예약은 취소하고, 주최측에는 비행기 값 돌려주고 가지 않기로 정합시다. 매일 이럴까 저럴까 헷갈리니 어질어질해요."

했다. 기준은

"응, 응."

하고 고개는 끄덕였으나 정숙처럼 똑부러지게 결정한 것 같지 않아서

"더 생각할 것도 없어요. 전쟁터에 뛰어 드는 격이 아니라, 바로 뛰어드는 거라니까요. 나는 영희들도 이리 오라고 말하고 싶어요. 거기 직장 그만 둔다고 아무리 밥걱정 할까. 전쟁터에 있는 것보다는 여기가 낫지 ……. 허 참 세상이 바뀌어도 한 바퀴나 바뀌었네. 더 유나이티드 스테이트 오브 아메리카가 전쟁터가 되다니 ……." 한 달 전만 해도 미국은 전쟁터와는 동떨어진 세계 유일한 나라였는데, 일차 세계대전 때는 물론이고, 이차 세계대전 때는 전쟁 당사자였는데도 그 땅에는 총알 반쪽도 안 떨어졌었잖아요."

정숙은 혼자서 떠들다가

"참, 진주만 공격은 당했었지 ……."

했다. 기준은

"유식하네. 강사 하다가 그만 두었으니까 다행이지, 교수까지 했었다면 대단했겠어."

"저이 봐, 나를 비꼴 여유가 있어요? 갈까 말까 하고 머리가 터질 지경인데."

"혼자서 야단났네."

"어머, 자기는 가고 싶은가봐. 한 시간 논문 발표하기 위해서 목숨을 걸어요? 논문은 가 있으니까 딴 사람이 읽으면 되잖아요? 논문인데 꼭 본인이어야 할 이유가 없잖아요? 연주나 무용이나, 뭐 마라톤

같은 거라면 몰라도."

하며 기준의 결심을 독촉했다.

기준은 며칠 더 생각하다가 결국 가지 않기로 결정하고 주최측에 이메일을 보냈다. 그쪽에서 바로 회답이 왔다. 전과 똑같은 내용이었다. 거기는 변한 것이 없고, 윤교수가 빠지면 그 심포지엄은 완전한 실패작이 될 터이니 매우 난처하다는 것이었다. 이 말에 다시 생각하기 시작하는 기준을 보고 정숙은

"그 사람들 참 염치도 없네. 전과 다름없다니 말이나 되냐구. 텔레비에 맨날 나오는 부시의 얼굴도 못 보나? 당장 전쟁이 터지게 생겼던대."

하며 흔들리려는 기준을 다그쳤다.

그러나 영희와 몇번 전화를 하고 난 뒤로 정숙 자신이 흔들리기 시작했다. 영희의 말도 주최측과 한가지였다.

"엄마, 그래도 마음이 내키지 않으시면 오지 마세요."

"내키고 안 내키는 문제가 아니고, 이를테면 육감의 문제가 아니고, 멀쩡한 정신으로 판단 해보려니까 결정하기가 어렵구나. 나도 가고는 싶단다, 가고 싶어!"

정숙은 소리를 지르고 있었다.

네 살이 된 지호가 전화를 바꾸더니 응석 섞인 말투로

"할머니, 보고 싶어요. 그리스 식당에서 그 생선 찜 먹어요."

했다. 작년 여름에 갔을 때 그 요리가 맛있어서, 어떻게 만드는가 영희에게 알아두라고까지 했었다.

"그래, 할머니하고 그 집에 또 가자."

"버거킹도요."

한다.

"그럼, 그 버거킹에 가서 먹자. 그리고 건너편 책 가게 가서 책도 사자."

이렇게 말을 해놓고 보니 정숙은 부쩍 가고 싶어 조바심이 났다.

그 후에도 영희와 몇번 통화했으나 그 때마다 달라진 것은 없다 하고, 그러나 마음 내키지 않으면 오지 말라는 말을 덧붙였다. 영희도 육감이라는 것을 무시하지는 않는 것 같았다. 어릴 때부터 '육감'이라는 말을 어미에게서 들어 온 탓이리라.

주최 측에서는 더 간절한 이메일이 왔다. 참석하고 싶은 사람들이 대기자 명단에 팔십명이나 올라 있으니, 기준이 가지 않으면 난처하다는 얘기였다. 오천 여명이 한꺼번에 죽고, 펜타곤이 공격을 당했는데도 일반시민 생활에 변화가 없다니 미국은 과연 크기는 큰 나라구나 하고 정숙은 생각하지 않을 수 없었다.

영희의 말도 주최 측의 말도 매번 똑 같고, 곧바로 있을 듯 하던 추가 테러도 없었다. 없으니까 안심이 되기도 하나, 없기 때문에 앞으로 언제 있을지 더 불안하다면 불안했다. 하기는 테러가 아니더라도 비행기 사고는 언제나 있을 수 있는 일이고, 사고의 빈도로 따진다면 국내에서의 자동차 사고가 더 많다. 그렇다고 해서 자동차를 탈까 말까, 차 사고가 두려워 집 밖에 나갈까 말까 하는 사람이 있다는 말은 들은 적이 없었다.

시간이 갈수록 정숙의 마음이 가는 방향으로 기울어지고 있었는데, 10월 8일 새벽 한시에 미국의 B2 스텔라 폭격기가 카불에 공습을 시작했다. 드디어 전쟁이 일어난 것이다.

그날은 기준도 가지 않기로 결정했다. 그는 주최측에 이메일을 보냈다. 정숙은 전쟁이 확실하게 났으니까 미국은 전쟁하는 나라고, 전쟁중인 나라에서 무슨 뚱딴지같이 심포지엄을 하겠느냐고 했다.

"연기하거나 취소할 거예요. 잘되었네, 오히려 그쪽 사정 때문에 못 가게 된 것이니까."

그러나 그쪽에서 이메일이 바로 왔다. 심포지엄은 전쟁과는 아무 상관이 없으니 참석해달라는 내용이었다. 기준은 답장을 보내지 않았다. 이삼일 지나서 다시 같은 내용의 이메일이 왔다. 기준은 이번에도 답장을 하지 않았다. 그는 뉴스에만 귀를 기울이고 있었다. 아프가니스탄에서는 미국 폭격기의 일방적 공격 같았다. 정숙은 전쟁이 빨리 끝나기를 간절히 바랐다.

시간은 흘러서 비행기표를 취소할 수 있는 마지막 날이 하루하루 다가오고 있었다. 주최 측에서 이메일이 또 왔다.

"갈 거예요?"

하고 정숙이 물으니까 기준은

"글쎄."

했다.

"그러면 안 갈 거예요?"

해도

"글쎄."

라고만 했다.

비행기표를 취소할 수 있는 마지막날이 하루 앞으로 다가왔다. 기

준은 저녁 모임이 있어서 나가면서

"가부간 오늘 중으로 결정을 해서 내일은 KAL에 알려 주어야하고, 그쪽에도 알려주어야 대비를 할 텐데, 자기도 생각 좀 해 두어."

했다.

평소에는 정숙이 무엇인가 결정을 못하면 기준이 결정해주어서 편했는데, 이제는 그녀에게 맡기는 것 같으니까, 갑자기 그녀는 조바심이 났다.

그녀는 혼자서 곰곰이 아무리 생각해보아도 결정을 할 수가 없었다. 그녀는 답답해서 이럴 때 동전이라도 한번 던져 볼까 하는 생각이 들었다.

그녀는 안방 바닥에 방석을 깔고 마치 거기에 귀신이건 신이건 어떻든 초인간적인 그 무엇이 있는 것처럼 긴장하며 자세를 고쳐앉았다. 세번 연이어 겉이 나오면 가기로 하고, 백원짜리 동전 한 개를 위로 던졌다. 그러나 열 번을 시도 해보아도 연이어 세 번 겉은 나오지 않았다. 마지막으로 단 한번으로 정하자 하고 한껏 높이 던지니까 뚝 떨어지며 겉이 나왔다.

"어머, 가라고 나왔네. 가야지, 가는거야! 이제 그만 생각하기다. 생각을 그토록 했어도 아무 소득도 없었잖아? 가는 거다 가는 거야!"

그녀는 혼자서 소리 내어 말했다.

기준이 귀가하자 그녀는

"우리 가기로 합시다."

했다.

"왜?"

"동전 점 쳐 보니까 가라고 나왔거든."

"동전 점 때문에 간다구?"

"그러면 무엇으로 정해요? 생각을 아무리 해봐도 결정 할 수가 없으니?"

기준은 한참 생각하고 나서

"자기가 가고 싶으면 갑시다. 자기 말대로 인명은 재천이라니까."

한다.

"비행기 한번 타는데 이 야단을 하며 가다니, 참! 생각하니 우스워 죽겠네."

"자기는 요즈음 생각할 거리가 생겨서 신난 것 같이 보이던데?"

"그건 또 무슨 말이지? 내가 생각할 거리가 없었다는 말 같은데?"

"생각해 보면 알게 아니야? 사십년을 함께 살아왔지만 요즈음처럼 골똘히 생각하고 초조해하는 모습은 처음 보았으니까."

"당연하지 않아요? 생사가 달린 문제인데, 그 문제의 직접 원인은 가도 그만 안 가도 그만인 논문발표인데다가, 또다른 이유도 손자들 보고 싶어서 가는 것이니, 말하자면 그것도 가도 그만 안 가도 그만 인 일이잖아요? 갈 기회는 얼마든지 있는데, 그런 일에 하필 지금 이 시기에 목숨을 거는 도박을 하는 꼴이니까 생각이 이리 저리 헷갈리는 거지. 요컨대 가고 싶어 죽겠는데 그놈의 비행기 테러 때문에 생각을 하게 되는 거지. 아이구, 어지러워, 이러다가 혈압 올라 갈 것 같아요."

"혈압 걱정하면서까지 갈건 뭐요? 그만 둡시다, 그만둬. 자기 혈압 이라면 난 질색이니까."

기준이 단호하게 말하니까 정숙은 당황했다.

"정말 그만 둘 테요? 혈압이 올라도 약 먹고 있으니까 괜찮을 거고, 이제는 약이 내 증세에 맞으니까 계속 괜찮거든? 동전 점은 가라고 나왔고, 내 육감도 괜찮은데?"

"그러면 혈압 얘기는 다시는 하지 말라구!"

"안한다니까!"

"그렇다면 가기로 하지. 우왕 좌왕 그만 하고. 더 생각할 시간도 없어. 이제 이것으로 끝. 갈 준비나 해요."

하고 기준은 서재로 가버렸다.

정숙은 가방을 가지러 가려다가 퍼뜩 대학동창인 순애가 생각났다. 얼마 전부터 신들려서 그것을 뿌리치느라고 카톨릭 영세를 받았는데, 여전히 사람의 속이 훤히 들여다보이고, 그녀가 예언한 것이 맞아서 친구들이 사업이 막히면 찾아가고, 어디가 아프면 죽을병인가를 물어보러 간다는 소문이 돌고 있었다.

정숙은 순애에게 전화를 걸었다. 순애가 대뜸 전화에 나왔다.

"잘 있었니? 나, 정숙이야."

하니까 순애는

"네가 전화할 줄 알았어."

했다. 신들리면 성대도 변하는지 조금 거칠거칠 쇠소리가 섞인 음성으로 순애는

"너 뭐 물어 보고 싶은 것 있지?"

했다.

얘가 정말 신이 들렸나하고 생각하며

"넘겨짚지 말어. 친구한테 전화도 못하니? 잘 있겠지만 궁금해서 전화 한번 해본 거다. 미국에서 저 난리가 났으니 공연히 뒤숭숭하잖니?"

순애는 껄껄 웃으며

"정숙아, 그렇게 빙빙 돌리지 말어, 너 미국 갈까 말까 하는 거지? 미국 가고 싶으면 가거라. 지구 끝까지든 하늘 끝까지든 걱정할 것 없다."

한다.

정숙은 속이 서늘해지지 않을 수 없었다. 신들린다는 게 이런 거로구나 ……!

"네가 어떻게 그걸 아니? 정말 신기하다. 사실은 워싱턴에 가야하는데 하필 이 난리니 ……. 또 테러가 있을 거라 하지 않니?"

"테러 아니라 테러 할애비도 어림없지."

"정말? 그런데 내 남편도 가야하거든?"

"그 양반도 아무 걱정 없다. 잘 다녀오너라. 두말 말고"

"애야, 넌 마치 써놓은 글 읽듯이 하는구나. 그 사람 목소리도 안 들어보고 그러니?"

"네 목소리에 과부 될 낌새가 없으니, 걱정 마. 테러 속에 허니문을 떠난다 …… 그 참 멋지다."

"농담 말어, 애, 우리는 심각하단다. 네 결정에 따를 테니까 정색하고 말해 봐."

"걱정 말라구, 아무 걱정 말구 잘 다녀와, 올 때 비행기 안에서 파는 볼펜이나 사다줘."

"물론이지. 한 세트 사다 줄께."

"그래, 고맙다. 점심은 내가 살게."

"볼 펜 열 개 때문에 점심을 사니? 점심은 내가 사겠다. 네 덕에 가서 손자들 보게 되니까 당연히 내가 산다."

"그렇게 해라. 네 밥은 아무리 비싼 것이라도 먹을 때는 속 편하니까. 한번 아니라 열 번이라도 먹어줄게. 잘 다녀와, 자, 전화 끊자, 딴 전화가 또 오니까."

"알았어, 미안, 미안, 안녕."

전화를 끊으니까 정숙은 머리 속 한구석에 자리잡고 있던 거미줄 같은 것이 단번에 날아가버린 것 같았다.

"이렇게 간단한 것을 한 달씩이나 안고 끓였어!"

순애가 저토록 자신있어하고, 그녀 자신도 육감이 나쁘지 않았고, 동전 점도 그렇고 …… 그렇게 생각하니까 한편 피식 웃음이 나왔다. 가고 싶으니까 어떻게든 그쪽에다 유리한 생각을 주워모으고 있었기 때문이다.

"여보, 갑시다."

하고 그녀는 인터폰에 대고 소리 쳤다.

그녀는 안방문을 열고 나가서 서재 문을 노크하고, 열고, 들어가서 얘기하고, 다시 나와서 안방으로 가는 절차가 귀찮아서 핸드 프리 인터폰을 설치해두었다.

기준이 서재 문을 열고 나오며

"가기로 했었잖아?"

하고 놀란 얼굴을 했다.

"응, 더 확실히 해 두는 거라고."

그녀는 순애와 통화한 것은 말하지 않았다. 이제 미신까지 믿는다고 비웃을까 해서다.

"깜짝이야! 또 무슨 별난 일이나 난 줄 알았지. 난 간다고 이메일을 이미 보냈어."

하며 기준은 서재로 들어가 버렸다.

한달 가까이 우왕좌왕하던 워싱턴행은 단번에 확고히 가기로 결정이 난 것이다. 신들린 순애가 마지막 결정을 속시원히 내려 준 셈이었다. 정숙은 영희에게 국제전화를 걸었다.

"얘야, 우리 가기로 했다."

영희는 잘 했다고 하며 기쁨을 감추지 못했다.

"덜레스 공항, 오전 열한시 삼십분 도착이다."

"네, 마중나가겠어요. 범우하고 같이 가겠어요."

영희는 좋아서 어쩔 줄 모르는 것 같았다. 이번에는 내키지 않으면 오지 말라는 말을 하지 않았다.

전화를 끊자 정숙은 붙박이장에서 여행용 큰 가방과 기내용 작은 가방을 꺼내었다. 그리고 준비해둔 해외여행 때 보는 메모 용지를 옷장 서랍에서 꺼냈다.

정숙 내외는 해외여행을 하면 그 때 마다 한두 가지 잊어버리는 것이 있어서 여행지에서 난처한 적이 여러번 있었기 때문에, 메모를 해두고 여행할 때마다 변호사가 육법전서를 참조하듯이 그것을 보며 짐을 쌌다. 메모해둔 것에는 크게 A, B, C, D, E항이 있고, 각 항마다 다시 소항목이 있다. A (1) 여권 (2) 비행기표 (3) 네 가지 혈압

약(혈압약, 안정제, 메바코, 백 밀리그램짜리 아스피린) (4) 백내장용 점안약 (5) 신용카드와 약간의 현지 잔돈. A에 속하는 물품 중 한 가지라도 없으면 여행은 불가능하기 때문에 A항이 첫번째에 쓰여 있다. 혈압약은 정숙에게는 비행기 표만큼이나 필수품이다. 하루라도 먹지 않으면 안되는데다가, 의사 처방 없이는 절대로 구할 수 없는 약이기 때문에 여행지에서 급히 구하기는 불가능이다. (6) 여행용 얇은 수첩(현지 연락처와 국내의 가까운 친지의 전화번호가 적혀 있다. 이것은 A항의 다른 것들 만큼 필요불가결한 것은 아니나, 여행 중에 유용하고 부피도 작으니까). A항의 것은 손에서 놓지 않고 늘 몸에 지니고 다니는 핸드백에 넣는다.

B항은 목욕실용 가벼운 슬리퍼뿐이다. 일본을 제외하고는 서구의 어느 호텔에도 슬리퍼는 없다. 목욕한 맨발에 구두를 신을 수 없고, 구두 신고 다니던 양탄자를 맨발로 밟을 수는 없다. 정숙은 실내용 슬리퍼를 두지 않는 서양 사람들의 위생관념을 이해 할 수 없었다. C항은 상비 의약품들이다. (1) 소화제 (2) 지사제 (3) 내복용 소염제 (4) 외과용 소염 연고 (5) 내복용 진통제 (6) 몸에 붙이는 소염진통약 (7) 옷에 붙이는 더운 찜질회로(허리 디스크가 재발할까 봐 여름 겨울을 가리지 않고 체류기간의 길이만큼 챙긴다. 회로 한 봉지는 이십사시간 보온이 유지된다. 이것은 비상용으로 하나를 따로 핸드백에 넣는다. (8) 밴디지 (9) 죽염(목양치할 때 쓴다) (10) 정로환(장이 좋지 않을 때 혹은 잇몸 아플 때 바르면 효과가 있다) (11) 아스피린과 타이레놀 D항은 의류다. (1) 잠옷(일본 외에는 잠옷은 호텔에 없다. 간혹 두꺼운 샤워까운이 있는 데도 있어 그것을 잠옷 대신에 쓸

수도 있으나, 너무 두꺼워서 불편하다. 기준은 일본 것도 불편해하기 때문에 일본 여행 때도 기준의 잠옷은 가지고 간다) (2) 내의(여름이건 겨울이건 준비한다. 감기 들었을 때 중요한 보온제 역할을 한다. 여름에도 감기는 든다) (3) 팬티와 양말(체류 기간에 따라 개수가 달라진다) (4) 겉옷(외출용과 실내용, 리셉션용 등. 그리고 카디간. 카디간은 여름에도 가지고 간다. 리무진 버스 등 냉방이 강할 때나, 고지대나 해변가의 바람이 추울 때에 대비해서)

E항은 (1) 세면도구와 화장품 (2) 돋보기안경과 썬글라스 (3) 챙 달린 모자 (4) 빨랫비누(반드시 작은 고체비누. 가루비누는 마약가루로 오해될 우려가 있음으로)와 고무장갑(호텔에서 간단한 세탁을 할 때 필요하다) (5) 우산(둘이 함께 가더라도 가벼운 것으로 하나만) (6) 운동화(정숙 것에 한한다. 산책 등 오래 걷게 되는 것에 대비) E항의 것은 잊어버려도 시간을 다툴 만치 급한 물품이 아니며, 현지에서 조달하기도 쉽기 때문에 가장 나중에 챙긴다.

정숙은 여행용 큰 가방의 뚜껑을 열고 메모한 것을 보며 한 가지씩 넣었다. 의약품 중 집에 없는 것은 체크해두었다가 나중에 사다 넣는다. 가을이라 바바리코트를 넣었다. 워싱턴과 서울은 위도가 비슷하니까 기온도 비슷했다. B항에서 E항까지 두 사람 것을 정숙은 혼자서 준비하는 데 한 시간은 넉넉히 걸렸다. 떠나기 전날까지 옷은 몇 번 바뀌기도 한다. 되도록 간편하게 준비하나 혹시 필요할까 해서 넣었다가 "아이구, 짐만 될라." 해서 뺐다가 그래도 또 어찌 알랴 싶어 도로 넣었다가 한다. 일주일 예정의 여행일 때도 준비가 완결 될 때까지 소요되는 시간을 모두 합치면 두 시간이 넘을 때도 있었다. 기준의 세면도구며 논문은 기준이 챙긴다. A항도 기준의 것은 기준이 챙긴다. 그는 혈압은 정상이나, 잠을 잘 못 자기 때문에 수면제를 챙긴다. 기내에서 기준은 잠을 자지 못하기 때문에 읽을 책을 가지고 가나, 정숙은 시력도 좋지 않고, 기내에서는 거의 잠을 자기 때문에 읽을 책을 따로 준비하지 않는다.

큰 가방의 뚜껑을 닫고 나서 정숙은 서재의 인터폰에 대고 소리쳤다.

"여권 준비됐어요?"

"소리 좀 그만 질러. 다 준비됐어."

"여권과 비자 기한도 확인해요."

"했어."

"비행기 표는?"

"걱정 말어."

"한 번 더 보고, 손가방에 미리 넣어두어요. 윗도리 포켓에 넣지 말구. 다니다가 잃어버리면 안 되지. 그리고 아이들이 열어볼 것 중에 변동 사항이 있으면 써넣어 두어요."

아이들이 열어볼 것이라는 것은 일종의 유언장이다. 그것은 기준의 컴퓨터에 들어 있었다.

"사업가라면 몰라도 교수한테 무슨 변동사항이 있겠어? 우리가 뭐 주식투자를 했나, 뭐 로또를 샀나. 별걱정을 다 하네!"

"내일 모레면 간다 말이에요. 하루 밖에 안 남았으니까 그러는 거지."

"잔소리 그만 해, 바빠, 난."

하고 기준도 소리를 질렀다. 정숙도

"나도 바빠요!"

하고 소리치며 침대에 드러누웠다. 짐 싸느라고 한 시간 쯤 옷장을 여닫고 세탁실 선반에서 빨랫 비누며 새 고무장갑과 실장갑을 꺼내느라고 발판에 올라갔다 내려오고, 다시 발판을 치워놓고 하느라고 힘이 들었는지 허리가 아팠다.

그들이 떠나기 전 날, 하필이면 미국 상원 원내 총무 톰 대술의원에게 배달된 편지에 탄저균 가루가 들어 있었다는 보도가 있었다. 전 미국이 세균전이 시작되었나 긴장했고, 9.11 테러에 이어 21세기에 있을 전쟁은 또 하나의 종류를 예고하는 것 같다고 언론에서 떠들었다. 정숙은 언제 눈앞에서 폭탄 테러가 일어날지, 언제 탄저 균 가루가 콧속에 날아 들어갈지도 모르는 흉흉한 미합중국을 향해 비행기를 타고 가게 된 것이다.

언제나 만원이었던 KAL의 비즈니스 클라스에 몇자리가 비어 있어서 이코노미는 어떤가 하고 정숙은 스튜어디스한테 물어보니까, 자그마치 백사십 석이나 비어서 간다고 했다. 추가 테러가 있을 거라는 말이 분분하던 때라 비행기 탑승객이 그만치 준 것이다. 이대로 간다면 KAL도 미국 항공사처럼 몇달 버티기 어렵지 않을까 싶어 걱정스럽기도 했으나, 정숙은 '이럴 줄 알았으면 이코노미 타고 누워서 갈 걸.' 하는 아쉬움을 떨쳐버릴 수가 없었다.

"여행사에 자리가 어떻게 되나 좀 알아보지, 이코노미가 텅 비어 가는데 ……."

정숙이 기준에게 한 마디 했다.

기준은 들은 체도 하지 않고 책만 보고 있었다. 정숙은 기내식을 한번 먹고는 바로 잠이 들어버렸다.

정숙 내외는 순애의 예언대로 무사히 딜레스 공항에 내렸다. 공항에서 차에 오르면서부터 그녀는 귀국 표는 이코노미로 바꾸어 보라고 사위에게 졸랐었다.

"백사십 석이나 비어서 왔어. 팔걸이만 젖히면 두 다리 뻗고 누워서 갈 수 있으니 얼마나 좋아. 퍼스트의 의자보다 낫다구."

정숙은 영희 집에서 묵은지 사흘째 되던 날 기준에게 더 있다 가자고 졸랐다. 여기에 오느라고 한 달 동안 얼마나 법석을 했던가? 가랴 마랴 하고 몇 번이나 번복하고, 신들린 순애의 예언까지 얻어 내며 왔는데, 딱 열흘 만에 가고, 그것도 오던 날과 가는 날을 빼면 여드레 밖에 안 된다. 정숙은 아무래도 미련을 버릴 수가 없었다. 비행기 값 아까워서라도 며칠만 더 있다가 가자고 그녀는 졸랐으나, 기준은 단호하게 고개를 저었다.

"아무리 부모라도 열흘 이상 있으면 힘들고, 귀찮아지는 거야. 무엇 하러 자식들을 귀찮게 하려고 그러지? 아쉬워 할 때 떠나야지."

"효도 할 기회도 주어야 해요. 나는 효도 못한 것이 가끔 후회되거든. 아주 심하게 말이에요."

"후회하느니 효도하지."

"나는 할 기회가 없었거든. 언니들이 다 해버려서 내 차례까지 오지 않았어."

그랬다 해도 차 한 잔이라도 제 손으로 끓여서 쟁반에 받쳐 들고 영희 처럼 "이것은 장미 꽃 차예요. 향도 좋고 빛깔도 아름답고 카페인이 없어서 엄마가 드셔도 좋을 거예요. 드시고 좋으시면 몇박스 사드릴 게요." 하고 따뜻한 말을 왜 한번도 안 했을까. 아버지 어머니를 존경하면서도 몸을 움직여서 무엇을 해드려본 적이 없었던 것이 웬일인지 예순다섯 생일이 지나고 나서부터 그녀는 문득 문득 죄송스럽게 느껴졌었다. '철나자 무덤'이라고 하는데 내가 죽으려고 이러나? 하는 생각도 들었다. 그래서 영희가 힘들더라도 효도하는 기회를 갖게 하는 것도 괜찮다고 생각하는 것이다. 내가 살면 몇년을 더 살랴 ……!

"효도를 못했으면 자식들한테라도 잘 해주어 보라구! 저승에 가서 후회하지 말구."

하고 기준이 말했다.

"어머, 저이 봐, 내가 여기까지 와서 설거지 거드는 것 못 보았어요?"

"보기는 보았지. 기계로 돌리는 것 말이지?"

"자기는 그것도 안했어."

"내일은 내가 할 테니까 염려 말어."

하며 컴퓨터로 돌아앉았다.

"약속했어!"

정숙은 침대에 들어가며 소리쳤다.

"그래, 했어. 옆방의 애들이 잠도 못 자겠네, 목청 좀 줄이라고."

정숙도 영희의 일과가 빠듯한 것을 알기 때문에 더 있다 가자고 계속 우기지는 못했다.

영희의 집에서 가장 일찍 나가는 식구는 아홉 살 난 주리였다. 주리가 등교하고 나면 영희는 범우와 네살 된 지호의 아침 먹는 것을 돌보아주었다. 범우가 출근하고 나면 다음에는 지호의 유치원 스쿨 버스 타는 것을 보고 온다. 영희는 오전 내내 쉴 시간은 없는 것 같았다. 정숙 내외가 거기에 포크, 나이프, 접시, 컵 둘씩을 더 보태었고, 많으나 적으나 세탁감도 보태었을 것이니, 아무리 기계로 한다 해도 영희의 일이 늘어났음에는 틀림없었을 것이다.

영희는 부모에게 점심 저녁은 거의 매일 외식으로 다른 요리를 대접했다. 희랍 요리, 이태리 요리, 인도, 태국, 월남, 프랑스, 일본, 중국 요리, 멕시코 요리 등. 같은 나라의 음식점이 몇군데 있으나, 영희는 부모를 위해서 어느 집 요리가 맛있는지 그들이 오기 전에 미리 가서 먹어보고 안내를 했기 때문에 정숙은 먹을 때마다 만족했고, 더구나 그 값싼 것에 더 만족했다.

정숙은

"서울에서 이 식구가 이렇게 먹으면 얼마겠어? 여기서는 얼마냐? 아이구 맙소사, 반의 반 값도 안 되네!"

딸의 식구들은 어린 지호까지 빙글빙글 웃고만 있었다. 정숙은

"질은 좋고 값은 싸니 참 좋은 나라다."

하고 감탄하듯이 되풀이하지 않을 수 없었다. 기준이

"이제 그쯤 해두어, 손자들 앞에서 나라 얘기를 저렇게 하니 ……."

했다.

"그래요 알았어요, 그만 할게."

말은 했으나 정숙은 서울의 음식값 비싼 거며, 값에 비해 질이 나쁜 것에는 불만을 참을 수 없었다.

영희는 이십분쯤 운전해서 워싱턴 중심지까지 가서, 정숙 내외가 가보지 못했던 사설 미술관을 구경시켰다. 미술관은 초만원이었다. 폴 끌레며 세잔느의 그림 중에는 생소한 것이 많았다. 어느 미술책에서조차 보지 못했던 것이었다. 어린이며 어른들이 허가된 전시실에서 의자에 한가히 앉아 스케치북에 모사도 하고 있었다.

미술관을 나와서 테러당한 펜타곤에 가보실 거냐고 영희가 물었으나 정숙은 텔레비전 화면에서 보았다며 고개를 저었다. 건물에 깔려 숨진 장병들을 상상만 해도 그녀는 숨이 차고 어지러웠다. 영희가 정숙의 안색을 살피며 얼른 핸들을 돌렸다.

정숙은

"인명은 재천이라더니, 전쟁터에서도 죽지 않았던 장병들이 펜타곤 안에서 죽다니! 유가족들은 얼마나 애통하겠니. 무역센터도 그렇고, 납치된 비행기 속에서 희생된 사람들도 그렇고 ……."

했다.

정숙은 주리와 지호에게 다음 일요일에 헌금할 때 내도록 돈을 주어야겠다고 생각했다. 얼마를 줄까? 범우가 준 비행기 값의 십분의 일을 줄까? 십일조인가 무언가 그것대로? 그건 너무 많고 …… 부자나라 미국에서 그럴 필요는 없지. 우리나라에도 필요한 데가 한두 군데가 아닌데 …… 아니 무사히 비행기 타고 왔으니, 그 감사의 표시로 그래도 괜찮지 않을까? 비행기가 납치되어서 죽었다고 생각해 보라구. 돈이 무슨 소용이 있겠어, 하고 생각하고 있는데 영희가

"아프가니스탄의 모습 텔레비전에서 보셨지요?"

하며 한숨을 지었다.

"그렇지, 참, 그 쪽의 여성들과 아이들은 …… 맙소사, 하느님!"

정숙은 말하며 기부금은 그쪽에도 보내야 하지 않을까 하고 생각했다. 정숙은 영희에게

"영국의 여기자가 지난 삼월에 찍은 아프가니스탄의 다큐멘터리 보았니?"

하고 물었다.

"네, 보았어요."

"우리는 하루에 열두 번도 하느님께 감사하다고 고개를 숙여야 할 것 같지?"

"그럼요."

하고 영희가 대답했다.

버지니아주에는 어디에 가도 지하 주차장이라는 것이 없다. 어디에 가도 넓찍넓찍한 지상주차장은 보기만 해도 속이 시원했다. 마냥 넓은 땅에 단풍이 들기 시작한 나무와 숲이 우거져 있었다. 넓은 것은 좋으나 달걀 한줄을 사려 해도 자동차로 십 분은 달려야하는 것은 문제였다. 휘발유가 없다면 여기 사람들은 어떻게 살까 싶다.

정숙은 사지 않더라도 보기라도 하자고 생각하며 이번에도 쇼핑몰에 갔다. 세계 각국에서 온 그릇이며 전기스텐드며, 의복, 핸드백, 구두, 장난감, 실내 장식품, 가구 등을 파는 수많은 가게들이 있다. 가게마다 다 들여다보려면 며칠이 걸려도 불가능할 것이다. 기준은 쇼핑에는 흥미가 없다고 해서 책방에 내려주고 모녀만 갔다.

영희는 정숙이 다리 아파할까 봐 휠체어를 빌려와 태워서 밀고 다니기도 했다. 정숙은 그 어떤 상품보다도 주방기구며 그릇을 보고

다녔다. 그릇가게는 작년에 왔을 때 감탄하며 보고 또 보던 접시며 찻잔도 있으나, 그보다 더 멋진 디자인의 것이 새로 나와 있었다. 그녀는 그 찻잔으로 차 한잔을 마시면 기분이 새로워질 것 같았다. 그러나 속에서 '참아라, 참아, 지금 있는 것도 정리하고 있으면서 무엇을 또 보태려구 그래?' 하는 소리가 들렸다. 사실 그녀는 몇달 전부터 신변의 잡동사니들을 하나 둘씩 버리며 정리하고 있었다. 평생 찍어둔 사진도 거의 다 없앴다. 그녀에게는 추억이 될 귀중한 사진이나 자식들에게는 아무런 감정이 일어날 수 없는 사진들이다.

이 거대한 쇼핑 몰에도 질이 낮은 상품은 얼마든지 있다. 정숙은 사지 않아도 상급품을 보는 것을 즐겼었다. 영희는

"엄마는 요리하는 취미는 없으신데, 그릇에 취미가 많으신 것이 이상해요."

했다. 정숙은

"벽에 걸어둔 그림을 한 달에 몇 번이나 쳐다보니? 그릇은 먹을 때마다 보지 않니? 무엇을 먹을 때는 기분이 좋아야 소화도 잘 되는 거다. 엄마는 그래서 그릇에 취미가 많단다. 그릇은 생활미술품이다. 너는 내가 사지도 않을 걸 보느라고 왜 시간만 보내나 하겠지만, 화랑에 가서 그림 보는데 꼭 사기 위해서 보니? 옛말에 좋은 것을 보면 눈이 살찐다고 했어."

그리고 "여자가 아무것도 보고 싶지도, 갖고 싶지도 않다, 모두 다 귀찮다는 지경에 이르면 그때는 마지막이다."라고 하시던 그녀의 할머니의 말씀을 들려주었다. 정숙의 할머니는 영희의 외증조모가 된다. "사람에게 그만한 욕망도 없을 때는 죽은 것과 같은 것이야."

의식주에 비교적 사치스러웠던 할머니의 지론이었다. 할머니 말씀이 옳은 것 같았다. 비록 내일 죽더라도 살아 있는 동안은 그만한 욕망은 가져야 하지 않을까? 정숙은 쇼핑몰을 나오며

"영희야, 한번 더 보고 역시 좋으면 그 찻잔 두 개를 사야겠다. 아빠 것 하고 내 것 하고."

하고 말했다.

영희가 사는 동네며 워싱턴 D.C의 거리는 9.11의 그 테러를 당하고 또 추가 테러 위협이 있는 고장 같지 않게 유유자적하고 평화로운 것이 정숙에게는 신기했다. 미술관이나 식당이나 쇼핑몰이나 책방이건 슈퍼마켓이건 어디에 가나 사람들은 밝은 낯으로 먹고 일하고 웃고 있었다. 스치며 시선이 마주치면 남녀 할 것 없이 "하이!" 하고 반갑게 인사를 했다. 검은 피부건, 흰 피부건, 노란 피부건, 심지어 차도르를 입은 사람들도 그랬다. 차도르를 입었어도 얼굴은 내놓고 있는 것은 아프가니스탄의 여인들 풍습과는 다른 성싶었다. 외교관의 가족들인지, 아랍계 미국인들인지는 모르겠으나, 이슬람교도에 대한 감정이 좋을 리가 없는 그 나라에서 그 참사가 있은 지 채 두 달도 안된 시점에 차도르를 입고 나올 수 있다는 것은 미국인들이 이미 이성을 되찾은 것이 아닌가 싶기도 하고, 어쩌면 그녀들이 알라를 믿고 안심하고 있는지도 모르겠다고 정숙은 혼자서 생각해 보았다.

"서울에서 생각하던 것과는 너무나 다르다. 작년 여름이나 지금이나 아무 것도 달라진 게 없지 않니? 성조기 단 것 말고는."

정숙이 이상하다고 딸에게 말하니까 영희는

"당할 때 당하더라도 살아 있는 동안은 평화롭게 살아 야지요."

했다. 영희 뿐 아니라 이웃들도 다 그렇게 살고 있다고 했다.

"참 좋은 생각이다. 불확실한 앞날을 걱정만 하고 있다고 얻는 것이 무엇이 있겠니? 살아 있는 동안은 열심히 살아야지."

하고 정숙은 말했다.

테러가 있었음을 상기하게 하는 것은 집집마다 걸린 성조기였다. 타운 하우스건 싱글 하우스건 아파트건 공공건물이건 집집마다 하나씩은 다 걸고 있고, 두 개를 내건 집도 많았다. 어떤 집은 이층 유리창을 성조기로 모조리 도배를 하고 있었다. 인도와 맞닿는 정원 끝에도 집집마다 야트막하게 성조기가 꽂혀 있었다. 그러나 영희의 집 현관에는 이웃집들처럼 성조기가 걸려 있지 않았다. 정원 끝에 꽂혀 있는 작은 것은 어느 날 아침에 나가보니 누군가가 집집마다 그렇게 꽂아 놓았더라고 했다.

"너의 집에만 성조기가 없고나."

하고 정숙이 말하니까 영희는

"성조기는 도저히 못 달겠던데요. 그렇지만 희생당한 사람들을 위한 모금운동에는 참여했어요."

했다.

"흠 흠, 그렇구나 ……. 조국이라는 것이 ……." 정숙은 영희가 한국인이라 성조기만은 내걸 수 없었을 것이다 하고 고개가 절로 끄덕여졌다. 슈퍼나 쇼핑몰에는 성조기 뺏지를 옷깃에 단 사람도 많이 보였다. 쇼핑몰에 전에는 보지 못했던 성조기와 성조기 뺏지를 파는 판매대도 있었다. 거리에는 수많은 자동차들이 성조기를 달고 달리

고 있었다. 정숙이

"성조기를 언제까지 저렇게 내 걸고 있을까?"

하고 물으니 영희는

"테러에 죽은 원혼들이 모두 안심하고 저승으로 갈 때까지가 아닐까요?"

했다.

"그 원혼들이 좀체 그렇게 될 것 같지 않다. 우리나라 LG의 지점장도 당하지 않았니? 보스턴 대학의 우리 여교수 한 가족도 희생됐다. 아침에 성실하게 출근하는 보통 사람들을 그렇게 하다니."

그 테러 직후에 누가 시킨 것도 아닌데 사람들이 하나 둘 씩 성조기를 들고 나와서 집앞에 내걸었다고 했다.

정숙은 집집마다 걸려 있는 크고 작은 성조기며, 성조기를 달고 달리는 수많은 차들을 보며 미국인들의 테러에 대한 분노가 성조기 속에서 하나로 뭉치고 있는 열기를 느꼈다. 그녀는 겉으로는 아무 것도 변한 게 없는 듯 보이나, 평온한 일상생활 속에 감추어진 미국 국민의 무서운 저력을 느끼지 않을 수 없었다. 그러나 얼마 후에 들리는 말에는 전쟁을 반대하는 사람들 중에 성조기를 달지 않은 사람도 있다고 했다.

멕시코 요리점에서 우연히 만난 한 교포 부인은 이십년 전에 미국에 이민왔다고 했다. 이민 초기에는 생활이 궁핍했으나, 재향군인회에서 모금운동을 한다하기에, 6 · 25 때 미군 트럭에 태워져 온 가족이 죽음을 면한 것을 생각하고, 당시의 그녀에게는 거금인 오십달러를 보냈더니 그쪽에서 정중한 감사장과 함께 수놓은 대형의 성조기를 보내왔다. 그녀는 그것을 농서랍에 넣어둔 채 한번도 내보지 않았는데, 세계무역센터가 무너지고 펜타곤이 허물어지는 텔레비전 화면을 보자, 그 성조기를 이십년 만에 처음으로 꺼내서 현관 앞에 내걸었다 한다.

"그리고 희생자들이 남긴 마지막 말을 들을 때마다 눈물이 어찌나 쏟아지는지 ……."

그녀는 눈물을 참느라고 한참 동안 말을 맺지 못했다. 그녀는 다정다감한 사람 같았다. 한국 사람이 미국에 이민가서 사는 동안, 저도 모르는 사이에 그 땅에 정이 들어 애국심이 우러나게 되었는지? 그 애국심에 희생자에 대한 애통함이 겹쳐져서, 한 달이 지난 지금까지도 저토록 뜨거운 눈물이 그녀의 목을 메우고 있는지? 그녀의 눈물을 보며 정숙은 당황하면서 '정들면 고향'이라는 말의 실체를 눈앞에 보고 있는 것 같았다. 그녀는 미국에 살고 있는 영희와는 다른 또 하나의 한국인이었다.

공항청사의 운송직원인 성싶은 유니폼을 입은 흑인 둘과 백인 둘이 한조가 되어 카트에 짐을 싣고 지나가며 늘어선 줄을 보고

"당신들도 KAL?"

하며 놀랍다는 표정을 짓는다.

"그래요, KAL이에요."

누군가 유창한 영어로 대답했다. 그 말 속에 자랑스러운 투가 있는 것은 정숙의 기분 탓일까. 앞뒤에서 간간이 들리는 말은 외국 항공보다는 한국 것이 안전 하다해서 외국인들도 이 비행기를 타기 때문에 승객이 많다는 것이었다.

"그게 아니고 동남아로 가는 직행선은 없고, 서울 직행 선은 KAL 밖에 없는데다가 짐 검사를 꼼꼼하게 하니까 시간이 걸려서 승객이 많은 것처럼 보일 뿐이야."

이렇게 우리말로 내뱉듯이 말하는 사람은 무슨 심사가 꼬인 사람 같다. 이유가 무엇이건 승객이 많은 것은 확실한데 거기에 왜 토를 달까?

"테러 덕이나 본 것처럼 생각하지 말라구!"

그는 또 화난 사람처럼 내뱉었다. 동료처럼 보이는 청년하고 앞뒤로 서서 말을 주고받는데, 그러니까 이토록 많은 승객이 있는 한국의 항공사가 자랑스럽다는 것인지, 고작 남의 불운 덕이나 보는 시시한 일이다라는 것인지? 아니면 정숙처럼 팔걸이 제치고 싼값으로 누워서 가려던 꿈이 깨어져설까? 언제 차례가 될지 마냥 서서 기다리니까 답답한데 그런 말이라도 들으니 자극이 되어 나쁠 것은 없다고 정숙은 생각했다.

줄이 조금 움직였다. 이미 한 시간이 지났는데도 겨우 이십미터나 줄어들었을까? 그녀의 뒤에는 사리를 입은 인도의 노부부도 보이고, 저만치 앞의 태국인 가족은 서울에서 갈아 탈 거라는 얘기를 이미 정숙에게 말해서 알고 있었다. 늘어선 줄에는 백인도 많이 있었다. 문자 그대로 국제선이었다.

"어휴! 다리 아파 죽겠네. 언제 우리 차례가 되지?"

정숙은 앉을 만한 데가 없을까 하고 두리번거리나 몇 안 되는 의자는 물론이고, 나지막한 냉난방시설 위까지도 앉을 만한 공간은 이미 꽉 차 있었다.

기준이 카운터까지 갔다 오더니

"네 개 카운터에서 일을 보는데도 이래. 테이프 안은 넉 줄이야."

했다. 그는 또

"비즈니스 클래스는 한 사람도 기다리지 않아, 승객이 적은가 봐."

정숙은 그 말에 조금 미안한 생각이 들었다. 기준은 정숙 때문에 주최측에서 준 비즈니스표를 물리고 이코노미로 바꾸었었다. 내가 누워서 갈려는 얌체 짓 하려다가 …… 잘못 짚었어. 정숙이 이런 생각을 하는데 앞에 서 있던 기준이 금새 또 어디로 갔는지 보이지 않았다. 기준은 한군데에 계속 서 있는 것이 갑갑한 모양이었다.

'그 새 또 어디로 갔지? 나도 갑갑한데 혼자만 돌아다니네. 가방이고 뭐고 다 내버려두고 ……. 나도 자리를 뜨면 가방은 어찌되라구?' 정숙은 속으로 투덜거리며 목운동을 하고 허리를 앞으로 구부렸다 뒤로 젖혔다 좌우로 꼬았다 하며 허리 운동을 했다. 두 시간 가까이 거의 한곳에 서 있으려니 다리며 허리가 아파서 힘들었다. 다른 사람들도 더러 맨손체조도 하고 제자리뛰기도 하고 있었다. 그녀 뒤에도 어느 사이엔가 백여 미터쯤 되는 줄이 공항청사의 벽을 따라 디자로 서 있다. 정숙은 점점 화가 치밀어올라서 '나도 가방 버려두고 돌아다닐까, 그만!' 하고 속으로 중얼거리고 있는데 기준이 USA TODAY 한장을 사들고 왔다.

"탄저균 가루가 또 우송되었대. 스산하군. 앉아서 차 마시는 데라도 있나 하고 돌아보았는데 거기도 만원이야. 교대로 가서 차 마시면 다리도 덜 아프고 좋겠는데. 이런 때는 혼자 여행하는 사람은 힘들겠어. 꼼짝 못하고 짐을 지키고 있어야 할테니까. 이제 내가 지킬

테니까, 자기도 한바퀴 돌고 카페테리어에도 가봐. 앉을 자리가 났을지도 모르니까."

정숙은 그의 말을 듣자 조금 헤쩍했으나

"어디로 갈려면 간다고 말을 하고 가요. 사람 답답하게 하지 말구."

하고 투덜거렸다.

비행기 출발 이십 분 전에야 정숙은 가방을 체크인하고 기준과 달리다시피 답승구로 갔다. 비행기는 예정대로 정각 오후 두시에 출발했다. 이코노미 클래스는 빈자리가 하나도 없이 꽉 차 있었고, 정숙의 좌석은 왼편으로 나가려고 해도 "실례합니다," 오른 편으로 나가려 해도 그 소리를 해야 하는 한가운데였다. 그녀 옆의 사십 대 가량의 백인 여성은 그녀의 두 배는 됨직한 육체의 소유자였다. 그녀의 다리와 앞 의자 등받이 사이를 빠져나갈 수 있으리라는 것은 상상할 수도 없었다. 그녀는 캐나다인인데 직장이 싱가폴에 있어서 휴가를 마치고 돌아가는 길이라 했다. 음성도 상냥하고 표정도 상냥했다. 그녀는

"나는 대한항공과 아시아나를 자주 이용합니다."라고 말했다. 정숙은 고맙다고 했다. 오른 쪽의 기준은 이미 앞 의자 등뒤에 설치된 식탁을 내려 책을 펼쳐놓고 있었다. 그의 앞을 지나가려면 절차가 복잡할 것 같았다. 그의 옆 좌석에는 유달리 키가 큰 서양인 남성이 긴 다리가 앞 의자에 닿는지 복도 쪽으로 뻗고 비스듬히 앉아 있었다. '자리를 뜨려면 힘들게 되었어, 좌석치고는 최하네!' 팔걸이 제치고 다리 뻗고 누워서 가리라던 그녀의 기대는 너무도 철저히 깨어져 버렸다. 올 때의 백사십 석의 빈자리가 원망스러웠다.

기내식의 비빔밥은 입속에서 모래알처럼 왜글거렸다. 잠 잘 드는 정숙도 잠들지 못했다. 좌석이건 음식이건 사실은 큰 문제는 아니다. 안전하게 서울에만 데려다주면 된다고 그녀는 생각했다. 뉴욕 세계무역센터에 유나이티드 에어라인이 붉은 불을 뿜으며 들이꽂히는 광경이 눈 앞에 겹치고 또 겹쳐졌다. 그 때문에 정숙의 요구사항이 이렇게 쪼그라든 것이다. 할머니가 살아 계셨다면 무어라고 하셨을까? "망할 놈의 테러 같으니라구, 우리 손녀를 저렇게 쪼그라프리다니! 내가 그냥 둘성싶어?" 라고 하셨을까? 할머니는 무조건 팔이 안으로만 굽는 사람이었다.

　'할머니, 죄송합니다. 저는 요즈음 점점 욕심이 쪼그라들고 있어요. 제가 살고 있는 지구상에는 아무 죄 없는 사람들이 헐벗고, 얼어 죽고, 굶어 죽고, 테러에 죽고, 전쟁에 죽고 있어요. 편히 먹고 편히 잘 수 있는 것만도 조상의 은덕이라고 생각하고 있습니다.'

　'안 된다, 안돼! 내 손녀가 쪼그라들다니! 내가 그놈들을 가만히 두나 봐라!'

　대청 끝에 서서 댓돌 아래 마당에 눈을 내려깔며 쩌렁쩌렁 소리치시는 할머니의 모습이 보는 듯 눈에 선하다.

　기내 텔레비전은 비행기의 고도며 외부 온도며 목적지까지의 남은 거리 등을, 우리말과 영어와 아랍어로 수시로 보여주고, 태평양을 가운데 둔 세계지도 위에 정숙이 탄 KAL이 어디쯤 와 있는가 명료하게 보여주었다. 우리 나라의 비행기가 삼 개 국어로 안내판을 쓸 만큼 큰 것에 정숙은 뿌듯해지며 '우리도 많이 컸어.' 하고 속으로 말했다.

정숙은 칠십년대 초, 독일항공 루프트한자를 타고 유럽에 처음으로 가던 때가 생각났다. 부부가 함께 출국할 수 없다며 여권을 내주지 않아서 기준이 떠나고 일주일 뒤에 정숙이 떠났다. 부부가 외국에서 함께 북한으로 도주할 우려 때문이라 했다. 어차피 만나서 함께 다닐 텐데, 일주일 차로 떠난다고 무엇이 달라지는지 이해할 수 없다고, 그녀는 항의했으나, 규칙에 명시되어 있어서 어쩔 수 없다는 여권과의 말이었다. 남북의 대립이 극심한 때였다. 한번 출국하려면 신원진술서를 자필로 써야 했는데, 흘려쓴 글자 하나 없이 또박또박 여섯 장을 쓰고 나면 팔목이 아팠다. 안보교육도 받아야했다. 주로 북한에 납치되는 일이 없도록 여러가지 사례를 들었다. 그것은 큰 종이도 필요없고, A4 용지 한 두 장에 인쇄해서 제각기 읽도록 하면 되는 것을, 등받이도 없는 일자 모양의 딱딱한 의자에 여럿이 끼어앉아서 그 강의를 온종일 들어야만 했다. 여권도 단수 여권이라 다시 나갈 때는 똑 같은 짓을 그대로 반복해야했다. 그 시절은 외국에 한번 나가려면 학질 뗀다고 했을 지경이었다. 그후 삼십 여년 …… 대한민국 국제항공기의 기내식을 못 먹겠다고 불평하게쯤 된 것이다.

출국용 그 학질을 떼고 암스테르담에서 만난 기준과 정숙은 점심을 먹은 뒤 거리 구경에 나섰었다. 온통 유리여서 속이 훤히 보이는 멋진 까페에 아름다운 젊은 남녀가 어깨를 서로 껴안고 차를 마시고 있었다. 하도 정겨워 보여서 우리도 저렇게 못할 것도 없지, 하며 둘이서 안으로 들어갔다. 커피 두 잔을 주문하고, 팔을 돌려 서로 어깨를 껴안은 데까지는 좋았으나, 커피를 한 모금 마시자마자 둘은 동시에 눈앞이 핑핑 돌고 숨이 차서 정숙은 기준의 어깨에 머리를 대고, 기준은 정숙의 머리에 이마를 대고 있었다. 둘은 한참을 그렇게 하고 있었다. 그들이 마신 것은 서울에서 마시던 싱거운 아메리칸 커피가 아니었기 때문이었다.

정숙은 "우리 처음 유럽 학회에 갔을 때 암스테르담에서 커피 마시던 것 생각나?" 하고 옆 좌석에서 책을 읽고 있는 기준에게 물었다, 기준은 "생각나구말구." 하며 빙그레 웃었다. 웃는 눈가에 주름이 깊게 잡혔다. 그 터질 듯이 팽팽하고 뽀얗던 얼굴에 어느새 검버섯이 생기고, 머리칼은 반백이 되어 버렸다. 우리도 늙었구나 하고 정숙은 생각했다. 남은 시간의 내리막길을 기준도 그녀 자신도 어쩔 수 없이 달리며 내려가고 있음을 그녀는 느꼈다. 정숙은 검버섯이 생긴 기준의 뺨에 길게 키스했다.

정숙은 신들린 순애에게 줄 볼펜 한 세트를 기내 쇼핑에서 샀다. 비행기는 무사히 인천 공항에 도착했다.

"갔다 오길 잘했지?"

"그럼요!"

그들은 떠나기 전 거의 한 달을 가나, 마나, 하고 속을 태운 것은 까맣게 잊어버리며 공항을 나왔다.

(2002년 『문학사상』)

14
이 준 씨의 경우

　오층 엘리베이터의 문이 열리자 먼 병실 쪽에서 "아아 ……." 하는 비명소리가 났다.

　"권사님, 아직도 괴로우시구나." 하며 반 백발인 어느 할머니가 "아멘" 하고 두 손을 기도 하듯이 모았다. 엘리베이터를 내리며 다른 사람들도 합창하듯 "아멘" 했다.

　교우들이 목사와 함께 병원 심방을 하러가니까 같이 갔다가 박물관에 가자고 은희가 제의를 해서 나는 그러마하고 그녀의 차에 탔다. 남편은 출장 와서 바쁘고, 나는 별로 할 일도 없어서 동창인 은희를 따라다니며 관광을 하고 있었다.

　"그 박물관의 식당이 맛 있기로 유명하고, 현재 전시되고 있는 것은 르노아르, 마네, 모네, 고호등 주로 인상파 그림을 조각해 놓아서 그림 속의 인물과 손도 잡을 수 있고, 함께 앉아서 놀 수도 있고, 고호가 쓰던 침대에 누워 볼 수도 있어. 늬가 마침 잘 왔다. 나는 한 번 갔었는데 또 갈려던 참이었어. 그림을 볼 때와는 전혀 달라. 너무나 즐겁단다. 명화를 조각한 사람의 아이디어도 참 기발하지? '존슨 앤드 존슨(Johnson & Johonson) 있지? 베이비 오일이며 로션 같은 것 만드는 창업자의 아들이라는 말을 들었어." 그녀는 이민 온 미국을 조금이라도 더 알려고 매일 같이 나다닌다고 했다.

"넌 교인도 아니고 환자도 모르는 사람이니까 복도나 휴게실에서 잠간 기다리면 돼."

은희는 그렇게 말하고는 바로 "곧 돌아 갈 사람이니까 너도 참석해서 기도 쯤 같이 해도 나쁠 건 없잖겠니? 89세 되는 할아버지야. 옛날식으로 세면 구순이지." 하고 덧붙였다.

"그래, 그러자."

"사실은 나도 모르는 사람이야. 교우들이 가자고하니까 따라 가는 거야. 흰자의 딸은 공학 박사인데 LA서 살고 있고, 사위는 세계 몇 번째 부자의 상속자인데다가 유명한 건축가란다. 돈이 한군데에 몰려 있는 것 같지?"

"미국인?'

"응, 이태리 계 미국인. 여기서는 아일랜드 계 미국인, 또 뭐 러시아계 미국인 등 세계 각국에서 온 조상을 갖고 있지. 그러니까 합중국 아니니. 한국계 미국인도 수두룩할 거다. 이 땅에 와서 살다가 죽어서 이 땅에 묻히지. 공동묘지도 가 보았는데 끝없이 넓은 평지야. 묘비도 거의 땅과 같은 높이라 더욱 고요하고 평화로운 느낌이 들더

라. 한국 사람의 무덤도 꽤 있어. 전세에 이 땅과 어지간한 인연이 있었나보다 싶더라. 전세에는 아메리카 인디안이었지 않았을까?"

"교회 나간다며 전세는 뭐냐?"

"아직 진짜 교인이 아니거든? 러시아 쪽에도 우리 교포가 얼마나 많이 있니. 그 쪽은 삼세가 대부분이지. 한번 뿐인 인생인데 지구 안의 어느 땅에서나 평화롭고 자유롭고 풍족하고 행복하게 살면 되지. 꼭 유독 한국 땅에서만 살다 죽어야 된다는 것 난 이해 못한다. 그런 건 구시대적 감상주의다. 너는 서울에서만 살아서 잘 모를지 모르겠지만."

"모르겠다, 난. 그런 것 생각해본 적이 없으니까."

은희는 잠시 말을 끊었다가

"내가 무슨 얘기를 하는 중이었지? 어, 참, 환자의 딸 얘기하다가 샛길로 빠져버렸다. 그 환자의 아들은 시카고에서 살고 있는데, 미국 은행의 고위직이고 며느리는 잘 나가는 변호산데. 한국 사람이야. 그만하면 여기서는 상류층이지. 교포들하고는 만나지도 않는다더라. 뭐? 우리 아들 말이니? 우리야 겨우 그냥 사는 축이지. 그런데 환자도 전속 간호원을 둘만한 재력가구. 부인은 3년 전에 죽고. 자선사업도 많이 해서 존경 받던 사람이래. 교회에 기부도 많이 했대."

은희는 나에게 이곳의 조그만 일이라도 알고 있는 것은 다 말해주고 싶은 것 같았다. 서울에서 보다도 운전 솜씨는 훨씬 는 것 같았다.

"늘기는 뭐. 차도 좋고 길도 좋으니까 승차감이 달라서 그렇게 느끼는 거지. 이 차를 살 때 70만불 짜리 롤스로이스를 보았어. 사려고 본 게 아니고 그저 구경만 한 거지 한참 동안. 그것 보고나니까 내 차에게 미안한 기분이 들더라. 비싼 차를 갖고 싶어서 기를 쓰는 것 같아서 말이야. 최고가 아니면 숫제 국산이나 일제 소형차를 모는 게 낫지. 그래서 아들한테 국산 차로 바꿔 달라고 했다."

"칠십만 불짜리 사달라는 것과 같은 소리 같다."

"설마 내가 돌았겠니? 누울 자리 보고 다리 뻗어야. 오죽 좋아보였으면 그런 말을 했겠니. 그야 돈이 있으면 사도 좋지. 돈 있는 사람이 사야 그런 걸 만드는 장인(匠人)들이 먹고 살게 아니니?"

"돈의 단위가 억, 억하니까 나는 모르겠다. 그런데 너는 좀 있으면 자가용 비행기 사내라고 할 것 아니니?"

"그런 형편이 되면 오죽 좋겠니. 네가 다음에 올 때 내 자가용 비행기를 타게 되었으면 좋겠다." 하며 은희는 유쾌한 듯이 웃었다. "기대해본다." 하고 나도 즐거운 기분이 되어 말했다.

"한국서는 사십 평짜리 아파트가 10억원이나 한다며? 좀 너무 하는 것 아니니? 내가 떠날 때는 그 지경 까지 되지는 않았어. 난 손해 본 것 같다. 팔지 말고 둘 걸."

"너 몇 백 살 살려고 그러니? 욕심 그만 부려. 넌 잘 팔았어. 아무리 지금 10억이나 하겠니?"

"어머, 애 봐, 누가 한국에서 사는지 모르겠네. 신문도 테레비도 안 보니?"

은희는 신호등에서 섰다가 멋있게 우회전을 하며

"그래, 아파트 얘기는 그만 두자. 우리가 떠든다고 뾰족한 수가 나는 것도 아니고. 그런데 그 환자의 딸이 그 엄마가 돌아가고 나서 전속 간호인하고 혹시나 자기 아빠가 가까워질까 봐 미리 쐐기를 박아 놓았대. 친구로 사귀는 건 자유지만 결혼은 절대 안 된다고 말이지. 아빠의 유산 때문에 그랬을 거라고 하더라. 부자가 더 무섭다고 교회에서 수군댄다. 그 간호인이 정말 미인이거든. 딸이 그런 걱정을 할만도 해. 너도 보면 놀랄 거다. 옷만 잘 차려 입으면 영락없이 돈 많은 귀부인이지."

"그만한 사람이 왜 그렇게 힘든 일을 할까?"

나는 나도 모르게 은희의 달변에 끌려들어 가고 있었다.

"으응. 그 사람은 한국에서 오래 전에 미국으로 내외가 와서, 고생고생하며 일을 해서 좀 살만하게 되었는데, 남편이 교통사고로 한 달이나 치료하다가 죽었대. 보험 기간이 끝나고 딱 이틀 만에 그렇게 되어서 보험사에서 치료비 한 푼도 못 받았단다. 보험기간이 끝나기 하루 전에만, 아니 끝나는 시간에 맞추어서 미리 넣어 놓았으면 지금 저런 고생 안 해도 되었겠지. 미국은 보험 안 들면 꼼짝도 못한다. 보험이 없으면 의료비가 어마어마하거든. 사회복지인가 뭔가 그 대상이 되면 몰라도, 나는 그 미인 간호인을 교회에서 주일이면 보는데 신앙심도 대단한 것 같더라. 미인박명이라더니 박복이라고 할까? 그런 케이스는. 그 사람을 보니까 팔자라는 것을 새삼스럽게 생각하게 되더라."

"아직 60대라하니까, 인생이 다 끝난 것도 아니다. 잘 살게 될지 어떻게 아니, 네 말마따나 팔자라는 게 있다면 늦 팔자가 터지는 수도 있겠다."

"늦 팔자라는 말 나오니까 유독 떠오르는 사람이 있지? 우리나라 정치인들 중에 말이야. 어떤 사람은 너무 터지는 것 아니니? 정신 못 차리겠다. 돌겠다, 돌아!"

"그래, 그래." 우리 둘은 소녀 때처럼 까르르 소리 내어 웃었다.

은희는 먼저 이민한 그녀의 장남의 회사가 잘 되어서 거부만 산다는 P지역에 건평 육백평, 대지 이천평이 되는 집을 사 놓고 홀로 된 그녀를 불러들여서 미국으로 오게 되었다. 은희의 집은 그 지역에서는 작은 편이라 했다. 기왕에 있던 집은 남의 소유라 어쩔 수 없지만, 새로 땅을 사서 집을 지으려는 사람에게는 땅 주인이 칠천 평 이하짜리는 팔지 않는다고. 땅의 소유주가 그의 땅에는 대부호와 유명인만 살게 하려고 그런다고.

"멋진 저택만 있는 지역이라면 시각적으로 일단 좋겠다. 미국은 땅이 넓으니까 별의 별 일이 다 있네."

"땅 값도 오르지 않겠니?"

"참, 땅 값 올리려고 그러나?"

"실제로 땅 값도 집 값도 다 조금 씩은 오르고 있어. 부자 지역으로 이름 나 있지만 집집마다 사연도 많단다. 우리 집에서 얼마 안 가서 무지 큰 집이 있는데 먼저 주인이 유명한 배우였다더라. 그 배우가 파산하는 바람에 지금의 주인이 그 집을 샀대. 집은 그냥 있어도 주인은 자꾸 바뀌는 거지. 워낙 집과 집 사이가 멀리 떨어져 있어서 누가 이사를 가는지 오는지는 모르지만."

"그렇겠다. 너는 여기 와서 별 구경을 다하며 사는구나 ……."

"부자라고 마냥 부자겠니? 있을 때 아끼지 않고 써대니까 망할 수밖에. 과시욕 때문에 제 주머니 형편은 제쳐 놓고 펑펑 쓰는 사 람 있지? 파산한 그 배우도 그런 거겠지. 그 동네는 더더구나 돈이 인기를 말해주는 데 아니니? 그러니까 돈 있는 척 하느라고 더 낭비를 하게 되는지도 몰라.”

은희의 아들은 그 큰 집을 투자하는 셈으로 샀다고 했다. 이웃 사람들처럼 걸핏하면 요란한 파티를 열어본 적은 아직까지 한번도 없었고, 교회 사람들을 청해서 살기 힘든 교포 돕는 행사는 한번 했다고 했다.

“그애도 이번에 하는 일이 잘되면 한번 쯤은 사람들도 청해서 뻑적지근하게 파티를 열겠다고 하더라. 양키들한테 여봐라는 듯이 해 보이고 싶겠지. 그 애는 이민 와서 고생을 많이 해서 돌다리도 두드려보는 편이거든? 그래도 나는 남에게 보이기 위해서 허튼 돈은 단 한 푼도 쓰지 말라고 단단히 일러두었다. 남이라는 건 있을 때는 모여들고 없으면 쳐다 보지 않는 것 아니니?”

“자고로 그렇지.”

차는 시가지 중심으로 들어가고 있었다.

은희는 교회 얘기를 했다. 목사도 교인도 모두 한국인이어서 거기에 가면 이국 땅이라는 것을 완전히 잊을 수 있고 마음이 편했다.

“한국인이 미국 교회를 다 사버린다고 비웃는 사람도 있지만 타향에 와서 한국 사람 만나게 되는 곳으로는 교회가 제격이거든? 목사의 설교도 한국말이고, 교인들은 빈부의 격차도 심하고 직업도 가지가지지만 만나서 한국 말로 얘기 할 수 있는 게 어디냐. 한국에 있으면 그런 것 전혀 인식조차 못하지. 언어 스트레스라는 거 넌 모를 거다.”

“그럼, 모르지.”

나는 잠간 다녀갈 여행객이니까 아무려면 어떠랴싶어 은희의 말에는 되도록 맞장구를 쳐주었다.

병실이 가까워질수록 비명소리는 더 크게 들렸다. 단말마의 소리라는 것이 저런 게 아닐까. 나는 귀를 막고 싶었다. 스파이 영화에서 적국의 스파이를 고문 할 때나 듣는 비명 소리와 같았다. 나는 공연히 따라왔나 싶어 후회했다. 은희는 내 앞에서 교우들과 함께 부지런히 걷고 있었다. 빠지겠다고 지금 말할까 말까 망설이는 중에 나는 어느 사이엔가 교회 사람들과 함께 병실 안으로 들어서고 있었다.

환자는 다섯 평쯤 되어 보이는 병실 한가운데 병상에 누워 있었다. 피골이 상접한 노인이었다. 이불 밑으로 고무 튜브가 좌우로 하나씩 내려져 있는데 그 끝에 달린 네모 난 투명 주머니에 피가 섞인 액체가 반 쯤 차 있었다. 폐가 작아지며 폐에 물이 차서 그 물을 빼고 있다고 했다. 환자는 산소마스크를 쓰고 있는데도 숨이 차는지 입을 벌려서 숨을 쉬고 있었다. 계속 비명소리를 지르다가 교우들이 병실에 들어가자 터져 나오는 소리를 참느라고 얼굴은 고통스럽게 일그러져 있었다. 푹 가라앉은 커다란 눈을 한번 크게 뜨고 교우들을 보고는 이내 감아버렸다. 교우들이 병상을 겹으로 둘러싸듯 서고 자리를 찾지 못한 사람들은 교우 사이에 얼굴을 내밀며 환자를 보고 있었다. 나는 환자의 발치께에 서게 되어서 그의 얼굴을 정면으로 볼 수 있었다. 사십대로 보이는 건장한 목사가

"권사님, 의사가 입으로 숨을 쉬면 안 된다고 하셨습니다." 하고 조용히 말했다. 그러자 환자는 잠시 입을 다물었으나 도로 벌리고 "하흐 하흐." 하고 소리를 내며 호흡을 했다. 그러다가 환자는 생각 난 듯 입을 다물었다가 이내 다시 벌리며 "하흐 하흐." 하고 호흡을 했다.

"할아버지, 코로만 숨을 쉬셔야합니다." 전속 간호인이 말했다. 환자는 허덕거리며 입을 다물었다. 그의 청력에도 이상은 없어 보였고 의식도 뚜렷한 것 같았다. 다만 말을 할 기력은 없는 듯 했다. 비명이 터져 나오는 고통 속에서도 교우들에게 체면을 차리려고 노력하는 것을 보니까 상당한 교양을 갖춘 사람 같았다.

환자가 산소마스크를 떼어내려고 해서 두 손을 침대에 묶어 두었다는 말을 나중에 들었다. 환자는 빨리 죽고 싶어서 떼려고 했고 의사는 그래서 숨질까 보아 손을 묶은 것이다. 쇠약해질 대로 쇠약해진 몸에 숨쉬기가 어려워서 허덕거리는 사람에게 왜 고통을 연장시키는 것일까? 사람을 살리려는 의료행위인지 고통을 더 줄려는 행위인지? 고통을 덜어 줄 수 없다면 차라리 빨리 숨이 끊어지도록 어떤 치료도 하지 말고 자연에 맡기는 것이 진정한 의료 행위가 아닐까? 아니, 사람이 해야 할 도리가 아닐까? 그러나 물론 나 자신도 얼른 대답이 나오지 않으면서 안타깝고 괴로웠다. 나는 짧은 여행 기간 중에 하필 나를 이런 데로 데려온 은희를 원망했다. 전속 간호인이 수저에 물을 조금 떠서 환자의 바싹 마른 입술을 추겨주며

"할아버지, 물을 입에 넣으시면 안 됩니다."고 했다.

목사가

"강정실 권사님, 기도해주십시오." 하니까 오십대 중반으로 보이는 여성이 물 흐르듯 한번 더듬지도 않고 기도하기 시작했다.

"주여! 주의 사랑의 손길로 이 권사님의 고통을 한시 빨리 걷어주시고 …… 믿사옵니다, 그리 믿사옵니다, 아멘."

그녀의 기도가 끝나자 목사는

"다함께 고린도전서 00장 00절을 합독합시다."고 했다. 모두 성경을 펴들고 한국의 교회에서와 똑같은 억양을 붙이며.

"그러나 이제 그리스도께서 ……." 하고 읽어 내려갔다. 어떤 노인은 읽으며 몸을 좌우로 흔들기도 했다.

나는 성경이 없으니까 환자만 보고 있었다. 환자는 성경이 합독되는 동안 안정을 찾은 것 같았으나 호흡곤란이 더해지는지 입을 벌리고 헉헉하며 숨을 몰아쉬었다가 생각난 듯이 다물었다를 반복하고 있었다. 성경구절을 함께 읽고 난 다음 목사의 요청으로 찬송가 431장을 나직이 불렀다.

"내 주여 뜻대로 ……."

어느 교인이 합창소리가 커서 다른 병실에 방해될까 해서인지 병실의 문을 닫았다.

찬송가가 끝나자 목사가 환자에게

"내일 또 오겠습니다. 주 예수께서 지켜주십니다. 마음 편히 가지시고 주에게만 의지하십시오. 주님께서 지켜주십니다. 그렇게 믿으십시오, 믿으십시오."

하고 힘차게 말하고 병실을 나갔다. 교우들도

"힘내세요, 권사님, 믿으십시오. 믿으십시오." 하고 환자에게 인사를 하며 한 줄로 서서 나가고 간호인만 남았다. 간호인은 은희가 말한 대로 아름답고 품위있는 초로의 여성이었다. 표정이 평화로워서 한결 호감이 갔다. 은희가

"미세스 신, 수고가 많으십니다."

하고 그녀에게 인사를 하고, 환자에게

"권사님, 내일 또 오겠습니다, 힘내십시오, 주님이 지켜주십니다."
하며 제법 교인 같은 말을 했다. 환자는 눈을 껌벅거리며 무언가 말을 했다.

"할아버지, 무슨 말씀을?"
하고 간호인이 가까이 가서 물었다. 환자의 입 모양이

"빨리, 빨리" 하는 듯이 움직이고 눈을 위로 몇 번 추켜 뜨며 하늘로 가도록 해 달라는 것처럼 보였다. 간호인이

"예, 할아버지, 하느님이 곧 부르실 겁니다, 천사들이 마중 올 것입니다. 할아버지, 이제 조금 주무십시다. 이 박사는 지금 공항에서 오시는 중이랍니다. 전무님도 곧 오실 겁니다. 열시 도착 비행기라고 하셨어요."

했다. 환자는 그 말에 눈을 번쩍 떴다가 다시 감았다. 잠시 얼굴이 환히 밝아지며 기쁜 빛이 스치는 것 같았다. 자식에 대한 사랑은 저런 고통 중에도 기쁨을 주는구나 하고 생각하니까 순간 내 눈시울이 뜨거워졌다. 나는 그에게 허리를 굽혀서 절을 하고 밖으로 나왔다. 환자는 비명소리를 내지 않으려고 이를 악물고 눈을 감은 채 허덕이고 있었다. 그러나 눈 등에 졸음이 오는 것 같았다. 졸음인지 지쳐서 까부러지는 건지. 잠들면 고통을 모를 테니 잠이나 들면 좋겠다 싶었다.

은희는 병실 밖으로 나오자

"한군 데 더 갈 데가 있어. 몇 달째 식물인간인데 먹을 줄을 몰라서 배꼽으로 영양분을 넣어주고 있어. 그 사람도 얼마 남지 않았다구 하는데 ……."

나는 끝까지 듣지 않고 손을 내저었다.

"더 이상은 못 보겠다. 그만, 그만! 내가 좀 어지러워. 어디 앉을 데 없을까?"

하고 나는 벽에 기대어 섰다.

"어머, 너 정말 안 좋니?"

은희가 어디선가 의자를 하나 가지고 왔다. 나는 병실과 반대 쪽 창가에 앉아서 은희가 갖다 준 에비앙을 한 모금 마셨다. 찬물이 들어가며 답답하던 가슴이 조금 풀리는 것 같았다. 나는 심호흡을 몇 번이나 했다.

"괜찮니?"

"응, 조금."

"사람 놀라게 시킨다, 얘. 이제 낯빛이 제대로 되었다. 아까는 노랬어. 너도 큰일이다. 그렇게 예민해서야, 원 …… 여기 좀 있어. 금방 올게. 그 환자는 꼭 가 보아야 해. 찾아올 친척은 하나도 없단다. 간병하던 남편도 죽고, 자식도 없어. 병동이 다르니까 시간이 좀 걸릴 텐데 괜찮겠니?"

그녀는 시계를 보며

"삼십 분 내로 올께. 저 쪽 모퉁이를 돌아가면 휴게실이 있어. 심심하면 거기 가서 책도 보고 차라도 마시고 있어, 미안, 미안."

했다. 나는 고개를 끄덕이며 어서 가라고 손짓을 했다.

넓고 긴 복도는 조용했다. 은희들이 가고 나서 10분 동안 흰 가운을 입은 서양인 의사 두 사람을 보았을 뿐이다. 입원 병동이어서 사람들의 발길이 드문가 보았다.

이 준 권사가 병실 안에서 또 비명을 질렀다. 잠을 잘 줄 알았는데 자지 못한 모양이었다. 수면제를 주지 않았을까? 수면제가 듣지 않는 걸까? 나는 에비앙을 한모금 또 마시고 휴게실로 갈까하고 일어섰다. 서서 한 발작 떼기도 전에 기내용 가방과 핸드백을 들고 달려오는 여성과 마주쳤다. 나는 그녀가 이 준 환자의 딸임을 직감했다. 넓은 이마며 맑고 큰 눈이 부녀가 많이 닮았다. 오십대 중반은 되었을까? 간호인이 "이 박사는 지금 비행장에서 오시는 중입니다"고 한 그 사람일 것이다.

이 박사는 병실로 뛰어갔다. 나는 휴게실로 갔다. 휴게실에는 아무도 없었다. 에비앙을 또 몇 모금 마시고 느긋하게 은희를 기다리려고 서가에서 잡지를 빼들었다. 그 때

"그래서 …… 말해보아요." 하며

이 박사가 젊은 백인 의사와 함께 들어왔다. 그녀의 기세로 보아 두 사람은 계속 실랑이를 하고 있었던 것 같았다. 그녀는 내게 목례를 하고는 유창한 영어로 의사에게 따졌다.

"현재 의술로는 회복불능인 병이라고 했잖아요? 한 달 전에 아버지가 처음 여기 오셨을 때 바로 당신이 그랬어요. 그랬지요? 그렇다면 그동안 당신은 어떤 치료를 했나요? 이번에 응급실로 왔을 때 모르핀이라도 주고 고통을 덜어드려야지 저게 무어요. 고문이요, 고문! 손까지 꽁꽁 묶어 놓고 ……도대체 내 아버지가 무엇을 잘못하셨다고 ……!"

그녀는 울먹이면서 소리를 높였다. 의사는 난처하다는 듯이 두 어깨를 으쓱 올렸다.

"응급실로 오면 의사는 치료를 해야 해요. 모르핀도 썼는데 듣지

않았어요. 손은 묶지 않으면 산소 마스크를 빼기 때문에…"

"모르핀을 얼마나 썼는데?"

이 박사는 한 발작 의사에게 다가 섰다. 의사는 정색을 하며

"그건 의사가 알아서 할 일이요."

했다. 의사는 방어 태세였다가 공격 쪽으로 돌아서는 것 같았다. 이 박사는

"오 케이. 그러면 소변을 못 보셨다는데 그건 왜 방치 했지요?"

"소변은 조금씩 보셨는데요?" 이제는 당신들의 싸인을 받고 나서 오늘 오후에 수술하기로 했다고 또박또박 말했다. 다급한데 싸인은 무슨 싸인이에요? 그게 도대체 변명이 될 것 같아요? 소변만 충분히 보게 했어도 저렇게 괴로워하지는 않으셨을 거라며 그녀는

"당신의 방법이 틀렸어요. 나는 이 치료비는 내지 않겠어요. 절대로! 나는 당신을 해고하도록 할 거에요. 숨이 넘어 가는 구십세 노인이 얼마나 더 사실 거라고 저런 고통을 줍니까?"

"팔십 구셉니다."

"엉뚱한 소리 하고 있네!"

이 박사는 이 말은 우리말로 내뱉었다.

"수술을 빨리 해 주어요."

"수술은 시간이 잡혀 있는 순서대로 합니다."

"그러면 고통을 모르시도록 모르핀을 충분히 그리고 빨리 계속맞게 해 주어요. 괴로워하시는 것 못 보겠어요. 그게 법에 걸린다면 내가 벌을 받을 테니까 당신이 염려할 것 없어요. 내가, 바로 내가 받겠다구요!" 이 박사는 자신의 가슴을 툭툭 치며 말했다.

의사는 눈을 휘둥그렇게 뜨며 어깨를 으쓱 올렸다.

"미애야, 진정해."

언제 왔는지 이 박사의 오빠가 말하며 이 박사의 손을 잡았다. 이 박사는 오빠를 쏘아보며

"오빠는 아빠를 사랑하지 않아서 그래. 난 다 알아. 오빠는 아빠한테 유감이 있는 거야. 아빠 젊으셨을 때 엄마한테 잘 못해 드렸다고 아빠를 싫어했었지. 그래서 유학 간 후 십년 동안 아빠한테 편지 한 통, 카드 한장도 안 보냈어, 그렇지?"

"얘가 왜 이러니? 얼토당토 않는 소리하네. 네가 뭘 안다구."

"내가 너무 어릴 때라 아빠가 엄마한테 어떻게 하셨는지 난 몰라. 그렇지만 내가 자란 후로 아빠는 엄마에게 좋은 남편이었고 내게는 최고의 아빠였어."

그녀는 기어코 울음을 터뜨렸다. 그녀는 의사에게 덤볐다가 오빠한테 강짜를 썼다가 하며 좌충우돌하고 있었다. 속이 타니까 그 원인을 남의 탓으로 돌려서 속 풀이라도 하고 싶은 것 같았다.

그녀의 오빠는 그녀보다 십 오륙년은 위로 보였다. 은희의 말을 듣지 않았더라도 그가 얼마나 유복한 사람인지 알만했다. 잘 생긴 신사였다. 육십이 조금 넘었을까? 그는 의사에게 손을 내밀어 악수를 청하면서

"저의 동생이 흥분해서 …… 용서하세요. 그리고 아버지를 잘 치료해주셔서 감사합니다."

했다. 그러자

"노오, 노오!"

하며 이 박사가 소리치며 손을 내저었다. 의사는 침착하게 은행가인 오빠한테 말했다.

"심장은 강하신 편입니다. 한 나흘, 아니 오일 쯤 더 가실지도 모릅니다. 우리는 최선을 다했습니다."

그 때 이 준 권사의 비명소리가 났다. 세 사람은 급히 휴게실을 나갔다.

나는 후우하고 한숨이 나왔다. 꺼져 가는 생명 앞에서, 아니 빨리 꺼져야 하는 생명 앞에서 아들과 딸과 의사가 속수무책인 것이다. 간단하게 심장만 멎어 주면 일은 끝나는 일일 텐데, 그 심장이 언제 멎을지 세 사람은 아무도 모른다.

나는 시어머니가 돌아가실 때의 일들이 생각났다.

시어머니는 구순이 넘도록 건강해서, 백수는 넘게 사실 거라고 가족 친지들은 말했었다. 시가며 시외가 사람들은 시어머니가 백세 까지 건강하게 사실 것을 믿고 은근히 자랑스럽게 생각하고 있었다. 시외가에서는 시어머니의 아우들이 백세 생신일 축하연 프로그램도 만들고 있었다. 시어머니는 구십 육세가 되는 봄부터 기침을 조금 씩 하셨다. 동네 단골 병원에서는 열도 미열 정도니까 크게 걱정 할 감기는 아니라고 하며 감기약을 주고, 가습기 트는 것을 잊지 말도록 당부했다. 식사도 잘 하시고, 평소처럼 외출도 하시고 별다른 증상도 없었다. 가을이 되면서 사나흘 동안 소화가 안되고 기침을 조금 더 하셔서 대학병원에 갔더니 X레이를 찍도록 했는데, 폐암 말기라고 해서 가족들은 깜짝 놀랐다. 의사는 수술도 할 수 없다고 하며 내복약만 주었다. 혈압도 심장도 건강한 이십대 청년 같다며 의사는 감탄하는 말투였다.

"그러시다면 더 사실 수 있지 않을까요? 노인의 암은 서서히 진행한다고 들었어요."

하고 내 남편이 말했다. 사년만 있으면 백세가 되시는데 오로지 그 사년을 채워 주실 수 없을까.

의사는 고개를 흔들며

"아무리 튼튼한 심장이라도 언제 멈출는지는 모릅니다. 만들어질 때 그 시간이 입력되어 있지 않나하고 생각 될 때도 여러 번 있었으니까요."

했다.

'정말 그럴까?' 우리 내외는 많은 경험이 있는 의사의 말이니까 신빙성이 있기는 하나 바로 그의 말대로 만들어질 때 백세로 입력이 되어 있을지도 모르지 않는가 하는 희망 쪽으로 가닥을 잡았었다.

병원을 다녀와서 열흘쯤 되던 날부터 시어머니는 끙끙 앓는 소리를 내셔서 어디가 아프신가 여쭈어 보니까

"어디가 아픈지 모르겠다. 온몸이 다 쑤신다. 내가 태어났던 곳으로 돌아가려니까 이렇게 힘이 드는구나."

하셨다.

"네? 어머님이 태어나신 곳이 어디입니까?"

하고 나는 놀라며 물어 보았다.

"나도 모르겠다. 저승 어디겠지. 너희 시 외할머님이 돌아가실 때의 그 곳을 찾아가려고 하니까 힘이 들지 않겠니?"

나는 아무 말도 하지 못했다. 그리고 몇 시간 뒤에 시어머니의 심

장은 잘 가던 시계가 배터리가 다 되면 멎듯이 소리 없이 한 순간 뚝 멎었다. 그리고 다시는 손목의 맥박은 뛰지 않았다. 얼굴에 뺨을 대 보니까 몇 억겁 년이나 멀리 떨어진 우주의 아득한 심연처럼 아무 소리도 없었다. 정적의 극치라 할까? 성스러운 느낌 조차 들었다. 건 강한 청년 같은 심장이라도 만들어질 때 백세로 입력 된 것은 아니 었는지.

은희가 교우들과 함께 휴게실로 와서 매점에서 사온 커피며 녹차 를 대접했다. 교우들은 차를 마시며 제각기 하고 싶은 말을 했다.

"이 권사님도, 김 집사님도 하느님이 어서 부르시면 좋겠네."

"김 집사님 옆 병상의 백 살이 넘은 사람 말이요. 쓰러지면 그냥 둘 것이지 응급실로 데리고 와서 링거를 꽂았으니 …… 언제 끝날까?"

"전속 간호인들이 수입이 줄까봐 어떻게든 환자의 목숨을 길게 끌 려고 그러기도 한데요."

어떤 교우가 들으면 안 될 말을 들은 것처럼 미간을 찌푸리며 "아 멘." 하고 고개를 흔들었다. 다른 교우가

"아무리 그렇겠어요? 숨 끊어질 때까지 살려야하는 것이 법이니까 그러는 거지요. 무어, 본인이 가망 없으면 의술을 쓰지 말라고 유언장 을 만들어 놓으면 고생 안 하고 갈 수 있다고 들었는데…"하고 말했다.

목사가 약속 시간이 있어서 가야한다며 일어서자 교우들도 모두 자리를 떴다.

은희와 나도 휴게실을 나왔다. 나는 이 준 권사의 병실 쪽으로 귀 를 기울여 보았다. 비명 소리가 나지 않았다. 끝났을까? 하고 생각하 는데, 이 권사의 병상을 흰 가운을 입은 사람들이 밀고, 그의 아들과

딸이 따라오고 있었다.

"수술하시러 갑니다, 감사합니다." 하고 이 박사가 한결 밝아진 얼굴로 말하며 우리에게 고개를 숙여 인사를 했다. 의사는 오후에 수술한다고 했는데 이박사가 빨리 하라고 성화를 댔는지도 모르겠다.

은희가 차의 시동을 걸며

"자, 이제 박물관이다." 하고 씩씩하게 말했다.

나는 "내일 가면 안 될까?"고 했다.

"아이고, 이 사모님이 쇼크 받으셨구나!"

은희는 내 어깨를 두어 번 두드렸다.

"미안, 미안. 나도 그럴 줄은 상상도 못했지. 어떻든 살아 있는 사람은 부지런히 살아야지. 그래야 힘든 사람을 돌봐 줄 수도 있지 않아? 이 권사를 본 것, 그건 이미 과거야. 잊어버려. 박물관 식당에 예약해두었어. 예약 안하면 어림도 없어. 워낙 잘하는 데거든? 점심 먼저 먹고. 다음은 즐거운 조각 보기다. 힘 내!"

나는 호텔 침대에 누워서도 잠이 오지 않았다. 밤이 늦은 시간이나 은희에게 전화를 해보았다.

"이 준 권사는 어떻게 되었을까?"

"조금 전에 하늘로 가셨다고 교회에서 연락이 왔어."

"다행이라고 해야 할지 모르겠다."

"그렇긴 한데, 그건 본인이 알겠지. 생각은 내일 하고 잠이나 잘 자."

나도 "잘 자."라고 말했다. 후 하고 내 가슴에서 긴 한숨이 나왔다.

(2005년 『현대문학』)

2010년대

15
친구의 목걸이

김 지애는 전화 벨 소리에 잠이 깨었다. '여섯 시. 너무 이른데?'

수화기를 들자마자 박 영숙 과장의 투명한 목소리가 쨍하고 터졌다.

"사장님! 그림이 몽땅 팔렸어요. 몽땅! 이천만엔(약 2억 8천만원)에!" 귀가 얼얼할 만치 큰 소리를 지애가 대꾸 할 틈도 없이 쏟아냈다. 지애는

"이 천만엔?"

하고 벌떡 일어나며 소리쳤다.

"정말?"

"네, 이천만엔! 계약금 백만엔 챙겨 두었지요. 좀 더 부를 걸 그랬어요. 에이 참! 엊저녁 열한시 까지 전화 드렸었는데 …… 음성 메시

지 남겨 놓았는데 안 열어 보셨지요? 도대체 어딜 가셨길래. 재미 좋으셨어요?"

박 과장은 의기양양한 목소리다. 사장의 사생활까지 간섭하려나? 조금 불쾌감이 일었으나, 지애는

"어떻게 그렇게 다 팔렸지? 일주일 가야 두 사람 밖에 보러 들어오는 사람조차 없었잖아? 계약금까지 냈으니까 틀림없겠지? 누구지? 어느 나라 사람? 꽤나 부잔가 보지?"

"일본사람이에요. 남잔데 홀딱 넘어갈 만치 미남이에요. 오늘 열한시에 호텔 커피숍에서 사장님을 만나서 잔액을 일시 불로 지불하겠대요. 운수 대통이에요! 첫 번째 해외 판맨데, 완 샷이에요." 흥분해서 박 과장의 목소리는 한 옥타브는 올라 간 것 같다.

"틀림없겠지?"

"중년 신산데. 믿을 만한 사람 같던데요. 아니면 계약금 백만엔은 확보했으니까 비용은 빠진 셈이에요. 밑져야 본전이지요."

장사 수완은 지애보다 박 과장이 한 수 위인 줄 알고 있었다.

"어떻든 수고 했어요. 정말 고맙네. 일주일 만에, 아이고 …… 금요일에는 짐 싸려고 했었잖아! 작가들 좋아하겠어. 고마워라, 사람 살려주네. 믿기 어렵지만, 어떻든 계약금이라도 있는 게 어디야. 수고했어요."

"사장님, 귀국 날까지 저도 그 호텔에 머물게 해 주세요. 아침이라도 실컷 먹게."

"그래, 그러지, 오늘 당장 옮겨도 좋아. 어차피 모레는 떠나니까 이틀 비용쯤이야 어떻겠어. 기분 낼 때도 있어야지."

지애는 별 다섯 개 호텔 구관의 2만 5천엔짜리 싱글에 머물었다. 신관은 좀 더 비싸다. 박 과장은 별도 없는 일박에 만 엔짜리 숙소에 머물렀다. 만 엔짜리지만 깨끗하고 제반 시설도 완벽하게 가춘 곳이라 불편 할 것은 없었다. 더구나 지하철이 걸어서 3분 거리에 있기 때문에, 전시장이 있는 호텔까지 매일 출근하기에는 편리한 장점도 있었는데, 일본은 음식 값이 비싸니까 박 과장은 백화점 식당가에서 싸구려 김밥에 우동, 덮밥 정도로 끼니를 때우고, 그렇지 않으면 빵이나 오짜즈께(녹차에 밥 말은 것) 정도를 먹으니까 몸집 크고 고기 좋아하는 박 과장에게는 힘 드는 일이었다.

박 과장의 지갑은 늘 빠듯했으나 토쿄 구경을 공짜로 하는 것만으로도 좋다며 흥분했었으니까 별 불만은 없는 셈이었는데, 그림이 다 팔리니까 욕심이 생긴 것이다. 그녀는 일당 만 오천엔(약 20만원)을 받기로 하고 지애를 따라왔다. 숙박비 만 엔을 내고나면 오천엔으로 하루를 버텨야했다. 지하철 값도 만만치 않았다. 열흘이면 체류비는 약 200만원이 든다. 모자라는 것은 제 돈을 쓴다는 조건이었다. 비행기 값은 물론 둘 다 이코노미로 화랑에서 냈다.

지애는 좀 이르지만 잠이 달아나서, 샤워를 하고 이천만엔에 그림을 몽땅 사준 고마운 고객을 맞으려면 평소처럼 진 바지에 흰색 터틀넥 셔츠 보다는 옷단장을 좀 해야 할 것 같아서, 옷장을 열고 정장 두벌을 하나씩 얼굴에 대어서 거울에 비쳐 보다가 자주 빛 실크 원피스를 입기로 했다. 베이지 수트도 좋으나 자주 빛이 더 어울렸다. 옷이란 그 날의 기분에 따라서 어울리는 것이 따로 있는 것 같다. 기분이 좋으니까 붉은 계통이 썩 어울린다. 머리는 미장원에서 할까

하다가 너무 쪽 빼는 것도 속 보일까 싶어서 파마가 잘 된 머리를 드라이어로 조금 손을 대니까 자연스러워서 오히려 보기에 좋았다.

약속이 열한시니까 아침을 먹고 조금 눌러 앉아 있으면 될 것 같았다. 아침을 먹는 커피숍 겸 레스토랑은 언제나 만원이기 때문에 자리를 한 번 뜨면 다시 자리 잡기가 어려우니까 눌러 앉는 것이 좋다. 식사는 브런치로 할 겸 아홉시 사십 분 쯤부터 먹기 시작하면 한 시간 잡고, 열시 오십분 쯤 커피를 마시며 고객을 기다리면 될 것 같다. 고객 쪽에서 김 지애 사장을 찾을 것이라 했으니까 웨이터가 딸랑이를 흔들며 손님 사이로 이름이 적힌 조그만 판을 들고 다닐 때 그것만 주의 깊게 보고 있으면 된다.

그녀는 거울 앞에 다시 서 보았다. 정말 2천만엔으로 다 살까? 하는 의구심이 생기는 것을 어쩔 수가 없었다. 그림은 소품까지 모두 열 다섯 점인데 국내에서는 이름 없는 신인들 거라 전혀 판매가 안 되었다. 그런 것을 몽땅 다 사는 사람 …… 혹시 안목이 있는 게 아닐까? 어쩌면 싸게 사 둔 것이 몇 배 몇 십 배로 뛰기도 할 텐데. 좀 더 부를 걸 그랬나? 아니 그만 두어. 그 정도라도 작가들은 고마워 할 거야. 팔려고 내 놓은 이상은 팔리는 것이 목적이니까 후에 몇 십 배가 뛰어도 하는 수 없지. 화가의 운명이지. 그렇게 생각하니까 후 하고 한 숨이 나왔다.

지애가 샤넬 향수를 소매에 살짝 뿌리려고 하는데 핸폰의 벨이 울렸다.

"네?"

"나야, 윤희."

"너 어디 있니?"

"보스톤."

"또 진태수 얘기니?"

"그래, 꼭 찾아보아 줘. 긴자를 돌아다녀 봐. 우연히 만날 수도 있지 않어?"

"도대체 만나서 무얼 하려고 그래?"

"만나서 같이 죽어도 좋을 정도야. 그리워 그리워 못 살겠어, 이 냉정한 김 지애야! 너는 나를 이해 못해."

"로밍 중이야. 전화 세 나간다, 빨리 끊어. 알았으니까. 긴자고 아사쿠사고 막 휘젓고 돌아 다녀 볼게."

"내 젊음의 초상이야. 요즈음 갑자기 청춘으로 돌아가고 싶어. 정말이야. 진정이야. 네가 일본에 간다고 들었을 때부터 갑자기 더 그래. 일본하면 그 사람 생각이 난다. 언제나 그랬지만. 타국에서 잘 살고 있는지 ……."

"너는 진태수가 그립니 아니면 젊은 날이 그립니? 오래 전에 사람도 시간도 다 가버렸는데, 그것을 어떻게 도로 잡겠다는 거야? 정신 좀 차려라, 얘, 나이 값도 못하니? 너 지금 오십 육세다."

윤희는 전화 저편에서 훌쩍 훌쩍 울더니 엉엉 소리 내어 울어버렸다. 맙소사. 냉랭한 귀부인처럼 생긴 윤희가 …… 어울리지도 않게 …… 흐트러진 말 한마디 할 것 같지 않은 용모의 윤희를 지애는 이해하기 힘들었다. 이런 식의 전화는 한 두 번이 아니기 때문에 지애는 놀라지는 않았다. 또냐 싶어 짜증이 났다. 사실 윤희의 말을 듣고 있으면 옛 애인이 그리운지 점점 멀리 가는 젊은 날이 그리운 것인지, 게다가 늙어가는 육체에 대한 공포심이 생기는지 분간하기가 어

려웠다. 육체가 더 늙기 전에 한번 더 젊어지고, 그 때처럼 열렬히 연
심을 불태워 보고 싶은 거겠지. 그래서 조바심이 나는지도 모른다.

"알았어, 나 비즈니스 하러 나가는 중이야. 그러니까 그만 해."

"미안하다. 하지만 내 마음이 오죽하면 이러겠니. 정말 미칠 것 같
어. 나 그이에게 미련 있어."

"그만치 열렬했었으면 됐지 미련은 무슨 미련. 듣기 싫다, 얘."

"나 그이한테 주지 못했어. 아쉬워."

윤희는 또 훌쩍거렸다.

"잘 했다. 하마터면 너 고생 더 할 뻔 했다."

"사생아 낳아도 좋았을 걸."

"너 정말 미쳤구나. 진태수는 애초에 널 버리고 갈 사람이었어.
꿈 깨!"

지애는 빽 하고 소리를 질렀다.

"밥(로버트의 약칭, 윤희의 남편)은 아니?"

"알어. 밥도 날 이해하고 있어. 자기도 청춘으로 돌아가고 싶대.
없어진 시간은 어쩔 수 없지만, 옛 애인은 만나보고 싶대. 어떻게 변
했는지. 뚱뚱해 졌는지, 늙었는지, 어떻게 사는지."

별난 부부도 다 있구나 싶어서 지애는

"둘이서 경쟁해 봐라. 누가 먼저 골인하나 보자."고 했다.

윤희는 조금 가라앉은 목소리로

"너는 농담할 여유가 있어 좋겠다. 너는 사람이 아니고 목석이다.
지애야. 네가 그 사람 있는 나라에 있으니까 더 조바심이 쳐져. 그리
고 요 며칠 연달아 그 사람 꿈 꾸었어. 30년 만이야. 이상하지 않니?

그동안 그렇게 꿈에서라도 보고 싶었었는데. 그래서 웬지 이번에 네가 그 사람을 찾아 낼 것 같아서 그런다. 암만해도 그 꿈이 참 이상하다. 난 꿈이 묘하게 맞거든?"

윤희는 가끔 꿈 얘기를 그렇게 했었다. 꿈에 시내 한 가운데서 버스가 불타는 것을 보았는데 다음날 텔레비전에서 진짜 버스가 불타는 뉴스가 나왔다는 둥, 아버지와 어머니가 싸우는 꿈을 꾸었더니 다음날 진짜로 부모가 소리 내어 대판 싸우더라느니. 개꿈만 꾸는 지애는

"태수가 절교장 보냈을 때는 어떤 꿈을 꾸었지?"하고 그녀의 아픈 데를 찌르기도 했다. 윤희는

"너 꼭 그래야만 속 풀리겠니? 그래 그때는 아무 꿈도 못 꾸었다. 이제 속 시원하지?" 했었다.

"알았어, 알았어. 나, 나가야할 시간이 됐거든?"

윤희는 비즈니스하러 나가는데 우는 소리 내어서 미안하다고 하며,

"내가 울었다고 기분 상하지 말어. 힘 내. 잘 있어. 부탁한다." 하고 전화를 끊었다.

계약금까지 받아 두었다고 하니까 틀림없겠으나 윤희의 우는 소리가 귓전에 맴돌아서 지애는 기분이 착잡해졌다. 머릿속이 윙윙거렸다. 잔금 받는데 지장이나 없었으면 하는 생각도 든다. 윤희도 참! 하필 이럴 때에 아침부터 울어 퍼대! 그러지 않아도 잔금을 진짜 받을 수 있으려나 하고 불안한데. 자그마치 3억원에 가까운 돈 아닌가. 재수 없게시리!

윤희는 진태수를 사랑하는지 아니면 오십이 넘으니까 젊은 날의 추억이 또 소나기 쏟아지듯 갑자기 그리워지는지 알 수가 없다. 사

랑이고 추억이고 그것이 밥 먹여 주나? 배고프지 않으니까. 다 허튼 소리지.

지애는 첫 번째 결혼은 이혼으로 끝나고, 두 번째 남편은 사별하고, 그가 남긴 오층 건물에 화랑을 내서 살고 있었다. 대학원 다니는 아들이 하나, 대학 졸업반인 아들이 하나. 경기가 나쁘니까 화랑은 3년 전부터 잘 돌아 가지 못했다. 게다가 그림만 가져가고 잔금을 주지 않는 사람도 있었다. 그럴 때는 지애가 작가에게 그림 값을 주어야했다. 생돈이 없어지는 것이다.

그녀 역시 학창시절이 생각 날 때도 있었으나, 아이들 학비며 화랑 일로 머리가 파묻혀서 생각이 났어도 아마도 일분을 계속하지 못했을 것이다.

지애는 기분이 나지 않아서 입고 있던 자주 빛 화려한 실크 원피스를 침대에 벗어던지고, 평소처럼 진 바지에 하얀 터틀넥을 입었다. 혹시 추울까 봐 올리브 빛의 울 머플러를 목에 감고, 검은 큰 숄더백을 어깨에 훌렁 걸치고 객실을 나섰다. 장사꾼이 장사꾼답게 입는 것이 어울려. 그녀는 잔금에 대한 불안감에다가 울며 잡고 늘어지는 윤희 때문에 신경질이 나 있었다. 9시 50분이다. 커피숍까지 10분은 걸린다. '윤희 덕에 이십분이나 차질이 생겼어!'

엘리베이터에서 내리자 전시실에 잠시 들리고 싶었으나, 호텔의 신관에 있는 전시실까지 갈려면 왕복 이십분은 더 걸릴 테니까 전시실은 박 과장한테 맡기기로 하고 그녀는 똑 바로 커피숍으로 갔다.

커피숍은 벌써 만원이다. 각국에서 온 손님들이 식사를 하느라고 분주하다. 거의가 다 뷔페를 먹는지 접시를 들고 음식이 있는 테이블에 길게 줄을 서고 있다. 지애도 뷔페를 택했다. 혼자 식사를 하는데 윤희 생각이 자꾸만 났다.

윤희는 대학 4학년 때부터 진태수와 사랑에 빠졌었다. 대개 그 무렵은 연애하는 것을 숨기려 했었는데, 그 두 사람은 교내에서도 손을 잡고 다니며 둘 사이를 숨기려 하지 않았다.

윤희의 집은 예부터 내려오는 양반이라던가. 양반 중에서도 부자 양반이라 해방 후 토지개혁이 있어서 농토는 거의 없어졌으나, 세준 고급 가옥이 다섯 채가 있어서 아버지는 그 셋돈으로 흥청망청 쓰기만 하는 건달이었다. 가옥 중 셋은 외국 공관이 쓰고 있으니까 매달 엄청 큰돈이 꼬박꼬박 통장에 날아 들어온다고 했었다.

진태수는 대학에 입학 하자마자 아버지의 사업이 망해서 갑자기 저소득 층으로 굴러 떨어진 케이스였다. 그리고 몇 달 가지 않아 아버지는 급성 간염으로 세상을 떠서, 태수가 어머니와 남동생 하나 여동생 하나를 돌보아 주어야 되는 가장이 되었다. 아르바이트로 뛰면서 대학은 졸업했다. 바로 입대 했는데, 입대 하는 날도 새벽 두시까지 입시생 지도를 했었다.

진태수는 그토록 환경이 나빴는데도 언제나 꿋꿋하고 당당했다. 검은 동자가 또렷한 맑은 눈은 힘차게 반짝이고 있었다. 어딘지 카리스마가 있고 기품이 있어서 윤희 뿐 아니라 혼자서 속 태우는 여학생도 더러 있었는데, 둘이서 워낙 드러 내 놓는 연인 사이니까 아무도 감히 그를 생각조차 하지 못했었다. 사실 그들은 외모부터가 흠잡을 데 없는 한 쌍이었다.

태수는 제대하자마자 외국상사에 수석으로 뽑혀 입사했다. 첫 월급을 타서 윤희에게 한 돈짜리 금목걸이를 선사했다. 그러느라고 그는 회사가 끝나면 곧 바로 수험 준비하는 학생 몇 명을 가르치는 아르바이트를 했었다. 그 때까지도 그의 집은 지하 방에 세 들어 사는 신세를 면하지 못했었다.

윤희에게 금목걸이를 걸어주며 '다음에는 다이아가 박히고 금도 많이 들어간 것을 사 줄게, 사랑해 영원히.'라고 말했다 한다. 지애며 친구들은 마치 자기네들이 당한 일인 것처럼 황홀하기도 하고 샘도 났었다. 우리는 왜 저런 애인 하나 못 잡지? 하며. 지애, 윤희, 성숙, 나래 등 네 사람은 고등과 때부터 대학까지 함께 간 찬구들이어서 서로 속내를 감추는 일은 없었다. 선보고 오면 보았다고 하고, 친구들과 함께 만나게 해서 신랑감 감정도 의뢰했었다. 진태수와 열애 중인 윤희가 부럽다고 대 놓고 말하기도 했었다. 성숙은 "나한테 양보해 줄 수 없니?" 하며 진담 반 농담 반 섞인 말도 노골적으로 했었다. 진태수는 어렵게 일해서 번 돈으로 윤희의 친구 세 사람에게 때로 커피도 사주고 호떡도 사주어서 그들은 마치 한 가족 같이 느끼고 있었다.

그런데 그 금목걸이에 사연이 생겼다.

지애 어머니의 친구가 환갑이 지나고 남편도 죽고 슬하에 자녀도 없으니까 입산을 결심하고 암자로 들어갔는데, 그 절이 너무 낡아서 본당과 공양간의 불사를 하는데 도와 달라 해서, 그 시절로는 큰 돈이었던 백 만원을 지애더러 전하라고 해서 어머니의 심부름 가는 길에 지애는 윤희를 데리고 갔다.

버스에서 내려서 험한 산길을 삼십분이나 올라갔더니 낡은 일주문이 있고 본당도 너무나 헐어 있었다. 어머니의 친구인 현산 스님이 있다는 암자를 찾아가니까, 30대 초반 쯤 되어 보이는 시자(侍者) 스님이 나와서 현산 스님은 참선 중이라 하며 본당에 지애들을 데리고 갔다. 그러더니, 부처님 앞에 놓인 나무 통 속에 지애가 가지고 간 돈 봉투를 넣게 하고는 두 손 모아 엎드려 절을 하라고 해서 시자 스님이 하는 대로 따라서 지애와 윤희는 불교신자도 아닌데도 세번 엎드려 절을 하고는 서둘러 본당을 나섰다. 일주문을 나가려는데 스님이 급히 뒤 쫓아 왔다. 스님은 금강역사의 조각처럼 눈을 부릅뜨며 갑자기 윤희의 목을 향해서 갈쿠리 같이 손가락으로 윤희의 금목걸이를 잡아당기려 했다. 윤희는 금목걸이를 움켜쥔 채 쏜살 같이 산길을 달려내려 가는데 스님도 못지않은 기세로 윤희의 뒤를 따라 내려갔다. 지애도 숨이 차서 헐떡거리며 따라서 달렸다. 그러나 윤희의 모습은 어디에도 보이지 않았다, 진태수가 사랑의 표시로 준 목걸이를 스님이 뺏으려 하니 될 말이 아니다. 윤희를 놓친 스님은 두 손으로 승복 자락을 털며 지애에게

"학생, 친구 학생의 목걸이는 금목걸이가 아니라 뱀이요. 어떻게 해서든지 그 목걸이를 내 버리라고 해요."라고 했다.

"그걸 가지고 있는 한 불행할 거요."

하며 다져 말했다. 지애는

"뱀이라고요? 애인이 고생 고생하며 벌어서 해 준 사랑의 징표에요."

"어떻든 내 눈에는 뱀이니까. 나무아미타불."

하고 스님은 다시 온화한 낮으로 변하며 합장을 하고 도로 산길을

올라갔다.

"거짓말! 돈이 아쉬우니까 엉뚱한 소리하네!"

지애는 스님의 속이 보이는 것 같아서 불쾌해서 견딜 수가 없었다. '스님이라면서 얼굴은 관세음보살 같이 미소 지으며 속은 딴 거야, 완전히!'

"뱀이라고? 거짓말!"

금목걸이를 받은 후 두 달이 지나서 윤희는 태수한테서 편지 한 장을 받았다. '나를 잊어 줘. 나는 영원히 너를 사랑한다.' 친구들이 번갈아가며 몇 번을 읽어보아도 이해하기 힘든 내용이었다. 사랑한다면서 잊어달라니. 그게 무슨 소리지? 윤희가 그를 얼마나 사랑하는지 알면서. 그러나 요컨대 그것은 절교장이었다.

도대체 어떻게 된 일인가? 친구들도 머리를 맞대어 생각했다. 불과 두 달 전에 목걸이를 사주며 사랑을 맹세한 사람이 …… 당황한 윤희의 친구들은 함께 태평로에 있는 태수의 회사를 찾아갔다. 사무실은 잠겨 있었다. 빌딩의 수위에게 물어보니까 그 회사는 미국 회사의 지사였는데 일본으로 사무실을 옮겨갔다고 들었다고 했다. 벌벌 떠는 윤희의 어깨를 껴안고 지애들은 진태수의 가족이 사는 지하방을 찾아 갔다. 거기도 텅 비어 있었다. 집 주인 말에 다들 일본으로 이사 간다고 하던데. "뭐 아주 잘 되어서 간다고 하던데요." 하면서 사색이 된 윤희를 흘깃흘깃 바라보고 있었다. 그 때 지애는 윤희의 목에 걸려 있는 금목걸이를 보며 그 스님의 말이 맞는가? 하는 생각도 잠시 들었었다. 사람 중에는 초능력적인 두뇌를 가진 사람이 있다는 말도 종종 들어 왔으니까. 태수의 절교장은 정말 날벼락이었다.

진태수는 윤희에게서 또 지애들한테서 갑자기 연기처럼 사라져버린 존재가 되었다. 지애들한테도 타격이 컸으니까 윤희에게는 말할 것도 없었다.

　애타게 만남을 원하는 윤희 뿐 아니라 지애도 사실 진태수를 만나보고 싶었다. 일본에 오니까 가능성이 더 가까이에 있는 것 같이 느껴졌다. 윤희의 전화를 받고 나서인지 진태수의 이미지가 더욱 뚜렷해졌다. 어떻게 변했을까? 성공했을까? 아니면 생활에 허덕이고 있을까? 결혼은 했겠지. 아이들은 몇이나 있을까, 행복할까?

　지애가 식사를 마치고 커피를 시키려는데 핸폰이 울렸다. 박 과장이다.

　"왜 그래?"

　"만났어요?"

　"열한시 약속이라며, 아직 십오 분 남았어."

　"혹시나 하고요."

　"전시장이나 잘 지켜요. 아침은 잘 먹었어요?"

　"아니요. 빵 집에서 토스트만 먹었어요."

　"요구르트나 쥬스도 마시지."

　"잔금 받을 때까지 아껴야죠. 불고기며 곰탕 실컷 먹어 보았으면 좋겠어요. 잔금 못 받으면 맨손 쥐고 도로 서울 가는 거에요. 그 뿐인가요? 그림도 도로 싸서 부쳐야지요. 아이고 …… 잔금 받으면 꼭 한턱하시는 거지요?"

　"물론이지, 그런데 우리 김칫국 먼저 마시는 건 삼가해야할 것 같아."

"맞아요. 전 아침에 일어나서 기도 했어요, 잔금 꼭 받게 해달라고. 입학시험 발표 기다리는 심정이에요."

"너무 그러지 말아요. 안 되면 그만이지. 첫술에 배불릴 생각하지 맙시다."

"사장님도 저 같은 심정 같은데요?"

지애는 대답대신 웃었다.

커피를 한 모금 마시고 고개를 든 지애는 앗 하고 놀라서 하마터면 커피를 엎지를 뻔했다. 그녀 앞에 진태수가 우뚝 서 있었기 때문이다.

"아니, 김지애 씨! 명함을 전시실에서 받았을 때 왜 생각이 안 났을까요?"

그도 놀라고 있었다.

"네? 야마구찌 회장이 태수씨였어요?"

지애는 장소도 잊고 큰 소리를 내버렸다.

"그래요. 나에요."

태수는 악수를 청했다. 지애도 손을 내밀었다. 그를 알고부터 삼십여 년. 처음 잡아보는 손이었다. 어쩌면 그렇게 늘 만나는 사람처럼 자연스러운 악수일까 하고 그녀 스스로 놀랐다. 오랜 세월 만나지 않았어도 그들은 그렇게 친숙한 사이였던 증거가 아닌가. 진태수는 갈색계통의 계절에 맞게 얇은 홈스판 자켓에 짙은 갈색 터틀넥 셔츠를 입고 있었다. 그의 살결에 너무도 어울리는 재킷이었다. 학생 때와 별로 달라진 데도 없었다. 다만 몸집이 조금 늘고 부티도 나서, 부드러우면서도 매력적이었다. 한 마디로 멋진 중년 신사였다. 윤희 같으면 덥석 껴안았을지도 모른다. 반가움에 껴안고 울었을지도 모른다.

"반가워요. 얼마만이에요? 잘 지내셨어요? 전혀 안 변하셨어요. 세월을 읽지 못 하겠어요."

"지애씨도 그대로네요. 한 눈에 알아보았지요. 윤희는 잘 있습니까?"

"잘 있지요. 하지만 어쩌면 그렇게 꺼져버리셨어요? 이해하기 힘들어요. 지금도."

"어깨가 너무 무거웠어요. 윤희를 행복하게 해줄 자신이 없었어요. 마침 일본으로 사무실이 옮겨가는 바람에 헤어지기를 결심했지요. 잘 한 것 같아요. 일본에 와서도 3, 4년 간 무진 고생했으니까요. 미국인 회사가 부도를 내었거든요. 곱게 자란 윤희가 그것을 견딜 수 있었을까요? 고생하시는 어머니와 고학하는 동생도 둘이 있었어요. 연애와 결혼은 다르지요. 윤희가 견디다 못해서 달아났을지도 모르지요. 그러면 비극이지요. 서로 원망했을 겁니다. 그래서 저는 지금도 그렇게 한 것을 후회하지 않아요. 저도 무척 괴로웠지요. 윤희와 헤어진다니 말이나 됩니까?"

"지금은 일이 잘 되시는 것 같은데?"

"야마구찌 건설의 회장의 양자가 되고 부터 인생이 바뀌었지요."

"그러면 일본사람?"

"아니 교포에요. 한국인이에요."

"자제분은 몇이나 있으세요?"

"남매 뿐이에요"

"이상적이시네요."

지애는 부인과는 잘 지내느냐고 묻고 싶은데 참았다.

"참 이상해요. 이렇게 만나는 것. 윤희가 요즈음 몇 번 꿈에서 태수 씨를 보았다며 만날 것 같다고 그랬거든요. 오늘 아침에 전화가 왔었어요."

"꿈에서요?"

"네, 그 애 꿈은 좀 그런 데가 있어요."

"우연의 일치겠지요. 저는 윤희 꿈을 꾸어도 그런 일은 안 일어났는데요."

태수는 조금 미소 지었다.

"그림을 다 사 주셔서 고맙습니다. 그런데 열 다섯 점이나 다 뭘 하실려구 사셨나요? 걸작도 아닌데."

"한국인 거고 신인들 거라 해서 젊은 사람들일 테니까 옛날 생각이 나서 ……."

"고맙습니다. 한 점도 안 팔려서 속 탔는데. 우리 화랑의 첫 번째 해외 나들이거든요?"

"잔금은 어음으로 드릴까요? 송금을 할까요?"

"송금해 주세요."

지애는 계좌번호를 써주었다. 혹시 송금 안할지도 모르는데 어음으로 할까 하다가 송금 안 해도 그만이다 싶었다. 그를 만난 것만도 만족스러웠다.

"윤희가 몹시 보고 싶어 해요. 전화 할 때마다 태수씨 찾아 달라고 해요."

하며 지애는 소리내어 웃었다. 태수는

"나도 보고 싶어요. 만나고 싶어요. 어떻게 지내고 있어요?"

"미국인 사업가하고 보스톤 근교에서 잘 살고 있어요."

"아, 나도 보스톤에는 몇 번 갔었는데. 만날 뻔 했겠어요. 알았으면 어떻게든 찾아보았을 텐데……!"

하며 태수는 주먹을 불끈 쥐며 아쉬워했다.

윤희는 태수가 사라지고 나서 일 년은 외국계 은행에 잘 다니는 듯 했었다. 그러던 어느 날 갑자기 자살 소동을 일으켰다. 병원 병상에서 위세척을 하고 깨어나서 축 늘어진 팔이 약간 떨리고 있었다. 기력이 없으니까 몸에 경련이 일어나는 모양이었다. 눈에서는 하염없이 눈물이 쏟아져 내리고 있었다. 한결 홀쭉해진 가느다란 목에 그 금목걸이는 걸려 있었다.

윤희 어머니의 황급한 전화를 받고 달려 간 지애는

"정신 차렷!"하고 대뜸 소리쳤다. 윤희는

"미련이 있어서 그래. 내가 잘 못 했어. 한없이 미련이 남아있어. 그렇게 사랑하면서도 ……."

윤희에게서 미련이라는 말을 두 번 들은 셈인데 지애는 그 당시에는 그 미련이 무엇인지 짐작을 못했었다. 오늘 전화를 받았을 때는 짐작이 갔었다. 나이 탓이리라.

"잊어버려. 널 버린 사람이야. 넌 자존심도 없니? 이제 잊어버리지? 약속하지?" 나래도 성숙이도 병상에 있는 윤희의 손을 잡고 같은 말을 했었다.

그 후 윤희는 은행도 그만 두고 떠돌이처럼 해외를 다니며 관광 회사에서 가이드를 하고 있었다. 혹시 태수를 만날 수 있을까하는 기대가 있었는지도 모른다. 그러던 중에 어디서 흘렸는지 그 목걸이를 잃어 버렸다. 지애에게 그 말을 하며 그녀는 소리 없이 눈물을 흘렸다. 손수건으로 눈물을 닦고 나서

"이제 아무것도 남은 게 없다. 오로지 안개 같은 추억뿐이다."

윤희는 울 때보다도 더 허탈해 보였다. 세월이 흘러서 진태수에 대한 집착도 엷어지는가 싶어서 지애는 세월이 약이구나하고 다행으로 생각했었다.

윤희는 관광 가이드로 이태리 여행 중 로버트를 만나서 결혼 하고 지금은 서로가 친구처럼 아끼며 평화롭게 살고 있었다. 목걸이를 잃어버린 후로는 윤희의 삶은 비교적 순탄했었다.

지애는 윤희의 그런 사연을 태수에게 말하지 않았다.

"만나게 해 주세요. 저는 윤희를 잊어 본 적이 없어요. 일본에 온지 이십년 쯤 지나서 여유가 생기니까 한국 가서 윤희를 찾아 볼 생각도 했었는데, 유부녀가 되어 있을 그 사람을 만나면 서로가 상처만 입을 것 같아서 한국에는 한번도 가지 않았지요."

"그런데 왜 지금은 만나려고 하세요?"

"지금은 만나도 괜찮을 것 같아요. 젊었을 때 만났으면 함께 죽었을지도 모르지요. 이제 더 늦기 전에 만나보고 싶어요."

그는 간절했다. 둘이서 만나서 어떤 일이 전개 될지 지애는 짐작이 가기도 하고 안 가기도 했다.

"전화 번호 아시면 주세요. 전화해서 내가 보스톤으로 가든가 윤희가 이리로 오든가 …… 약속대로 다이아 박힌 목걸이를 선사하겠어요." 했다. 그 말이 미처 끝나기도 전에

"안 돼요, 그건!"

하며 지애는 저도 모르게 벌떡 일어서며 소리쳤다.

"왜요? 저, 넉넉합니다. 양부 보다 제가 회사에 보탠 것이 더 큽니다."

태수가 서 있는 지애를 놀라며 쳐다보았다. 다이아가 박힌 금목걸이는 너무 값나가는 것 아니냐는 뜻으로 그는 받아 들인 것 같다.

지애는 갑자기 옛날의 그 스님의 생각이 나서, 그 얘기를 할까하다가, 에라, 모르겠다. 이제 그들 사이에 어떤 일이 일어나도 잘 헤쳐나갈 나이 아닌가 하고 생각했다. 스님이 뱀으로 본 그 목걸이도 이제는 시효도 지났겠지.

"아니, 아무것도 아닙니다. 뭐 좀 생각나는 것이 있어서요. 미안, 미안."

하며 그녀는 의자에 다시 앉아서 메모지에 태수의 전화번호와 주소를 적고, 태수에게 윤희의 전화번호를 적어 주었다.

'아이고! 될 대로 돼라! 밀어 닥치는 강물을 막을 힘도 나한테는 없고, 그럴 이유도 없네.'

지애는 속으로 내던지듯이 말했다.

그녀는 그들이 한없이 부럽고 그리고 왠지 조금 쓸쓸했다. 그녀는 남은 커피를 천천히 마저 마셨다. 태수가

"저녁 초대해도 되겠지요?"

했다.

"물론이지요! 고맙습니다."

둘은 방긋 웃으며 일어섰다.

(2012년 12월호 『문학사상』)

한말숙 작품 연보 및 활동

1. 한말숙 작품 연보

- 1956년: 단편 〈별빛 속의 계절〉을 「현대문학」지 12월호에 金東里의 추천으로 발표
- 1957년 4월: 단편 〈신화의 단애〉가 동지 6월호에 추천 완료되어 문단 데뷔. 단편 〈어떤 죽음〉(현대문학), 〈거문고〉(소설계)
- 1958년: 단편 〈노파와 고양이〉(현대문학), 〈落淚附近〉(사상계), 〈귀뚜라미 우는 무렵〉(소설계), 〈落照前〉(현대문학)
- 1959년: 단편 〈방관자〉(현대문학), 〈Q호텔〉(현대문학), 〈斜視圖〉(현대문학), 〈맞선 보는 날〉(소설계), 〈紫煙흐르는 속에〉(소설계), 〈장마〉(사상계) 同 作品 (김동성 역) 1964년 New York Bantam Books 刊行世界短篇選集 〈The Language of Love〉에 수록됨.
- 1960년~1961년: 장편 〈하얀 道程〉을 (현대문학)에 연재
- 1960년: 第一創作集 〈신화(神話)의 단애(斷崖) 〉(사상계) 간행.
- 1961년: 〈順子네〉(현대문학), 〈세탁소와 여주인〉(주부생활)
- 1962년: 〈광대金先生〉(육민사, 신작15인선, 1963년), 〈初雪〉(현대문학), 단편 〈결혼전야〉(여상, 12월호)
- 1963년: 〈幸福〉(현대문학), 〈出發의 주변〉(한양), 〈흔적〉(세대, 63년11월호) 同 作品으로 1964년 제9회 현대문학 신인문학상 수상
- 1964년: 중편 〈상처〉(현대문학), 단편 〈이 하늘 밑〉(사상계) 同 作品 1965년 일본 東和新聞에 일본어 역 연재, 第二創作集 〈이

하늘 밑〉(휘문출판사) 간행.

- 1965년: 단편 〈被選者〉(현대문학), 〈우울한 청춘〉(신동아), 〈한 잔의 커피〉(현대문학)

- 1967년: 단편 〈아기 오던 날〉(현대문학).

- 1968년: 단편 〈신과의 약속〉(월간중앙), 同 作品으로 제1회 한국일보문학상 수상, 第三創作集 〈신과의 약속〉(휘문출판사) 간행

- 1970년: 단편 〈사랑에 지친 때〉(월간중앙)

- 1972년: 단편 〈다정의 始末〉(월간중앙).

- 1974년: 〈잃어버린 머플러〉(문학사상), 第四創作集 〈잃어버린 머플러〉(서음출판사) 간행

- 1977년: 〈무너지는 성벽〉(문학사상), 〈旅愁〉(문학사상).同 作品 극영화, TV영화화, 第五創作集 〈旅愁〉(태창문화사) 간행

- 1978년: 〈선의 향방〉(한국문학), 〈수상식後〉(여성중앙).

- 1979년~1981년: 장편소설 〈아름다운 靈歌〉(한국문학에 연재).

- 1980년: 〈안개〉(문학사상)

- 1981년: 장편 〈아름다운 영가〉(한국문학) 간행, 동 작품 英, 獨, 佛, 스웨덴어 등 9개 국어로 현지 번역 출간됨.

- 1981년: 〈세계의 사람〉(한국문학)

- 1982년: 〈어느 소설가의 이야기〉(문학사상), 〈말없는 남자〉(한국문학), 〈아들의 졸업식〉(한국문학).

- 1983년: 〈초콜릿 친구〉(문학사상)

- 1985년: 〈수술대 앞에서〉(문학사상)

- 1986년: 〈스포츠 관전기〉(문학사상), 장편 〈모색시대〉 연재(소설 문학)
- 1987년: 장편 〈모색시대〉(인문당) 간행, 장편 〈아름다운 영가〉(인 문당) 중판 간행
- 1988년: 수필집 〈삶의 진실을 찾아서〉(샘터사) 간행.
- 1990년: 단편선집 〈傷處〉(고려원) 간행
- 1993년: 〈아름다운영가〉(인문당) 중판 간행
- 1994년: 〈아름다운 영가〉(삶과 꿈) 증보판 간행
- 1999년: 한말숙선집 〈행복〉(풀빛) 간행, 500부 한정
- 2000년: 〈아름다운 영혼의 노래(원제목 '아름다운 영가')〉(솔과 학) 증보판 간행
- 2002년: 〈덜레스 공항을 떠나며〉(문학사상), 공동수필집 〈세월의 향기〉(솔과학)
- 2005년: 〈이 준 씨의 경우〉(현대문학)
- 2008년: 소설집 〈덜레스 공항을 떠나며〉(창비)

  수필집 〈사랑할 때와 헤어질 때〉(솔과 학)

  수필 〈세계명작에서 신천지를 보다〉(21세기문학, 가을호).
- 2010년: 수필 〈젊은이여, 답답할 때는 하늘을 보라〉('아산의 향기' 봄호)
- 2010년: 수필 〈예감〉(예술원회보)
- 2011년: 수필 〈야채 아저씨〉(예술원 회보)
- 2012년: 수필 〈페인트칠 노인의 유작〉(예술원 회보), 수필 〈死者의 편지〉(21세기 문학)

- 2012년: 수필 〈박완서와 나의 60년의 우정〉(문학사상)
- 2012년: 단편소설 〈친구의 목걸이〉(문학사상)
- 2013년: 수필 〈잊을 수 없는 崔一兵〉(예술원회보).
- 2014년: 수필 〈참, 좋겠네〉(문학사상)
- 2015년: 수필 〈그리운 천경자 선생님〉(문학사상)

2. 번역서

- 1979년: 브라질 극작가 T · 휘게레도작 희곡 〈여우와 포도〉(현대문학) ; 同 作品 1979년 극단 "산울림" 상연.
- 1997년: 일본 작가 芦澤光治良作 〈낙엽의 소리〉(PEN과 문학)
- 2005년: 〈人間의 運命〉 제1권, 〈아버지와 아들〉(솔과학).
- 2006년: 〈人間의 運命〉 제2권, 〈友情〉(솔과학).

3. 한말숙 작품 해외 번역출판 연보

- 1964년: 단편 〈Flood〉(장마)(김동성 역), New York Bantam Books 출판사 간행, 〈세계단편선집, The Language of Love〉에 수록
- 1965년: 단편〈광대 김선생〉(Rutt신부역) Korea Journal에 게재
- 1968년: 단편 〈행복〉(백낙청 영역). Seattle 문화방송에서 낭독

- 1983년: 장편 〈아름다운 靈歌〉 영역, 한국문학진흥재단 출간
- 1993년: 장편 〈아름다운 영가〉 폴란드어역, 〈NA KRAWĘDZI〉 COMER 출판사 출간, Torun, Poland.
- 1995년: 〈아름다운 영가〉 프랑스어 역 〈LE CHANT MÉLODIEUX DES ÂMES〉 L'HARMATTAN 출판사. UNESCO 대표문학선집에 수록
- 1996년: 〈아름다운 영가〉 중국어 역 〈美的灵歌〉 中國北京 社會科學文獻出版社 간행
- 1996년: 폴란드어 한말숙 작품선집(1) 〈KOMUNGO〉(거문고) DIALOG 출판사 간행, Warsaw
- 1997년: 〈아름다운 영가〉 체코어 역 〈PISNÉ Z DRUHÉHO BŘEHO〉 Dar Ibn Rushd 출판사 간행, Praha, Czecho
- 1997년: 폴란드어 역 한말숙 작품선집(2) 〈Filiźanka Kawy〉(한잔의 커피) DIALOG 출판사 간행, Warsaw, Poland
- 1997년: 프랑스어역 한말숙 중ㆍ단편선집 〈傷處〉 〈LA PLAIE〉 Maisonneuve & Larose 출판사 간행, Paris, France
- 2001년: 〈아름다운 영가〉 이태리어 역 Obarra O 출판사 간행, Milano, Italy
- 2004년: 〈아름다운 영가〉 일본어 역 文車書院 東京, 日本.
- 2005년: 〈아름다운 영가〉 독일어 역 출간. EOS, Ottilicn, Germany
- 2009년: 단편 〈초콜릿 친구〉 일본 ESPOIR 지에 일본어 역 게재.
- 2011년: 〈아름다운 영가〉 스웨덴어역, 스웨덴 트라난 출판사.
- 2013년: 단편 〈친구의 목걸이〉 중국 해외 문학지에 번역 게재. 기타

단편소설 영, 독, 프랑스, 중국, 일본, 스웨덴, 포르투갈, 폴
란드, 체코어 등으로 번역된 작품 다수.

4. 문학활동

- 1968년: 8월 미국 Seattle 문화방송국에서 단편 〈행복〉 (백낙청 영
  역)아나운서가 낭독.
- 1993년: 5월 제38차 세계도서전시회(WARSAW) 초청, 〈아름다운
  영가〉 명배우 Beata Tyszkiewicz가 독자들 앞에서 낭독.
  TV, Radio 출연. 사인회 가짐. 그 나라 문인들과 간담회
- 1995년: 11월~12월 프랑스 문학 포럼 참가
- 1997년: 7월 14일부터 3주간 Poland 제일방송에서 월~금 오후 8시
  45분~9시까지 중 · 단편선집에서 뽑은 작품들을 명배우
  Sophia Rysiowna가 낭독
- 1999년: 제66차 국제 PEN 대회 한국대표로 참석. WARSAW, PO-
  LAND
- 2004년: 11월 17일 Berlin 한국문화 홍보원에서 장편 〈아름다운 영
  가〉 한, 독일어로 낭독회
- 2005년: 5월 17일 UC BERKELEY에서 〈아름다운 영가〉 세미나.
  국내 문학 강연회, 1957년부터 30여회.

별빛 속의 계절

초판인쇄 2016년 6월 29일
초판발행 2016년 6월 30일

지은이 한말숙
펴낸이 김재광
펴낸곳 솔과학
디자인 이수정(sujoung71@hanmail.net)

출판등록 제 10-140호 1997년 2월 22일
주소 서울시 마포구 독막길 295, 302호(염리동 삼부골든타워)
e-mail solkwahak@hanmail.net
대표전화 02)714-8655
팩스 02)711-4656

ISBN 979-11-87124-07-8